Hermann Burger
Brenner

Roman

Suhrkamp

Umschlagfoto: Andreas Pohlmann

suhrkamp taschenbuch 1941
Erste Auflage 1992
© Suhrkamp Verlag Frankfurt am Main 1989
Suhrkamp Taschenbuch Verlag
Alle Rechte vorbehalten, insbesondere das
des öffentlichen Vortrags, der Übertragung
durch Rundfunk und Fernsehen
sowie der Übersetzung, auch einzelner Teile.
Druck: Nomos Verlagsgesellschaft, Baden-Baden
Printed in Germany
Umschlag nach Entwürfen von
Willy Fleckhaus und Rolf Staudt

1 2 3 4 5 6 – 97 96 95 94 93 92

Für Kaspar Villiger

1. Leonzburg-Combray
Elegantes maduro

Mein Name ist Hermann Arbogast Brenner, ich bin ein Abkömmling der berühmten Cigarren-Dynastie Brenner Söhne AG im Aargauischen Stumpenland. Doch habe ich selbst mit der Fabrikation nichts mehr zu tun, das wie die gesamte Branche in einer tiefen Krise steckende Unternehmen mit immerhin noch 360 Angestellten wird von meinem Cousin zweiten Grades Johann Caspar Brenner geleitet, der zunächst als Nationalrat der Liberalen Partei des Kantons Luzern – denn Pfeffikon, *Pfäffike*, liegt bereits im katholischen Gau, nordwestlich von Menzenmang –, seit vergangenem Herbst als Ständerat eine glänzende politische Karriere teils vor, teils hinter sich hat, und es ist nicht ausgeschlossen, daß er noch den Sprung in den Bundesrat schafft. Ein Brenner unter den sieben Landesvätern, vielleicht als Vorsteher des Volkswirtschafts-Departements, zweifellos der Höhepunkt unserer Familiengeschichte. Da mein Abervetter, Förderer und Freund zugleich ein geheimer Connaisseur der schönen Literatur ist, pflegt er freilich immer, *öppe die*, wieder darauf zu verweisen, daß der Untergang der Buddenbrooks mit dem Senatorenamt von Thomas Buddenbrook verknüpft sei, hier wie dort sei die dritte die kritische Generation. Ich sehe, sagte er mir neulich im Büro des Stammhauses, im Augenblick keine Möglichkeit, noch einen genealogischen Ast höher zu klettern, und würde selbstverständlich, steuerte das Geschäft einem Kladderadatsch entgegen – du weißt schon, Dubslav von Stechlins Ausdruck am Wahltag auf der Fahrt nach Rheinsberg – wohl auch als Politiker unhaltbar. Man kann nicht die Prinzipien der freien Marktwirtschaft, gar in der Schweiz, vertreten und gleichzeitig 360 Angestellten den blauen Brief franco Domizil schicken; das Schallwort übrigens, das er anstelle von »Bankrott« oder »faillissement« verwendete, ist aus »klatsch« über »kladatsch« entstanden und gab auch einer renommierten satirischen Zeitschrift den Namen, welche 1848 aus der Taufe gehoben wurde und 1944 die stehende Wendung »nomen est omen« wahr machte, man bezeichnet damit einen klirrenden Fall ebenso wie eine Aufregung oder einen Skandal, und ein *skandau im tau* war ja in der Tat, daß im Januar 1982 die Firma Weber Söhne AG in Menzenmang einging nach 144 traditionsreichen Jahren, gegründet als *heimzigarri* anno 1838 vom Strumpfmacher und ehemaligen Verleger Samuel Weber. Man denke nur an so populäre Marken wie den Rio Grande oder Webstar rund. Die Fusion mit Brenner Söhne AG führte denn auch dazu, daß sich der letzte Mohikaner dieses Familienunternehmens, Samuel Weber V., mit der Armeepistole erschoß, weil er seinem Vater am Sterbebett in die Hand versprochen hatte, ein Debakel dieser Art um jeden Preis zu vermeiden. Und siehst du, sagte mir Johann Caspar, als wir ins sogenannte Musterzimmer hinüberwechselten, wo die vom vielen Proberauchen leicht verbräunte Cuba-Karte hängt, diese Insel mit dem langgezogenen Vogelkopf und den beiden Scheren Yucatan und Florida, welche den Golf von Mexiko bilden, mit den klassischen Anbaugebieten Oriente, Remedidos und Partido, mit der Semivuelta und der royalen Vuelta Abajo, die Webersche Liquidation, die im Suizid meines Branchenkollegen Sämi, der übrigens bei uns den Posten eines Betriebsleiters bekommen hätte, ihren traurig-makabren Höhepunkt fand, hat uns nur gerade so viele Marktanteile gebracht, daß wir ein Jahr lang die ständig sinkende Produktionshöhe von 130 Millionen Stumpen, Cigarren und Cigarillos konstant halten konnten. Das sind die wahren Fakten. Da kann ich dich im Grunde nur beneiden. Du residierst auf dem Chaistenberg im Schloßgut Brunsleben, bist dank der Tabakrente bis ans Ende deiner Tage versorgt mit sämtlichen Delikatessen unseres Gewerbes und stellst, inspiriert vom Pneuma der Cohiba, manufakturistisch deinen Kindheits- und Stumpenroman her, kannst genüßlich beschreiben, worum wir täglich kämpfen müssen. Dein Epos, ein Stimulans, das nie ein Kleber mit der Warnung des Bundesamtes für Gesundheitswesen verunzieren wird, ist, sofern wir den nuklearen Omnizid noch etwas hinauszögern können, selbst dann noch auf dem Markt, wenn wir »futschibus« sind.

Ich weiß nicht, ob mein Cou-Cousin, der übrigens rechtzeitig diversifiziert hat und ins Velogeschäft eingestiegen ist, da nicht etwas zu schwarz, zu oscuro sieht und dem für dritte Unternehmergenerationen typischen Zweckpessimismus huldigt. Gewiß, die Gründer sind die Landerwerber und Architekten, die Söhne, welche die Firma in eine Aktiengesellschaft überführen, die stolzen Bewohner des Baus, die Enkel haben es dann oft nur noch mit Reparaturen zu tun, aber so viel Kaufmannsinstinkt besitze ich noch in meinen späten Brunslebener Jahren, daß ich der »Brennerei«, ein Kosename, der sich vom ursprünglichen Tabaktrinken herleitet, eine intakte Kreditwürdigkeit bis über das hundertjährige Jubiläum hinaus garantiere, denn geraucht wird allemal, bleibt nur die Frage, was, wo gepafft wird, kann man ruhig harren, böse Menschen haben nie Cigarren. Ich werde mit diesen bescheidenen Blättern vom Grumpen bis zum Geizen das Meinige dazu beitragen, daß man das Kind nicht mit dem Bad ausschüttet und just in unserer schnellebigen Zeit erkennt, wie himmelweit der Unterschied zwischen einem reflexartig aus dem Päckchen gezogenen Glimmstengel und einer Por Larranga ist, vom Sucht- zum kontemplativen Genußverhalten, das dürfte die Devise sein, allein der teer- und nikotingesättigte Filter – *de pariser* – des nervös im Ascher zerquetschten Stummels müßte dem Kettenraucher drastisch vor Augen führen, daß er es bei der Parisiennes oder Marlboro, um x-eine Marke zu nennen, nicht mit einem reinen Naturprodukt, sondern mit einem karzinomfördernden Giftspender zu tun hat. Er muß ja seinem tief im Unbewußten verankerten Selbstvernichtungs-Schuldgefühl zufolge die Kippe abtöten, mit dem Absatz auf der Straße einer Werre gleich zertreten, während die Cigarre bereits nach zwei Dritteln gelassen beiseite gelegt wird und eines natürlichen Todes stirbt, indem sie zu atmen aufhört. Eine Tobajara Reales, Cruz das Almas, Bahia, Brasil entfaltet ein derartig würziges Bouquet, daß sie nicht inhaliert zu werden braucht, Nase und Gaumen sind vollauf befriedigt. Das, lieber Johann Caspar Brenner, ist die Zukunft, der Havanna-Import in der Schweiz stieg von 3,8 Millionen Stück in den siebziger Jahren bis 1988 auf 5,6 Millionen, unser Land weist den weltweit höchsten Pro-Kopf-Verbrauch auf, und wenn ich statistisch nüchtern »pro Kopf« sage, passe ich mich der Fasson der Corona und Panetela und Trabuco an, samt und sonders *chopfsigarre*. Die Kopfcigarre, dies mein Werbevorschlag, für Köpfe, eine Montecristo Nummer 1 mit Brandende und handgeformter Kuppe ist eine Sache des Geistes und des Sentiments und nicht des hektischen Verbrauchs. Wie hieß doch der Spruch, den mein Großvater Hermann Brenner in seiner Wirtschaft Waldau aufgehängt hatte: Tabakpflanzen und die Reben hat der Herrgott uns gegeben, wenn wir weise sie gebrauchen, darfst du trinken und auch rauchen.

Dies möchte ich zu bedenken und zu kosten geben, bevor ich mich, soeben mit dem Zuschneiden einer Hoyo de Monterrey des Dieux beschäftigt, die ich dem Gabune-Cabinet entnehme, wo sie das Aroma mit ihren Schwestern austauscht, die von einem gelbseidenen Band zu einem halben Halbrad gebündelt werden, Flor Extrafina, dem Körper des Elegantes-maduro-Kapitels zuwende, der engen Nachbarschaft von Brunsleben, Menzenmang und Gormund mit Leonzburg-Combray. Zuvörderst wird der geneigte Leser darüber aufzuklären sein, weshalb und wie die nie ganz aus ihrem mittelalterlichen Dämmerschlaf aufwachende, besonders an Hochsommertagen still vor sich hin brütende Bezirksstadt an den Ufern des Aabachs und zu Füßen des Schloßbergs zu ihrem Proustschen Beinamen kommt. Es war mein Logis- und Brotgeber Jérôme von Castelmur-Bondo, der mich bei einem unserer vorabendlichen Tabakskollegien in seinem Fumoir oder Turmzimmer auf die Ähnlichkeit der mittelländischen Landschaft des Aargaus mit der normannischen bei Proust aufmerksam machte. Wir saßen wie immer im Dämmerlicht der metertief ausgebuchteten Biedermeiernische unter den grandguignolhaft gezackten, altkarmesinenen Lambrequins, die wie das Fragment eines gerafften Piccolo-Theatervorhangs oder wie geschürzte Moulin-Rouge-Dessous wirken, freilich durch und durch papieren. Der Emeritus, im Dorf Bruns schlicht *de profässer*, bequem hingestreckt auf dem Louis-treize-Fauteuil mit dem blaßrot gestickten Palazzo-Bondo-Muster, dessen Lehne man mittels gezahnter Eisenbögen verstellen kann, hinter und über ihm das verblichene Maisgelb der Wand mit einem Gehänge von Säbeln, Kokarden und goldbronzierten Epauletten, darunter die rotweiße Ehrenschnur und die Bauchbinde eines Vorfahren, der im 18. Jahrhundert in den Diensten eines Neapolitanischen Regimentes stand, ich meinerseits schräg vis-à-vis auf einem rahmweißen Louis-quinze-Sessel, mit dem Rücken zum ehemaligen Cigarrenschrank seines Vaters, in dem heute, quasi habanoid konserviert, die kostbaren Erstausgaben von Rilke, Thomas Mann und Proust stehen, letztere in Pergament gebunden, und auf dessen unterstem Tablar in samtenen Schmucketuis die Orden liegen, Officier de la Légion d'Honneur, fünf Kreuze, das silberne Ehrenzeichen für Verdienste um die Republik Österreich, die Medaille der Karls-Universität Prag und, allerdings verschlossen, das von Bundespräsident Carl Carstens überreichte Bundesverdienstkreuz, ich erinnere mich noch, auch mein Kurzzeitgedächtnis beginnt nachzulassen, an den Wortwechsel mit dem Chauffeur, der seinen Corps-Diplomatique-Mercedes, von der Staatskarosse zum Flaggschiff, vor dem inneren Schloßtor parkiert hatte, mir beim Laubet zusah und meinte, Gärtner sei doch nach wie vor der schönste Beruf, eine Rolle, die einem per Zufall angeboten wird, soll man immer annehmen, also erklärte ich ihm die Bepflanzung der drei steil aufragenden, nach italienischem Vorbild errichteten Terrassen, schwärmte von Astern, schwälenden Tagen.

Jérôme – wenn ich ihn mal der Kürze wegen, in der freilich

gerade nicht die Würze der Hoyo liegt, vertraulich so nennen darf, was sich für einen eckermännischen Untermieter mitnichten ziemt – und ich haben nach der Erprobung einiger anderer Konstellationen herausgefunden, daß diese Sitzordnung der Konversation, in deren Geist meine Tabakblätter gehalten sein sollen, am förderlichsten sei, zwischen uns stand der Guéridon mit seiner Vorrichtung für Kohlefeuerung, darauf das Rauchzeug und die kühle Flasche Aigle Les Murailles von Badoux, die uns Amorose bereitgestellt hatte, der Schloßherr sückelte in kurzen Abständen an seiner Pfeife, welche inwandig so dick rußummantelt war, daß man hätte glauben können, der Auskratzer sei noch nicht erfunden, ich genoß die Marke des Hauses, Rey del Mundo, und wir hatten, wovon wir eben sprachen, im Rahmen des achtteiligen Stichbogenfensters vor uns, denn über die Kastanienkronen hinweg sah man die Waldung Birch und dahinter das Lind, das sich bis zum Bollhölzchen vor Leonzburg erstreckt, nicht wahr, mon cher, hob Jérôme von Castelmur-Bondo an, indem sein imposanter Schildkröten-Schädel sich gewissermaßen einen Ruck gab, *es isch ssso*, natürlich ist Prousts Landschaft weniger hügelig als die unsrige, der Côté de Méséglise, wo Swanns Tansonville liegt, mündet ja in eine weite Ebene, jene flirrende Weite, die unser Freund Edmond de Mog an Frankreich so sehr liebt, aber die andere Seite, Côté de Guermantes genannt, ich erinnere an die Skizzen in George D. Painters zweibändiger Biographie, *wo bim Unsld erschine isch*, ist ja nur über die Abhänge des Vivonne-Tälchens erreichbar, *übrigens* ... Nun, versetzte meine Wenigkeit, haben Sie in Ihrem letzten Werk mit dem schönen Titel »Parler au Papier« Leonzburg als eine helvetische Replik zu Prousts Provinzstädtchen bezeichnet, warum eigentlich? Ja, schauen Sie, ich bin ja nicht *schreftschteller*, sondern Historiker, der sich nach Aristoteles an das zu halten hat, was war und ist und nicht daran, was sein könnte. Man rühmt mir zwar nach, ich schriebe keinen streng wissenschaftlichen, sondern eher einen literarischen Stil, weshalb der Kritiker

Adam Nautilus Rauch denn auch in seiner Laudatio anläßlich der Verleihung des Aargauer Literaturpreises im Aargauer Kunsthaus sagte, ich hätte offenbar lieber mit Dichtern
als mit Professoren verkehrt, nun gut, da hat man also aus-
nahmsweise mal so was wie einen Einfall, Leonzburg als hel-
vetisches Combray, und da kommen Sie, der teilprivatisie-
rende Cigarier, daher und fragen, warum.

Es isch ssso, ich kann es Ihnen en détail weder erklären
noch irgendwie begründen, glaube nur zu wissen – merken
Sie, ein Wissenschaftler verwendet das Verb »glauben« –,
daß es bei solchen Übertragungen mehr auf das Atmosphäri-
sche als auf das Topographische ankommt. Es gibt etwas,
was man den pastoralen Zauber der Provinz nennen könnte,
ich begegne ihm an der Schützenmattstraße ebenso wie in der
Rathausgasse, auf dem Schulhausplatz oder in der Aavorstadt, und erst recht, wenn ich mit meinem Freund aus der
Pariser Studienzeit, mit dem Komponisten und Maler
Edmond de Mog – *schrybe chan er o no* –, wir wohnten
damals Zimmer an Zimmer im Hotel Foyot, im nachsom-
merlichen Garten seines Hauses Sonnenberg an der Schloßgasse zu einem Lindenblütentee erwartet werde und wir dann
zu der mächtigen Feudalburg emporblicken, kann ich, wie in
der Tagebucheintragung vom 17. April 1982 nachzulesen ist,
nicht umhin, eine ferne Verwandtschaft zwischen den Grafen
von Leoncebourg und Prousts Ducs de Guermantes zu vermuten. Proust sagt ja von der Romanlektüre, sie sei magisch
wie ein tiefer Traum, ich habe die Stelle im ersten Teil der
»Recherche« erst neulich wieder nachgeschlagen – in der
Ausgabe von 1919 mit der Widmung der Marquise de Ville-
parisis vom 12. Dezember 1925 – sie steht direkt neben der
Großherzog Wilhelm Ernst-Ausgabe von Goethes Werken,
signifikanterwys in fuchsrotem Leder – ob er, versuchte ich
einzuwerfen, wisse, daß »Unsld« die Insel-Bändchen wieder
in Feincanvas fadengeheftet und in rotem Ziegenleder von
der Buchbinderei Lachenmaier in Reutlingen auflege, aber
ich kam nicht zu Wort, tat aus Trotz einen extralangen Rey

del Mundo-Zug –, eine Stelle, wo Proust auf die Romane von George Sand zu sprechen kommt, die ihm seine Großmutter schenkte, und an diese Jugendlektüre während der Osterferien in Combray knüpft der Dichter ein paar Reflexionen über das Verhältnis zwischen dem romanhaften und dem wirklichen Erleben an, was mit der erwähnten Magie zu tun hat, er sagt da in etwa – natürlich müßte man sich an das französische Original halten –, daß bei intensiver Vertiefung in ein Buch jede unserer Emotionen verzehnfacht würde, weshalb uns ein großes Werk der *littera-tuur* wie ein Traum erschüttere, der freilich viel klarer sei als die nächtlichen Träume, die im somnolenten Endstadium nur Sekundenbruchteile dauerten.

Wie das möglich ist, hat die Tiefenpsychologie noch kaum erforscht, da gibt es aber einen Brief Rilkes aus dem Jahr 1914 – er konsultierte den Münchner Psychiater Stauffenberg im Hinblick auf eine psychoanalytische Behandlung –, wo er schreibt, daß sogenannte Nützlichkeitsmenschen – Sie sehen sofort die Parallele zu Musils Wirklichkeits- und Möglichkeitssinn im »Mann ohne Eigenschaften« – ohne weiteres Erleichterung erfahren könnten dadurch, daß man in ihnen einen »geistigen Brechreiz« erzeuge und sie ihre unverdaute Kindheit in Auswürfen von sich gäben, während er, Rainer Maria Rilke, und dies *notabäny* sagt er in der großen Schaffenskrise nach dem »Malte«, gerade auf das angewiesen sei, was nicht lebbar gewesen, weil es zu groß oder vorzeitig oder entsetzlich gewesen sein müsse, *sinthemaal ... jetz han i dr fade verloore.* Und er blickte mich etwas froschäugig an, als ob wir in einem Examen säßen – aha, jjja, er sei darauf angewiesen, *das die wonderbar schtell,* Engel, Dinge, Tiere und wenn es sein müsse sogar Ungeheuer um das zu Vorzeitige oder zu Entsetzliche herumzubilden. Befriedigt darüber, daß er das gewiß sehr entlegene Briefzitat hatte reparieren können, klopfte Jérôme von Castelmur-Bondo energisch die Pfeife aus und kommentierte: *s'isch s'höleglychnisss,* um gleich wieder bei Prousts Magie anzuknüpfen. Die Erschütte-

14

rung muß damit zusammenhängen, daß wir erfundene Figuren, Handlungen, Landschaften und Gespräche als wahrer empfinden als die realen; wahrer, weil sie unter dem Gesetz des Dichters – und nun hob er warnend den Zeigefinger, *erscht dieses dich-ters* – stehen und vom Zufall befreit sind, er spricht fast wie ein Physiker von den unfaßlichen Teilen der Seele, welche der Romancier durch ein Äquivalent von unmateriellen Teilen ersetze, so daß es zur Osmose – *oder wenn de lieber willsch, chemi-ker* ja, manchmal duzte der Emeritus Hermann Arbogast Brenner unvermittelt, was mir lieb war – kommen kann. Das ist es, was uns die Sprache gerade dann verschlägt, wenn einer wie Proust souverän über alle *nüangsce* des unendlich schmiegsamen Wortes und Schachzüge der Syntax verfügt, wir verstummen, fühlen uns aber innerlich um so lebendiger, als wir teilnehmen an einer breiten Skala von Gefühlen vom tiefsten Schmerz bis zum reinsten Glück – gewisse Natalie-Dialoge im »Nachsommer«, blau wie Aquamarin –, wie sie das Leben nie vermitteln kann, weil die Trägheit, mit der sich diese »emotions« einstellen, die Intensität quasi aufzehrt, es entsteht so etwas wie ein Reibungsverlust, *um's churz z'sägge*, was ich mit meinen 87 Jahren in schwerfälliger Sukzessivität erlitten habe und was mich in Entzücken versetzte, durchlaufe ich bei der Romanlektüre mit Siebenmeilenstiefeln, eine Liaison, eine Trennung, sie können in einem Kapitel dargestellt werden. Darum ist das Wort von der Magie des Traumes so zutreffend.

Da Jérôme von Castelmur-Bondo einen Schluck Aigle nahm, wie um das zahnchirurgisch Herausgemeißelte herunterzuspülen, und anschließend seinen arg zerkauten Schmurgel wieder zum Qualmen zu bringen versuchte – warum nur leistete er sich keine Dunhill-Bruyère –, konnte ich ihn mit der Frage unterbrechen, ob er einen synoptischen Sprung zu Hofmannsthals »Ein Traum von großer Magie« gestatte. Wobei der geneigte Leser, dem gegenüber ich nicht genug beteuern kann, daß ich im Vergleich zum Schloßherrn, zu Bert May oder gar Adam Nautilus Rauch der Unbelesensten einer bin, wahrscheinlich als Spätfolge davon, daß unsere Klasse in der Realabteilung der Aargauer Kantonsschule in Aarau ein geschlagenes Jahr lang mit Schillers »Wallenstein« gefoltert wurde, nicht etwa argwöhnen muß, ein solches Poem gehöre zu meinem aktiven Literaturschatz, ich habe es vielmehr in Vorbereitung auf das Gespräch über Leonzburg-Combray, zumal ich von der »Recherche« keinen Buchstaben kenne, abgeschrieben aus einem Taschenbuch, um nicht an Konversationsinsuffizienz leiden zu müssen. Das gehört zu meinem Vertrag in Brunsleben, nicht die Lektüre im einzelnen mit dem so literaturbewanderten Historiker zu teilen, das wäre zuviel verlangt, aber doch »ansprechbar zu sein auf des Vermieters Lieblingsthemen«, so der juristische Wortlaut, denn in der Tat, es ist ein zweischneidiges Schwert. Wer sich, um in die Magie des Traums zu sinken, einem bestimmten Schriftsteller intensiv widmet, befindet sich einerseits in einem Kommunikationsreichtum sondergleichen, er wird auf allen Antennen zugleich bespielt, anderseits aber auch in einer dialogischen Armut, die pathologische Züge annehmen kann, wie anders ließe sich denn das Phänomen erklären, daß professionelle Leser unentwegt über das reden müssen, was sie in der Stille aufgenommen, als ob sie, wenn es uns erlaubt ist, noch eine Weile beim Traum-Bild zu bleiben, die hellseherisch erfaßten Fetzen nach jeder Nacht zum Analytiker tragen müßten, mit dem Unterschied, daß sie den Therapeuten dafür zu bezahlen haben, daß er ihnen *ablost*, einen Freund, Gast, Besucher, Partner aber nicht.

Isch mer nit gägewärtig, erwiderte der tiefer und tiefer in seinen Palazzo-Bondo-Fauteuil sinkende Emeritus mit einem höflich einladenden Nicken, ich meinte, *hätti gmeint*, die sechste Strophe, wo es vom Magier, dem Ersten, Großen heiße: »Er bückte sich, und seine Finger gingen / Im Boden so, als ob es Wasser wär«, riesige Opale ließen sich aus diesem Wasser fischen, sie fielen ab, was ich nicht begriffe, als tönende Ringe, das heiße, korrigierte ich mich ganz verwirrt darüber, so ausgiebig zu einem Votum zu kommen, ich könne die Stelle natürlich in einen Zusammenhang bringen mit meinen bescheidenen Künsten als Gelegenheitszauberer, das eine sei die Durchdringung fester Materie durch feste Materie, das andere mit den Opalringen sowohl die »Wunderbare Vermehrung« als auch eine typische Coin-Magic-Performance, bei der in meiner persönlich bevorzugten Routine ein Einfränkler in einen Zweifränkler, dieser in einen Fünfliber, das Fünffrankenstück in ein Goldvreneli, dieses wiederum in einen Kaiser-Franz-Josef-Dukaten und letzterer in eine Fünfhundertfrankennote verwandelt würden, welche zum Entsetzen des Zuschauers in der Taubenkasserolle verbrannt und ihm als »Asche auf sein Haupt« gestreut würde. *Do dermit het s'zauberhafte gedicht vom Hofmannsthaal, wo übrigens im jaaahr säch-zäh sehr äng mit em Rilke isch befründet gsy, nü-üt z'tue, mon cher, ich mag mi bsinne, dr magier duzt »die längst hinabgeschwundenen Tage«, sodass si weder ufedäm-mere,* trauervoll und groß, und dann, darin liegt die Parallele zur Zauberkraft des Dichters in der Proust-Stelle, die elfte Terzine, *es sind klassi-schi ter-zine, lönd sie mi lo überlege, ahhh jahhh*: »Er fühlte traumhaft aller Menschen Los, / So wie er seine eignen Glieder fühlte ...«, das heißt, er spricht in eines andern Sache, man muß sich vor Augen halten, daß das griechische »magos« – Griechisch, nie gehabt! – ursprünglich die Mitglieder einer medizinischen Priester-Kaste meint und erst viel später den Sinn »Traumdeuter, Zauberer« annimmt, freilich auch, *i gibe ihne rä-cht,* »Betrüger«, die Quelle des aus dem Iranischen stammenden Lehnwortes ist so dunkel wie der Ursprung der Magie selbst, wobei wir ja unterscheiden müssen zwischen Weißer und Schwarzer Magie, letztere versteht es, sich übersinnliche Kräfte dienstbar zu machen, hebt sich also in mephistophelischer Weise von der »Durchdringung von Materie durch Materie« ab, *aber öppis ganz anders, säge zi, de amerikaaner daa, wo chürzli im fern-seeh dur di chine-si-schi muur gschritte isch als wär si lufft, wi isch das mög-lich, da gaaht's doch um optischi tüü-schi-ge, ma cha ja schnyde.* Nein, nein, mußte ich dagegen einwenden, sollte sich je herausstellen, daß die Regie etwa mit der Blue Box arbeitet oder dem Schwarzen Kabinett, ist das Thema Zauberei für das Fernsehen erledigt, Herr Professor, gibt es so etwas wie ein akademisches Amtsgeheimnis, können Sie ein solches Geheimnis bewahren? *Natür-li chchan i dass.* Ich auch, Herr von Castelmur-Bondo, wenn ich Ihnen den alten Houdini-Trick verrate, scheiden wir beide enttäuscht aus diesem Tabakskollegium, Sie, weil Sie damit fertig werden müssen, daß Sie, wenn auch auf amüsante Weise, für dumm verkauft wurden, Sie stürzen in eine Identitätskrise, zweifeln an Ihren fünf Sinnen und an Ihrer Intelligenz, ich, weil ich den Magischen Eid gebrochen habe: Abrakadabra-Simsalabim, bei Dante, Bellachini und Houdini, ich halte geheim, was ich weiß, und nie verrate ich meine Kunst.

Ob es aber nicht auch so sei, daß, wenn Jérôme von Castelmur-Bondo, der nur kurz gelacht und bemerkt hatte: *schwamm drüber*, die Lektüre so hoch einstufe, weil der Romancier über die traumdeuterische Gabe verfüge, uns ganz in seinen Bann zu schlagen, doch auch ein Element des Hinters-Licht-Führens dabei sei, ob der wunderbare Schein, den er erzeuge, nicht auch empfindlich trügen könne. Mir komme da, wenn ich gerade wieder die Erstausgaben von Thomas Mann im weilandigen Cigarrenschrank seines Vaters bewundere – darunter den »Zauberberg«, in dem der Held, wie mir zufällig bekannt sei, sage, ein Tag ohne Tabak wäre für ihn der Gipfel der Schalheit, man esse eigentlich nur, um hinterher rauchen zu können –, das Ateliergespräch zwischen Lisaweta Iwanowna und Tonio Kröger in den Sinn. Diese Novelle hätten wir in der Kantonsschule gelesen, es habe, so heiße es da, eine empörend anmaßliche Bewandtnis mit der oberflächlichen Erlösung und Erledigung der Gefühle in der Literatur, wem das Herz zu voll sei, der brauche bloß zum Skribenten zu gehen, der werde seine Angelegenheit analysieren und in die passenden Worte kleiden, ob Herr von Castelmur-Bondo damit einverstanden sei, daß die Parallele zum Störschneider nicht ganz von der Hand gewiesen werden könne, der Betroffene, so Thomas Mann, werde geklärt und gekühlt von dannen ziehen, und Tonio Kröger frage dann Lisaweta, über den eigenen Stand empört, ob sie ernsthaft für diesen eitlen und kalten Scharlatan eintreten wolle, kurz, Hermann Arbogast Brenner sehe in diesem Schamanentum das krasse Gegenteil zu dem, was sein Gesprächspartner über die Magie des Lesens bei Proust ausgeführt habe. Und er finde sich, wenn er auf Hofmannsthal zurückgreifen dürfe, durch diesen Dichter bestätigt, der im Dramolett »Der Tor und der Tod« Claudio sagen lasse: »Wo andre nehmen, andre geben, / Bleib ich beiseit, im Innern stummgeboren / ... / Wenn ich von guten Gaben der Natur / Je eine Regung, einen Hauch erfuhr, / So nannte ihn mein überwacher Sinn, / Unfähig des Vergessens, grell beim Namen / ... / Und auch das Leid! zerfasert und zerfressen / Vom Denken abgeblaßt und ausgelaugt.«

Jérôme von Castelmur-Bondo, dem die Pfeife im Mund erkaltet war, ließ seinen sinnenden Blick der altrosa-brokatgüldenen Fumoir-Tapete entlangspazieren, die zumal an jener Nahtstelle, wo der Palas in die Bergfriedrundung übergeht, auch unter der madurobraunen Lärchendecke von der Winterfeuchte in den Bruchsteinmauern etwas schadhaft geworden ist. Er schien die einzelnen Wandkerzenhalter, die im Louis-quatorze-Stil gehaltenen Appliquen nachzuzählen, verweilte auf den rissigen Rücken der dicht bei dicht stehenden Scharteken von Treitschke, Ranke, Mommsen, alle aus dem Berliner Semester anfangs der zwanziger Jahre, wo es in seinem Kolleg bereits Couleurbrüder gab, die zum Antworten zackig aufstanden und sich auf die Frage nach ihrer politischen Zugehörigkeit stolz zur NSDAP bekannten, und erst nach diesem Innehalten, nachdem ich die Rey del Mundo absterben ließ, mein schwarzes Calf-Etui zückte und nach einer Bahia-Exporte griff, Alonso Menendez, Originalverpackung rötlich geselchtes Sandelholzkistchen, stempelgrüne Banderole »Republica Federativa do Brasil«, sagte er, ich kann Ihnen, was das zutiefst Dubiose des Magischen in der *littera-tuur* betrifft, nicht ganz unrecht geben, denken wir nur daran, daß Proust seine »Recherche« unter heftigen Asthmaanfällen schrieb in diesem mit Kork abgedichteten Zimmer, daß er das Tageslicht scheute, und Tonio Kröger, auf den Sie sich berufen, erzählt seiner Freundin denn auch die etwas bizarre Geschichte des Bankiers, der in seiner Freizeit Novellen verfaßte, dessen Begabung aber erst zum Durchbruch kam, als er wegen Veruntreuung von Geldern eine Freiheitsstrafe zu verbüßen hatte, woraus der verirrte Bürger, der sich so sehr nach den Wonnen der Gewöhnlichkeit sehnt, den Schluß zieht, daß es vonnöten sei, in irgendeiner Art von Haftanstalt zu Hause zu sein, wenn man zum Dichter werden wolle, traun fürwahr, diese Erkenntnis schmeckt bitter – Jérôme verzog etwas angewidert den Mund, so daß die Goldfüllungen der Zähne aufblitzten –, vielleicht müßte man statt von naiven und sentimentalischen von anständigen und fahrenden Künstlern sprechen, wobei letztere den Vorzug einer ins Aberhitzige gesteigerten Pikanterie haben. Man denke nur an den Cavaliere Cipolla in Thomas Manns Erzählung »Mario und der Zauberer«; zu dem jungen Italiener, den der Forzatore und Prestidigitatore dazu bringt, dem Publikum die Zunge herauszustrecken, sagt Cipolla: »Du tust, was du willst. Oder hast du schon einmal nicht getan, was du wolltest? Was nicht du wolltest?« Sie merken, wie das Negationswort in der suggestiven Variation der rhetorischen Frage immer näher an das Subjekt herangemogelt wird, der hypnotische Willensentzug ist in der Conférance vorbereitet, präpariert, und wenn der Zauberer hinterher sein Opfer auch noch parodiert: »Bè ... das war ich«, ergibt sich eine zynische Doppeldeutigkeit, tatsächlich hat er selber mit Hilfe seines Mediums dem Publikum in Torre di Venere die Zunge gezeigt.

So weit kamen wir in Sachen Leonzburg-Combray an diesem frühsommerlichen Spätnachmittag beim Apéritif, denn Amorose schlug den Gong im Treppenhaus, was soviel bedeutete wie, es ist angerichtet, Jérôme von Castelmur-Bondo arbeitete sich aus seinem Sessel hoch, nahm den vollen

Aschenbecher und schmiß den Rey del Mundo-Kadaver über die Kastanien-, Eichen- und Ulmen-Kronen aus dem Fenster in die tiefe Dogger-Klus. Dann griff er zum Stock und ließ mir den Vortritt, über die hell ausgetretenen Lindenstufen, jede mit jahrhundertealten Vertiefungen, gelangten wir in den ersten Stock hinunter, wo der Diener in der weißen Uniformjacke und mit den schwarzgefärbten, rötlich schimmernden Haaren vor der Eßzimmertür stand, die Hände auf dem Rükken verschränkt, und mich mit einem Lächeln, das schwer zu deuten war, hinauskomplimentierte. Jean-Jacques Amorose heißt er mit vollem Namen, Jérôme ruft ihn meistens Jean, wobei die Modulation der Stimme die Tonfolge c-a-h ergibt. Wir werden auf den Combray-Aspekt von Leonzburg beim Besuch des Komponisten Edmond de Mog in der alten Landweibelei, diesem in einem tief verzauberten Garten schlummernden Berner Patrizierhaus mit dem breit ausladenden, sanft gekrempten Dach zurückkommen, vielleicht beim Anhören des durch Illiers inspirierten dreisätzigen Werkes, das im Auftrag des Dirigenten Paul Sacher entstanden ist, eine nicht als Programm-, sondern als absolute Musik zu verstehende Fantasie, deren erstes keckes Thema den Connaisseur – immer wieder, nicht nur in der Tabakbranche, stoße ich auf diesen Ausdruck – in D-Dur anspringt. Zunächst aber muß ich versuchen, mich der benachbarten Kreisstadt über eine andere Tonalität zu nähern, einen Zauberklang meiner frühesten Kindheit in Menzenmang im Aargauischen Stumpenland.

2. Schuco-Malaga
Wuhrmann Habana

Es gibt Urphänomene aus dem Reich der Töne, Farben und Gerüche, sie sind oft, unerachtet ihrer Zufälligkeit, dazu prädestiniert, eine Existenz gewissermaßen wie ein Saiteninstrument zu stimmen, und der Erwachsene, wenn er ein Konzert, eine Ausstellung, eine Theateraufführung besucht, forscht, wie nach dem verschollenen Bilderbuch, nach Spuren dieser frühesten magischen Anmutungen. Ich entsinne mich ganz genau eines Nachmittags im großelterlichen Restaurant Waldau, als mir, ich dürfte etwa drei Jahre alt gewesen sein, die obligate, für mich immer quälende Bettruhe verordnet wurde, denn wie in der Ecke des Elternschlafzimmers in der Fabrikantenvilla an der Sandstraße in Menzenmang – *fabrikants*, der nobelste Genitiv – wurde ich auch im sogenannten Judengemach, das auf die große Terrasse über dem Säli hinausging, mit Gummizügen festgeschnallt, die Tür stand offen, man hörte die Geräusche des Wynentals, die Niethämmer in der Stanzi oder Plaggi, das Rangieren von Rollbock-Güterwagen im Aluminium-Areal, einmal den Pfiff einer Lokomotive, vielleicht, als fernes Kreischen, Schulkinder auf einem Pausenplatz, ansonsten Langeweile, welche tote Fliegen zählte, in der Gaststube Stühleschirken, womöglich ganz leise filzgedämpft das Klicken und Klacken von Billardkugeln, meine Eltern halfen ihren Schwestern und Schwägerinnen oft beim Servieren, wenn besondere Anlässe bevorstanden, sie *i schwindu* kamen, es ist denkbar, daß im Säli die Tische für den Männerchor Frohsinn gedeckt wurden, denn im Office schlug immer wieder die Schwingtür, in der Kalten Küche herrschte diffuser Betrieb. Das Kind, wenn es angebunden und schlaflos am heiterhellen Tag im Bett liegt, eine Paradoxie sondergleichen, versucht sich zu orientieren, das einzig Freie an ihm sind die Sinnesorgane, und da hörte ich plötzlich ein paar kurz angeschlagene Pianoakkorde, die mir die Tränen in die Augen trieben, so heimwehhaft glitten sie dahin, ein Hauch Silvesterzauber mitten im sommerlichen Alltag; naturgemäß verstand ich als kleiner Stumpen nichts von Musik, aber als ich Jahre später bei der Cousine meines Vaters im Pfendsackschen Haus an der Oelbergstraße Harmonielehre genoß, wurde es mir möglich zu begreifen, was mich ergriffen hatte, diese Klangfolge, in der wie in der Danziger Flasche Goldplättchen zu schwimmen schienen, zu analysieren, es hatte sich um eine absteigende Kadenz von großen und kleinen Sexten gehandelt, die Reihe mußte, in C-Dur gedacht, mit dem Intervall g-e begonnen und mit f-d geendet haben, das heißt, sie stieg von der Tonika mit dem Quartsextakkord ohne c über die Dominante in die Subdominante ab, was der Blues-Melancholie entspricht, blieb aber nicht auf a-f stehen, sondern zwei Schritte tiefer in d-Moll.

Nun weiß man, daß der junge Mozart seinen Vater in den Wahnsinn treiben konnte, wenn er eine Septime unaufgelöst ließ, noch viel gallenfördernder war das Verharren auf f-d, welches Intervall mit dem unterzogenen Mollton a nach der G-Septime und der Befreiung durch die Tonika verlangt, und mit dieser Spannung mußte ich nicht nur die zwei Ruhestunden im Judenzimmer, mußte ich die ganze Pubertät bis zur Harmonielehre überleben, und wenn man bedenkt, daß es vielleicht bloß die Serviertochter Irmeli war, die sich in einer ausgelassenen Laune oder in einem Anfall von Traurigkeit am hundekotbraunen Burger & Jacobi-Klavier mit den nikotingelben Tasten versuchte, mag der geneigte Leser dieser Tabakblätter ermessen, welche Zufälle die Kindheit eines Künstlers oder besser Artisten regieren, anderseits wie immens die Macht – und hier durchaus Magie – der Musik über das noch ungebildete Gemüt ist. Weinen mußte ich aber auch deshalb, weil mich die absteigende Kadenz g-e, f-d, e-c, d-h, c-a, h-g, a-f, g-e, f-d dazu verführte, an das Kornbild im Säli zu denken, eine in zartem Lila, stumpfem Gold und staubigem Grün gehaltene Landschaftsstudie jenes Strichs unterhalb des Stierenbergs unweit der Waldau, wo die Wachtel-

wiese bei den drei Eichen, *drüeich*, von der nach Rickenbach
führenden Erlkönigstraße begrenzt wird. Das kleine, stuck-
weiß gerahmte Ölgemälde zeigte nicht mehr als einen leicht
geschwungenen Pfad, der sich im Halmicht eines massig
wogenden Ährenfeldes mit Andeutungen von Klatschmohn
unter der wehmütig gespannten Ballonseide des Sommerhim-
mels mit ein paar Gewitterwolkenbäuschen verlor, gleich der
Sextenfolge, die fast polkahaft begann, endete die Getreide-
schneise im Niemandsland und gab dem in der Langeweile
schmorenden Kind, das so sehr *langizyt* nach der Mutter
hatte, das Rätsel auf, wie wohl der Weg hinter der Biegung
aussehe, ob er in der Bildtiefe überhaupt noch »da« sei. Ich
habe Jahrzehnte später in schwerer Krankheit, als mir das
autogene Training beigebracht wurde, zur Formel »Atem
ruhig, regelmäßig, Stirne kühl umfächelt« immer dieses
mauve-güldene Kornfeld halluziniert, auf dem Liegestuhl
unter den Kanadischen Silberpappeln auf der Kiesterrasse
von Menzenmang das sorgensucherisch wehe Korngemälde,
auf der Couch von Doktor Rohnstein in Buchs das Waldauer
Bild, überall immer diese eine Landschaft.

Menzenmang, Leonzenmang. Wenn hier so ausschweifend
von der ersten Begegnung mit dem Reich der Töne die Rede
war, so meiner Gewißheit entsprechend, und nun muß ich zu
einem robusten Wuhrmann-Stumpen greifen, Habana, zuk-
kertütenweißes Bundpäckchen, Cigares de Tabacs Superieu-
res, »Stumpen« kommt vom französischen »stoump« und
meint eine beiderseits gerade geschnittene Rauchrolle, so daß
das Brandende mit einem roten »Feu« gekennzeichnet werden muß, tiefstes Madurobraun, ja meiner Erinnerung
gemäß, daß wir als Kleinkind nicht aus einem mythologischen Dunkel zu einem chronologisch gegliederten Erleben
erwachen, sondern daß es Gerüche, Farben, Klänge sind, an
denen sich einzelne Lichtinseln festmachen lassen, Bohrinseln
sozusagen, und einer dieser Urklänge war »Malaga«. Malaga
gab es bestimmt in den Lagern des Waldau-Kellers, in dessen
spinnwebenverhangenes *karfangenes* Tonnengewölbe mich

meine Bubenexpeditionen führten, Malaga hat aber in diesem Wuhrmann-Habana-Abschnitt mit Leonzburg-Combray zu tun, dergestalt, daß mich mein Vater, von Beruf Versicherungs-Inspektor, da ihn weder das Wirten noch der Handel mit Rohtabak zu fesseln vermochten, ab und zu auf seine Expeditionen mitnahm, er sagte dann zur Mutter: *i goh hött of d'reis und nehme de hermannli mit, wenn'd nüt derwider hesch*, so bin ich schon als Knirps in seinem Rayon *zäntomecho*, begleitete ich die Friedhofgroßmutter *of de löitsch*, so meinen Vater auf seinen Dienstreisen, und die erste, an die ich mich erinnern kann, mag, will oder dürfen zu meinen glaube, führte nach Leonzburg-Combray. Mit dem lotusschwarzen englischen Veloziped, das eine Vollverschalung für die immer gut geschmierte Kette und auf dem Gepäckträger einen vernickelten Kindersitz mit zwei Fußtritten hatte, die mich besonders beeindruckten, fuhren wir, den Park der Fabrikantenvilla auf der Südseite verlassend, wo vier steile Pappeln das Tor flankierten, die Zwingstraße ins Dorf hinunter, am Feuerwehrmagazin, an der *teeri*, am Areal der Kabeltrommeln aus Brugg, am Häuslerhaus und an der Schule, diesem uringelb vermörtelten Tobsuchtswürfel, vorbei, bogen um die Verkehrsinsel, wo die Nachtbuben ihre Beutestücke vom Ersten-Mai-Samstag zur Schau stellten, in die Bahnhofstraße ein, passierten die Webersche Kartonnage, die Konditorei Eichenberger, in der es vielleicht die Madeleine zu kaufen gab, die Papeterie Wildi und die Sattlerei und gelangten so zum leicht erhöht gelegenen Bahnhof SBB, nicht WTB für Wynental-Bahn, wo mein Vater sein Dienstgefährt in den umbragrünen Postwaggon des Seetalers verladen ließ und wir auf knochenharten Drittklaßbänken der Dinge harrten, die da kommen sollten.

Wenn es mir vor dem erlösenden Pfiff und dem Kellengruß des rot bemützten Stationsvorstandes Müller zu betonen beliebt, daß wir mit dem See- und nicht mit dem Wynentaler fuhren, halte ich es nicht nur für angezeigt, den immer noch als geneigt vorausgesetzten Leser, dem ich für dieses Kapitel einen Wuhrmann B Habana verschrieben habe, zunächst nur krokimäßig in die Verkehrsgeographie von Menzenmang einzuweihen, sondern muß auch die viel spätere Erkenntnis vorwegnehmen – man sieht, immer wieder chronologische Simultankontraste –, daß mein Vater als Assekuranz-Vertreter für die Bezirke Kulm und Leonzburg, nicht aber für die Kapitale *Aarouw* zuständig war, dort ackerte sein erfolgreicher Kollege Nöthiger. Solche Zeitsprünge, Vor- und Rückblenden, Parallel-, Diagonal- und Contradictio in adjecto-Montagen, kurz Gedächtnis-Klitterungen, mit Mohn angesetzt, liegen in der Natur meiner Aufzeichnungen, weil eine Kindheit sich aus Sprengseln und Partikeln zusammensetzt wie die Cigarreneinlage aus den verschiedensten Tabaksorten von Sumatra, Havanna und Brasil bis zu reinen Würzhäckseln der Provenienzen Kentucky oder Latakia, und inwieweit dieses Arkanum als Wasserzeichen transparent wird, will sagen die von den Testrauchern zusammengestellte Komposition in der Mischbox »heiratet«, ist entscheidend für die Qualität des Genusses. Westlich wird das stumpenländische Dorf vom Stierenberg, der höchsten Erhebung im Aargau, begrenzt, östlich vom Kamm des Sonnenberges, der bei Reinach zu einem Sattel, der *Böiuwer höchi* abfällt, um dann zum gugelhupfförmigen Homberg mit dem vierbeinigen Aussichtsturm und dem beliebten Ausflugs-Restaurant »Echo vom Homberg« aufzusteigen. Südlich Menzenmangs trennt ein Moränenriegel die Mulde von Beromoutier im Luzernischen, nördlich öffnet sich das früher einmal euphorisch ins Auge gefaßte Kulmer Kreiszentrum »Rymenzburg«, eine Fiktion, die in der Verschleierung der Gemeindegrenzen von Reinach, Menzenmang und Burg durch Weichbild-Wucherobjekte längst traurige Tatsache geworden ist, zum sogenannten *Rynecher moos* hin. Der schmalspurige Wynentaler, weiland grauweiß-kobaltblau, heute seiner Straßengefährlichkeit wegen signalorange, verbindet die Endstation Menzenmang mit Aarau, ein kurioses Relikt aus der Ära der Südbahn-Wirren, der Seetaler, von Beromoutier kommend, das

Industrie-Dorf mit Beinwil, endvokalisierend im Dialekt *Beuwu* ausgesprochen. Dort, am hellen Hallwilersee, wo wir mit den Velos zum Schwimmen fuhren, wenn uns die braungebeizte *baadi* auf der Angermatt neben dem Friedhof zu eng wurde, steigt man in den echten Seetaler um, der die Leuchtenstadt Luzern mit Leonzburg verbindet und für den Anschluß an die West-Ost-Transversale Genf-Romanshorn sorgt.

Die circa einstündige Fahrt ist mir nicht mehr in Erinnerung, das Esbebestrische wird erst aufzutauen sein im Dankensberg-Kapitel, hingegen steigt die erstmals betretene Stadt zwischen Staufberg und Schloßberg, durch das Pneuma eines Wuhrmann B gefördert, im Lichttupfenstrauß eines vorjugendfestlichen, noch kühlen Junimorgens in mir auf, an dem mich der Versicherungsinspektor mit der Visitenkarte Hermann Brenner jun., auf die ich ebenso stolz war wie darauf, gleich zu heißen wie mein Vater, im Hotel Haller in die Obhut der Wirtin oder einer Serviertochter gab, weil er mit einer Police, auch dies ein magisches Wort, die Villa Malaga aufsuchen mußte. Vergeblich werde ich gezetert haben, ihn in die Witwenvorstadt begleiten zu dürfen, ich hatte zwar keine Angst, fühlte mich aber dem Neuen, das in dieser Großstadt, ja Weltstadt auf mich einstürmte, nicht gewachsen. Zu diesen Sensationen gehörte ein Rangiermanöver auf dem Seetalplatz, die kurzatmige, putschstirnige Lokomotive, eine Vokabel, die mit »Perspektive« zu tun haben mußte, zog einen einzelnen Güterwaggon an der Barriere vorbei und die im schattigen Häusermeer verschwindende Kurve hoch, worauf er nach kurzer Zeit mit einem SBB-Angestellten in blauer Pellerine im Bremserhäuschen wieder zwischen den rotweiß-rotweißen Gitterstangen erschien und selbsttätig über eine Weiche auf das Stumpengeleise rollte. O diese rußig-klumpige Masse des Stellhebels, o der filigran durchbrochene Signalarm mit der roten Kelle, o der verbrämte Schotter zwischen den Eichenschwellen, o diese erstmals beobachtete Doppelbarriere, o die Dachründe des Viehwagens, dies alles war absolut unerhört, auf der Station Menzenmang noch nie gesehen, es konnte nur möglich sein auf einem Bahnhof Stadt, schlicht das Prinzip Ablaufberg. Indessen und im Sinne der exotischen Überraschungen von Leonzburg-Combray faszinierte mich die Villa Malaga des südländischen Klanges, der Zypressen und Zitronenbäume wegen, die in meinem Innern vorgebildet waren, noch mehr, so daß ich das Hotel Haller als Arrestlokal empfand, nicht weit gefehlt, wenn man an die nahe Strafanstalt mit der oktogonalen Überwachungskuppel denkt.

Nun gibt es bekanntlich in der Elternpädagogik zwei Methoden, sperzige Kinder gefügig zu machen, entweder man bestraft oder man beschenkt sie, und mein Vater verblüffte mich denn auch damit, daß er etwas Wunderbares, Bezauberndes, Blendendes, Unikales, Herzentzückendes, Pyramidales, Toteleantes aus seiner Aktenmappe zog. Ein in rosa Ölpapier verpacktes Spielzeugauto, das Spielzeug, das Auto schlechthin, ein funkelnigelnagelneu glänzendes Schuco-Examico-Cabriolet aus dem Sortiment von Onkel Herberts Laden in Burg. In Fritz Ferschls und Peter Kapfhammers großem Schuco-Buch »Die faszinierende Welt des technischen Spielzeugs« heißt es über mein Modell: »Was hat ein richtiges Auto? Vier Gänge, Leerlauf, Kupplung, Rückwärtsgang. Welches Modell-Auto besaß so etwas schon seit 1936?« Der Schuco-Examico. Er war feuerwehrrot, rot gerippte Polster, er hatte eine Zahnstangen-Lenkradsteuerung, aufgemalte Armaturen, die typische Kulissenschaltung mit dem schräg nach unten zeigenden Retourgangschlitz, eine Handbremse, eine Hupe, ein Radio als Minimusikdosenwerk, einen seitlich vor der Tür angebrachten Kupplungshebel, einen richtigen, an das BMW-Vorbild gemahnenden Kühlergrill, zwei Chromzierleisten, ein Windschutzscheibchen und, den Benzinstutzen imitierend, ein Loch mit dem dazu passenden Aufziehschlüssel, die Antriebsräder waren nur als Halbräder zu sehen, die fleetwoodhaft geschweifte Kotflügelpartie zog sich ohne Unterbrechung der ganzen

Flanke entlang, die Türen in Form einer Satteltasche – heute
heißt ein Restaurant in Leonzburg so – waren eingestanzt,
zwei aufgelötete Silberösen markierten die Scheinwerfer, die
Heckhaube zierte das schwarze Nummernschild »Schuco«,
das dreispeichige Lenkrad war mit Griffrippen versehen, die
Pneus pirellihaft strukturiert.

Es tut mir leid, meiner beiden Geschwister Klärli und Kari
dergestalt Erwähnung zu tun, daß ich sie als allgemeine Ver-
schleiß-, Ramsch- und Verrottungsgesellschaft einführen
muß, denn alles Spielzeug, das Hermann Arbogast Brenner,
der Älteste, je geschenkt bekommen, gepflegt und gehegt hat,
ging nach dem ungesetzlichen Erbrecht von oben nach unten
ohne Entschädigung an Klärli und Kari über, wo es demontiert, ruiniert, verloren, am Pflanzplätz begraben oder sonst-
wie in die Verschollenheit geschickt wurde. Ein böses
Trauma, der Anfang vom Ende der Solidarität unter Brüdern
und Schwestern. Doch in einem Zürcher Antiquariat für
Märklinbahnhöfe, trommelnde Affen und blecherne Schrau-
bendampfer stand, ein halbes Jahr ist es her, mein Modell,
haargenau dasselbe, nur in Creme, auf dem Glastablar, und
mich reuten die geforderten 750,– Franken keineswegs, so
daß ich nun während der Niederschrift dieser Episode im Ein-
fingersystem auf der Mietmaschine Hermes 3000 mit der linken Hand das 14 Zentimenter lange und 5½ Zentimeter
breite Auto über die dicken Papierwellen des auf Seite 242,
Kapitel 8, Absatz 11 betreffs der Begriffe »Lenken, Weg,
Richtung« aufgeschlagenen Dornseiff steuern kann, einen
Radius von 24 Zentimetern nachmessend. Vom Literaturkri-
tiker Adam Nautilus Rauch habe ich mich darüber belehren
lassen, daß man diese Methode in der Romantechnik Restitu-
tionstherapie nennt, wobei ich selbstredend mich niemals als
Romancier, bestenfalls als seine Existenz zu Ende rauchender
Prosamer verstanden gewußt haben möchte, aber das Ver-
fahren, das ich bei meinen Freunden Irlande von Elbstein-
Bruyère und Bert May, ja auch bei Jérôme von Castelmur-
Bondo so bewundere, hat etwas Frappantes. Wir begreifen

vermittelst der Anschauung den Maßstab vom Kind zum Erwachsenen, so kann ich auch ergänzen, was für den damals Dreijährigen noch nicht entzifferbar war, was auf dem schwarzen Unterboden steht: Schuco-Examico 4001, Patents Applied in England–Schweiz–USA–Japan–Italia.

Und heute, da ich mir, weil die Befristung meiner Existenz auf zwei bis drei Jahre jegliches Sparen, Geizen und Hamstern absurd erscheinen ließe, den vom Schuco-Examico ausgehenden Jugendtraum erfüllt und einen Ferrari 328 GTS mit abnehmbarem Hardtop geleistet habe, rossa corsa, rennrot, Spitzengeschwindigkeit 260 km/h, muß ich gestehen, daß keine noch so legendäre, noch so reinrassige und sogar vom Papst heiliggesprochene Sportwagenmarke an meinen im Hotel Haller in Verkehr gesetzten Schuco-Wagen herankommt, den ich, weil mich die Kundschaft des Vaters so lange beschäftigte, sogleich »Schuco-Malaga« taufte, und dieweil der Versicherungsinspektor Hermann Brenner jun. mit dem damaligen Inhaber der Malaga-Kellereien an der Niederlenzer Straße über so rätselhafte Dinge debattierte wie Lebens-, Alters-, Invaliden-Assekuranzen, Prämien, Risikozusatz und Doppelauszahlung im Todesfall, fuhr ich im Hotel Haller auf dem Parkettboden, die Riemen, diagonal versetzt, als Straßennetz benützend, mein rotes Cabriolet spazieren, entdeckte bald, daß das Stoßen und Steuern von Hand viel interessanter war als das Abschnurren des Federwerks, weil man nämlich stufenlos beschleunigen konnte, und ich befuhr, noch nichts von der Topographie der Schloßstadt ahnend, den Bleichenrain und die Aavorstadt, die Rathausgasse und die Postgasse, schoß den Malagarain hinauf auf den Freiämterplatz, die Handbremse anziehend und den Gegenverkehr durchlassend, der so kurz nach dem Krieg noch nicht sehr groß sein konnte. Ich erwarb meinen vorschulischen Führerschein, dieses spiegelglatt gebohnerte Parkett im Hotel Haller bedeutete mir die Welt, es stellte die härtesten Anforderungen an die Bereifung, einerseits hupend, anderseits Radio hörend – die Melodie »Ich bin von Kopf bis Fuß auf Liebe eingestellt« als Musikdosengeklimper – funktionierte ich Tische zu Bergen, Teppiche zu Wiesen und eine Ofennische zur Garage um, ein Bügelbrett wurde zur steilen Rampe, ich prüfte den Uhrwerkmotor, und siehe, der rote Flitzer schaffte die Steigung im ersten Gang, Leonzburg-Combray wurde zu meinem Maranello. Ich, der für die Dauer einer Versicherungsberatung Verdingte, war der Commendatore. Ich saß an den Schalthebeln der kindlichen Macht, steuerte die Zeitvernichtungsmaschine auf Rädern, war vor meinem Vater automobilisiert, und selbst als er zwei Jahre später anno 1947 zu Hause an der Sandstraße mit einem spinatgrünen Fiat Topolino vorfuhr, an dem das einzig Attraktive ein Faltdach und die gelben Räder waren, fühlte ich mich als der Überlegene mit meinem Malaga-Cabriolet, ein Magier der Straße, zwei Bauklötze dienten mir als Wagenheber, wenn ich mit meiner Kinderbillettzange und Mutters Nähnadeln Reparaturen ausführte.

Mein Vater, der du im Alter von 72 Jahren auf der Innerortsstrecke von Birrwil, *Birrbu*, von einem Sattelschlepper aus Dürrenäsch gerammt und in deinem Fiat – einmal Fiat, immer Fiat, fiat justitia pereat mundus – so zu Tode gestaucht worden bist, daß man dich mit an die vierzig Frakturen aus dem Wrack schneiden mußte, du hast mir damals in Leonzburg-Combray zum Katalogpreis von Fr. 7,80 ohne besonderen Anlaß, nur um mir die Langeweile überbrücken zu helfen, ein Geschenk gemacht, das mehr wert war als heute ein Testarossa, um so verbrecherischer die heillose Verschrottung der Occasion – *en occasioon* – durch meine Geschwister, du hattest, ein echter Kaufmannssohn wie dein Hermann, in deinem gewiß nicht idealen Beruf Erfolg, weil du großzügig, kulant und philanthropisch warst, erst einmal investieren, dann kassieren – nicht, sie sehen nichts und ernten doch –: das habe ich seit jenem denkwürdigen vorjugendfestlichen Junisommertag im Hotel Haller von dir gelernt, du hast ganz unten angefangen, Milchflaschen bei Onkel Herbert *i de miuchi* gespült, *gütterlibotze*, die kaufmännische

Lehre in der ehemaligen Stricki deines Onkels Otto Weber-Brenner, heute Firma Burger Söhne, war dir, ich weiß, ein Greuel, beim Postaustragen versäumtest du die Hälfte eines Bürovormittags, um Häuserskizzen anzufertigen, nach dem Börsenkrach standest du vor dem Nichts, als Versicherungsagent den Kunden nachzureisen war sicher das Letzte, was du dir in deiner Waldau-Jugend erträumt hattest, ich werde mir als Unterfertigter dieser Aufzeichnungen des öfteren erlauben, das Wort direkt an dich zu richten, mein Vater.

Übrigens war mein Schuco-Examico-Malaga eine getreue Nachbildung des BMW 328 Cabriolet, Bristol Motor, aus der Vorkriegszeit, und eigentlich müßte ich die Rechnung für das cremeweiße Double meinen Geschwistern vorlegen, so teuer kommt euch heute zu stehen, was ihr damals in eurem Unverstand ruiniert habt, doch seit mich meine Familie in Brunsleben verlassen hat, meine Frau Flavia, die Bündner Juristin, und in ihrem Gefolge nolens volens die beiden Söhne Hermann Christian Laurent und Matthias Wolfgang Kaspar, ist auch zu Klärli und Kari jeder Kontakt abgebrochen, das ist verständlich, sie gehen ihre langen Wege, ich den meinen kurzen. Was solls, daß der Älteste schon im Mutterleib die schlechteren Voraussetzungen hatte als die Nachzügler, es hat sie nie gekümmert, man kann das gynäkologisch beweisen, das Becken ist noch eng, der Weg durch den Geburtskanal eine Tortur, zu schweigen von den Ängsten der Patientin im Kreißsaal, von der Panik, die sich auf den Säugling überträgt, wenn der Sauerstoff knapp wird, die Blutversorgung aussetzt, das Gesellinnenstück beinahe scheitert, *abverheit*, erblickt man im Sturz das Licht der Welt, leidet man zeitlebens an Agoraphobie, das heißt, man meidet weite, sonnenhelle Plätze, sucht Arkaden und Nischen auf, im Falle der Zangengeburt, Forceps, stellt sich Klaustrophobie ein, und was ist mein Winterhobby, der Bobsport, denn anderes als der unter Wiederholungszwang stehende Versuch, den Kanal noch einmal zu bezwingen, präzis und schnell, in den Horse Shoe rein, Druck 4 g an der Wand mit dem bleckenden Eis-

zapfengebiß von »monsieur winter go home«, sobald man
die Innenbancina vor dem Telephone Corner sieht, mit einem
Seilzwick raus, rein, paff, raus, Sturzgeburt auf blankem Eis,
eine Katastrophe, man schlittert in der Siorpaes-Büchse, im
schwarzen Blechsarg hin und her schlagend, mit dem Helm
die Bahn dengelnd bis in die Zielkurve Martineau hinunter.
Zwar profitieren die Geschwister ungemein von unserer Pio-
nierleistung, doch wie alle Windschattenverwöhnten, dies
nun wieder ein Ausdruck aus dem Automobilrennsport, Ferrari, die roten Renner von Maranello mit dem »cavallo rampante« als Emblem, revanchieren sie sich mit Geiz, Abergeiz
und nochmals Geiz, nie käme ihnen eine Geste in den Sinn, da
eine Kiste Hoyo de Monterrey des Dieux, einfach dafür, daß
es im Streitfall immer hieß, der Ältere hat der Vernünftigere
zu sein, dafür, mein lieber Hermann Arbogast, daß du ein
wenig für uns gepfadet hast, *mit de schnüüzi*, oder dafür, daß
den Eltern für dich der Holländer aus Holz noch zu teuer, für
uns der Puppenwagen mit Verdeck und das metallene Ruder-
velo eine Selbstverständlichkeit war, anderseits zum Beispiel
– ich zähle ja nur x-beliebige Beispiele auf – dafür, daß wir
deine Wesa-Liliput-Bahn nicht nur zuschanden demontiert,
sondern erst noch an deiner Statt das Märklin-Krokodil samt
Schienen und Weichen und Zubehör geschenkt bekamen,
dafür etwa, was Klärli betrifft, daß sie dank meiner Fürspra-
che in Zürich Germanistik studieren, eine Zweizimmerwoh-
nung nehmen durfte, oder hinsichtlich Karis, daß ich der ehr-
geizigen Mutter klargemacht habe, ein Schulversagen mit
zwölf Jahren sei noch keine Lebenstragödie, auch ein Sekun-
darschüler – die Crème de la crème mußte ja unbedingt in die
bez – könne einen anständigen Beruf erlernen. Dies alles wäre
mehr als Grund genug für eine Cognac-Rente, statt dessen
wird uns die Bevorzugung dessen aufgerechnet, der alles
schon früher verwirklichen durfte als die Nachgeborenen,
gibt man uns die Schuld, wenn wir im Beruf etwas Extraordi-
näres erreichen, sie dagegen Kandidaten der Mittelmäßigkeit
bleiben. Was auch nicht stimmt, Kari ist heute einer der

gefragtesten Landschaftsarchitekten, aber er »mußte« eben, von der Pike auf, während Klärli die gebratenen Tauben in den Mund flogen, Klärli dilettiert mit einem Teilpensum an einem Gymnasium herum, item, ich habe mir den Schuco-Examico zurückerobert, habe meinen Söhnen das Krokodil und den Roten Pfeil von Hag und die braune Loetschberg-Lokomotive und den Rangiertraktor und die Re ¼ und die attraktivste Dampflok mit Tender und echter Rauchbildung geschenkt, immer den älteren Hermann und den jüngeren Matthias genau gleich behandelnd, gewiß ist mir auch bewußt, daß man aus den Fehlern, die man als *lehrplätz* erdulden mußte, nur insoweit lernen kann, als man sich einen Freiraum für andere Erziehungsirrtümer schafft, aus lauter Märklin-Überdruß werden meine Buben vielleicht einmal ausgerechnet von der inzwischen zu einer teuren Antiquität avancierten Wesa-Liliput schwärmen, Inkwil im Kanton Bern, größte Kletterfähigkeit aller Kleinbahnen, Speisewagen mit Beleuchtung lieferbar.

Und ich frage mich gerade eingedenk des Proust-Gesprächs mit Jérôme von Castelmur-Bondo, weshalb uns solche Erinnerungsträger aus der Kindheit so wichtig sind, weshalb wir in weitesten Bögen und ins Unendliche ästelnden Hyperbeln zu unserer Suche nach der verlorenen Zeit ansetzen, auf das ganze Spektrum der Gegenwart sogar ad interim zu verzichten gewillt sind zugunsten einer einzigen, aber kirchenfensterhaft inglasig rubinrot oder honiggelb brennenden Farbe der Vergangenheit. Ich frage und möchte mit Benn, den Bert May so haßt, sagen, ich weiß es auch heute nicht und muß mich nun reisefertig machen, Spielzeugen der Zeit, Anker-Bausteine, Meccano-Zahnräder, Wesa-Bahnhof Arosa mit echten Miniaturzeitungen am Kiosk, der »Kleine Alchimist«, Lackmuspapier, das verschollene Bilderbuch »Aus Kinderwelt und Märchenwelt«, ich denke, wir werden, so viele Examicos wir auch vor uns aufbauen, niemals wieder fühlen, was uns damals göttlich entzückt oder tödlich gekränkt hat – auch in der Urschrei-Therapie bei Frau Doktor Jana Jesenska

Kiehl nicht, die ich im Interesse meiner Notizen vor einem Jahr abgebrochen habe, der Urschrei ist niemals der Schrei nach der schönen Mama hinter den sieben Bergen im Kinderheim-KZ hoch über dem Qualensee, denn wir sind Geschöpfe der Zeit – nur manchmal, bei einem tiefen Zug Hoyo des Dieux *wätterleinets* am Horizont. Vielleicht ist der cremeweiße Schuco-Examico mit dem karussellroten Blechpolster bloß ein Fetisch, und erst wenn ich ihn in Havanna-, Sumatra- oder Brasil-Nebel hülle, ersteht er für musikdosenglückliche Sekunden noch einmal so, wie er damals »wirklich« war im Hotel Haller, rosso corsa, die wahreren Zeugen sind meine eigenen Kinder Hermann und Matthias, denn schmerzlich würgt mich die Vergegenwärtigung der ersten Laute, die sie von sich gaben, nicht Mama, nicht Papa, sondern »äte« für Auto, dann »gagga« für Traktor, dann »äde« für Räder, später kombinatorisch »gaggaäde« für die großen Hinterräder von Traktoren, »ätegingge« für Autotransporter, »babauzi« für Dampfwalze, und kaum hatte ich entdeckt, daß eine DDR-Firma wieder einzelne Schuco-Modelle nachbaut, nämlich den Mercedes-Silberpfeil mit abschraubbaren Rädern, dazugehörigem Werkzeug, Außenspiegeln und Auspuffblende, führte ich sie zu ihrem Sigismund Markus, in das Spielwarengeschäft Hemmeler in Aarau, das die Gattin meines Freundes Adam Nautilus Rauch leitet, doch sie entschieden sich für einen Ergänzungssatz Playmobil, man stelle sich vor, Plastik anstelle von gestanztem Blech; Adam Nautilus Rauch, Literaturredakteur der Schweizer Monatshefte, braucht von seinem Dachstudio in der Hinteren Vorstadt, wo an die 30000 Bücher alphabetisch geordnet und Jahr für Jahr vom Leseinstitut Legissima neu gestimmt die Regale füllen, nur mit dem Lift in den ersten Stock hinunterzufahren, und schon befindet er sich mitten im Paradies für Furka-Oberalp-Bahnen und Wilesco-Dampfwalzen, ach, wie habe ich die Besuche mit meinen beiden Buben genossen in der immer etwas musealen, von Taubengurren erfüllten, den Obertorturmtrotz auf Dachründen übertragenden, mit der

Wasserkunst im Casino-Park schläfrig plätschernden, von Carillonglöckchen erhellten Katzenaugenpflasterstadt, wenn es darum ging, den Stockys-Kasten um das Getriebesortiment G_2 zu ergänzen oder für Matthias' Fastnachtsauftritt eine Gorillamaske anzuprobieren, wie habe ich keinen Augenblick gezögert, zum grünen auch noch das maikäferbraune Krokodil Ce III^2 hinzuzukaufen, um unsere Gotthardanlage in der Bibliothek von Brunsleben mit zwei gegenläufigen Güterzügen Basel-Chiasso zu bereichern, und in der Scheidungsklage meiner geliebten Frau steht schwarz auf weiß, ich hätte mich nie einen Deut um unsere Kinder gekümmert.

Kurz, mein Freund und Förderer dieser Tabakblätter, Adam Nautilus Rauch, nennt unweit von Leonzburg-Combray am Hallwilersee ein bequemes Wochenendhaus sein eigen, auf dem weit ausladenden Holzbalkon haben wir, er seine Charatan-Pfeife, ich den unsterblichen Brenner-Mocca aus dem mauve emblematisierten Silberbundpäckli rauchend, schon oft ebendiese Fragen erörtert, was Erinnerung, was Gegenwart, was Zukunft sei, und er plädierte stets rabauzig für das »carpe diem« und erlaubte sich, Prousts Diktum vom magisch Traumhaften der Lektüre, darin Jérôme von Castelmur-Bondo widersprechend, von dem keineswegs klar sei, *öb er äine isch*, dergestalt zu modifizieren, daß er, »indem ich lesend bin«, ein Wort Ernst Jandls abwandelte. Was heißt das, fragte er neulich bei einem Krug Bier, in die Seepappeln blinzelnd mit seinen asiatisch zugeschnittenen Augen im coloradobraunen Seglergesicht, das will keineswegs bedeuten, Hermann, daß ich das Hier und Jetzt, was meine nächste Umgebung, meine zeitgenössische Wachsamkeit betrifft, verpasse, ich flüchte mich nicht in Hildesheimers »Marbot«, in Kleists Streit mit Goethe, ich schärfe meinen Blick – und tatsächlich hat er etwas Bussardhaftes – für die Gegenwart, Lesen hat mit Optik mehr zu tun als mit Germanistik, *jähhe*, schau dir den See an, *de see*, wenn er glatt wie eine Walfischhaut daliegt oder wenn ihm der Föhn Schaumkronen aufsetzt, merke – *salii Carlo*, damit meinte er den Papagei im Käfig neben der französischen Schaukel – die Farbtöne, Aquamarin, Smaragd, Türkis, Bleigrau, das sind beileibe nicht Studien, wie sie der Hesse der »Lauscher«-Zeit in seinem Kahn auf dem Vierwaldstättersee trieb, dort findest du ja einen Ästhetizismus bis zum Überdruß – Adam Nautilus saugte bestimmt an seinem Schmurgel –, was ich sagen will, du kannst dir auch bei unausgesetzter Lektüre, wie ich sie berufshalber pflegen muß, wirf nur einen Blick auf das Pult, was sich da allein an Suhrkampereien alles stapelt, die unmittelbare Goethesche Anschauung bewahren, den Ernst des Lebensgenusses, und was die magische Traumtiefe der Lektüre betrifft, so möchte ich den Emeritus – *er cha jo nid ände* – doch etwas korrigieren, denn sobald Zauberei im Spiel ist, wirkt auch der Circus herein, das heißt für mich der Literaturbetrieb, Jongleure und Tigerdressuren sind etwas Wunderbares für die Manege, nur darf man das Sägemehl nicht mit dem Gras verwechseln, auf das es gestreut wird, den Hochseilakt nicht mit Kunst, den stillen Zweikampf mit einem Buch nicht mit dem scheinwerferbestrahlten Betrieb, *jäh wäisch*, wenn ich in einer Schauspielhauspremiere sitze, nehme ich hinterher Abstand von *chellarfeze*, ich überdenke das Geschaute und Gehörte, mache mir kaum Notizen, sitze aber am Sonntagmörgen um sieben an der Schreibmaschine, den Heinz oder Rüedi und diese Brüder persönlich zu treffen, die ganze Mafia, ist Gesellschafts-Hoffart, auf die unsereins nicht angewiesen ist, die Aufgabe des Kritikers besteht darin zu urteilen, und je weniger man da herumtutoyiert, desto eigenständiger fällt die Meinung aus. Siehst du, worauf ich hinauswill, spricht man von Magie und Traum, ist das Träumerische und Schwärmerische nicht mehr fern, Adorantentum, *verschtohsch, saliii Carlo, saliii*, Devotionalienkult, da halte ich es lieber mit Brecht, Distanz, Verfremdung, *kritick, nimmsch no n'es pier, frösch vom fass.*

Meine Wenigkeit, Hermann Arbogast Brenner, der von Cigarren einiges, von Literatur so gut wie nichts versteht – wobei der zweite Vorname bezeichnenderweise meint »der vom Erbe Getrennte« – kam wieder einmal kaum zu Wort, man müßte Schach-Uhren aufstellen, was aber weiter nicht tragisch ist, sondern nur beweist, daß es auch mündliche Autoren, Redesteller gibt – und, daß der Ernst des Lebensgenusses nicht genügt, man braucht ein Publikum, dem man demonstrieren kann, wie vorzüglich die Calamares waren –, und gar ein Bernhard-Spezialist wie Adam Nautilus Rauch ist gegen das Suadeske nicht immer gefeit, weshalb er einem Jérôme von Castelmur-Bondo die Solistenrolle neidet, jede Gesellschaft erträgt nur einen Erzähler. Nur erlaubte ich mir den Zwischengedanken, daß die Dominanz der Erinnerung wahrscheinlich gegen das Lebensende hin zunimmt, aber als ich dem Freund mein Gefühl mitzuteilen versuchte, daß mein U-Boot sinke und sinke und der Tiefenmesser nicht zum Stillstand komme, meinte Adam Nautilus in seiner abweisenden Bärbeißigkeit, es sei ja wohl nicht mit Sicherheit festzustellen, wer von uns beiden solch nautischen Unternehmungen, womit er auf die Überquerung des Styx anspielte, näher stehe, sicher er, was das sportliche Handwerk des Segelns auf dem Mittelmeer betrifft, seine Yacht liegt ständig auslaufbereit in San Remo, indessen durchaus ich, der um zwanzig Jahre Jüngere hinsichtlich der infausten Prognose. Es ist, dachte ich kurz leer schluckend, bevor er von seinem letzten Turn zu schwärmen begann, sehr wohl festzustellen, man braucht nur einen Blick auf die Röntgenbilder zu werfen, aber das Leben ist ja zum Glück so eingerichtet, daß sich die Kranken bei den unheilbar Gesunden entschuldigen müssen, nicht umgekehrt, Rücksicht wird von den Benachteiligten, nicht von den Schicksalsverwöhnten gefordert, es ist der Moribundus, der sich um das Ergehen seines Besuchers am Sterbebett zu erkundigen hat, und dieser Freund, der ein paar Kranzblumen deponiert hat, wobei ich nun nicht in concreto Adam Nautilus Rauch meine, der würde die Schwelle eines Hospitals schon gar nie betreten, entblödet sich nicht, angesichts des terminalen Falles ausschweifend von seiner Migräne oder seiner letzten Zahnkontrolle zu reden, derart verrutscht sind die Proportionen, kurz, es gibt aus dem Dasein heraus keine Verhältnismäßigkeit zum Tod, wer an der Reihe ist, hat sich möglichst ohne Störung der Nachtruhe davonzuschleichen, woraus unter anderem auch resultiert, daß der eine apodiktisch erklärt, er habe keine Zeit, sich mit der Erinnerung an einen Schuco-Examico zu beschäftigen, der andere dagegen, es sei ihm nicht vergönnt, drei Wochen lang auf dem Mittelmeer herumzuschippern, nichts gegen Seglerbräune und San Remo, nur hat Poseidon, der auf dem Grund der Meere rechnet und rechnet, vor dem Weltuntergang keine Möglichkeit mehr, an die Oberfläche zu tauchen, und siehst du, Adam Nautilus Rauch, das ist es, mein U-Boot sinkt und sinkt, und alles Fluten nützt nichts mehr. Wer von beiden hat nun recht? Vielleicht doch jene Sonnenuhr in Südbayern, auf deren Spruchband steht: Meine Zeit ist nicht deine Zeit. Und trotzdem war der eine des anderen Zeitgenosse. *Lo doo, de Hetz chunnt!*

3. Sandtörtchen Madeleine
Sandblatt Vorstenlanden

Der Klimatologe bucht einen Tag als Sommertag, wenn die
Höchsttemperatur 25 Grad Celsius oder, wie an meinem
gipsweißen Jumbo-Thermometer neben der mauvefarben
gebeizten Tür zur Besenkammer unter dem Vordach des
Schloßguts Brunsleben auch abzulesen ist, circa 80 Striche
Fahrenheit erreicht oder überschreitet, dabei wird weder der
Sonnenschein noch die Niederschlagsmenge berücksichtigt,
klettert das Quecksilber am Nachmittag auf 30 Grad oder
höher, spricht man von Hitze- oder Hundstagen, damit darf
in der Schweiz bis zum kommenden Wochenende, wobei wir
am Samstag den 23. Juley schreiben, gerechnet werden, denn
wie die Modellrechnungen zeigen, verläuft die Luftmassen-
grenze zwischen kühler Polar- und warmer Subtropenluft
immer etwa über Großbritannien und Deutschland, das ist
gleichzeitig auch die Zugbahn der atlantischen Störungen.
Prognosen bis Mittwochabend: Ganze Schweiz schönes Som-
merwetter, am Abend in den Bergen Bildung einzelner Ge-
witterherde, Temperaturen in den Niederungen der Alpen-
nordseite am Nachmittag etwa 28 Grad, im Süden 30 Grad,
Nullgradgrenze auf 4000 Meter steigend. Aussichten bis
Sonntagabend: Im allgemeinen schön und warm, am Donnerstag und Freitag leicht gewitterhaft. Kalender für Mittwoch, den 20. Juli 1988, 29. Woche, 202. Tag des Jahres:
Sonnenaufgang um 5.30 Uhr, Sonnenuntergang 21.14 Uhr,
Mondaufgang 12.30 Uhr, Monduntergang 23.45 Uhr,
Mondphase zunehmend. Recht hoher Luftdruck sorgt übrigens dafür, daß wir in puncto Sonnenstrahlung nicht zu kurz
kommen, ganz problemlos ist die Lage freilich nicht, denn
immer wenn eine Störung über Deutschland hinwegzieht,
wird die Luft in der Schweiz feuchter, zusammen mit der labilen Temperaturschichtung trägt diese Humidität zu der
erwähnten Bildung von abendlichen Gewitterherden bei, des-

halb ziehen am Mittwoch und am Freitag Störungen knapp nördlich unseres Landes nach Osten, an den übrigen Tagen dürfte das Azorenhoch das CH-Wetter nachhaltig prägen mit trockener und sonniger Witterung. Zitat des Tages: »Weil Sonne Bauch und Beine bräunt, / Der Bürolist vom Strandbad träumt.« Unmittelbar daneben steht in meiner Tageszeitung: Fast 4000 Hitzetote in China, die Opfer sind zumeist alte und kranke Leute, die besonders unter den Temperaturen von 40 Grad und mehr zu leiden haben. Behördenvertreter teilten mit, daß einige Gebiete Chinas die schlimmste Dürre seit Jahrzehnten erleben. Luftschutzbunker wurden geöffnet, um den *erlächnete* Zuflucht zu gewähren. Meine Mutter war eine Schattenpflanze, sie hielt es mehr mit den Eisheiligen als mit den Hundstagen. Ist es im Juli heiß, über den Winter niemand was weiß.

Aber ich muß mich in diesen Blättern ermannen, darf nicht mehr so weit ausholen, auf Brennglaseffekte kommt es an, deshalb, und hier gilt freilich just das Wort von der Eile mit Weile, eine Opalino Forelle angezündet, eine Marke, die nur noch dem Namen nach existiert, um vom Hallwilersee nach Leonzburg-Combray zurückzufinden, auf der Seonerstraße dem Aabach entlang, die Badi und das Pentagon der Strafanstalt rechter Hand passierend, am Hotel Haller vorbei zum Schulhausplatz und in die Rathausgasse, sowohl die Schützenmatt- als auch die Niederlenzerstraße im Auge, denn was ich dem geneigten Leser – ja, er muß sich ja über das Buch bücken – schuldig zu sein glaube, ist eine mehr als nur lokalhistorische Reminiszenz an jenes Herrschaftshaus, das mein Vater als Versicherungsinspektor im heißen Juni 1945 aufgesucht hat, die sogenannte Villa Malaga, unweit des exotischsten Bauwerks gelegen, das der Aargau zu bieten hat, den in maurischem Stil gehaltenen Malaga-Kellereien, die, wie ich dem »Aargauer Tagblatt« vom 2. September 1987 mit einiger Erleichterung entnehme, nun doch nach einem endlosen Rehabilitationsgezeter wenigstens als Blendfassadenzitat des »luminism« konserviert werden sollen, ja, diese spanische

Bodega in ihrer verwitterten südländischen Pracht steht dort
an der Ecke des Freiämterplatzes, der wiederum auf Gormund verweist, als ein eigenwillig stereometrischer Vor-
posten meiner Export-Import-Kindheit in Menzenmang, sie
brütet genauso taub in der Sonne, von Brennesseln umwuchert, wie so viele der stillgelegten Cigarrenfabriken des
Stumpenlandes, wie die Eicifa an der Friedhofstraße, wie der
Indiana-Komplex im Alzbach, Reinach-Nord, wie der Gaut-
schi-&-Gautschi-Kasten an der Ecke Hauptstraße/Winkel.
Bis auf die königsblauen Mäander und das güldene Parta-
gasgelb gleichen die Seitenflügel zwei hochkant gestellten
Havanna-Schachteln, wobei der Hauptakzent natürlich auf
dem mittleren, durch einen Segmentbogen leicht erhöhten
Bürotrakt liegt, im Giebel präsentieren zwei geflügelte, an
Donnersaurier gemahnende Fabelwesen das Markenzeichen
der Firma, den Leuchtturm, den »faro«, darunter prangt in
Neapelzierschrift der Name Alfred Zweifel, die blinden Fenster sind von Hufeisen gekrönt, sie umschließen stilisierte
Orchideenherzen, ein englischroter Fries trennt das Vierpaß-
lilienband von der quasi korbgeflochtenen Seitenwand mit
ultramarinblauen Akanthussternen, die Mittelpartie ist ganz
in Malagarot gehalten, ein Dreischneuß-Karomuster wech-
selt mit Schachbauernbändern, geschweifte Konsolen stützen
als abstrahierte Karyatiden den architravischen Sims, eine
W-Linie in Bärendreckschwarz säumt die Lichtöffnungen,
Stierkampfweiß duelliert sich mit Ochsenblutrot.

Wie kommt, so wird sich der Wanderer durch die Gemarkungen der Nicotiana tabacum fragen, ausgerechnet Leonzburg-Combray zu diesem südspanischen Juwel, das man
unbedingt – etwa Edmond de Mog – aquarellieren müßte,
wenn es nicht selbst ein Stück Malerei gewordene Architektur wäre. Der hochartifizielle Komponist und Fauvist liebt
ihn ja so heiß, den Nonsens sunder warumbe, anders gefragt,
woher nahm ein Unternehmer im Jahr 1877 den Mut, in der
Aargauischen Provinz ein Geschäft für südliche Medizinalweine zu eröffnen, die unter dem Etikett »El Faro« vertrieben

wurden? Welche Kundschaft, welches Krankengut verfiel diesem Gesöff? Was waren das doch für Zeiten, wo eine Halluzination, eine Fata Morgana genügte, um es im Handumdrehen auf einen grünen Zweig zu bringen? Genau jene, in denen ich hätte leben, hätte, noch an der Seite meines Urgroßvaters in der Waldau, Kaufmann sein wollen, Rohtabakhändler, das braune Gold. Mich fasziniert die Möglichkeit zutiefst, einen Coup zu landen, sein Risiko zu nehmen, ich war, bin und bleibe – wenigstens noch für zwei, drei Jahre – ein Hochstapler, und ich jongliere, schaut man näher hin, am frechsten mit meiner Todesgewißheit, nur so ist sie erträglich, daher meine Nähe zum Budenstadthaften, Circensischen, Illusionistischen, deshalb meine »Tuwit«-Phantasie – in der Zauberei: tue dasselbe wie ich, und es kommt doch etwas ganz anderes heraus –, darin begründet mein unbeugsamer Wille, für eine hoffnungslos verlorene Sache wie die Malaga-Kellereien vor das Bundesgericht zu gehen. Das Schloß Leonzburg, das alle Welt bewundert, und sei es nur mit einem nobel verhaltenen Gruß aus dem Fond, *fong*, einer Buick-Limousine, kann mir gestohlen bleiben, wenn die Welt eine derart abstruse Delikatesse wie die hirnrissigen, *gschtobenen*, vom Lager für Medizinalweine zum aufgelassenen Circuswagen avancierten Malaga-Kellereien zu bieten haben, ein im Exotismus, besser in der Chinoiserie des 18. Jahrhunderts wurzelnder Knalleffekt von pittoresker Charmiervirtuosität, eine Grammar of Ornament, ein Kulissenwunder als Alleinunterhaltungs-Feuerwerk. Für die Kathedrale von Chartres braucht niemand auf die Straße zu gehen, die Gotik hat es nicht nötig.

Doch halt, frühpensionierter Cigarier von Brunsleben, der ja die jeder Hektik fremde Muße preisen will, mit der eine Romeo y Julieta zugerüstet, angewärmt, in Brand gesteckt und Zug um Zug in gemessenen Einminuten-Intervallen genossen sein will, dieses fellinihafte Plädoyer für das Magische und Circensische paßt in keiner Weise zum angestrebten Altersstil dieser Tabakblätter, zum von Jérôme so verehrten

Stechlinschen Geist. Also lassen wir das, gestehen wir nur hinter vorgehaltener Hand – wie es der Schloßherr zu tun pflegt –, daß uns unter dem Châpiteau, zumal wenn der Circus Knie in der zweiten Juli-Dekade in Leonzburg-Combray gastiert, die trockenen Tränen kommen, weil die Kunstreiterin Erica, geborene Brosi, nicht lungensüchtig, sondern lipizzanisch reinrassig scheinwerferblond und gleißend schön ist, eine kaum länger als drei Minuten ohne den Schwindel des freien Falls auszuhaltende Generaloffensive der artistischen Weltweiblichkeit. Wir erliegen, da eine unserer Geburten in der Arena stattfand, dem circensischen Eros bis zum letzten Atemzug, aber wir geben zu und zu Protokoll, daß die Schöpfung noch anderes beinhaltet als Kurmusik, Türkenhonig und Kartentricks, wir bekennen uns zur heiter-gelassenen Würde des Daseins, wie sie der alte Historiker verkörpert, der, da er die 87 Stufen vom Schloßhof bis zur Ritterburg nicht mehr zu Fuß bewältigt, auf der Plattform seines Treppenlifts zum täglichen Spaziergang in den Ebnet hinunter –, zu seiner Lektüre hinaufschwebt. Hermann Arbogast Brenner braucht übrigens nur vor das äußere Tor zwischen die beiden Linden zu treten, die steil an der stotzigen Krüppelweide, auch Brentan genannt, den Fahrweg gegenüber dem tiefschattigen Croquet-Plätzchen säumen, dann hat er das Schloß au pair schräg vis-à-vis, Nord-Nord-Ost-Ansicht, den zinnenzackigen Bergfried, das Torhaus und das Berner Haus, der grüne Kegel ist durch einen Sattel vom benachbarten Goffersberg getrennt, eine flache Felsenkuppe trägt die Wehranlage, ganz anders als in Brunsleben, wo die nahtlos Palas und Turm unter einem Dach vereinigende Arche gewissermaßen auf die Nase des gen Osten steil abfallenden Chaistenbergs aufgelaufen ist, Jurakalk, nicht weiche Südtäler-Molasse.

Brunsleben ist eine habsburgische Gründung des 13. Jahrhunderts, vor 1408 kam das Lehen an Ritter Heinrich Gessler von Meienberg, Landvogt im Aargau, seine Witwe saß auf Brunsleben, als die Berner 1415 in unseren Gau einfielen, Lehensherr war fortan die Stadt Bern, um die Burg der Gessler stritten sich die Erben, so daß sie der Braune Mutz anno 1470 an Heinrich Rot von Aarau übergab, 1472 an die Segenser, anläßlich der Reformation kam es zu neuen Händeln, Bern unterstellte Brunsleben dem Vogt auf Leonzburg, der einen Pächter einsetzte, und dieser Zustand währte bis zum Untergang der Berner Herrschaft, 1804 ging die Burg an den neugegründeten Kanton Aargau über, der sie stante pede veräußerte, und zwar an Oberst Friedrich Hünerwasser, welcher Beziehungen zu Pestalozzi auf dem Neuenhof unterhielt, aus der Nachkommenschaft vererbte sich das Schloß durch Heirat an die heutige Besitzerfamilie von Castelmur-Bondo. *Im sächsezwänzgi*, also anno 1626, fegte ein Orkan das Satteldach weg, und es erwies sich, daß auch das übrige »gar fuhl und bös« sei, was im Hinblick auf die jahrhundertelang unterlassenen Renovationen nicht verwunderlich war. Der Turm erhielt einen »verborgnen tachstuohl innerthalb der muhren«, will sagen ein Pultdach innerhalb einer Zinnenbekrönung, doch bereits 1664 explodierte das dorten aufbewahrte Pulver infolge eines Blitzschlags, durch Anker wurde die Mauer notdürftig zusammengefügt. Erst zu Beginn des 19. Jahrhunderts, anläßlich des großen Umbaus von 1805/ 1806, wurde der Bergfried auf die Höhe des Palas abgetragen und das *geböi* unter ein einheitliches Dach gebracht, an der Südseite, wo sich eine Ringmauer bis zum Schloßtor hinzog, erstand eine dreistufige Gartenterrasse, der Graben vor dem Tor war wohl schon lange vorher durch die Berner aufgefüllt worden, auch das Ökonomiegebäude erfuhr eine Umgestaltung, das Pächterhaus wurde an die Südmauer in den Zwinger eingebaut, die Kellerründe zeugt noch vom südöstlichen Wachttürmchen. Der Hof war früher geräumiger, weil das Schloßgut nur an die Nordmauer anlehnte, heute füllt es unter doppeltem, um 90 Grad gedrehtem, astgabelig verzweigtem Doppeldach den ganzen Zwickel aus. Der Turm steht, im Halbrund gegen Westen schließend, dicht über den schrägen Doggerschichten der Grabenfelswand, die Blöcke sind ohne Kantenbeschlag zu großquaderigem Mauerwerk

45

gefügt, unten mehr als 4 Meter, oben noch etwa 3 Meter dick, noch ist der Ausläufer des durch die Pulverexplosion verursachten Risses wahrzunehmen. Das einmalige Wahrzeichen von Brunsleben besteht darin, daß der Bergfried ohne Einsprung in den Palas übergeht, der an der Südseite in gerader Flucht, nach hinten, dem Felsgrat folgend, leicht geknickt verläuft. Die unterschiedlichen Fenstertypen sorgen für das teils heiter-freundliche, teils finster-verstockte Gesicht von Brunsleben, für die Trutzmiene ist die dreiteilige gotische Staffel-Laibung verantwortlich, und die Farbe der Sturmjalousien bekäme man etwa dadurch, daß man Magenta, Mauve und Caput mortuum mischen würde.

»Combray«, ein dreisätziges Werk für Streichorchester von Edmond de Mog, in Anlehnung an das Proust-Haus und die Landschaft von Illiers entstanden, erstens Allegro, »La salle à manger«, zweitens Presto-Adagio-Presto, »La Vivonne«, drittens Allegro molto, »Le Pré Catelan«, der Garten, wo die Kinder spielten, wo der junge Marcel in die magischen Träume seiner Lektüre eintauchte, nach vorbereitenden Takten ein erstes Thema in D-Dur, das nach Cis-Dur hinuntermoduliert und einem zweiten Motiv von kleinen Intervallen zustrebt, um spiegelverkehrt noch einmal den Sprung von den sieben zu den zwei Kreuzen zu wagen, ursprünglich und nicht auf andere Eindrücke zurückführbar, wie der Dichter der »Recherche«, so Jérôme von Castelmur-Bondo, gesagt haben soll. Als spitzbübische Neckerei ist wohl das eingestreute Zitat des Schlagers »Ali Baba« aus den dreißiger Jahren zu verstehen, dadurch motiviert, daß die Teller, auf denen Françoise ihre kulinarischen Köstlichkeiten servierte, mit Illustrationen zu den »Märchen aus Tausendundeiner Nacht« verziert waren, und Edmond de Mog erzählte mir in seinem veronesergrünen Arbeitszimmer, daß seine Bekannte, die Basler Malerin Irène Zurkinden, diese Melodie *wie gschtobe* wochenlang vor sich hin geträllert habe, Musik sei nichts anderes als die Verwandlung von Lärm in Wohllaut, egal was für Dissonanzen da herumspukten. Ich habe ja, das wäre wirklich *saublöd* gewesen, nicht gut das Zimmer der Tante Léonie zum Ausgangspunkt meiner Komposition nehmen können, wiewohl der Blick auf diese Straße von Illiers den ganzen Mikrokosmos der französischen Provinz freigelegt hätte, die ich so hasse und liebe zugleich, Tonnerre, auf jeden Fall, wenn ich auswandern würde, wozu ich vor dem 80. Geburtstag die größte Lust hätte, dann in diese mir zutiefst entsprechende Stadt, obwohl ich sie nur vom Durchfahren kenne, auf dem Hintersitz eines total verrückten *töffs*, Tonnerre, verstehen Sie, Armand – er beliebt mich so zu nennen –, das klingt wie »morgen Augsburg« oder »Holzfällen«, aber es sind die weiten Ebenen mit den schnurgeraden Kanälen, die rhythmisch gegliederten Alleen, es ist das blausilberne Licht, kein Schwein hat bisher in den Straßen von Combray gemalt, nur ich saß auf dem Brücklein über der Vivonne und versuchte, etwas von dem flüchtigen Zauber zu erhaschen. Mein Freund Max Herzog und ich durchstreiften die Gegend, horchten in die Küchen hinein, hörten und imitierten das Palaver der französischen Kleinbürger, *absolut dernäbe* – übrigens das Grün des Zimmers, in dem wir sitzen, stammt von einem der Louvre-Säle an der rue de Rivoli, ich hatte die Direktion gefragt, ob ich mir ein Muster machen dürfe, doch man entgegnete mir: »Ah, monsieur de Mog, cela ne se fait pas« – und mit ebensolchen Tollheiten hätte ich in Tonnerre zu rechnen, *saumäßig*, einerseits der Pleyel, anderseits der Bechstein, keinen Bösendorfer mehr, nie mehr Bösendorfer, ich bringe pro Tag nur wenige Takte fertig, die kleine Solostelle der Violine, Ali Baba und die vierzig Räuber, eine geschlagene Woche bin ich dran gehockt, als ich Paul Sacher das Unding vorspielte im Schönenberg, kochte man mir einen Topf Hafersuppe, der für vierzig Personen gereicht hätte.

Bei Edmond de Mog verbietet sich das Rauchen, obwohl ich ihm gerne den Madeleine-Effekt des Tabaks demonstriert hätte, sobald ich einen Wynentaler Stumpen anzünde, steigen Bilder in mir hoch, die ich längst verschollen glaubte, und erst beim Pneuma des Puro höre, rieche, schmecke ich alles, Herr

de Mog, o die Farben Ihres Gartens, Malven, Phlox, Rittersporn, Rosenbosketts, das vermischte Katzenaugenpflaster,
die überwachsenen Toggenbaluster, die Wasserkunst beim
Entrée, die Verschlafenheit der Hofeinfahrt, der Brunnen
unter dem Nußbaum mit dem Bernsteinspiegel, ich muß
Ihnen gestehen, daß ich kürzlich von Ihnen geträumt habe,
und zwar traten Sie in einem veilchenfarbenen Morgenrock
in das untere, leicht abschüssige Rasenparterre, in der Hand
einen Strauß Prismalofarbstifte, 36, ich weiß es genau, Sie
stellten die Farbstifte in eine chinesische Vase auf der hinteren
Terrasse, wo der Park sich in der Stallmachertiefe verliert,
und begannen nun, dieses Arrangement zu malen, aber ich
stand zwischen Motiv und Staffelei und konnte nicht auf das
Blatt sehen, weshalb ich die ganze Zeit daran herumrätselte,
wie man Krapplack in Krapplack umsetze, Indigo in Indigo,
Zinnobergrün in Zinnobergrün, 36 Supracolor-Crayons mit
den Spitzen anstelle der Blüten nach oben, darunter auch Sil-
ber und Gold, Sie hatten die windschen Knebel wie ein Mika-
dospiel in den Köcher gesteckt und pinselten wild drauflos,
aha, fiel mir ein, vielleicht besteht doch ein Unterschied zwischen dem Helio-Echtorange von Lukas und demjenigen von
Caran d'Ache, aber warum denn nur, das wollte mir im
Traum nicht einleuchten, malt er denn nicht mit den Stiften
die Stifte. Edmond de Mog witterte mit seiner Windhundnase
und entblößte mit der Oberlippe die Zähne, was den Effekt
eines leicht hechelnden Systole-Gelächters gab, *völlig
gschtobe, näi, säge zi*, wie Sie wissen, arbeite ich immer bei
künstlichem Licht im Winkel des Korridors, umgeben von
Konzertplakaten, Natürlichkeit, Künstlichkeit, Holzfällen,
die Pensées heben sich besser ab vor dem Hintergrund eines
Weihnachtspapiers, und wenn ich am Pleyel einen Takt oder
auf dem Papier einen Simultankontrast nicht genau so hin-
kriege, wie ich ihn *im grind* habe, renne ich in die Küche und
zerschmettere zum Entsetzen von Frau Stuber einen Teller,
veranstalte *e saumässigi chachlete*. Erst wenn ich die Wut
rausgelassen habe, kehre ich zum Flügel oder zur Staffelei

48

zurück, greife die Akkorde auf dem Pleyel, kritzle meine Krähenfüße, Generalsudelhefte, spiele es ins reine auf dem Bechstein.

Es sei nun zehn Jahre her, seit er das letzte Mal Illiers-Combray besucht hätte, aus der Ebene habe der gotische Turm von Sainte-Hilaire aufgeragt, das Wahrzeichen sozusagen seiner Existenz, und als er den kleinen Garten mit dem verwilderten Rosenstrauch und der Rokoko-Statuette betreten habe, sei gerade die letzte Überlebende von Prousts Verwandten auf die Bank gepflanzt worden, ein Team aus Paris habe einen Film gedreht, ob ich wisse – natürlich weiß es Hermann Arbogast Brenner mitnichten –, daß die kleine Phrase von Vinteuil aus der Violinsonate leitmotivischen Charakter habe, es handle sich in Wirklichkeit um das Hauptthema aus der ersten Violinsonate von Saint-Saëns, den Komponisten Vinteuil habe es nie gegeben, Proust habe seine Figur aus mehreren Musikern zusammengesetzt, am ehesten sei der menschenscheue Meister mit César Franck zu vergleichen, dessen Bedeutung, wie ja meistens bei Revolutionären, erst nach seinem Tod erkannt worden sei. Im Hause der Tante Léonie sei übrigens nirgends ein Musikinstrument zu entdecken gewesen, vermutlich habe die ganze *bandi* zutiefst amusisch dahinvegetiert, auch wenn die hübschen Möbel und Bibelots noch erhalten seien, die eingebildete Kranke sei ja nie müde geworden, die Porzellanmalereien auf den Tellern zu bewundern, Aladins Wunderlampe und Ali Baba und die vierzig Räuber, wenn Françoise die Œufs à la crème serviert habe, das Urfranzösische komme in der dunkelgetäfelten Salle à manger zu ebener Erde zum Ausdruck mit dem runden Tisch und der korallenfransenverzierten Hängelampe in einem giftigen Eukalyptusgrün, mit dem Cheminée und dem Empirespiegel, die Küche, völlig unverändert seit Tante Léonies Zeiten, befinde sich in einem kleinen Anbau, den man von der gewundenen Treppe des Korridors erreiche, eine Tür mit blauen und gelben Gläsern führe ins Freie, diese Cuisine mit ihrem Herd, der runden Bratröhre, den blauvioletten

Kacheln darüber, mit der Anrichte, auf der in musealer Gelassenheit die Terrinen ruhten, das Porzellantablett mit den Cremetassen, die Kupferpfannen an der Wand, er habe sich in Combray gefragt, wie überhaupt zwei Menschen gleichzeitig darin hätten hantieren können, so *bäbistubehaft* sei alles gewesen, betreffs der Enge der übrigen Räume sei er nicht minder überrascht gewesen, im Zimmer, worin Marcel geschlafen habe, stehe die berühmte Laterna Magica, welche die Mär der Genoveva von Brabant zitternd an die Wand geworfen habe, so daß die Figuren über die Vorhänge geglitten seien, und im Gemach der Tante Léonie fänden sich auf der Kommode nicht nur Meßbuch, Rosenkranz und Marienstatuette, sondern auch die Flasche mit Vichywasser, dem sie ihre Pepsintropfen beigemischt hätte zwecks besserer Verdaulichkeit, und dann die eigentliche Reliquie, die Tasse für den Lindenblütentee, er, Edmond de Mog, trinke, seit er zum ersten Mal die »Recherche« gelesen, naturgemäß nur noch Lindenblütentee, daneben die altbackene Madeleine, und die Treppe, auf der die sehnlichst erwartete Mutter zu Marcel hinaufrausche, um ihm den Gutenachtkuß zu geben, *isch e hüenerleitere*.

Edmond de Mog lag an diesem glastigen Nachmittag, da sich ein Gewitterherd zu bilden schien, schief hingelümmelt in seinem kardinalvioletten Fauteuil, sein Profil hob sich windhundschnittig ab vom Veronesergrün der Wand, die Tür stand offen zum zitronengelben Musikzimmer, eigentlich hätte man sich auch ein Pompejischrot vorstellen können, wo die gewaltige Suppenterrine auf dem Marmorcheminée stand, flankiert von zwei zinarienblauen Kelchen, nubiergelackt der Pleyel, mattschwarz verstaubt der Bechstein, ich biß mich fest am Stilleben zu seiner Linken, das auf strohgelbem Holzbrett eine Brunslebener *züpfe* zeigte, in der oberen Ecke ein Glas *heitigompfi* vor ultramarin-violenfarben *verschlarggtem* Papierhintergrund, im Goldenen Schnitt bezüglich des rechten Bildrandes liefen zwei weiße, dreckgrün eingefaßte, kobaltblaue Rhomben als Mäander führende

Streifen in den vermillon-tonigen Tisch, auf dem die inwandig delftbläuliche Kachel, die wahrscheinlich längst in der Küche zerschmettert worden war, auf den Betrachter zuzurutschen schien, ein Festival der Formen und Farben um ihrer selbst willen, jedes Sujet war Edmond de Mog willkommen, wenn es ihn dazu trieb, mit den Temperatuben zu wüten, dann fesselte mich zur Rechten auf dem Guéridon, wo auch die letzte Ausgabe des »Badener Tagblattes« lag, das rubinrot ziselierte Pinakothek-Glas, und da ich den Madeleine-Effekt nur vom Hörensagen kannte, bat ich Edmond de Mog, mir diese Kernszene doch kurz zu schildern, wenn es ihn nicht zu sehr ermüde, ich wolle verifizieren, ob sich das Prinzip auf die Nicotiana tabacum übertragen lasse.

Zunächst, kam der Komponist rasch in Hitze, verabreicht die Mutter dem jungen Proust an einem kalten Wintertag eines dieser ovalen Sandtörtchen, wie ich sie mir auch beim *beck* machen lasse, und in der Sekunde, als der mit dem Kuchengeschmack gemischte Schluck Tee seinen Gaumen berührt, zuckt er zusammen und ist von einem unerhörten Glücksgefühl durchströmt, dies sei gewissermaßen das Urerlebnis fern von Combray, das sich aber dem Geist, der dahinter eine existentielle Wahrheit vermute, widersetze, so wie wenn der Forscher zugleich die dunkle Landschaft sei, die er zu erkunden habe. Dann komme die Phase des Experimentierens, zunächst konzentriere sich Proust ganz auf den Versuch, die fliehende Empfindung heraufzubeschwören, kapsle sich völlig ab, dann aber, wie er merke, daß sich sein Geist erfolglos abmatte, zwinge er ihn umgekehrt zu jener Zerstreuung, die von ihm abzuhalten er sich gemüht habe, und nun spüre er, wie sich etwas in ihm zitternd rege und verschiebe, als hätte sich in großer Tiefe ein Anker gelichtet, er wisse aber noch immer nicht, was es sei, sondern höre erst nur das Raunen der durchmessenen Räume. Er hatte vermutet, daß das, was zum Lindenblüten-Madeleine-Geschmack gehört hatte, ein visuelles Bild gewesen war, hatte aber noch kaum mehr als einen gestaltlosen Lichtschein gewahrt, in dem sich der Wirbel der Farben verlor, aber er hatte nicht von der Form als dem einzig möglichen Dragoran erbitten können, daß sie ihm den »goût« übersetzen würde, darum war das Experiment wieder und wieder angestellt worden. Proust hatte zehn Versuche gezählt, und mit einemmal ist die Erinnerung da, der Geschmack ist identisch mit demjenigen jener Madeleine, die ihm Tante Léonie am Sonntagmorgen in ihrem Zimmer anbietet, nachdem sie das Gebäck, zu dessen Formung eine gefächerte St. Jakobs-Muschel verwendet worden zu sein scheint, in ihren Tee getaucht hat, und sobald ihn Proust wiedererkennt, tritt das graue Haus mit seiner Straßenfront, welche für die Hypochonderin die ganze Welt bedeutete, wie ein Stück Theaterdekoration vor sein inneres Auge, mit dem Haus der Platz, auf den man ihn vor dem Mittagessen geschickt hat, die Straßen, die er bei jeder Witterung durchstreifte, die Spazierwege, die Bäume, der Pré Catelan, *si müend das lääse, Armand.* Das Bemerkenswerte werde gewesen sein, fuhr Edmond de Mog, der sich nun hoch aufgerichtet hatte, fort, und darin wisse er sich mit Jérôme, mit dem er oft über die Szene diskutiert hätte, ganz einig, daß der Anblick der kleinen Muschel aus Kuchenteig allein den quasi mnemotechnischen Effekt nicht auszulösen imstande gewesen sein dürfte, was Proust so zu begründen sich anschicke, daß er die Madeleine zu oft auf den Tischen der Bäcker gesehen haben könnte und dadurch sein Bild von jenem in Tante Léonies Zimmer eventuell abgezogen worden sei, und höchstwahrscheinlich gerade seiner behäbigen Form, seines frommen Faltenkleides wegen – was mich widersprüchlich dünkte – hätten mit dem Sandtörtchen die geographischen und architektonischen Einzelheiten jenen Auftrieb verloren, durch den sie, wenn man an die Metapher vom sich lichtenden Anker denke, ins Bewußtsein hätten aufsteigen können.

Aber sehen Sie, Armand, Proust wäre kein Dichter, wenn er nur Metaphern, nicht aber Sinnbilder finden würde, deshalb zieht er einen weiteren Vergleich bei, indem er sagt, wie in den Spielen, bei denen die Japaner in eine mit Wasser gefüllte Porzellantasse kleine Papierbriefchen werfen, die sich vollsaugen, entfalten und zu schwimmenden Lotusgärten werden, zu Miniaturpavillons, nahmen nun plötzlich die Seerosen auf der Vivonne, die Bewohner des Dorfes, die Kirche Sainte Hilaire faßbare Gestalt an, ganz Combray und seine weitere Umgebung stiegen aus meiner Schale Lindenblütentee auf. Dies zum einen, zum andern weist er darauf hin, daß, wenn von einer früheren Epoche nach dem Ableben der Zeitzeugen und dem Untergang der Dinge null und nichts mehr existiert, Geruch und Geschmack, ich zitiere wörtlich, zerbrechlicher aber lebendiger, immateriell und doch haltbar, beständig und treu noch lange wie irrende Seelen ihr Leben weiterführen und in einem beinahe unwirklich winzigen Tröpfchen das unermeßliche Gebäude der Erinnerung unfehlbar in sich tragen. Das sei der Einstieg zum zweiten Kapitel, das dann so anhebe: Von weitem, aus einer Entfernung von zehn Meilen in der Runde, zum Beispiel von der Eisenbahn aus gesehen, wenn wir in der letzten Woche vor Ostern ankamen, war Combray nur eine Kirche, die die Stadt in ihrer Gesamtheit in sich verkörperte ... Während Edmond de Mogs Auslassungen hatte ich unwillkürlich in meiner Pochette mit dem dreiteiligen Kalbslederetui zu spielen begonnen, in dem ich immer die drei Klassiker der cigarristischen Kunst als Notvorrat mit mir führe, eine Sumatra, eine Brasil und eine Havanna, hatte die schmiegsam dunkelbraune Deckelhülse entstülpt und taktil erforscht, welche der drei Coronas die Brenner San Luis Rey sei, die mittlere? Wie man das im Blindverfahren herausfindet, nun ganz einfach, sobald drei Nummern – zwei von so unterschiedlichen Provenienzen wie Cruz das Almas, Semivuelta und Pflanzung Klumpang, wo die erstklassigen Mandi-Angin-Sandblätter herkommen – aus der konstanten Temperatur und Luftfeuchtigkeit des Humidors, den auf Brunsleben der Schloßgutkeller ersetzt, entfernt und ein paar Tage lang in der Vestontasche herumgetragen werden, trocknen sie je anders aus, die Brasil ist eh die härteste, die Havanna verliert ihre federnde Geschmeidigkeit rascher als eine Brenner Habasuma, also zog ich die identifizierte San Luis Rey aus ihrem Fach und rollte sie, zunächst noch im Verborgenen, zwischen Daumen und Zeigefinger, bis sich die Vorfreude erschöpft hatte und die Lust, sie auf der Stelle, hier im veronesergrünen Arbeitszimmer Edmond de Mogs anzuzünden, ganz und gar unwiderstehlich wurde, was sich aber erfahrungsgemäß im Haus Sonnenberg verbot.

Immerhin hatte ich mich noch bis zu jener Stelle des Monologs bezähmen können, wo der Komponist den Beginn des zweiten Kapitels zu zitieren begonnen hatte, und die Auslassungspunkte in meinen Tabakblättern besagen nichts anderes, als daß der Tonsetzer erstarrt beobachtete, wie ich in Ermangelung eines Schneiders die tüllengeformte Kuppe abbiß und nach großväterlicher Art auf den Boden, in diesem Fall einen Perserteppich, spuckte, *wass, e söttige schtinkprügel i mim huus, völlig gschtobe*, ja und er deutete, um nicht »Hinaus!« schreien zu müssen, mit knöchernem Pianistenfinger zum Fenster, den Garten und im kunstvoll verwilderten Park die hinterste Schandecke meinend. Natürlich entschuldigte ich meine Unbeherrschtheit, las die kostbaren Krümel auf, streute sie in meine Tasche – *s'chöpfli* ist ja eine ähnliche Delikatesse wie die *foräuebäggli*, Kenner *chätsche* es eine Weile wie den Pfriem – und bedankte mich für den Exkurs über die Madeleine, schüchtern hinzufragend, ob ich *eventueu im pavilliong unde, aber sälbverschtäntli, det chasch schtinke wie d'pescht*. Er brauche indessen wieder den Teppichklopfer für seine Muse, denn er überarbeite zur Zeit die Sonate IV für Klavier aus dem Jahre 1975, die am 11. September 1976 in der Kirche Seon von Urs Ruchti uraufgeführt worden sei, erschienen im Amadeus-Verlag, offen gesagt befriedige ihn die Exposition im Allegro cantabile überhaupt nicht mehr, das periodisierende Thema von zweimal acht Takten könnte ebensogut bei Mendelssohn vorkommen, der Nonenvorhalt im vierten Takt in g-Moll funktioniere mitnichten, wenn das Thema im Nachsatz in ges-Moll erscheine, denn das heiße ja, daß er dem Hörer zumute, die Dominante zu g als vierte Stufe von ges-Moll aufzufassen, was ihm heute *käi möntsch me us de hand frässi,* klar muß die Musik sein, Armand, unmißverständlich: Holzfällen.

4. Pavillon Sonnenberg
Brenner San Luis Rey

Da ich mir unter diesem Fachchinesisch nun in der Tat und traun fürwahr nichts, also soviel wie ein *goldigs nüteli im ene silbrige nienewägeli* vorstellen konnte, verließ ich mit einer Verbeugung des Respekts das Zimmer, dessen Farbe ich im letzten Moment zu Russischgrün korrigierte, ging durch den düsteren Flur, der über und über tapeziert war mit Mogschen-Uraufführungsplakaten, der Blockbuchstaben wegen waren einige festliche Orte und Namen zu entziffern, Luzern, Salzburg, Seon, Peter Lukas Graf, Orchestre de Chambre de Lausanne, Clemens Dahinden, Emmy Hürlimann, Concerto pour deux flûtes et orchestre à cordes, Anna Utagawa und Dominique Hunziker, verfügte mich an der schilfumstandenen Wasserkunst vorbei zum dunklen Tann der Weymouthskiefern und Wellingtonien, wo mir das Leben im Sommer ein besonders hartträumiger Traum sein zu wollen schien, Duft von Harz, eingetrockneten Nadeln, röschem Laub, ein Ruch verdächtiger Pilzranzigkeit, und fand, umwuchert von Brennesseln, Holunder und Hasli hart an der Mauer zur Schloßgasse den wie von Mehltau verpelzten Laubsägepavillon im toten Eck, wo ich mich unter allerlei Gerätschaften auf einen Korber setzte und, endlich, die royale San Luis Rey entflammte, nachdem ich ihr mit einem im Bassin genetzten Bärlauchblatt vorsichtig wieder etwas von ihrer eingebüßten Humidität zurückgegeben hatte. Es handelte sich um eine hervorragende Longfiller-Havanna mit Deckblatt, Umblatt und Einlage aus dem Distrikt Vuelta Abajo, Cuba. Und während sich der Glutkranz nach innen fraß, mußte ich der kleinen Sensation in der bald hundertjährigen Tradition der Firma Brenner Söhne AG in Pfeffikon gedenken, daß Johann Caspars jüngerer Bruder, mein Cousin zweiten Grades Christian Heinrich Brenner, am 6. November 1985 im Habana zusammen mit Juan M. Diaz Tenorio, Deputy General Director der Cubatabaco, einen Kooperationsvertrag unterzeichnen konnte, der dem Familienunternehmen nicht nur die Allein-Importrechte für die alte Havanna-Marke San Luis Rey sicherte, sondern auch die Möglichkeit eröffnete, Cigarren und Cigarillos unter diesem Namen in Lizenz für die Bundesrepublik und den internationalen Markt zu fabrizieren. Die Auswahl der Vuelta-Tabake – jaja, da war es wieder, das Aroma der Sandstraße in Menzenmang, einfach kapital – obliegen Christian Heinrich und Manuel J. Bolinaga Facciolo, Jefe Departamento de Ventas Tabacos en Rama, die Herstellung wird von den Experten der Cubatabaco überwacht, das Sortiment umfaßt Lonsdales, das Stück zu Franken 10,50, Coronas à Franken 8,80, Petit Coronas in Zehnerschachteln für Franken 70,–, Long Panetelas-Boxen zu fünf Cigarren à Franken 3,40, Half Coronas und Mini Cigarillos.

Die Cigarre, mit der ich in Edmond de Mogs Salettl experimentierte, war 14,2 Zentimeter lang, hatte einen Durchmesser von 1,67 Zentimeter und wog 8,97 Gramm, sie hätte, gegessen statt geraucht, ausgereicht, um zwei Menschen zu töten. Nach Art des Connaisseurs streifte ich den schwarzblauen Ring mit der goldenen Wappenkartusche und der Rundschrift »San Luis Rey – Habana« nicht ab, denn ursprünglich diente die Bauchbinde dazu, die Finger spanischer Damen – ob wohl Zweifel, der Malaga-König von Leonzburg-Combray, diesen Genuß aller Genüsse auch gekannt hatte? – vor Deckblattpuder und Tabakstaub zu schützen, und es war, wie im russischgrünen Kabinett vermutet, schon nach den ersten paar Zügen erlebte ich haargenau dasselbe wie Proust, dessen »Recherche« man offenbar, wenn die Lebenszeit noch ausreichte, doch einmal schonend in Angriff nehmen mußte. Wie hatte der Romancier sich ausgedrückt, der Anker lichte sich, ich mit meinen bescheideneren Mitteln würde es der kaufmännischen Abkunft gemäß so ausdrücken: das Aroma, für das im wesentlichen die ätherischen Öle des Vuelta-Sandblattes verantwortlich zeichnen, geht sofort eine Fusion ein mit den in der Grünau meines

Innersten gelagerten Kindheitseindrücken, was oder wer genau, um bei der Terminologie meiner Vorfahren zu bleiben, heiratet? Auf der Ebene der Cigarre, in diesem Fall einer Puro, die drei anatomischen Elemente Einlage, Umblatt und Deckblatt, meiner San Luis Rey kann ich auch jetzt bei der Niederschrift dieser Notizen im Schloßhof von Brunsleben nach ein paar Zügen auf den Kopf zusagen: Deckblatt aus Vinales, Einlage aus Palicios. Das Umblatt muß weniger würzig als vor allem zäh sein, denn es gibt dem Wickel die Fasson. Das Gebiet in Cuba, das die edelsten Blätter hervorbringt, ist die Vuelta Abajo in der Provinz Pinar del Rio, jede Vega, das heißt jede Pflanzung des heiligen Vierecks, hat ihre besonderen Merkmale, und die gesuchtesten Sorten gedeihen in den Gemarkungen San Luis und San Juan y Martinez des sandigen Untergrundes, der roten Erde wegen.

Wie das firmeninterne Kollegium in der Brennerei mischt, bleibt Johann Caspars und Christian Heinrichs Geheimnis, es ist das Brennersche Arkanum, wie man das Rezept in der Porzellanmanufaktur nennt, meine beiden Vettern würden es ebensowenig preisgeben wie ein Magier das Zustandekommen seiner Kunststücke. Was oder wer heiratet auf der Ebene meiner Kindheitsperspektive? Auch drei Komponenten, Vergangenheit, Gegenwart und Zukunft, was autobiographisch wahr und somit richtig, oder sagen wir etwas modester rückblickend überhaupt erkennbar ist, hängt davon ab, wie ich heute lebe und was mich morgen erwartet, wenn immer wieder die Erfahrung bezeugt wird, daß ein Sterbender in den letzten Momenten vor dem Exitus seine ganze Vita wie einen Zeitrafferfilm an sich vorüberflimmern sieht, gibt es dafür nur die eine Erklärung: sein Gedächtnis muß sich beeilen. Kommt anderseits einem Kind ein Schulmorgen mit langweiligen Fächern wie Turnen, Religion und Biologie wie eine Ewigkeit vor, so deshalb, weil es die Zukunft, von der es hofft, daß sie etwas spannender verlaufe als der Unterricht, noch vor sich hat, der Jugendliche erinnert sich, wenn mir der geneigte Leser dieses Paradox gestattet, immer nach vorne.

Wenn ich nun über die ätherischen Öle der San Luis Rey so entlegene Ereignisse glasklar zu sehen vermag wie meine Fahrschule mit dem feuerwehrroten Schuco-Examico auf dem glatt gewichsten Parkettboden des Hotels Haller an einem Junimorgen im Jahre 1945, dann wahrscheinlich dessentwegen, weil ich, lange bevor die ersten Bilder einsetzen, zu Hause in Menzenmang, im Büro meines Vaters, auf dem Teppich herumrobbend, etwas roch, den feurigen Hauch oder Odem, der das Universum zusammenhält, denn der Versicherungs-Inspektor durfte zumindest in der Anfangsphase seiner Gastritis noch ab und zu rauchen, und wann steckte er sich einen Brenner-Export oder einen *Rio säx für underwägs* an? Wenn er malte oder modellierte. Der Etymologie-Duden sagt mir – und ich bin ja als Schreib-Dilettant auf solche Hilfsmittel angewiesen –, daß das Wort »Rauch«, mittelhochdeutsch »rouch«, althochdeutsch »rouh«, niederländisch »rook« zu dem unter »riechen« behandelten Verb in dessen ältester Bedeutung von »dampfen, rauchen« gehört und daß »rauchen« entweder eine Ableitung des Substantivs oder aber das Veranlassungswort zu »riechen« sein muß, transitiv im Sinne von »etwas rauchen« erst seit dem 17. Jahrhundert verwendet. Der Artikel »riechen« belehrt uns des weiteren darüber, daß das schwedische »ryka« keine außergermanischen Entsprechungen hat und wie heute noch im Nordischen »rauchen, dampfen, stieben, dunsten«, dann auch »ausdünsten, einen Geruch absondern« und erst seit mittelhochdeutscher Zeit »einen Geruch wahrnehmen« bedeutet, ferner, daß das Substantiv »Riecher« umgangssprachlich synonymisch für »Geruchssinn, Nase« gebraucht wird. Also behaupte ich, daß Hermann Arbogasts erstes Wort nicht »äte« für Auto war, wie ich es bei meinem älteren Sohn Hermann Christian registrierte, sondern *äuke*, so meine Gedankengänge im Laubsägepavillon, und ich hatte große Lust, dies meinem Freund Edmond de Mog auf der Stelle mitzuteilen, denn er als Komponist und Maler hätte mir bestätigen können, daß die Ursilben eines kleinen Erdenbürgers für dessen künftige Existenz mindestens ebenso folgenschwer – oder leicht – sein würden wie der erste Pinselstrich für ein Bild, der Anfangstakt für eine Symphonie.

Da sah ich plötzlich, wahrscheinlich, weil ich mich an das fein ziselierte Pinakothek-Glas im russischgrünen Arbeitszimmer des Tonsetzers erinnerte, daß das quadratische Lusthäuschen, in dem ich rauchend sinnierte, eine zusätzliche Attraktivität aufwies. Sicher hatte ich es längst bemerkt, aber noch nicht in mein Gesichtsfeld aufgenommen, nämlich rubinrote und kobaltblaue Buntgläser in der Umrahmung der Gartenfenster, und da fiel mir ein Buch ein, das ich als Architekturstudent an der Eidgenössischen Technischen Hochschule im Anschluß an eine Freifachvorlesung über Neuerscheinungen der deutschen Literatur gekauft und gelesen hatte, was ja nicht dasselbe ist, es kostete im Juli 1963 immerhin Franken 15,–, was vier Mahlzeiten in der Mensa entsprach, der Umschlag glich einem Wappen, die linke Seite schwarz, die rechte weiß, im Klappentext war vom Zauber und den Abgründen der Kindheit die Rede, die Rückseite, wiederum im Kontrast der beiden gegensätzlichsten Werte, zeigte, was mir die Sache auf Anhieb sympathisch machte, das Porträt eines pfeifenrauchenden Mannes, der damals etwa gleich alt gewesen sein muß wie ich heute. Das Foto war so scharf, daß man die Tabakwölkchen erkennen konnte, kurz, dieser Maler und Experimentalfilmer notierte als frühesten Kindheitseindruck, wie er im Flur des elterlichen Heims abwechselnd durch eine rote und eine blaue Scheibe der Eingangstür in den Garten blickte und davon fasziniert war, daß derselbe Birnbaum, derselbe Kiesweg, dieselbe Laube einmal in feuriger Glut, handkehrum in unterseeischer Gedämpftheit erschienen. Er sei, so schrieb er, bei diesem Spiel in seinen Grundzügen schon fertig geformt gewesen, und er begann ja auch zunächst mit der Malerei, weil er die sensationelle Entdeckung als Dreikäsehoch gemacht hatte, daß, wenn alles auf einmal rot statt grün oder grau oder braun ist, die Welt sich dadurch verändert, daß man ihr eine eigene Optik gibt, oder anders gesagt, daß es viel effektiver war, den Garten durch eine rote beziehungsweise blaue Scheibe zu betrachten, als Birnbaum, Kiesweg und Laube mit roter oder blauer Farbe anzustreichen. Ich stieg auf den wackeligen Korber im Pavillon und stellte fest, daß dem durchaus so war: das ganze Mogsche Anwesen brannte bengalisch inglüh, wenn nun noch die Alternative Blau hinzukam, war damit nichts Geringeres als eine neue Dramaturgie erfunden: diejenige der Kontrastvariante, ein minimes Verschieben des Kopfes, ja ein Hinüberschielen genügte, und der Rubin- verwandelte sich in einen Lapislazuli-Zauber, die Elemente Feuer und Wasser herrschten simultan über jene der Erde und der Luft.

Ob dieser Spielerei war mir die San Luis Rey ausgegangen, ein absoluter Fauxpas für einen Cigarier, doch darf ich zu meinen Gunsten anführen, daß eine Havanna, die über die Hälfte hinausgeraucht worden ist, sehr leicht erlischt, weil die Konzentration der Teerstoffe die Glut erstickt. Nun ist es so, daß dieser quasi natürliche Tod der Puro durchaus erwünscht ist, wenn wir das zweite Drittel erreicht haben, denn, so bemerkt Zino Davidoff in seinen »Memoiren eines Tabak-Zaren«, die Geburt eines Genies hat eine gewisse Ähnlichkeit mit derjenigen eines Schwachsinnigen, weshalb das Ende einer Montecristo oder Hoyo des Dieux dem Absterben des billigsten Stumpens gleicht, der Rest ist Bitterkeit, egal ob Vuelta Abajo oder Menzenmang, wo man während des Krieges versuchsweise mit der Nicotiana auf einheimischem Boden experimentierte. Die Kunst des Wiederanzündens demonstriert eindrücklich die Noblesse dieser Leidenschaft, es genügt, das erloschene Brandende mit einem Streichholz zu säubern und die halbe Corona ein paar Sekunden über der Flamme zu drehen, dann beginnt sie *vo säuber* wieder zu atmen, ohne daß man nervös an ihr saugt wie an der Mutterbrust. Doch in meinem Fall war es sowohl gescheiter als auch deliziöser, zur Tobajara Gigantes Brasil aus meinem Notvorrat überzugehen, frappant sofort die Unterschiede, das leicht Süßliche, die weiße im Gegensatz zur stahlgrauen Asche, doch die nun ausgelöste Erinnerung bestürzte mich einigermaßen: mein Spielzeugauto war gar nicht ein roter Examico, sondern ein cremefarbener Schuco Akustiko gewesen, er hatte keine Kulissenschaltung und kein Radio, sondern nur – immerhin – eine Hupe und eine Handbremse, und mein Vater hatte ihn mir nicht in Leonzburg-Combray, sondern viel später eines Sonntagmorgens, als ich in Menzenmang – immer noch – zu meinen Eltern ins Bett kriechen durfte, geschenkt, die Überraschung, das Schönste an jedem Präsent, war dennoch vollauf gelungen, denn ich hörte, als ich mich im Spalt des Mahagoni-Doppelkahns einrichtete, zunächst nur ein Knörren, und erst als ich nicht erriet, welch Kindes Laut dies sei, kurvte das Auto, von der tabakfleckigen Hand meines Erzeugers gesteuert, unter der Decke hervor, beige-metallisch glänzend auf dem Linnen, ja, genau so war es, aus welchem Anlaß ich den Akustiko erhielt, läßt sich nicht mehr eruieren. Doch ich zog mich rasch an, es muß vor Ostern gewesen sein, denn ich trug noch das *gschtäutli* mit den Strapsen für die Wollstrümpfe, eilte die Stufen im violett getünchten Treppenhaus hinunter, durch die Windfang- und die Eichentür mit dem korbbalkonvergitterten Fenster ins Freie, am Kastanien- und Amber-Baum vorbei durch das westliche Tor auf die Sandstraße, wo ich mein Auto auf dem Mauersockel des Eisenzauns bis zur Kreuzung Furka-Straße schob, an der Auerschen Doktorvilla vorbei – *tokters, fabrikants* – bis zum Einfamilien-*chrutzli* meines Freundes *Kürtu*, um damit *z'plöffe*. Kürtu oder Küre besaß dafür ein Flaubert-Gewehr, das meine Eltern nie erlaubt hätten – welch ein Zufall, dachte ich im brasilrauchgeschwängerten Salettl von Edmond de Mog, daß ich mir aus Kindheitsnostalgie zwar einen Schuco-Examico, aber von derselben Farbe geleistet hatte, die dem Original eignete, es wäre nämlich im Zürcher Spielzeug-Antiquariat, im Sigismundischsten aller Markusse, auch ein rotes Modell feil gewesen.

Es ist die Gattin des Literaturkritikers Adam Nautilus Rauch, die mir freundlicherweise »Das Schuco Buch« von

Ferschl/Kapfhammer für meine Studien auslieh, und da finde ich nun die Daten: Bauzeit 1936 bis 1957, Artikel Nr. 2002, BMW-Cabriolet, 2 Laufwerke, eines davon für die Hupe, zu betätigen über Signalknopf am Lenkrad, Länge 145 Millimeter, das Laufwerk wurde anfangs von der Nürnberger Firma Paul Weiß, später von Bühler geliefert, das Signalwerk begeisterte Kinder und Erwachsene, voll aufgezogen waren um die 300 Hupzeichen möglich, technisch gesprochen: ein Pendel schlug mit 2 losen Scheiben an die Innenwand einer Glocke, rund 300000 Stück wurden verkauft, davon die Hälfte nach Amerika, die Vorkriegsausführungen hatten Felgen von 17 Millimeter Durchmesser und schmale Reifen mit Stollenprofil, 1957 kostete der Akustiko mit Schuco-Fritz, einer Phantasiefigur mit rasantem Helm und abwaschbarem Gummibezug, welche zum Glück bei mir fehlte, im Laden DM 7,90, heute sollen vierstellige Summen dafür bezahlt werden, nach dem Krieg gab es sogar bei Schuco keinen Schuco-Fritzen mehr zu sehen, entweder war die Zuliefer-Firma untergegangen oder sie lag in einem Teil des alten Deutschen Reichs, von wo aus keine Geschäfte mit Nürnberg getätigt werden durften, rationell war, daß für Signal- und Laufwerk derselbe Aufziehschlüssel Nr. 2 verwendet werden konnte.

Welches aber sind nun die Daten meines heutigen Schuco-Examico? BMW-Cabriolet, Artikel Nr. 2001, 4 Vorwärtsgänge, Leerlauf, Rückwärtsgang, Kupplung, Handbremse, Lenkradsteuerung, Karosse aus MSTU-Tiefziehblech von 0,32 Millimeter Dicke, Gewicht 190 Gramm, wird der Kupplungshebel eingelegt, hört man jenes Federmotorengeräusch, das die Sammler verträumt als Schuco-Sound bezeichnen, analog zum Zwölfzylindergeheul aus Maranello, wörtlich »Man muß ihn gehört haben«, die Karosserie wurde in 10 Arbeitsgängen gefertigt, zuletzt mit einem Kunstharzlack überzogen und bei 120 Grad im Brennofen so behandelt, daß renommierte Autofirmen bestätigten, die Qualität stehe derjenigen der Originale in nichts nach, Farben: Elfenbein, Hell- und Dunkelrot, Grün, Schwarz mit Violettstich; aha, Adam

Nautilus, *jäh gsehsch*, ich besitze ein Vorkriegsmodell, wie die Beschriftung des Bodenblechs verrät, die Exportländer sind aufgezählt, das Gütesiegel lautet »Made in Germany« – »maade«, wie wir als Kinder sagten –, nach 1945 heißt es an dieser Stelle »Made in U.S.-Zone«, als Kaufmannssohn stelle ich mir natürlich die Frage, was der Examico wirklich wert ist, mehr als der Akustiko vielleicht, und als Ältester, der von seinen Geschwistern geschröpft wurde, bewundere ich den unbekannten Erstbesitzer, der, vermutlich weil er als Einzelkind aufwuchs wie Hermann Arbogast Brenner sechs glückliche Jahre lang, so Sorge trug zu seinem Spielzeug, daß bis hin zur diffizilen – *si isch divisiil*, sagte mein Vater – Windschutzscheibe nichts fehlt, kein Kratzerchen im Lack wäre etwas übertrieben. Nun war mein Exemplar der Brennerschen Charutos Finos, fabricaçao com licença, neapelgelbe Bauchbinde mit einem qualmenden Indio in güldener Mandorla, auch bereits zu zwei Dritteln heruntergeraucht, und ich überlegte noch einmal, ob es angezeigt wäre, statthaft überhaupt, Edmond de Mog meine Erkenntnisse mitzuteilen, schließlich war sein Pavillon für eine Dreiviertelstunde zum genius loci geworden, und wie er sich in der Überarbeitung der Sonate IV pour piano mit der chromatischen Umspielung des Dominanttones und dem übermäßigen Dreiklang herumschlug, interessierte mich nicht zuletzt hinsichtlich meiner Trias von Einlage, Umblatt, Deck respektive Vergangenheit, Gegenwart und Zukunft oder Sumatra, Brasil, Havanna, denn dieser Akkord, an sich ein Neutrum, beispielsweise c-e-gis, ist mit einem Halbtonschritt aus jedem Dur- oder Moll-Dreiklang herzustellen und mit Septimen und Tonikas egal in welch entlegener Region des Quinten-Zirkels zu kombinieren, wodurch er, wie der Musikologe Walter Kläy feststellte, zur Drehscheibe des harmonischen Geschehens wird.

Der allzeit zu Schimpftiraden und auch Invektiven gegen das pastorale Leonzburg-Combray aufgelegte Edmond de Mog wußte ja gar nicht, wie glücklich er zu schätzen war, im Pleyel, im Bechstein über ein Instrument zu verfügen, das sich gleich einer Probebühne auf dem Theater handhaben läßt, die schwarzen und die elfenbeinernen Tasten, was für eine Klaviatur, der menzenmänglichen Devise gerecht *probiere goht über studiere*, zuerst hört man mit dem inneren Ohr eine Klangfolge, um bei der Sonate IV zu bleiben etwa h-es-ge, aus dem C-Moll-Akkord d-es-g abgeleitet, im Diskant möchte man eine Fis-Septime wagen, fis-ais-cis-e, wäre man nun auf das Papier angewiesen wie der Hersteller dieser Tabakblätter, müßte man sofort resignieren, nein, das geht denn doch zu weit, h in Opposition zu ais, e halbtonschrittlich zu es, dieselbe Schweinerei bezüglich fis/g, doch siehe, man greift das Ungetüm, und es funktioniert kraft der harmonischen Drehscheibe des übermäßigen Akkordes h-es-g, und problemlos finden wir zurück in die strahlende Tonika von C, die Grundtonart für Boogie-Woogisten, welcher Fis-Dur etwa so eng verwandt ist wie die Firma Brenner Söhne AG einer Fabrik für Putzmittel. Hätten wir, um dem Leser ein anschauliches Beispiel zu geben, nun etwa die verrückte Idee, unser Kapitel über den Schuco-Akustiko und den Schuco-Examico mit einem klassischen Zitat aufzumöbeln, wozu Jérôme von Castelmur-Bondo zweifellos raten würde, nämlich zum Goethe-Wort: Was du ererbt von deinen Vätern, / Erwirb es, um es zu besitzen, müßten wir, da nicht im ererbten Besitz eines erworbenen Heim-Computers, mit ganz altmodischen Requisiten, mit Schere und Leim arbeiten, das Zitat einfügen, den Text überprüfen, das Zitat wegschneiden, den Text wieder lesen, das Zitat an x Stellen manövrieren und so weiter, der Maler rührt Caput mortuum, Veronesergrün, Kobaltblau, Krapplack, Indischgelb an, und die schleifenden Schnitte besorgt das Wasser. Nein, ich wollte meinen Freund bei seiner Probenarbeit für eine neue Uraufführung nicht stören, der Vergleich zum Theater, von dem nun wiederum Adam Nautilus Rauch alles versteht, ich nichts, mag insofern gerechtfertigt sein, als die Noten die Sprache, die Instrumentalisten die Schauspieler sind, der Pleyel im Musikzimmer ist gewissermaßen der Orchesterdiener der Zunft der Akteure, er artikuliert mir jederzeit vor, was das trockene Hirn ausstudiert, h-es-g plus fis-ais-cis-e, und siehe, es kommt über die Rampe.

Statt dessen kroch ich aus dem Korber, zückte meine saphirblau-goldene Cartier-Feder und fertigte eine Skizze des Pavillons an, denn weglassen beim Schreiben kann man erst, was man genauestens recherchiert hat, circa 2,50 Meter im Geviert und 3,20 Meter von der Schwelle bis zur Dachtraufe maß das *gschtobnigi* Hexenhäuschen, früher einmal in Terra di Siena gestrichene Holzlisenen umfachten ein Intarsienwerk von Zargen, Voluten und Halbbatzen- wie Rautenstäben, Blendpfosten ad libitum gekröpft und gekehlt, die Gesimse desgleichen. Nun das Prunkstück, die Verglasung, hier mußte ich einen Treppenpfeil aus der Ansicht Ost nach unten zacken lassen zum Detail A, ein Rechteckband mit abwechselnd rubinroten Streifen und kühl-kobalten Quadraten in den Ecken des staubgrauen Treibhausfensters, doch nicht genug, die Quadrate zierten silberne Vierschneußsterne mit diagonal sprossenden, winzige blaue Rhomben einschließenden Fünfspitzlilien, das in der Tat *gschtobenste*, was mir in der Lusthaus-Architektur je untergekommen ist, und nun hatte es mit dem Ausprobieren der Naturverfremdungseffekte kein Ende mehr. Blickte man von außen durch das graue Rechteck Richtung Schloß, verblaßten die gegenüberliegenden Silbersternquadrate zu einem aquamarinhellen Zellophanton, während sich das Rot, je nach Gegenlicht, auf der Zinnoberstufe hielt. Der Garten vis-à-vis erschien in einem stumpfen Chromoxydgrün, die Efeuranken des Vordergrundes nahmen scherenschnitthafte Züge an. Verschob man die Optik und blickte man durch eines der roten Rechtecke, verwandelte sich alles in Purpur, setzte man eine blaue Scheibe vor die Linse, wurde aus Purpur Ochsenblutrot, das Blau hielt sich in einem quasi doublierten Kobalt, das Weiß changierte ins Delftbläuliche wie die Kachelinnenwand auf Edmond de Mogs Stilleben »Brunslebener Züpfe«, und ich fragte mich, ob der Maestro in einsamen Stunden wohl seinen

Pavillon aufsuche, um dem Auge solch enharmonische Transformationen zu bieten, stellte mir vor, wie er da saß auf dem Korber, von Harke, Laubrechen, Spaten und dem brüchigen Schlauch umgeben, und ein ums andere Mal sagte: *völlig gschtobe.* Ja, es ist schon so, Edmond de Mog, der Nonsense erst macht eine Welt erträglich, in der alles zum höheren Sinn tendiert. Proust hätte hier seine Madeleine in die Tisane tauchen müssen, hier die magische Tiefe zeitloser Lektüre erleben sollen, hier die »Recherche« seinen späteren Lesern ins Gedächtnis diktieren müssen, denn einen getreueren Liebhaber als den Tonsetzer im breit ausgekrempten Haus Sonnenberg, der alten Landweibelei unweit der Witwenvorstadt mit der Villa Malaga, konnte er nie wieder finden, wenn man den großen Romanciers schon nachrühmt, sie seien imstande, Zeit und Raum zu vernichten, dann sind es indes erst die veritablen Großillusionisten, die es auch wirklich schaffen, simultan an zwei verschiedenen Orten, in zwei verschiedenen Epochen zu leben.

5. Kleines Kolleg über den Schnupftabak
Leonzburger Nr. o

Wenn unser Freund Edmond de Mog überhaupt einem
Tabakgenuß zuzuführen wäre, dann, und dies seiner allzeit
wachen Windhundnase wegen, sicher dem Leonzburger
Nr. o, um so mehr wenn er wüßte, daß das Bezirksstädtchen
einst die Hochburg der Schnupftabakherstellung gewesen
war. Um sich einen Begriff davon zu machen, wie hoch diese
einheimische Industrie im Kurs stand, muß man sich ein paar
Zahlen vergegenwärtigen. Meines bescheidenen Erachtens
ein Manko vieler veritabler Romane, daß sich bereits beim
flüchtigen Durchblättern, zu mehr reicht es ja nicht, feststel-
len läßt, halt, sichern, die Dichter arbeiten zuwenig mit stati-
stischen Werten. 1883 wurden vom Leonzburger Nr. o allein
von der Firma Bertschinger & Co. 18487 Kilogramm verkauft, 10 Jahre später waren es um die 14000 Kilo, anno
1903 12390, kurz vor dem Ausbruch des Ersten Weltkriegs
10813 Kilogramm, 1923 lediglich noch 2420 Kilo. Bedenkt
man, daß eine Prise Leonzburger Nr. o so viel Nieswürze
wiegt, als zwischen Daumen und Zeigefinger Platz hatte, weil
man in alles Reine nur der Pfoten Spitze eintaucht, sind das
beeindruckende Zahlen. Als der Tabakgenuß seinen ersten
modischen Anreiz verloren hatte, waren die gesellschaftlichen Umgangsformen bereits von ihm bestimmt, und so wie
die Inselbewohner an den »smoking parties« lernten, wie eine
Pfeife mit Würde zu halten sei, so befand sich zur Zeit des
Rokoko an den europäischen Höfen jener Diplomat im
Nachteil, der nicht die Tabatiere in seiner Tasche bereit hatte,
denn er konnte nicht über die verbindliche Geste verfügen,
die im Darbieten oder Annehmen einer Prise lag. Der Brauch,
anstelle eines Ordens eine kostbare Schnupftabakdose als
Zeichen der Gunst zu überreichen, war eine Etikettenfrage
von erheblichem Gewicht. König Viktor Emanuel schenkte
nach der Befreiung Süditaliens General Eisenhower ein

Schänzchen aus dem Besitz Napoleons, es trug auf der einen Seite ein großes N mit Krone und auf der andern das Wappen der Habsburger, und Eisenhower war abergläubisch genug, sich von diesem Präsent Glück in seinen Feldzügen zu erhoffen. Eine heute sich in Privatbesitz befindliche Alabasterdose gehörte einem Leonzburger namens Ringier, die Freunde hatten ihre Namen eingraviert wie in ein Erinnerungsalbum, und der Student, der sie wie ein Porte-honneur hütete, war stets von heimatlichem Duft umgeben wie Hermann Arbogast Brenner, wenn er ein Produkt seines Stammhauses raucht.

Der Dreißigjährige Krieg schaffte nicht nur eine Zäsur in der europäischen Geschichte, sondern auch für die Entwicklung der Nicotiana tabacum. Die Landsknechte hatten auf ihren Zügen kreuz und quer durch Deutschland das Tabakrauchen so tief verwurzelt, daß es fürderhin nicht mehr aus der Welt zu denken war, und wo sich die Pfeife nicht durchgesetzt hatte, da huldigte man dem Schnupfen. Nicht zuletzt über das Tabakskollegium Friedrich Wilhelms I. war das Vertrauen des Soldatenkönigs zu gewinnen, wer den beizenden Qualm und die derben Witze scheute, hatte einen schweren Stand. So unverzichtbar war die Teilnahme an diesen Zusammenkünften, daß der alte Fürst von Dessau, der das Rauchen aus gesundheitlichen Gründen nicht ertragen konnte, die Pfeife kalt in den Mund nehmen mußte, um die Form zu wahren, und als der junge König dann den Thron bestieg und am preußischen Hofe die langen Tonpfeifen der Schnupftabakdose weichen mußten, war das ein Sieg des geistreichen Rokoko über das vorangegangene amusische Zeitalter. »Ja! – Sehr erheitert uns die Prise, / Vorausgesetzt, daß man auch niese.« Welches ist die Stimme des Arztes? In dem Schmöker »Der Arzt als Schicksal« von Dr. Bernhard Aschner – nomen est omen, wenn man an die Urne denkt – lesen wir: Vergessen ist heute, daß es auch sonst noch eine Menge Mittel gibt, die – lange vorausgebraucht – nicht nur den Grünen und Grauen Star, sondern auch die Altersweitsichtigkeit verhindern helfen. Dazu gehört der heute etwas komisch anmutende Schnupftabak, der durch vermehrte Absonderung von Nasensekret auch den Tränenfluß befördert und so einen lebhafteren Stoffwechsel in den Augen veranlaßt. Der Ruf »zum Wohlsein«, im Wynental *gsundheit*, stammt aus einer Zeit, da man sich der entladenden Kräfte des Niesvorgangs noch bewußt war. Ein altes Leonzburger Schnupfer-Original pflegte zu sagen: Die Prise stärkt das Gedächtnis und reinigt das Gewissen, das Pulver gerbt die Schleimhäute der Nase und wehrt die Bazillen ab. Naso otturato, spirito chiuso, verstopfte Nase, verstopfter Geist. Der Gewohnheitsschnupfer allerdings muß selten niesen, so ungefähr jedes fünfzigste Mal. Molière äußerte sich über die Wirkungen dieses seltsamen Reizmittels so: »Nach einer Prise fühle ich mich leichter und zufriedener, meine schwarzen Gedanken verschwinden, mein Gehirn arbeitet besser.« Es war wiederum Adam Nautilus Rauch, der mich auf das Gedicht »Die Schnupftabakdose« von Joachim Ringelnatz aufmerksam machte. Den Holzwurm beeindruckt die Größe Friedrichs des Großen, von der ihm die vom König selbst geschnitzte Dose berichtet, mitnichten, er riecht Nußbaum und beginnt zu bohren.

Daraus könnte man schließen, erörterte Adam Nautilus in seiner freundlich rabauzigen Art, daß das Schnupfen ein weitaus weniger geselliger und gesellender Akt war als eine smoking party, nein, entfuhr es mir, was das Tabakistische betrifft, mußt du mir den Vortritt lassen, zur Zeit, als das Schnupfen en mode war, erlebte auch die Tabatiere ihren kulturellen Höhepunkt, nach der Pfeife das erste unter den Rauchutensilien, die zum Ziergegenstand wurden. Als der Prinz Louis Ferdinand von Bourbon Conti starb, 1774, auf dem Höhepunkt des Ancien régime, hinterließ er 800 Schnupftabakdosen, darunter war sicher keine aus Nußbaumholz, und auch im Buch über die Schatüllchen Friedrichs II., dessen Uniformrock vom verschütteten Pulver stets braungesprenkelt war, weil er das Zeug lose in der Tasche trug – wie Studienrat Brunies die Cebion-Tabletten, steuerte Adam Nautilus bei –, findet sich nichts Hölzernes. Sie konnten nicht kostbar genug sein, diese dem Amulett verwandten Dinger, gülden, elfenbeinern, demanten, und dies, weil schon dem Sonnenkönig der Widerspruch zwischen dem ordinären Pulver und der diplomatisch-modischen Geste bewußt war, ein Grund, weshalb sich Bilder der Zeit, auf denen der Schnupftabak vorkommt, nur schwer finden lassen, das piktoristische Zeugnis muß wider die Natur des Künstlers wie jene des Modells gegangen sein, vom bräunlich vollgeniesten Taschentuch mal abgesehen – *er het ernosse* –, das die Hofmaler immerhin in allen Braunwerten von Goldocker über Terra di Siena bis zu Umbra gebrannt und Sepia hätte schwelgen lassen, der Schnupfakt ist als gleitende Gebärde kein dezentes Motiv, was das eitelste aller Zeitalter im Innersten gespürt haben muß. Gewiß wird sich in Molières Komödien die eine oder andere Figur aus dem Bedürfnis des Theaterdirektors nach Aktualität der Tabatiere bedient haben, um so mehr, sagte Adam Nautilus, als dieser Dichter in seinem »Don Juan« die Meinung vertritt, der Tabak sei die Leidenschaft der anständigen Leute, Schmidt, ergänzte Hermann Arbogast Brenner, wenn er öffentlich schnupfte, war als Politiker glaubwürdiger als Erhardt mit der Cigarre, was kein Verdacht gegen seine Elefantenfüße ist, worüber man nun gewiß wieder lange Betrachtungen anknüpfen könnte, etwa die, ob es Parallelen gebe zwischen dem SPD-Kanzler und der Zeit, als »tout le monde« mit den Fingerspitzen zugriff, doch lassen wir das im Rahmen dieses kurzen Kollegs, es führt über unsere Sphäre hinaus. Betrachten wir die Sache vom soziologischen Aspekt her. Warum avancierte die Prise ins Diplomaten-Repertoire? Weil sie eine spontane Intimität ebenso vorgaukelte wie eine brüderlich erlebte Sensation, das Niesen, eine im wahrsten Sinn des Wortes »ansteckende« Gebärde, nur selten, sagte ich, bietet heute noch ein Pfeifenraucher seinem Kollegen den Tabakbeutel an, jeder kapriziert sich auf die »Mischung, die ich schon lange gesucht habe«, lehnt etwa den Early Morning mit dem Argument ab, er habe zuviel Latakia, nicht im geringsten wissend, daß es sich dabei um einen sehr niedrigen, kleinblättrigen Nachtschattenstrauch handelt, der in Syrien gedeiht, man erntet die Pflanze als Gesamtes und trocknet sie an einem *mottfüür*, dabei entwickelt sich das besonders würzige Raucharoma, ohne daß dieser Tabak eine eigentliche Fermentation erfährt, ergo weniger scharf ist als alle Havanna-Sorten.

Dem Kenner kam es sehr darauf an, von welcher Leonzburger Firma er Nr. o bezog, ein Gewährsmann klassierte die vier in den 1890er Jahren ortsansässigen Betriebe wie folgt: 1. Rang Abraham Bertschinger, 2. Rang Heinrich Zweifel, 3. Rang Albert Rohr, 4. Rang Isidor Bertuch. Nach den Orchesterproben versammelten sich die Mitglieder des Musikvereins im Pilsnerstübli, jeder Fabrikant führte seine Dose mit sich, ließ sie in der Tafelrunde kreisen und achtete mit Argusaugen darauf, daß man seiner Tabatiere die Ehre erwies, einzig Rohr & Co. gab die ihrige nur auf Verlangen heraus. Natürlich wurde auch da das Würzgeheimnis streng unter Verschluß gehalten, keiner ließ den andern in die eigene Stampferei gucken. Von Frau Bertuch ist überliefert, daß sie um ihren Hals drei kostbare Flakons trug, die mit Veilchen-, Rosen- und Nelkenöl gefüllt waren. Um ihrer Hausmarke das richtige Aroma angedeihen zu lassen, träufelte sie diese Ingredienzen, die körperwarm sein mußten, in den gestampften Tabak. Oft finden wir gerade unter den Musikern, welche die Harmonie nur hinter ihren Pulten anzuerkennen scheinen, die allerstreitbarsten Geister. Isidor Bertuch stak die Geschäftstätigkeit so sehr im Blut, daß er das taktvolle Gebaren oft vermissen ließ. Einst wollte er neue Kunden werben, zu diesem Behufe betrat er in einer Nachbargemeinde jenen Laden, in dem der Schnupftabak verkauft wurde, der Inhaber indessen gestand, daß er seine Ware von der Firma Zweifel beziehe. Ach, meinte Bertuch, da dürfen Sie mir ruhig Ihre Bestellungen übergeben, denn die Firma Zweifel bezieht ihren Tabak bei uns. Als Herrn Zweifel diese Verleumdung zu Ohren kam, fand er, dies sei nun doch etwas

72

schtarke tuback, in der nächsten Probe, er spielte Geige, Bertuch Cello, ließ er sich unzweideutig über den Schwindler verlautbaren, er werde mit einem solchen Betrüger nicht im selben Orchester sitzen wollen, der Direktor mußte die verschnupften Herren dann dringend ersuchen, ihre Tabakiade *nach der üebig* auszufechten.

Zur Herstellung des Prisenpulvers wählte man in der Regel schwere, fette Tabake, die man sauciert gären ließ, aus einzelnen Blättern formte man sogenannte Karotten, besonders ansprechend im »Rüebliland«, sie hatten eine Länge von 35 und eine Dicke von circa 8 Centimetern, so machte der Tabak seine letzte Fermentation im Lager durch, daher der schwerschwangere Duft in den Stampfereien. Die Parfums, mit denen die Arbeiter die Blätter immer und immer wieder übergossen, wurden im Essenzhäuschen besonders geheimgehalten, Ambra, Balsam, Bisam, Esbouquet, Heliotrop, Lavendel, Myrrhe, Narde – *da tarfsch nie eso mache*, warnte Adam Nautilus Rauch, *sösch merkt de kritticker, das'sch alls us em Dornseiff abgschribe hesch* –, dann folgte das Zerkleinern in der Stampfe, einem mechanisch betriebenen Wellbaum, dessen schaufelartige Messer konstant auf und ab guillotinierten, jedes Leonzburger Tabakgeschäft hatte seine eigene Maschine, jene von Bertschinger & Co. stand in Niederlenz. Durch mehrmaliges Sieben gewann man das Korn. Im Volksmund sprach man nur vom Leonzburger, Nr. 0 war das allgemeine Produktionszeichen, eine Firma wollte die Konkurrenten ausstechen und nannte ihr Pulver »Leonzburger Nr. 00«. Hier eine Preisliste von Bertschinger & Co. aus dem Jahre 1920: Schwyzer rot zu Fr. 3,50 per Kilogramm netto, zahlbar innert 30 Tagen ohne Skonto; der Pariser, rein und grob, kostete Fr. 5,–; der gelbe Façon Pettaval dito Fr. 5,–; Capuziner und Damentabak waren für Fr. 4,50 zu haben; dann gab es den braunen Holländer und den Markgraf Wilhelm.

Alle diese Angaben, die nur bei einer Pfeife stark gesaucten Classic-Pipe-Tobaccos von W.O. Larsen zu verwerten sind, verdankt Hermann Arbogast Brenner einem Artikel von

Edward Attenhofer, erschienen in den »Leonzburger Neujahrs-Blättern«, Jahrgang 1969, und es hieße, dem geneigten Konsumenten dieser Tabakblätter einen besonderen Genuß vorenthalten, wenn wir den Autor nicht selber zu Wort kommen ließen. Er schreibt im typischen Neujahrs-Blätter-Chronisten-Stil, der höchsten und letzten Aufgipfelung des von mir so geschätzten Lokalredaktoren-Stils: »In Leonzburg gab es so um 1900 herum etwa noch 16 Personen, die als gute Schnupfer galten. Neben diesen ›Unheimlichen‹ mag es auch noch ›Heimliche‹ gegeben haben, wobei auch die Damen nicht fehlten. Wer heimlich schnupfte, schnupfte galant und benötigte nur ein kleines Fazenetli. Wer aber unheimlich schnupfte, hatte stets ein rotes, großformatiges Taschentuch zur Hand (oder ein gelbes mit kreisrunden roten Tupfen)« – sind, Adam Nautilus, Tupfen nicht immer kreisrund? –, »wenn die Schleusen der lüsternen Nase sich explosionsartig öffneten. Ein bekannter Leonzburger Erzschnupfer um die Jahrhundertwende war der lustige Schlossermeister Guttermann. Er stammte aus der bayrischen Pfalz und hatte den Deutsch-Französischen Krieg miterlebt. Anno 1870 erhielt er vor Paris einen Granatsplitter in den Fuß. Seither hinkte der Schwabe. Wenn er unterwegs einen Bekannten traf, zog er die Dose aus dem Wams und sagte geheimnisvoll: ›Wir wollen noch einen nehmen, weil's niemand sieht!‹ Guttermann stellte immer eine Tabakdose hinter die Türe für die Briefträger und war höchst erbost, wenn sie sie nicht benützten. Als Briefträger Halder zur Rede gestellt wurde, warum er sich nicht bediene, meinte Halder, er habe es ja getan. Da bewies ihm Guttermann, daß es nicht stimme; denn der Tabak in der Dose weise keine Fingerspuren auf. Seither nahm Halder stets eine Prise und – opferte sie den Göttern, nur um nicht immer Rede und Antwort stehen zu müssen, Lob des Schnupftabaks. In der Chronik des ehemaligen ›Pilsnerstübli‹ findet sich aus dem Jahre 1905 ›Ein Lied vom Schnupf‹, das wir leicht gekürzt wiedergeben: Wohl nichts auf Erden ist so schön, / Als einen Menschen schnupfen sehn. / 's ist eine Kunst, nicht jeder kanns / Mit richt'ger Würd' und Eleganz. // Auftauchend aus Gewandes Schlund, / Die volle Dose macht die Rund! / Und weil dem Reinen alles rein, / Taucht man der Pfoten Spitze ein. // Die Nasenflügel zittern leis'; / Ein Schnüffeln geht herum im Kreis. / Begierig zieht das Riechorgan / Die würz'ge Mischung himmelan. // Sacht wie der Nebel streicht zum Firn, / So steigt der Duft in das Gehirn; / Doch wehe dem, der nicht gefeit, / Dem Schicksal kühn die Stirne beut. // Die Erde bebt, mit mächt'gem Stoß / Am Weltall rüttelnd, geht es los – / Zum Sacktuch bricht die Hand sich Bahn; / Das ist der Mensch in seinem Wahn – / Doch hat des Krautes Zauberkraft / Gar manchem Lindrung schon verschafft // Und Leonzburgs Name weit und breit / Begründet, bis in Ewigkeit. R für Ferdinand Rohr-Haase.«

Gewiß war es möglich, sagte Adam Nautilus Rauch, in Molières Komödie, nicht aber in Racines Tragödie zu schnupfen, man kann ja Phädren, *weisch, he*, nicht gut während einer Hatschi-Salve auf der Bühne sterben lassen, und dies brachte uns auf die Überlegung, daß der Schnupf-Akt in keiner Weise demjenigen des Rauchens vergleichbar sei, weil er im Endeffekt, dem Niesen, eher an eine Erkältung – Thomas Mann, lernte ich in diesem Kolleg, würde sagen »Entzündung der oberen Luftwege« – als an ein Geist und Seele wärmendes Vergnügen denken lasse. Indessen sei es, so Adam Nautilus, ein Armutszeugnis für die modernen Stückeschreiber, daß die Zigarette auf dem Theater der viel wirksameren Pfeife oder Cigarre vorgezogen werde, ob wir uns denn nicht wie in der Antike in einer Arena befänden, in einem Olympia-Stadion – halt, mein Freund, dachte ich dazwischen, Literatur und Circus? –, folglich müßten die Firmen Barclay und Marlboro im Zürcher Schauspielhaus Rampenwerbung anbringen lassen. Da steht ein Heutiger in Hut und Regenmantel vor einer Kulissentür. Was fällt dem Regisseur ein: ihn eine Zigarette anzünden zu lassen. Er überbrückt damit jene Kunstpause, die der Dichter seinem kapitalen ersten Satz vorausgehen läßt. Tritt eine zweite Figur hinzu, sind der Möglichkeiten, der Schachzüge schon unendlich viele, der Heutige kann ihr eine anbieten, kann die seinige austreten, kann über den Rauch reden: Alles blauer Dunst, Madame. Damit ist dann schon alles gesagt, über das Theater wie über die betreffende Szene. Ein genialer erster Satz: Alles blauer Dunst, Madame. Madame kann so oder so reagieren, die Zigarette annehmen oder ablehnen, den Raucher verdammen oder lieben. Es leuchtet sofort ein, weshalb die Cigarre den kürzeren zieht, welcher Heutige käme schon in die Lage, einer Dame eine Partagas Charlotte anzubieten? Und gar eine Pfeife, unmöglich. Dabei verbreitet nichts mehr Behaglichkeit im Zuschauerraum, als wenn eine Hauptmann-, Ibsen- oder Dürrenmatt-Figur eine Pfeife oder Cigarre entflammt. Sie zeigt mit dieser Geste an: wir haben Zeit. Und unterläuft den finalen Drang des Dramatischen, verstehst du, Hermann. Das Dramatische drängt zur Peripetie, die Peripetie beschleunigt das Ende herbei, egal, ob es eine Komödie oder eine Tragödie ist. Das Tragische sprengt den Rahmen, aus dem das Komische nur fällt. Wenn im Theater eine Figur eine Cigarre anzündet, müßte für dich, den verhinderten Tabakfabrikanten – weshalb sieht man dich eigentlich nie im Schauspielhaus? – eine zusätzliche Spannung ins Spiel kommen, nämlich: wann, bei welcher Gelegenheit, mit welcher Entschuldigung vielleicht löscht sie sie wieder aus? Würde der Akteur die Brasil wirklichkeitsgetreu – aber wir wollen kein Imitier-Theater, dies gerade nicht! – zu Ende rauchen, benötigte er dazu eine volle Stunde, die Hälfte der Aufführung. Dies läßt uns die Lehre beherzigen: Zigarette, Cigarre und Pfeife sind Theateruhren, sie sagen innerhalb der gerafften Zeit, in der das Stück spielt, etwas aus über das Zeitgefühl des Autors, der Figur. Siehst du, sagte ich zu meinem Freund Adam Nautilus, deshalb gehe ich nicht ins Theater, weil mich der dort penetrant perennierende Glimmstengel-Kult anödet, ich plädiere für das ganze Tabakspektrum auf der Bühne, und wenn du mir ein Stück nennen kannst, in dem einer schnupft, der andere kaut, der dritte Cigarillos, der vierte schwere

76

Havannas, der fünfte Pfeife und der sechste Sargnägel raucht, wirst du mich in der Premiere ebenso finden wie in der Derniere, Sei personaggi ... wie hieß dieses Stück, und von wem stammt es? Du meinst Pirandello. Ah, richtig, Sei personaggi in cherca di fume, erster und zugleich letzter Satz: Es ist alles nur blauer Dunst, Madame.

Jäh halt, das ist denn doch etwas zu kurz gegriffen, bleib du bei deinem Leisten, aber da fällt mir der Charakterdarsteller Mitterwurzer ein, von dem erzählt wird, daß ihm in einem Stück von Anzengruber, kennst du Anzengruber – entschuldige, nie gehört –, als er eine Pfeife hätte anzünden sollen, ein Mißgeschick passierte, dergestalt, daß ihm, noch bevor der Spiegel im Topf hätte Feuer fangen können, die Streichholzschachtel aus der Hand und auf den Teppich fiel, wobei in einem Anzengruberschen Raum sicher kein Teppich vorkommt, doch dies nur nebenbei, jeder, und nun kommt's, paß auf, jeder drittklassige Schauspieler hätte den Fehler dadurch zu korrigieren versucht, daß er das zunächst liegende Hölzchen aufgelesen und angestrichen hätte, nicht Mitterwurzer, er sammelte eines nach dem andern gelassen auf, und erst als die Schachtel wieder komplett war, steckte er den Schmurgel an, was den damaligen Direktor des Burgtheaters, Max Burckhard, dermaßen überzeugt haben soll, daß er trotz seiner Abneigung gegen Stegreifspäße auf der Wiederholung der Streichholzszene beharrte. Eben darum, sagte ich bescheiden, meide ich das Theater, weil die Streichholzszene, ansonsten hätte man sie ja nicht drin gelassen, wahrscheinlich besser war als jeder Anzengrubersche Dialog. Etwas Ähnliches übrigens spielte sich ab, als ein mittelmäßiger Schamane Auzingers berühmtes Schwarzes Kabinett nachbaute, aber anstelle eines Elefanten einen Schimmel auf offener Bühne verschwinden ließ. Es ist ein heute so nicht mehr gezeigter Trick, deshalb darf man darüber reden. Unter der bunten und möglichst grellen Seidendecke, mit der man den Elefanten zudrapiert, steckt eine solche aus schwarzem Samt, zieht nun der Zauberer die Oberhülle weg, hebt sich das pechschwarze Tier nicht mehr vom Hintergrund ab und scheint dispariert worden zu sein, kurz, der Imitator zeigt das Kunststück mit einem Schimmel, wobei die Panne die war, daß die Samtdecke leicht verrutschte, so daß der weiße Schwanz zu sehen war, als er sagte: Simsalabim, und das Pferd ist weg. Männiglich brach in schallendes Gelächter aus, doch auch dieser Gag wurde belassen, nämlich dergestalt, daß der an den folgenden Abenden am nun wieder korrekt wegkontrastierten Schimmel hängende Schweif aus Stoff war und ihn der Schamane vom Haken hängen und in die Tasche stecken konnte. Aber ich weiß, Adam Nautilus, keine Angst, ich reite nicht mein Stekkenpferd, daß Theater und Zauberei nichts miteinander zu tun haben. Kommen wir zum Schnupftabak zurück, lenkte mein Freund ein, es ist durchaus denkbar, daß auf der schmalen Bühne der Comédie Française der Schauspieler im Verlauf des Misanthropen-Monologs die Tabatiere zückt und mit abwesendem Blick eine Prise nimmt, denkbar im Sinne des antiken Theaters, das aufgrund der Tatsache funktioniert, daß der Hintergrund, der Mythos, jedem Zuschauer bekannt war, was die Arena zeigt, sind nur noch Verhaltensmuster zum Orakel beispielsweise, und es ist vorstellbar, daß schon damals, trotz Maske – L'homme masqué, wollte ich einwerfen – geraucht wurde, denn Herodot, der Vater der Geschichtsschreibung, berichtet von den Massageten auf der Insel Araxes, daß sie sich gemeinsam um ein Feuer setzten, die Frucht des Hanfs in die Glut wärfen und davon trunken würden wie die Hellenen vom Wein, und der griechische Geograph Strabo erzählt ausführlich vom kleinasiatischen Volk der Mysier, die man »Rauchesser« nannte.

Ob Edmond de Mog angelegentlich des nächsten Besuches in der alten Landweibelei zu einer Prise zu verführen sein wird, sofern ich ihm einen echten Leonzburger Nr. o anbieten kann? Leonzburg-Combray, wie wäre die Fünferdocke der hinter uns liegenden Blätter anders zu bündeln als mit einem Ausblick, der beide, die mittelalterlich biedermeierlich pastoral dämmernde Bezirksstadt und Brunsleben, meine Art der

Suche nach der verlorenen Zeit und das hohe Alter Jérôme von Castelmur-Bondos in eins bringt? Hermann Arbogast Brenner meint den Abendspaziergang in den Ebnet hinauf, meint die eine halbe Stunde weiter Richtung Schloß Wildenegg gelegene Leonzburger Bank, wo man, vom Gezweig umrahmt wie auf einer Vignette von Ludwig Richter, die stolze Feudalburg schräg vis-à-vis hat, je nach Licht und Wetterlage nah und dräuend hingeklotzt oder fernwirkend mild mit unscharfem Gedäche und Gezinne und Gemäuer flimmernd. Der Gang zum, auf den, ins Ebnet, die deutsche Sprache ist da, was die orientierenden Präpositionen betrifft, eigentümlich undifferenziert, präziser die Mundart, so sagt der Wynentaler in Menzenmang *i goh uf Luzärn ie*, nach Luzern hinein, weil die Leuchtenstadt gotthardwärts in der Innerschweiz liegt, er sagt *i goh uf Bär ue*, nach Bern hinauf, weil in der noch durchaus mittelländischen Bundeshauptstadt die Landesregierung thront, er sagt *i goh uf Züri use*, nach Zürich hinaus, denn *Mostindien* ist nicht mehr fern, die am Rande der Welt gelegene Ostschweiz, er sagt *i goh uf Basu abe*, nach Basel hinunter, logisch, der Wyne, der Aare, dem Rhein folgend, aber er sagt *i goh a Hauwiwersee übere*, an den Hallwielersee hinüber, weil man den Sattel zwischen Sonnenberg und Homberg überwinden muß, dann sagt er wieder *uf Schiute äne*, nach Schilten, ja was ist der Unterschied zwischen »übere« und »äne« – wohl derjenige von etwas weniger und etwas mehr abseits, und er sagt *i goh is Aentlebuech hindere*, ich gehe nach dahinten ins Entlebuch, ein Tal, das auf seine Weise verschollen ist, in der allerengsten Geographie, auf der rot-creme-markisenbesonnten Terrasse der Fabrikantenvilla von Menzenmang sitzend: *uf Burg ue, uf Rynach abe, uf Pfäffike hindere, uf Beromöischter ue, uf Böiwu übere*, damit sind, fast ungewollt, die Richtungen angeschlagen, die ich als kleiner Stumpen an der schwieligen, gegerbten Hand meiner Friedhofgroßmutter erwandern werde, der Côté de chez Onkel Herbert, der Côté de la cimetière, der Côté de Dankensberg. Jérôme, seiner Stadtberner

Kindheit gemäß, präferiert *is Ebnet ue*, ich dagegen sage *ufe n'Ebnet hindere*, drücke die Steigung sowohl wie die Verlorenheit aus. Wir, obwohl Jérôme und ich nie selbzweit gehen, auf dem Ebnet muß man für sich und bei sich sein, treten durch das Rundbogentor mit dem Castelmur-Schlußstein auf den Burgweg hinaus, passieren das Zyklopengemäuer der untersten Gartenterrasse mit den wilden Kletterrosen und gelangen in den Hain der Lücke, zu den zerklüfteten Malmkalk- und Doggerschräglagen, deren Klusfeuchte uns im Hochsommer grufttief anatmet, der ehemals maisgelbe Postdiener gibt die Meereshöhe, 543 Meter, und die Richtungen Brugg und Leonzburg an.

Im Anschluß an die Lücke der grob gefügte, mit senfgüldenen Flechten vermischte und hohen Linden bestandene Söller, zu dem ein paar verwackelte Stufen emporführen, das weilandige Croquet-Plätzchen – welche Château-Pikanterie, daß die Vorfahren Jérômes auf diesem präjurassischen Anwesen ausgerechnet Croquet spielen wollten, offenbar weil es en mode war –, ein paar Schritte weiter fallen die Krüppelweiden und Kastanienbestände Lottan und Brentan terrassiert ab nach Bruns, man hat einen freien Blick über Dorf und Tal, die Straßenkreuzung mit dem Schützenhäuschen, von wo aus im August, am letzten obligatorischen Schießtag, spitze Bleistiftpunkte in den Bannwald gesetzt werden, sieht den Sternen mit seiner mittlerweile abgerissenen Dependance Sternenmatt, die Mehrzweckhalle, das Glockentürmchen am Waldrand und den kleinen Friedhof, wo Hermann Arbogast Brenners Vorgänger begraben liegt, der Publizist Emanuel Kindt. Der Weg zum Schloß Wildenegg steigt nun, wo er von der Fahrstraße abzweigt, leicht an, führt an einem niedrigen Gemäuer mit olivgrüner Fettwurz vorbei zu dem gürtelförmigen Bauerngarten, wo der Diener Jean-Jacques Amorose den tief ultramarinen Rittersporn, den krapplackenen Phlox und die puderrosa Malven pflegt, weiter oben hat man die Wahl zwischen der Schneise, dem Brunslebener Hexensteg, und dem Sträßchen, das in drei Serpentinen die Anhöhe des Ebnets erklimmt. Rascher ist man durch den Hohlweg oben, die Füße zwischen bleichen Felsrippen in die Modertritte setzend, auf dem durch Schilder einladend gekennzeichneten Picknickplatz – die Radiowanderer, die bei guter Witterung den Chaistenberg stürmen – zirkeln verschiedene Kalkmeiler unterschiedlich eingeschwärzte Feuerstellen ab, o Waldbereisung in Menzenmang, o Waldfestplatz, o Bratwurst- und Cervelat-Duft! Und hier, wo man keine Rundsicht mehr hat, tut sich der Ebnet auf, ein langgezogenes Hochplateau, bis zum Knick noch sanft ansteigend, auf drei Seiten vom Chaistenberger Mischwald eingefriedet. Am rechten Rand setzt sich die hohle Gasse fort in einer offenen Allee oder einarmigen Chaussee, ich nenne sie so, weil sich die Buchen, Ulmen und Eichen zum Teil weit über den Weg mit den verkarsteten Räderspuren wölben und weil ein paar Roßkastanien auf der Feldseite stehen. Ein schief in den Boden geranzter Grenzstein gibt die Mark an, die Wappen sind verwittert, die Runen erblindet. Bis hierhin zum Knick, wo ich in beinernen Wintern mit meinen Buben den Bob anschob, dominiert das *ue*, ab hierherfort das *hindere*. Man geht eine gute Viertelstunde in diesem Wandelaltan majestätischer Bäume, mannshoch sommerverheckt, Holunder, Tollkirschen, ab und zu ein Hock Walderdbeeren eingedörrt, der Weg vergrast immer mehr, bis man letztlich *z'hinderscht* in einer Strauchnische unter einem hohen Buchenzelt die Ruhebank mit der Aufschrift »Jérôme von Castelmur-Bondo – Privatsitz« erreicht. Diese Bank ist auch schon das Ziel des kultischen Ganges, der naturgemäß für den 87jährigen eine ganz andere Tradition hat als für seinen Gesellschafter, mir genügt es, in dieser grünen Landschaftskammer meine Abendcigarre zu rauchen, ein wahrer Herrgottswinkel, im Sommer hat man das Gefühl, in der Bermudazone eines grünen Ozeans zu sitzen, und man erlebt lange nach der Hoyo de Monterrey des Dieux, die natürlich auch im Brunslebener Schloßkeller noch schwitzen kann, selber einen Fermentationsprozeß, man blickt zurück ohne Zorn, mit etwas Weh-

mut, man weiß von den weiter oben gelegenen Aussichtsbän-
ken des Verkehrs- und Verschönerungsvereins Mörken-Wil-
denau-Bruns, meinem Freund und Gönner Johann Caspar
Brenner würde nun der Witz des alten Ehepaars einfallen, das
erklärte, es wolle dem Verein nicht beitreten, *wösset si, für
das bitzeli verchehr i eusem alter bruche mer keim verein me
byzträte*, hier läßt sich, indem der stahlblaue Rauch der Puro
an der Nase vorbeistreicht, wunderbar sinnen und sein,
Jérôme, der von der Bank aus seiner 16 Hektar Schloßanwe-
sen, Weide und Wald gedenken mag, nennt den Winkel den
»grünen Stechlin«, und da kann ich ein wenig mitreden, denn
Fontanes Altersroman gehört zu den täglichen Pflichten meines Mietverhältnisses, auch Amorose hat Bescheid zu wissen
über die Engelke-Szenen, und fürwahr, so wie Dubslav an
seinem See sitzt und den Sonnenuntergang beobachtet, nie
gewiß, ob der rote Hahn tatsächlich einmal aus dem Trichter
aufgestiegen ist, so ruht der Emeritus auf der Castelmur-
Bondo-Bank, den Stock angelehnt, er im Freien nie rauchend,
wodurch ihm entschieden etwas entgeht.

6. Erwachen in Soglio
Brenner Export

Fährt man vom Dreihundertseelen-Dorf Bruns, die Einheimischen sagen *Bruuns*, die steile Schloßgasse zu Jérôme von Castelmur-Bondos Anwesen hoch, hat man zunächst den Ort zur Linken, die untere Weid, auf der im Sommer träg die schwarz gescheckten Fribourger mampfen und wiederkäuen, zur Rechten, eine alte Rebmauer von schädelgroßen Jurachempen, grob vermörtelt, einen windschen Zaun, doch keine elektrischen Drähte wie auf den Matten unterhalb der Waldau. Nur an wenigen Ausweichstellen kommen zwei Fahrzeuge aneinander vorbei. Die Straße ist bis hinauf zum Reservoir, der *wasserstation*, asphaltiert, und der Bunker trägt das Wappen von Bruns, ein Rad mit acht Speichen, die in spitzen Pfeilen enden, was es bedeutet, werde ich den Schloßherrn demnächst fragen müssen. Dann geht der Belag in die Naturstraße über, und man taucht in den Bannwald ein, vier *hektaar* gehören zu Brunsleben, kein finsterer Tann, in dem sich das klebrige Harzgefühl auf dem Gaumen einstellen würde, eher ein lichter Mischforst, Buchen, Buchen und nochmals Buchen, ein wahrer Buchschlag, vom Baumsterben teils teils erfaßt, denn man hört im Tal die Autobahn Zürich –Bern, zu den Seiten des nun immer schmaler werdenden Fahrwegs lagern Stubben und Prügel, Langhölzer und Stangenreisig, Klafterspälten und Trommeln, im Jänner und Feber von Rueda, dem Pächter in Mörken, geschlagen. Die Sonne brennt durch die Blätterdächer und wirft Lichtkringel ans Bord. Hätte man nicht längst den ersten Gang eingelegt, müßte man nun runterschalten, zum einen der zahlreichen Wanderer wegen, die in der Ferienzeit brav den gelben Markierungsrauten folgen, karierte Hemden, rote Socken überwiegen, es gibt eben keinen Sport ohne Uniform, zum andern, um die enge Haarnadelkurve zu nehmen, die Hermann Arbogast Brenner im Winter Horse Shoe nennt, der furchterregenden Kehre auf der St. Moritzer Bobbahn wegen. Hier zweigt links ein Verbindungsstück ab, das auf ein tiefschattenes Waldfestkreuz und in die milder abfallende Mörker Straße mündet, ein etwas oberlehrerhaftes Tableau verweist auf die schützenswerten Pflanzen im Jura und Mittelland, die coelinblaue Gentilana verna, zu deutsch Frühlingsenzian, die Feuerlilie und die Nigritella nigria, das sogenannte Männertreu, eine Spitzmorcheldolde von verdächtigem Caput mortuum, die gelbe Schwertlilie, deren Farbe auf das anmächeligste mit dem Maischgelb des zweiarmigen Wegweisers korrespondiert. Der Chaistenbergpunkt 647,4 ist angegeben, die Schlösser Brunsleben und Wildenegg, auch die Ruine Salenegg, ebenso die Station Wildenau SBB, *zäntome*, wo man geht und steht, dienert ja das Postalische dem Esbebestrischen zu.

Der Lenkradius des Ferrari 328 GTS, meines Jugendtraums, gestattet es knapp, die Serpentine in einem Schwung zu nehmen, doch die Bodenfreiheit ist zu minim, als daß man ein Aufkratzen der Verschalung verhindern könnte, dafür hat man nun die mannshohe Mauer zur Linken, wo sich als berglerisch ansteigende Mulde die *chehrweid* auftut, wir befinden uns auf halber Höhe. Ein Rinnsal sintert, daher im Frühling die fetten *bachbombele*, im Winter nicht selten Füchse, einmal trieb ich ein Prachtexemplar von Hirsch vor mir her, der sich vom Motor nicht im geringsten irritieren ließ. Nach allerlei *gschtrüüch* und *gschtüüd* und einem Linksanlehner kommt das Dorf wieder, diese um Zwergschule, Beiz, Post, Pneulager, Volg und Metzg gruppierte Spielzeugsiedlung, die der liebe Gott vergessen haben muß, als er nach der Erschaffung der Welt seinen Baukasten aufräumte. Wir steuern nun äußerst vorsichtig auf die Schneckenwaldkurve zu, denn sei es der Briefträger Surleuly, Amorose oder ein Taxi mit einem *gschtobenen* Gessler-Nachfahren aus Amerika, der Jérôme von Castelmur-Bondo seine Aufwartung machte, einer fährt immer wie ein Räuber, gerade weil er sich auf weiter Flur allein glaubt. Und erst nach diesem Knie, zumal mit einer *Rio säx für underwägs* heimelt »es« mich so richtig an, denn das offene Bord zur Rechten säumen uralte Roßkastanien und Eichen, während auf der Gegenseite das *schnäggewäudli* so dicht aufgeforstet ist, daß wir wie im Ebnet den Eindruck haben, eine einarmige Chaussee zu befahren mit staubiger Grasnarbe. Aus dem Drahtzaun ist eine Krummbalken-Einfriedung mit übereck gestellten *ochsetörli* geworden, hier findet man faustgroße Feldmorcheln, hier ebnet das kleine Plateau über dem Hain Brentan aus, wo am ersten August der achtzehnköpfige Männerchor das Aargauerlied singt, hier lodert der Holzstoß, hier spricht heuer der emeritierte Geschichtsprofessor zum 43. Mal in ununterbrochener Reihenfolge zu den Brunsern und zahlreichen Besuchern, *liebi landslüüt, liebi fründe us nah und färn.* Und hier schiebt sich ein längst hinabgesunkenes Bild kastaniengrün über den Brunslebener Naturstraßenprospekt, die Auffahrt nach Soglio im Val Bregaglia, die an schlanke Grenzer gemahnenden Granitpfosten mit den Löchern für die langen Stangen, und im Sommer sechsundvierzig, als wir in dieses italienischste aller helvetischen Bergdörfer in die Ferien fuhren, erwachte ich wieder aus dem Götterdunkel meiner frühesten Kindheit, es muß vor Amden gewesen sein, jaja vor Amden, es scheint mir bezeichnend zu sein für das Mnemosynische generell, daß sich uns im Exil, und was ist ein Urlaub für einen Knirps anderes als ein schmerzlicher Verlust der kaum wahrgenommenen Heimat, die stärkeren, tabakianisch gesprochen die körperhafteren Eindrücke einprägen als in der vertrauten Umgebung.

Naturgemäß müßte ich nun, um Soglio im Val Bregaglia heraufzuholen und hervorzubringen, eines der stärksten Kaliber aus meinem Cigarrenvorrat im karfangenen Schloßgutkeller zurüsten, anderseits gäbe ich viel darum zu wissen, welchen Stumpen mein Vater beim Aquarellieren geraucht hat, weil es, sofern dieses Produkt noch auf dem Markt wäre, zu einem einmaligen Zusammenklang des Vater- und des Sohn-Aromas kommen könnte, zu einem brennerinternen Tabakskollegium, nicht zu einem Doublier-Effekt, denn wenn in einem Halbrad keine Romeo y Julieta mit der andern zu vergleichen ist, so sicher noch weniger eine Indiana 1946 mit dem Fabrikat der achtziger Jahre, wir sind also ganz auf das Werweißen angewiesen. Und da erinnern wir uns einer der akutesten Krisen im Familienunternehmen, an den sogenannten Stumpenkrieg, der im Spätsommer 1937 ausbrach, weil Maximilian Brenner auf die geniale Idee gekommen war, eine Fünferschachtel einzuführen, welche die herkömmlichen Zehnerbündli ablösen sollte. Es ging einmal mehr um den inzwischen legendären Export, dessen Verpackung sich bis heute nicht verändert hat. Die Konkurrenten und Handelsinteressengruppen, die alle im Schweizerischen Tabakverband zusammengeschlossen waren, erachteten diese Marketing-Strategie als eine Gefahr für die gesamte Branche, immerhin über 100 Fabrikanten, 200 Grossisten und an die 10000 Kleinverkaufsstellen, also wurde ein Boykott verhängt, und es ist der dokumentarischen Natur meines geliebten Vaters zu danken, daß ich im Besitz einer Kopie jenes skandalösen Briefes des S.T.V. vom 7. August 1937 bin, in welchem die »Abwehr-Kampfmaßnahmen« gegen den »Export« in der Fünferschachtel zu 50 Rappen – heute Fr. 2,40 – aufgezählt werden. »Um unsere Abwehr-Kampfmaßnahmen nur noch auf das absolut Notwendigste zu beschränken«, heißt es da auf hochheuchlerisch, »hat der Vorstand unseres Verbandes in seiner Sitzung vom 6. ds. in Anwendung von Statuten und Convention des S.T.V. folgende Beschlüsse gefaßt. 1. Die Aufnahme und der Weiterverkauf der besagten 5-Stück-Stumpenpackung der Brenner Söhne AG ist untersagt, allfällige Bestellungen sind zu widerrufen. 2. Der Verkauf der restlichen Fabrikate der Brenner Söhne AG ist gestattet. 3. Alle Reklamegegenstände der Brenner Söhne AG, und zwar sowohl für die 5-Stück-Stumpenpackung, wie für die übrigen Produkte, sind zu entfernen und der Brenner Söhne AG zur Verfügung zu halten. 4. Zigarren-, Zigaretten- und Rauchtabakfabrikanten, wie auch Grossisten und Mi-Grossisten, dürfen keinen Wiederverkäufer normal mit Tabakwaren beliefern, der den vorstehenden Weisungen ad. Ziff. 1 und 3 zuwiderhandelt, sondern nur unter Anwendung von Art. 7 resp. 7. III. unserer Convention. Wie Sie« – die Firma Brenner Söhne AG – »daraus ersehen, ist Ihnen also in Zukunft der Verkauf der Brenner-Produkte (mit Ausnahme der ›Brenner-Export‹-5-Stück-Stumpenpackungen zu 50 Rp.) wieder erlaubt. Mit aller Energie muß sich dagegen nunmehr der Abwehrkampf aller Branchenangehörigen gegen die 5-Stück-Packungen konzentrieren.«

Wenn der Nicotiana tabacum nachgerühmt wird, sie errege und besänftige unser Gemüt zu gleichen Teilen, muß man die Ursachen für den grotesken Stumpenkrieg wohl eher in der Marktlage als im Genußmittel suchen, in einer Pressekampagne sondergleichen wurde gebelfert, randaliert, gestichelt und gedräut, es fielen damals in der Schweiz nicht für möglich gehaltene Ausdrücke wie »Waffengang«, ja sogar »Sieg Heil«, eisenfresserisch ging der Verband, ja, wogegen eigentlich vor. Gegen Maximilians Kreation einer neuen, bequemen und bruchsicheren Faltschachtel, die sich als das ideale Rauchzeug des Arbeiters, des Mannes von der Straße, des Soldaten entpuppte, denn die Zehnerbündli waren zu dick, um in der Brust- oder Hosentasche eines Blaubarchentenen verstaut zu werden, überdies erlitten die Stumpen leicht Quetschungen, *brosmeten*, wenn man sie aus ihrer preßhaften Umballung zu zupfen versuchte, und hinzu kam, daß man eben einen Franken einmal mehr umdreht als einen Fünfziger, deshalb waren es die Detaillisten in den sozialdemokratischen Hochburgen wie dem Kanton Zürich, die an einer spontan einberufenen Versammlung beschlossen, dem Boykott nicht zu folgen. Ein Inserat der Brenner Söhne AG appellierte an die Käufer: Zeigen Sie den Inhabern von Tabakläden, die den Boykott des Verbandes praktisch außer Kurs setzen, daß Sie Vernunft, Zivilcourage und freiheitliches Denken zu schätzen wissen, tätigen Sie Ihre Einkäufe beim bodenständigen Handel. Meidet den Pfuscher. Nun kam die Stunde meines Großvaters Hermann Brenner, des passionierten Jägers, Gastwirts zur Waldau und Rohtabakagenten, er hatte nämlich, bei einer Flasche »vom Besten« in jenem Säli, in dem ich wenige Jahre später die Trauerkadenz hören sollte, die bauernschlaue Idee ausgeheckt, und ich denke mir, daß er dabei mutterseelenallein mit einer Fünferpackung spielte und eine Dreiviertelstunde lang einen Export nach dem andern rauchte, verkniffen in den blauen Dunst blinzelnd, den Stumpenkrieg, der auch seine *gaschtig* nervte, dergestalt zu beenden, handstreichartig, daß er Maximilian, seinem Halbbruder, den Vorschlag unterbreitete, zwei strohgelbe Faltschachteln mit einem Preismärkli zusammenzukleben.

Man höre und staune, am Abend des 2. September 1937 einigte man sich in Bern auf diese Lösung, die man einen gutschweizerischen Kompromiß nennen könnte, denn dem S. T. V. war Genüge getan, der Export wies nun die verband- und damit verbindliche Stückzahl eines Wuhrmann- oder Webstar-Bundes auf, und die Detaillisten, die ohnehin auf der Seite Maximilian Brenners gestanden hatten, merkten rasch, daß sie, indem sie auf Wunsch des Kunden die Marke zerrissen und nur eine Schachtel verkauften, gegen keine Statuten und keine Convention verstießen. So wurde der revolutionäre Vorläufer der cubanischen Einheitscigarre, die sich freilich als das größte Fiasko der Tabakhistorie erwies, der sogenannte gelbe Fünfer, – und nun kann ich nicht mehr anders, der geneigte Leser möge mir den Unterbruch gestatten, um die Zellophanhülle von einer Brenner-Export-Doppelpackung zu reißen, eine dieser naturreinen, vorstenlanden-gedeckten Stangen mit zwei Brandenden aus dem écrufarbenen Knisterpapier zu schälen und mit Pionier-Streichhölzern anzuzünden – der sonnenblumengelb lachende Dritte der peniblen Fehde zwei Jahre vor dem Ausbruch des Zweiten Weltkriegs zur mit Abstand erfolgreichsten Stumpenmarke. So gehe ich denn davon aus, daß mein Vater im Bergeller Sommer sechsundvierzig, wenn er sich von einem *modiv* inspirieren ließ, dasselbe rauchte wie ich bei der Niederschrift dieses Kapitels, aber zunächst blättere ich, wäh-

rend sich der für das Vorstenlanden-Sandblatt typische Perlbrand abzeichnet – famos, wie der Export *zöbelet* – in dem
grießbeigen, großformatigen Familienalbum, das im Stil einer
Collage gehalten ist, und sehe mich, ans *bärnerwägeli* geklamm-
mert, mit einem Menzo-Strohdeckel der trachtig gekleideten
Mutter und der Friedhofgroßmutter nach die Zwingstraße
zum Bahnhof hinunter traben, welche Station wird es gewesen
sein, SSB oder WTB? Die eingeklebte Fraktur-Rechnung für
vier Koffer im Gesamtgewicht von 42 Kilogramm nennt
unsere Adresse in Soglio, bei Giovanoli-Peduzzi, und eine mit
dem mir stets so exklusiv – *egsclusif* – vorkommenden roten
Farbband getippte Legende – das h leicht angeschwärzt – lautet schlicht: Habt ihr auch nichts vergessen? Die nächste Seite
zeigt die strahlende Sonne, das Werbesymbol von St. Moritz,
auf einer vergilbten Fahrplanseite ist der mit Messer und Gabel
versehene Zug Zürich ab 9.23 Uhr, Chur an 11.32 Uhr einge-
kastelt, in Chur hatten wir Anschluß um 11.56 Uhr, um mit der
Rhätischen Bahn über Tiefencastel, Alvaneu, Filisur, also
durch den Albula-Tunnel, St. Moritz zu erreichen, Ankunft
14.30 Uhr, folglich dürften wir schneller mit dem Seetaler,
Vaters Vers.-Insp.-Linie, in Leonzburg als mit dem Wynentaler in Aarau gewesen sein, obwohl gesagt werden muß, daß,
wie wenn man Venedig anders als von der Lagune her ansteu-
ert, man einen Palazzo durch die Hintertür betritt, Menzenmang erreichen oder verlassen wollen für mich gleichbedeutend mit 25 Jahren WTB-Schicksal war.

Ich blättere weiter, das Raffinierte von Vaters Collagetech-
nik schon ahnend, eine stahlstichscharfe Ansichtskarte mit der
erwähnten engen Straße, die sich so magisch über die Auffahrt
nach Brunsleben geschoben hat, die Granitpfähle, die Stangen, vorsintflutliche Leitplanken, ein Postauto mit zurückge-
rolltem Verdeck, Saurer-Kühlergrill, am Abhang zwei flirrende Bäume, noch nicht Kastanien, dahinter die Sciora-
Gruppe, und jetzt, und dabei kommen ausgerechnet mir, dem
Meister der trockenen Trunkenheit, ein paar Tränen, höre ich
die Dreiklanghupe, den das Schweizerische Postwesen genial

vertonenden Quartsextakkord, ich kann ihn spielen auf meinem Occasions-Bösendorfer, naturgemäß Fis-Dur, der kürzeste und heimwehhafteste aller Heimwehschlager, die quasi propädeutische Vorschule der Ästhetik zu Limelight, zu As time goes by, ich höre ihn zur Maira, dem Bergeller Fluß hinunter- und zum überkant von der Kanzel neben dem Negozio-Absturzhaus aufragenden Campanile hinaufhallen, und jetzt, aber traun fürwahr erst zweiundvierzig Jahre danach, kann ich endlich mit Fug sagen: Da ist ... Da sind im Anfang und waren immer die Wörter, eigentümliches Zauberwelsch, olivgrün das Wort Bergell, magentarot Vicosoprano, granitgrau Stampa, kadmiumorange Promontognio, bleiern Bondo, neapelgelb Castasegna, Terra di Siena Soglio, mir fiel, gerade weil ich die heiß ersehnten Kinder nicht verstand, im Sommer sechsundvierzig zum ersten Mal auf, daß man für Menschen, die in einer Geheimsprache miteinander reden, ein tertium non datur ist. Renzo, Adriana, vandyckbraun und grell zitronen irrte der Ruf der Matrone Giovanoli, dies wiederum ein Hennaklang, durch die eng verwinkelten Gassen, und da ist der schindelgedeckte Waschbrunnen gleich um die Ecke des Stadels, auf dessen Bühne der dunkelhaarige Renzo sitzt, eine Miniaturpfeife schmauchend, was dieser Bergbub für Schätze besitzt, zum Beispiel eine kleine Sense mit dazugehörigem Gurtköcher und Wetzstein, was mich postwendend eine Entschuldigung, *äxgüsi*, an die Adresse meiner Mutter formulieren läßt, denn es stellt sich heraus, daß sie nicht nur vernünftig gepackt hatte, daß in einem der vier bastgeflochtenen und lakritzenschwarzen Koffer noch Platz war für mein Maggi-Auto, den Schuco-Akustiko besaß ich noch nicht, das ich Renzo zum Tausch gegen die Pfeife anbiete, zwar ist mein gelbbrauner Firmenlaster, man kann die Ladetür »richtig« aufschließen, vollgestopft mit kleinen Maggi-Packungen, darunter als Juwel ein Gewürzfläschchen, doch Renzo, der diese Zeichensprache zu verstehen scheint, geht nicht auf das Angebot ein, zu Recht, was soll ihm ein Suppenlieferwagen in Soglio, von dem Segantini sagte: »Soglio e la soglia del paradiso.«

Die Eltern, denen ich meine Enttäuschung geklagt haben muß, nahmen diesen Kinderwunsch, ja, ich fieberte vor Begierde, so ernst, daß sie mir eine Miniaturpfeife für die Heimreise in Aussicht stellten, wenn wir von St. Moritz aus auf die Alp Grüm fahren würden. Daß es nicht dazu kam, lag an mir, denn im Spielzeug-, wahrscheinlich eher Souvenir-Laden an der zum Bahnhof hinunterführenden Straße waren auf unzähligen Regalen dicht bei dicht so viele Modellautos parkiert, daß ich der Qual der Wahl nicht widerstehen konnte und mich für einen Mercedes-Silberpfeil entschied, den ich gleich nach dem Verlassen des Geschäfts den Geländersockel der Straße hinunterrollen ließ – er hatte weiße Pneus – dann aber, welche Tragik, in der darauffolgenden Nacht in einer Pension im Bäderteil des Ortes vorübergehend verlor, weil er durch den Mittelspalt des Doppelbettes glitt. Es ist doch beeindruckend, über das Medium der Cigarre zu rekonstruieren, wie viele solcher Pannen Eltern für ihre Kinder beheben müssen, und statt ihnen das Angebot eines Töffs oder Mopeds oder Golf Cabrio zu machen für den Fall, daß sie bis zum zwanzigsten Altersjahr nicht rauchen, sollten sie im Gegenteil, im Interesse ihres eigenen Bildes ... kurz, ich rauche, seit ich fünf bin, in Menzenmang kein Kunststück, wo die Schätze so offen herumliegen. Es genügt, unter einen Lagerschuppen der Firma Burger Söhne AG zu kriechen und durch die Lücke einer morschen Bodenlatte ein paar Blätter Brasil herunterzuzupfen, dann rollt man sich seine Charutos selber wie die Indios ihre Räucherrollen. Es wird, wenn sich der geneigte Leser noch etwas gedulden kann und gewillt ist, sich mit einer von Hermann Arbogast Brenner offerierten Brasil-Importe von Alonso Menendez zu vertrösten, einem späteren Gabillen-Bündel vorbehalten sein, die kolumbianische Wende, die jedes Kind mit der je eigenen Entdeckung des Tabaks in seinem Leben vollzieht, in gewohnter Sprunghaftigkeit zu schildern. Man hat natürlich längst gemerkt, daß ich mich in Ermangelung des soliden Romanhandwerks von Reizwörtern in die Kreuz und die Quer leiten lasse, ich werde Adam Nautilus Rauch demnächst mit der Frage nerven müssen, ob diesem Irrsinn nicht doch eine Methode zu unterschieben sei, ist es denn nicht, wenn ich seine hochdotierte Arbeit beobachte, die vornehmste Pflicht des Kritikers, darzutun, wie es der Autor hätte machen sollen, wenn er *tatsächli eine isch*, nur gilt leider auch das Wort von Shaw: Those who can do cannot teach, sinngemäß zitiert, ich bin ja kein Anglist.

Also rasch zu Soglio, der Schwelle des Paradieses, zurück, da ist der Waschbrunnen, an dem die Weiber mit ihren *blauwyss gschpriglete chopftüecher* tratschen, schrubben, wringen, schwenken, *geutsche*, und bläulich schwimmen krause Kumulusgebilde von Seifenwolken im bergkalten Wasser, von dem ich schöpfen darf, wenn ich den Auftrag erhalte, Vaters Medizinalflaschen abzufüllen, die neben der Porzellanschale mit den Eiervertiefungen, neben der güldenen Eicifa-Pinselschachtel und dem schwarzen, viertafeligen Malkasten in der Aquarell-Mappe liegen. Das Foto auf Seite 7 im Familienalbum 1946-1948 oben links dokumentiert die Erinnerung, die freilich schärfer ist als die damalige Kodak-Kamera mit der Ziehharmonika-Optik: er nahm mich mit, selbzweit sitzen wir vor demselben *modif*, ich tauche den Pinsel gerade in eine Blechdose, Mandi, so sein Cerefis unter Freunden, hält den Block schräg zwischen den Knien und blickt, wie immer canadoline-gescheitelt, auf sein *aguarell*, mit einem Zug um den Mund, der mir verrät, daß er soeben denkt *i tumme cheib*. Es ist ihm ein Fehler passiert, vielleicht hat er sich in der Perspektive, die offen gestanden nie seine Stärke war, geirrt, Fluchtpunktprobleme, vielleicht läuft ein Malven-Graurosa zu weit ins Zyklamengrün hinüber. Lieber Vater, als du nach dem Besuch einer Picasso-Ausstellung in Zürich auf deiner Versicherungsinspektorenstrecke in Birrwil auf der Höhe des Bahnhöflis tödlich verunglücktest ausgänz März zweiundachtzig – nie werde ich mir dieses Datum merken wollen –, war es wieder einmal Hermann Arbogast, der Ältere, Vorbildlichere, der die grausig verstümmelten

Effekten in einem Plastiksack auf dem Polizeiposten von Reinach in Empfang nehmen mußte, die Szene erinnerte mich an den Flugzeugabsturz in Dürrenäsch – und dein Todes-Schlepper stammte ja von einer Dürrenäscher Transportfirma –, als halbierte Ringfinger mit Flaggenstecken markiert wurden, kurz, ich gab den Beutel in der Menzenmanger Fabrikantenvilla ab, wo die Mutter und die *gschwüschterti* schon mit dem Wortlaut der Todes-Anzeige beschäftigt waren, konnte dann nicht mehr länger herumsitzen, weil ich kurz vor dem Auszug aus dem alten Pfarrhaus Starrkirch stand und einen Gast aus Frankfurt im Wohnzimmer sitzen hatte, welcher der Meinung war, ich müßte partout, koste es, was es wolle, über meine Quittiger Zeit, da ich hinter die beschämenden Kulissen der Kirche geblickt hätte, ein Buch schreiben, sah also nicht zur Gänze, wie man dich aus dem Fiat-Knautschpaket heraustrennte, an die vierzig Frakturen und Rupturen, aber spätnachts, so gegen zwei, fuhr ich mit der indigoblauen Alfetta 2.0 Liter ruhig das Wynental, auch da hatte es dich einmal gelitzt, die Baumnarbe ist noch heute zu sehen, du kamst von der Straße ab, weil du die Hochzeitsrede für deinen *Göttibueb* memoriertest, hoch, zweigte gegen die *Brome* ab und meldete mich in der Pathologie des Spitals, die Österreicher sagen »Prosektur«, ich wollte dir in dieser wohl schlimmsten Stunde meines Erwachsenenlebens ins Gesicht sehen, die Wärterin riet mir dringend ab, aber ich ließ nicht locker, bis sie den provisorischen Sarg aufschraubte.

Und da sah ich, der verhinderte Jurist, die Kohlhaas-Natur, Originaltext Adam Nautilus Rauch, auch für diese Meisternovelle werde ich keine Zeit mehr haben, zuerst nicht das tief eingefleischte Mal auf der Stirne, sondern daß die Schuldfrage eindeutig zu klären war, du hattest nämlich, nun zu Tode erstarrt, denselben Lippenbißzug wie auf dem Soglio-Foto, folglich mußte sich, o Fluch über diesen Wahrheitsfanatismus in der Mördergrube meines Herzens, der Unfall so abgespielt haben, daß du, wie mehrfach bezeugt, schon vor dem Volg-Laden auf die Gegenfahrbahn ausgeschert warst, vermutlich absenzbedingt. Wie reagierte der Sattelschlepper? Vermutlich richtig, er steuerte, als er erkannte, daß dieser silbermetallisierte Fiat AG 2672 auf seinem Geisterkurs beharrte, ebenfalls auf seine Gegenfahrbahn, nun wäret ihr ohne einen Kratzer aneinander vorbeigekommen, wenn du nicht im letzten Moment, *mattäi am letschte*, das Bewußtsein wiedererlangt hättest und deinen Fehler korrigieren wolltest, der Aberbillionste Gedanke in deiner zweiundsiebzigjährigen Existenz war also die Selbstbezichtigung *i tumme cheib*, und mit dieser Mimik, eine Sache von Sekundenbruchteilen, rammtest du, das Lenkrad rechts herumreißend, den nun chancenlosen Dürrenäscher Dreizehntonner der Transportfirma Bärtschi, so daß der geschockte Chauffeur den zusammengestauchten Spielzeug-Fiat am Ende seines Bremsweges noch auf das Seetaler-Trassee manövrierte, wo jeder Lokführer jedes zufällig gerade von Leonzburg oder Luzern eintreffenden Zuges das Zerstörungswerk noch sinnlos duplizierend über die Vollendung hinausgetrieben hätte. Es tat mir vor deinem Sarg furchtbar leid, ich konnte dich vor keiner Gerichtsbarkeit der Welt verteidigen, jetzt nicht mehr.

Auf deinem Führerausweis, den ich zurückbehalten habe, steht unter a) Leichte Motorwagen in Stempelschrift »Ungültig«, unter d) neuer Wohnsitz »Ungültig«, Brenner Hermann, Versicherungsinspektor, Sandstraße, Menzenmang, 22. September 1910, Heimatgemeinde Burg, »Ungültig«, rührend grotesk das Kästchen »Muß Brille oder Kontaktlinsen tragen«, Datum der Prüfung 13. 9. 1938, alles »Ungültig«, deine ganze Existenz, aber nicht für deinen erstgeborenen Sohn Hermann Arbogast, er wird dich immer und immer wieder in der Du-Form anreden in seinen Tabakblättern, die hiermit den Kampf aufnehmen gegen alle Stempel dieser Welt, wo irgendwelche Beamte kraft ihrer zufälligen Inauguration irgendwelche Gummibuchstaben in Dokumente knallen, ist, was ich zu sagen habe, keinem »Gummibegriff« zu subsumieren.

7. Der Zauber der Farben
Brenner Export gepreßt

Schreck, laß endlich nach, ich brauche dringend eine Churchill von Romeo y Julieta, um den Zeitsprung vom März zweiundachtzig zum Sommer sechsundvierzig zu bewältigen, wo zwei Bilder weiter unten, mit dem gezahnten Rand sogar noch unter meine Kinderzeichnung geklebt – eine ganz in Mauve gehaltene *isepahn* mit einem raffinierterweise nicht ausschraffierten Traktor an der Spitze – *gaggaäde*, Sohn Hermann –, meine Mutter mit seitlich geneigtem Kopf in weißer Bluse und Tapetenblumenrock vor dem Palazzo Castelmur steht und sehr herzlich lacht, eine *botée*, im Grunde ganz Edwins schöne Mama aus »Kinderwelt und Märchenwald«. Was bekam der Vierjährige in Soglio von dem jungen Eheglück mit? Zum Beispiel dies, daß ich, nicht zufällig auf dem mittleren Foto mit dem Rücken zur Kamera und den Vaterhut, den er im Circus verlieren sollte, tief über die Ohren gezogen an eine Bruchsteinmauer pissend, eines frühen Abends, als es wie im »Struwwelpeter« hieß, wir gehn aus und du bleibst da, das Kinderbett näßte, das am Fußende des elterlichen Zweischläfers stand, dabei einen Zinnreiter in meine heiße Hand pressend, den mir die Fürstin Kommanda mit dem rabenpechschwarzen Haar geschenkt hatte, daß ich mir dann das Diner im Palazzo genau ausmalte, unter einem Thron mit gedrechselten Säulen, Tischlein-deck-dich und reich verziertem, blaugestirntem Dachhimmel mit baumelnden Troddeln saßen Vater und Mutter und wurden serviert, das Heimweh trieb mich auf die Gasse, wo ich, im klitschkalten *nachthömmli* mit dem rot eingestickten Namenszug zum Waschbrunnen und Stadel hinunterfand, alsdann, nicht mehr weiterwissend, mich eine endlose Gefängnismauer entlangtastete, dies war der Weg, der zum kastanienbestandenen Hauptplatz führte, aber die Matrone Giovanoli hastete kauderwelschend hinter mir her, brachte mich ins Zimmer und ins *bettli* zurück, ohne, so meine Annahme, das verpißte Zeug zu wechseln, also ein Jahr vor Amden, dem Kinderheim-KZ, ein erster Versuch, die schöne Mama zurückzuerobern, die der Prinz entführt hatte.

Völlig *paff* entdeckte ich im Familienalbum eine Werbepostkarte des palazzo-castelmurschen Hochzeitszimmers mit den gedrechselten Bettpfosten. Woher kommt einem verlassenen Kind solche Hellseherei zu? Und als ich Surleuly, der soeben durchs innere Schloßtor getreten ist und mit einem Expreß winkt, der in der Schweiz die sofortige persönliche Zustellung erfordert, ein Guiness anbiete an diesem 14. Juli abends um halb sechs, macht er, *do cha mer jo nid näi säge,* und beginnt *wie gwohnt z'tampe,* schildert, ohne meine Aufzeichnungen zu kennen, eine Szene aus der Rekrutenschule auf dem Monte Ceneri anno achtunddreißig, *do hämmer e regruut gha, wo äu* – wie ist der Mentalismus zu erklären – *jeedi nacht is bett gschiffet het und vor verzwiiflig druus isch, a de italiänische gränze hänis ne de do gschnappet, wäisch, mer händ de botz bi eus gha, und das sind immer di lausigschte cheibe, und dorom het sich das, i weiss no, regruut Umiker het de bettnässer gheisse, i de ganze gasärne omegschproche, si händ ne drufabe heigloh; und wäge diner frog zom Bruunser wappe, wenn i scho am schnörre bi, das isch e blawe acht-lilie-speer-stärn uf wyssem grund, es häisst i de chronik »Das Schloß gab der Gemeinde Bruns Schirm und Wappen«, es het auso nüt mit eme müliraad z'tue, nome, i ha de frau gseit, i sig i zäh minute weder of de poscht, das cha der de profässer natürli besser erkläre, mer seit, es goht mi jo nüt a, är schrybi an ere familiegschicht, wäisch du öppis nöchers, nu ause de und adie, haut, du hesch mer jo gar nid aus iigschänkt, de mues i de schluck no neh, es wär jo süsch tiräkt unaständig.* In der Tat paßt wie in der Gormunder Gentille-Hommière auch zum *rüüchlige* des zwickelförmigen Schloßhofs von Brunsleben und zum Jurasommer, Kalk, wohin das Auge reicht, kein Getränk besser als das gaumenkratzende Guiness, ich haute damals völlig *verseicht* ein zweites Mal ab und entwich der Obhut der Matrone Giovanoli, da ich, so mein frühkindlicher Orientierungssinn, vorneherum nicht zum Ziel gelangt war, ging ich *barfis* hintenherum an tief verwilderten Hinterhofgärten vorbei, die, wie 16 Jahre später verifiziert, zum langgezogenen Komplex der Castelmur-Bauten Casa Antonio und Casa Max gehören. Ich hatte aber als Bettnässer-Häftling keinen Blick für gußeiserne Korbbalkone, blinde Ochsenaugen, gekröpfte Gesimse und Mezzaningeschosse, nur die allenthalben angebrachten rostigen Halfterringe beschäftigten mich. Und dann fiel ich einer Horde Kinder in die Hände, die mich in einen hochgelegenen Park schleppten und in ein federflaumig stickiges Hühnerhaus sperrten, jetzt, werde ich gedacht haben, bist du ganz verloren, Vater und Mutter nie mehr wiederzufinden, aber da war in der Holzwand ein kleiner Rundbogen, der Durchschlupf für die gefederten Viecher, und ich mußte es schaffen, mich durch diese Öffnung zu zwängen, bevor die Häscher den Blechschieber, der wie eine Guillotine in zwei Schienen steckte, nach unten sausen ließen, also begann ich robbend zu zwängen, den einen Arm, dann den Kopf unter dem Messer durch, den zweiten Arm, und die Kinder hingen wie die Affen am Drahtzaun und kreischten Verrückten gleich, es mußte ein Schauspiel besonderer Art sein, wie sich da ein verhaßter Fremdling blutend aus dem Zwinger hervorarbeitete, ich fraß Staub und Hühnerdreck, und die aufgescheuchten *bibis* gaggaten flügelschlagend von einer Ecke zur andern.

Dann ein Blackout meiner Erinnerung, während wir aus Angstträumen bekanntlich in dem Moment erwachen, da der Horror unerträglich wird, scheint das Gedächtnis umgekehrt zu funktionieren, wir fallen ins mythologische Dunkel zurück, *wenn's nömm usszhaute isch*, von wem und wie ich letztlich aus dem Schimpansen-Haus befreit wurde, weiß ich nicht mehr, indessen verwendete ich bei jedem späteren Soglio-Aufenthalt etliche Zeit darauf, dem Verbrechen auf die Spur zu kommen, wo, in welchem Winkel welches Gartensöllers liegt dieser entsetzliche Hühnerhof, sicher lebt, auch wenn viele auswandern, noch ein Zeuge im Dorf, wie wäre diese Stecknadel im Bergheu ausfindig zu machen? Vielleicht habe ich dieses Zwingers für Gockel, Hennen und Küken wegen 1962 ein Architekturstudium an der Eidgenössischen Technischen Hochschule angefangen. Der Name Soglio ist urkundlich 1186 belegt, die Kirche San Lorenzo wird erstmals 1354 erwähnt und gehört zusammen mit den spätmittelalterlichen Wohntürmen der Castelmurs zu den ältesten Bauten des Dorfes. Die Siedlung brannte 1219 völlig nieder, die spanischen Truppen schleiften anno 1622 die Casa Battista Castelmur. Die ursprüngliche Struktur war auf San Lorenzo auf der Kante der Hangterrasse und die Verästelung der Gassen oberhalb der Kirche bezogen. Das menolithische Becken der Sott Funtäna datiert von 1582. Die Dorfgeschichte kann aufgrund der baulichen Zeugen in drei Abschnitte aufgeteilt werden, was mich an den ironischen Spruch eines Tessiner Malers erinnert: mein Leben zerfällt in drei Perioden. Mittelalterlicher Bestand bis um 1550, Aufschwung der *gmein* nach den Unabhängigkeits- und Eroberungskriegen der Drei Bünde zwischen 1499 und 1512, letzte Erneuerungsphase nach dem Bau der Straße im Jahre 1875. Also Sott Funtäna heißt der schindelgedeckte Dorfbrunnen, in dem die bläulichen Seifenwolken schwammen und ich das aus einem *cheschteneschiit* geschnitzte und mit einem Papiersegel garnierte Boot treiben ließ, immer dem Strudel zu, dem Strudel zu, und das Haus Giovanoli-Peduzzi befand sich im Teil Soglio-Ost, auf dem Grundrißplan der Ingenieurschule beider Basel ist sogar die Treppe des Stadels eingezeichnet, auf der Renzo saß, als er die Miniaturpfeife nicht gegen das viel kostbarere Maggiauto tauschen wollte, und da steigen in den Schlieren der Montecristo Nr. 2, die ich mir soeben angezündet habe, mit dem nussigen Aroma Bilder über Bilder auf.

Da ist die Türschwelle, auf der ich aus Wut, weil ich mit den Stangen des Plastillin-Kastens nichts anzufangen weiß, die zu Kugeln geballte Masse mit dem Absatz plattdrücke, so daß die bleigrauen, dottergelben und pinkroten Omeletts das

Gaba-Muster meiner Sohlen aufweisen, was mich hinwiederum begeistert, denn ich habe ein Prinzip der modernen Kunst entdeckt, den Zufall. Da ist der in der düsteren Wohnstube – Vaters rote Tintenskizze gibt die südliche Fensterposition an, Breite des Zimmers 2,80 Meter – stehende Tisch, an dem ich unter seinen Händen an einem Regennachmittag einen Traktor aus dem verhaßten Plastillin erstehen sehe, Chassisplatte, Kühlerblock, zwei Streichhölzer als Achsen, vorne zwei kleine, hinten zwei große dicke Räder – *gaggaäde* –, als Krönung jenes Detail, welches das Fahrzeug erst charakterisiert: der rote, echt gelochte Sattel, wie ich ihn auf den Friedhofgängen mit meiner Sektengroßmutter bei Ackerwalzen beobachtet habe. Vom oberen Korridor führt eine Verbindungsbrücke zur Terrasse, wo die Mutter die Wäsche aufhängt, ich sehe, wie sich der braunlederne Bauer Giovanoli im Hof vor einem Scherben mit weißem Schaum rasiert, bin aber, während Adriana sich meines Plastillin-Traktors bemächtigt hat und ihn auf dem Steinboden flachquetscht, von Renzos *sägisse* fasziniert, mit der man »richtig« das Bord gegenüber mähen kann, dengeln wie Onkel Eugen unter dem Scheunendach neben der Waldau hoch über Menzenmang, da wieder das Postautohorn, tü-ta-tü, Men-zen-mang. Und da ist ein schwüler Nachmittag, an dem mich der Vater quer durch das ganze Dorf führt, an endlosen Palastfronten vorbei bis zu einem verwunschenen Park, ich höre zum ersten Mal das Wort *atelier*, wir treten durch ein Holztor in die Graswildnis und durch einen braunen pelzigen Vorhang in den Schuppen, in dem es nicht nur von Mal-Utensilien wie Rahmen, Pinseln, Leinwänden und Farbtuben wimmelt, sondern auch von Bienen, so daß mich mein Vater gleich wieder hinausbugsiert, *beyi*, ruft er mir, wieder hinter der Draperie verschwindend, zu, *hornussi*. Ich sehe die blauen und roten Einfluglöcher an der Außenwand und speichere, daß »ateliers« auch fassadenbunt und überdies gefährlich sind, was sich nach der Ewigkeit, die es dauert, bis der Vater mit einem Bild unter dem Arm wieder den Pelz teilt, insofern bestätigt, als seine Backe dick geschwollen ist, *e chnusse*, den die Mutter mit einer Salbe behandeln muß, *e so nes vertammts beyi het mi verwütscht*. Kein Foto des Parks im Album, doch ich weiß zuhanden des geneigten Lesers, der vielleicht durch diese Tabakblätter irgend einmal nach Soglio hinaufverführt wird, daß der Garten am Westrand des Dorfes liegt, Chiavenna zu, zur Casa Max gehört und Grand Ort heißt, und ich ersehe aus dem Siedlungsgrundriß, daß ein Mittelweg vom oberen Grasparterre, wo links grau schraffiert der Schuppen eingezeichnet ist, drei Stufen hinunter zu einem Rundell führt, dessen Wellenlinien eine Wasserkunst verraten, dann um die Fontäne herum zu einem kleinen Pavillon am Südrand.

Dieses ziemlich verwahrloste Tusculum konnte ich im Spätsommer nach dem Tod meines Vaters für zehn Tage mieten, als ich die Materialien für die Soglio-Gabillen zusammentrug, der Springbrunnen war längst eingetrocknet, doch das Bienenhaus noch als solches in Betrieb, ich hatte nur ein Feldbett, einen Tisch und einen Stuhl in dem abgeblaßten Goldocker-Lusthäuschen installiert, wusch mich am westlichen Schindeldachbrunnen, rasierte mich vor einem Spiegelscherben wie damals Vater Giovanoli, aß mittags im französischen Garten des Hotels, in das der Palazzo Castelmur umgewandelt worden war, abends im weißgetünchten Speisesaal mit den Tonnenkappen über den vergitterten Fenstern und den rubinroten filigranen Vorhangkulissen, nicht ahnend, daß ich an Ostern 1983 zum ersten Mal einem Abkömmling des alten Geschlechts mit Stammhäusern im Val Bregaglia, Jérôme von Castelmur-Bondo, im Fumoir von Schloß Brunsleben gegenübersitzen würde in meiner neuen Berufung als Gesellschafter des emeritierten Geschichtsprofessors der Eidgenössischen Technischen Hochschule Zürich. Im Garten zwischen Phlox, Malven, Rosen und Rittersporn machte mich ein Hotelgast auf die Erzählung eines skurrilen Schweizers namens Gruber aufmerksam, die in Soglio spielt und die ich auch redlich zu lesen versuchte, aber ich hatte recht mit meiner Maxime, mir nicht die Augen mit Gegenwartsliteratur zu verderben, denn diese Geschichte, die von einem Erdbeben in Süddeutschland ausgeht, ist in puncto Satzbau das Abstruseste, was mir je untergekommen ist, erstens ist dauernd von einem hirnrissigen Grafen die Rede, der seinem Sekretär sogenannte letzte Sätze in ein Wachstuchheft diktiert, da der Autor aber die Unsitte vieler Neutöner teilt, auf Anführungszeichen zu verzichten, weiß man nie genau, wer eigentlich hier wessen insgesamt unsägliche Prosa wiedergibt, dann wimmelt es von Fremdwörtern, die ja, wie mir Adam Nautilus Rauch erst neulich am Hallwilersee erklärte, immer ein verräterisches Zeichen dafür sind, daß einer nicht Deutsch kann, zudem stellt dieser Gruber die unsinnige Behauptung auf, sein Protagonist hätte die Erschütterungen des Erdbebens in Albstadt im arvengetäferten Schlafzimmer des Palazzo Castelmur gespürt, was einfach, wenn man die angegebenen Werte auf der Richter-Skala für bare Münze nimmt, nicht stimmen kann, obendrein als Gipfel der Konfusion verwechselt der am Schluß der Novelle ohne Todesursache verschiedene Graf – wie heißt er nun schon wieder – Ursache und Wirkung, indem sein Eckermann die letztwillige Verfügung notiert haben will, er, der dieses verworrene Garn absondernde Moribundus, sei selber das Epizentrum, ich kann nur sagen und pflichtete darin Adam Nautilus bei, ein größeres Charivari oder, um in der Terminologie des Kritikers und Skippers Rauch zu bleiben, eine verheerendere Havarie kann man auf 16 Seiten nicht mehr anrichten.

Anderseits ist es so, daß ein Dilettant wie Hermann Arbogast Brenner selbst aus einem solchen Wischiwaschi noch etwas lernen kann, nämlich daß der Dialekt, in dem die Dorfältesten am Abend auf der Steinbank vor der Casa Max sitzend die Ereignisse des Tages besprechen, Bargaiot genannt wird, »cuntadin« heißt »Bauer«, »al balcun« »das Fenster«, »al peng« »die Butter«, »l'ascé« »der Ahorn«, »al mascun« »die Biene«, »i brascair« »heiße Maroni«, und indem ich ihren in die Dunkelheit der Kastanien gemurmelten Worten, ja im Grunde nur der Sprachmelodie lauschte und die Toscani Garibaldi genoß, ab und zu einen Schluck Jack Daniel's genehmigend, wurde mir einiges klar über den Sinn und den Unsinn des Verifizierens von Kindheitsschauplätzen. Es geht um den Bann, den man aufzubrechen versucht, indem man dem Ausgeliefertsein von damals die Orientierung, der Sprachlosigkeit das präzise Wort, den ungeordneten die geordneten Bilder gegenübersetzt. Indem man die Schritte vom Haus Giovanoli bis zum Palazzo Castelmur zählt und mit der ins Unendliche strebenden Gasse vergleicht, die der Vierjährige nicht schaffte, stellt man Proportionen her wie Edmond de Mog im Proust-Haus zu Illiers-Combray, man findet einen Maßstab für seine Kindheit, wobei die heikle Frage, was denn besser sei, seine Eindrücke so zu schildern, wie man sie wirklich erlebt hat, oder sie ständig auf die Gegenwart und die Zukunft zu beziehen, nur von echten Romanciers, also etwa von Bert May zufriedenstellend beantwortet werden könnte, weshalb ich dem geneigten Leser verspreche, beim nächsten Besuch in Gormund auf diese Crux zurückzukommen.

Seltsam die maßstäblichen Verzerrungen, von den insgesamt 59 *fötteli* im Soglio-Kapitel des Familien-Albums zeigen mich 13 zusammen mit der Mutter, 4 mit dem Vater, ein einziges hält fest, wie wir beide malen, doch in Hermann Arbogasts Gedächtnis taucht Gertrud, die immer die weiße Bluse und den Tapetenblumenrock trägt, nur dreimal auf, auf der Terrasse beim Wäscheaufhängen, am Abend, der in dem schrecklichen Hühnerhof endete, und beim Einsalben des Bienenstichs, nie sehe ich sie kochend, tischend, schöpfend, mich zu Bett bringend, das Licht löschend, beim Gutenachtkuß, nie wandernd, ruhend, im Kastanienwald sitzend, den Lunch zubereitend, wiewohl Bild 59 gerade dies belegt, die Mutter klappt im Zug ein Sandwich zusammen, auf das ich begierig warte. Gewiß sind die Väter die Kameramänner und geben selber nur selten das Modell für Gegenaufnahmen ab, aber unsere innere Laterna Magica wirft unbestechlich die

Risse jenes Elternteils an die Herzwand, zu dem wir uns mehr hingezogen fühlten. Wenn auch das beliebteste Sujet meiner Kinderzeichnungen, das Auto, in Soglio nur in der Holzausführung des Maggi-Lieferwagens vertreten war, nicht zu vergessen der Plastillin-Traktor, ist die Wahrheit meiner Erinnerung doch die, daß ich unentwegt mit dem Vater zusammen malte. Aus seinem Nachlaß rettete ich in der unbeschreiblichen Hektik, mit der meine Geschwister Klärli und Kari das Elternhaus in Menzenmang verkitschten, schon am ersten Tag der einwöchigen *rumete* vor allem drei Dinge: Vaters Malkasten, die Eicifa-Schachtel für die Pinsel und die Porzellanschale mit den zehn Eierlöchern zum Mischen der Farben, wieder, wie mir Jérôme von Castelmur-Bondo das Reliquiensammeln erklärte, um mir zu erwerben, was ich besaß, hinzu kamen die drei unterschiedlich prismatischen, bernstein- bis kandiszuckerbraunen Medizinalflaschen für das kostbare Wasser, alles in der brüchigen Aktenmappe des Versicherungsinspektors verstaut. Diese Utensilien breitete der Vater, nachdem er sich den Brenner-Export angesteckt hatte, im Gras aus, es gab weder Klappstühlchen noch Staffelei, und ich durfte das Heiligtum, die schwarze Metallschachtel, öffnen, um mich am vierreihigen Spektrum der zum Schlecken bunten Täfelchen zu ergötzen, das begann oben links bei Weiß, bänderte sich fort über alle Gelbnuancen bis zu Kadmiumorange und Mennige, eine Klaviatur der Chromatik, weiterführend von Zinnober- und Kaminrot über Krapplack und Rose véritable in die braunen Regionen mit Umbra, Sepia und Terra di Siena, es folgten streng komplementär die Grünwerte, am stärksten vertreten, als da waren Veroneser-, Saft-, Schweinfurt-, Oliv-, Permanentgrün hell, unlogisch ein Begriff wie Grüne Erde, welches Näpfchen die Schiene drei abpufferte, schließlich die blaue Tastatur, Coelin, Kobalt, Ultramarin, Indigo, Preußisch- und Pariser Blau und nur ganz wenige Violetts, Mauve, Flieder, Amethyst. Mein Vater, der nie ohne den grauen, vorne scheps nach unten gekrempten Hut in der Sonne saß, kniff die Augen im Stumpenrauch und faßte das *modif*, etwa einen Maisensäß-Stadel auf Löbbia mit Kastanie, im Vordergrund ein paar Bergblumen, Steinnelken vielleicht, in der dunstigen Ferne die Sciora-Gruppe, die Devise lautete wie in der Magie »Tuwit«, tue so wie ich tue, doch mich langweilte das umständliche Vorcrayonnieren mit dem Faber Numero 4, aber ich durfte in der Tat mit dem Pinsel seine Original-Schmincke-Täfelchen abwetzen, also unterbrach er seine Fluchtpunktgeometrie und instruierte mich, wie man mit dem Wasser umgeht. Flasche eins, wahrscheinlich noch mit einer angefressenen Etikette »Salzsäure« versehen, diente zum Anrühren der Farben, das zweite *gütterli* zum Vorwaschen, das dritte zum Reinwaschen des Pinsels.

Zunächst kam es zur wunderbaren Vermehrung der Fächer, indem man das Näpfchen-Tableau aus der Schachtel hob, um auf ihrem Grund fünf Emailquadrate und drei Rechtecke zu gewinnen. Was sich mir da auftat, war das reinste Entscheidungslabyrinth, denn einerseits lockten die zehn spiegelnden Eiervertiefungen der Porzellanschale, anderseits der *grosszügigkeit wäge* die vier bauchigen Fächer des Malkastendeckels, doch nicht minder die neckischen Zungen der Palettenklappe, und hier, in diesem von Vaterleben so virtuos beherrschten Metier durfte ich »wie richtig« mitmischen, weshalb mir Renzo mit seiner Bubensense gestohlen bleiben konnte, mein Tun war im Maßstab eins zu eins dasjenige eines veritablen Aquarellisten. Spätestens hier wird mir der geneigte Leser die Gefolgschaft aufkündigen und einwenden: Das kann gar nicht sein, dieser Hermann Arbogast Brenner stilisiert sich zum Wunderkind. Ich gebe ihm recht, denn die endlose Huscherei über die Rotskala, bis die Farbe der Steinnelke getroffen war, hätte mich nicht minder gelangweilt als jeden anderen *chline stumpe*, wenn nicht eben die Verlockung, haargenau dasselbe tun zu dürfen wie mein Vater, nicht so groß gewesen wäre. Nur kürzte ich das Verfahren ab, während er in dünnster Lasierung den Kastanienbaum zu grundieren begann, *tumpfte* ich den Pinsel dreist in den Gera-

niumlack und kolorierte den Kotflügel des so stromlinienför-
mig wie möglich hingeworfenen *amerikaners*, gab ihm neapelgelbe Fenster und eine coelinblaue Heckpartie, und vielleicht das Allerwichtigste war, daß mich mein Vater ab und
zu einen Zug von seinem Stumpen tun ließ, wenn ich hoch
und heilig versprach, den Rauch sofort wieder auszupusten
und ja der Mutter nichts zu sagen.

Es gab noch einen spannenden Moment bei diesen immer
unterhalb, oberhalb, westlich oder östlich von Soglio, so daß
das Wahrzeichen, der Campanile von San Lorenzo, dessen
Glockenschläge wie Bleiklötze in den Nachmittag fielen,
immer sichtbar blieb, zugebrachten *modif-aguarell*-Studio-
ausflügen, wenn aus derselben Eicifa-Schachtel, in der die
schwarzschaftigen oder englischroten Pinsel mit der Aufschrift Rowney griffbereit lagen, ein neues Farbnäpfchen
zunächst aus der Reklame-Emballage, dann aus dem Silberpapier geschält werden durfte, von mir, und wieder zum
Ablecken animierte wie die von der Friedhofgroßmutter aus
dem Ofen gezogenen *nidutäfeli*, mit der Zunge müßte man
malen, essen das Caput mortuum, dessen Name mich
beschäftigte wie kein anderer, etwas kaputtes Totes stellte ich
mir darunter vor, denn er lenkte meine Phantasie zum heimatlichen cimitero auf der Angermatt, einfach darum, weil
die schwarzbraunen Holzkreuze mit den oxydierten Blechdä-
chern mich wiederum mit den im Stierenberg von meinen
Lieblingstanten Ideli und Greti gefundenen und im Restaurant Waldau zu einem leckeren Pilzgericht komponierten
Totentrompeten verbanden. Was die Welt doch alles für
Wörter in ihrer Wundertüte hatte, derart pianistisch vermag
bereits das Kindergemüt zu modulieren, sich der Skischaukel
der Assoziationen hinzugeben, kontrastieren, parallelisieren,
wo lernten wir die Technik wenn nicht im kastaniengrünen,
sciorahellen Hochsommer sechsundvierzig hoch über der
wild schäumenden Maira, wo der Postdreiklang immer wieder Heimwehtränen auslöste, im Stammland Jérôme von
Castelmur-Bondos also, in der ABC-Kaserne, die den Vierjäh-

rigen noch verschonte, sicher nicht. Die Ausbildung eines Künstlers geht ja im allgemeinen so vonstatten, daß er analog zu den frühsexuellen Träumen eine Art Propädeutikum der Ästhetik durchläuft, um mit dem kadettenmäßigen Drill des Einmaleins und der Groß- und Kleinbuchstaben alles wieder zu verlieren, der sogenannte pädagogische Eingriff ins Jung-virtuosengemüt ist ein Kapitalverbrechen von Staates wegen, mit der Pubertät erst kann, wenn die Zucht zur »richtigen« Perspektive, die Askese der »richtigen« Farbgebung nicht alles ein für allemal verdorben hat, ein neuer Schub erfolgen. Mein Zauberlehrmeister, der Freund Wolff Baron von Key-serlingk, gestand mir vor anderthalb Jahren beim Privatun-terricht in einem Anrichteraum des Frankfurter Hofs, daß er beim Eintritt in die erste Klasse der Grundschule das Forcie-ren nach Dai Vernon mit traumwandlerischer Sicherheit beherrscht habe, die Pik Zehn beim Injog leicht wegglissiert, den Fächer geschlagen, die Blätter geschmeidig laufen lassen bis fünf Karten ante High Noon, dann das Tempo gedrosselt, Scheinangebot, indem man die Leit-Karo-Dame mit dem Daumen der Rechten oder dem Kleinfinger von der Bildseite her nach vorne schiebt, das, denkt der Partner, ist die Karte, die er mir unterjubeln will, weshalb er nicht zieht, er ist ja nicht auf den Kopf gefallen, weiterfächern, bei der Pik Zehn macht man das Gegenteil, Simulation, Dissimulation, und jetzt, in der Entzugsphase, greift der Zuschauer zu, und siehst du, sagte Wolff, das kann ich heute infolge des Schulzwangs nicht mehr, obwohl ich Cartomagier der Jahre 1985/1986 war – zumindest nicht im Schlaf.

Die oblonge, papiervergoldete Pinsel- und Ersatznäpfchen-schachtel der Firma Eichenberger & Cie Menzenmang zeigte auf der einen Seite eine blumengeschmückte dunkelhäutige Schönheit, welche Tabakblätter darbot, wem, einem Segel-schiff, das rechts vor Anker lag. Es ist, wie ich heute erkenne, ein Dreimast-Marssegelschoner mit Groß-, Fock- und Besan-mast, in der Mitte das bräunlich gegitterte Dreieck »Eicifa« mit dem Familienwappen, einer priapeisch aufragenden

Eichel in der Muschel von Eichenblättern. »Übersee« war eines der magischen Wörter meiner Kindheit, weshalb ich auch für die Malaga-Kellereien in Leonzburg-Combray vors Bundesgericht gehen würde, obwohl dort nur der spanische Faro gemeint ist, und in dieses Bilderrätsel konnte ich mich stundenlang versenken, denn ich wußte ja noch nichts von der Entdeckung des Tabaks durch Kolumbus, von der Verschiffung der mit dem Märk gezeichneten Ballen in brasilianischen und cubanischen Häfen, mir mußten die Symbole Schönheit, Blätter, Schiff genügen und der Halbbatzenmänder, der dem Ganzen den Rahmen gab. Was wäre, wenn die viel zu große Dame mit dem vierteiligen Kleeblatt im Haar das viel zu kleine Schiff besteigen würde, so fragte ich, nicht zwischen Vorder-, Mittel- und Hintergrund unterscheidend, denn mein *amerikaner*, ins Familienalbum geklebt und mit dem tintengrünen Bürostempel 10. Juli 1946 versehen, enthielt Ansätze zur Simultanperspektive. Im Schlaf, in der Tat, wird es uns gegeben und in abrupten Weckexerzitien wieder genommen, weshalb das Künstlerkind in seinen somniferen Phasen nach Maßen gefördert werden muß, und dies ist, wenn ich auch nie Maler geworden bin, meinem geliebten Sogliovater hoch anzurechnen, daß er so früh schon erkannte, was aus mir, wenn die Gesundheit mitzumachen sich bequemt hätte, alles hätte werden können, daß er mir, *em chlyne stumpe*, diese Chance gab, um uns träge wie in Bernstein gefangen das Gesumm und Gefleuch der Natur, Zeit stand still, er die hohe Fertigkeit des Mischens beherrschend, in der ledernen Aktentasche steckte sicher auch die Prämientabelle und das Sterblichkeits-Wahrscheinlichkeits-Handbuch SHW der Schweizerischen Rentenanstalt, man konnte ja nie wissen, ob nicht auch ein Bergbauer namens Giovanoli oder Torriani eine assekuranzliche Beratung nötig hatte, die dann im *büroo* zu Hause in Menzenmang auf einer grauen Kundenkarte mit dem blaßroten Stempel »Anbahnung« ihren Niederschlag finden würde.

Und ich hörte, während sein *aguarell* der Vollendung

zuschritt, das leicht seufzende Einziehen der Luft, da man in der kritischen Phase der letzten Pinselstriche den Stumpen nicht mehr aus dem Mundwinkel nehmen konnte, es war genau dieser Ablauf: linkes Auge zukneifen, Lippen etwas öffnen, so daß der Export leicht nach oben kippte, Aufpumpen der Lunge, denn im Rauchen sind, so steht es in der Opal-Festschrift von Adam Nautilus, zweierlei Gnaden, den Havanna-Sumatra-Brasil-Nebel einziehen, sich seiner entladen, der systolische, der diastolische Herzrhythmus, und da ich wie gesagt ab und zu am arg zerkauten Stummel saugen durfte, bildeten mein Vater und ich in diesem *idill* des Maiensässes Löbbia eine Verschwörung fernab der Mutter, nie hat sie uns aufgestört, nie kam sie schauen, *cho luege*, wie weit das Aquarell, das sich so wunderbar auf »Bergell« reimte, gediehen war, nie brach sie in Entzücken aus, wenn das vertikal, diagonal und horizontal gewaschene Bild auf dem Stuhl in der brodemhaften Küche stand und sein *passbartut* zugeschnitten bekam, eine besonders festliche Zurüstung, denn im weißen Halbkartonfenster erst, im Guckkastenmodell wurde die tiefgrüne Studie von der zufälligen Umgebung abgegrenzt, und mein Vater wußte mir das Geheimnis des Rahmens dergestalt zu erläutern, daß er ein hundskommunes Stück Papier, aus dem er ein Rechteck geschnippelt hatte, gegen die weiß getünchte Mauer hielt und mir zeigte, wie sich im Innern – innen, außen – feinste Strukturen abzeichneten, die auf der Wandumgebung nicht zu erkennen waren, was ich naturgemäß als Vierjähriger nicht vollumfänglich begreifen konnte, heute aber diesen dobleclaro-farbenen Tabakblättern als Urerlebnis anvertrauen zu dürfen glaube, Dinge, die, wie der vielleicht immer noch geneigte Leser richtig vermutet, erst dem Architektur-Adepten beim Studium von Klees »Bildnerischem Denken« aufgingen.

8. Besuch aus Java
Vorstenlanden

Obwohl erst spät und auf dem genüßlichen Umweg über die Cigarre zum Beschreiben von Papier gekommen, all jene, die befürchten, l'appétit viendra en mangeant, mit der Versicherung tröstend, daß mein Einstieg in dieses dubiose Metier zugleich mein Abschied sein wird, weiß ich immerhin mit Bert May eines, daß es sich bei unserer Knochenarbeit um Archäologie der Seele handelt, daß es kein Erinnern ohne Fiktion, kein Gedächtnis ohne Erfindung gibt, daß die wahren Dichter, zu denen sich ein verhinderter Tabakkaufmann natürlich nie zählt, jene sind, die im wörtlichsten Sinn »wie gedruckt lügen« können, mit diesem Verb sind im germanischen Bereich die Sippen von »leugnen« und »locken« verwandt, das heißt, wir stellen in Abrede, wie es wirklich war, und verführen den geneigten Leser dazu, uns dahin zu folgen, wo der Konjunktiv das Geschehen regiert, wie es hätte gewesen sein können, wir bedienen uns der Metapher, griechisch »meta-pherein«, nach Bert May, anderswohin tragen, wir versuchen zur Stimmigkeit zu bringen, was sich so gar nicht abgespielt haben kann, denn das Leben ist ein Würfelspiel, auf sechs Sechsen kann man einen Knobelabend lang vergeblich warten, immer wieder purzelt eine störende Eins dazwischen, sechs Richtige im Zahlenlotto, von der weizenblonden Fee am Bildschirm verkündet, sind ein Glücksfall, der für Millionen nie, für wenige dafür gleich zweimal eintritt, und genau darum dürfte die hohe Kunst der Schöpfung überlegen sein, weil der Skribent die Reihenfolge der Kugeln nicht dem Zufall überläßt, o der einmal gelandete Volltreffer Literatur. Nun wird mein Freund Adam Nautilus Rauch entrüstet einwenden, daß auch die Welt ihre Gesetze habe, physikalische, botanische, chemische, astronomische, und es wird ihn im Ernst des Lebensgenusses, eine Philosophie, der ich, wäre meine Existenz nicht durch eine terminale Diagnose befristet, den größten Respekt zollen würde, empfindlich stören, Literatur und Kunst in die Nähe von Glücksspiel und Magie gerückt zu finden, was hat Artistik, Trickhuberei mit einem Sprachorganismus zu tun, was dem Schwindler der kurze Effekt, ist dem Epiker die Langzeitwirkung, der Schein des Zauberers trügt, derjenige des Dichters, wiewohl er lügt, nicht. Und der Kritiker, der meinen Buben zum Sigismund Markus geworden war, riet mir bei einer flüchtigen Durchsicht dieser Blätter dringend, mich an das zu halten, was in meinem Leben als Cigarier relevant sei, *wäisch, nume eine, wo relevantz vo redundantz cha unterscheide, isch eine.*

Dem klugen Hinweis wollen wir gehorchen und zum Sommer sechsundvierzig in Soglio zurückkehren, wo auf Seite 7 des Familienalbums die stumpf chromoxydgrün kolorierte Legende klebt: Viele schöne Tage im Kastanienwald. Kurz darauf das pariserblaue Schild: Von Soglio durch den Kastanienwald nach Castaseigna, wo wir auf italienischer Seite Früchte kauften, um dann mittags über die alte Brücke nach Bondo zu wandern. Von Promontonio mit dem Taxi hinauf nach Soglio. Edwins schöne Mama wird sich chromoxydgrün und pariserblau geärgert haben, denn es heißt nicht Castaseigna und Promontonio, sondern Castasegna und Promontogno, und diese falsch ausgesprochenen oder/und fehlerhaft geschriebenen Wörter waren meinem Vater bis zum Unglück in *Birrbu* nie auszutreiben, für Grammophon sagte er *granofong*, für Symmetrie *simeetrie*, den Spargelort Cavaillon taufte er in »Cavilion« um, er war eben ein spielerischer, meine Mutter dagegen ein korrekter Mensch, und daß er es trotz dieser Untugend als Versicherungsinspektor *zu öppisem b'brocht het*, verdankte er seiner *diziplin*, nicht der Disziplin. Von der Wanderung nach Castasegna, Bondo, Promontogno, für die man laut Kümmerly + Frey knappe zwei Stunden braucht, habe ich nichts von dem in Erinnerung, was die Kodak-Fotos belegen, dafür einen gekrümmten Tunnel unter einem Wasserfall, in dessen Mitte, vom Mundloch wie vom Ausgang schemenhaft beleuchtet, ein Heuwagen stand, dieser Leiterwagen in der karfangenen Höhle war genau so postiert, daß man nicht wußte, ob er eingefahren oder ausgefahren wurde. Er fand seinen Niederschlag in einer Farbstiftzeichnung, ein Rechteck auf zwei Speichenrädern, wie aber war darzustellen, daß er so zwitterhaft im Tunnel stand? Ganz einfach so, daß ich zwei Hufeisenportale hinkritzelte, eines zur Linken, eines zur Rechten, und auf die Deichsel verzichtete. Jetzt war nicht mehr auszumachen, was vorne und hinten war, und ebensowenig, ob er in das eine oder das andere Loch fahren würde. Dann der unvergeßliche Augenblick, als nahe Castasegna der Kirchturm in verwittertem Orangeocker zwischen den Baumkronen auftauchte, und zwar zunächst nur die rundbogigen Schallfenster in ihren viereckigen Blenden. Es war also möglich, einen Campanile von oben nach unten zu erfahren, weil der Weg erst nach einer Kanzel steil ins Dorf absteigt. Hatte ich in Soglio immer den Wunsch geäußert, zu den Glocken von San Lorenzo hinaufzusteigen, weil mich wundernahm, wo die Bleiklötze aufbewahrt werden, was aber als *gförli* abgelehnt wurde, bot mir Castasegna diese Attraktion zumindest dem Scheine nach. Kaum gesehen und das achteckige Kuppelgeschoß mit demjenigen von Soglio verglichen, machten wir meinem Gedächtnis zufolge kehrt und gingen denselben Weg durch den Kastanienhain Brentan zurück, bis wir Giovanolis Heuwagen einholten und ich hinten aufsitzen durfte neben Renzo, der das gekrümmte Pfeifchen im Mund und seine Sense in der Hand hatte. Das stimmt aber nicht, denn Bild 24 im Familienalbum zeigt mich mit gekreuzten Hosenträgern in einer tiefen Grasnarbe auf den Fersen der Mutter, und was das schwarze Taxi anbetraf, sehe ich erst jene Szene, in der Onkel Fritz, als wir vom kopfsteingepflästerten Platz vor dem Palazzo Castelmur wegfuhren, aufs Trittbrett aufzuspringen versuchte, er hüpfte so lange vor den Fenstern auf und ab, bis er in der schlauchengen Gasse gegen die Hausmauer gedrückt wurde. Java, Rotterdam, Zürich, St. Moritz, Promontogno, Soglio, dies war die Strecke, die meine drittliebste weil dritthübscheste

Waldau-Tante mit ihrem Kolonialgatten zurücklegte, um mit uns ein paar »idillische« Tage im Bergell zu verleben, der Poststempel Dunedin C.I. auf dem blaurot gestreiften Air-Mail-Couvert als Collagen-Element auf Seite 12 des Familien-Albums trägt das Datum vom 10. April 1946 und die Adresse Mrs. E. Lüning-Brenner, Waldau – durchgestrichen – c/o International Red Cross, 53 Djmboelaan, Batavia-Centrum – alles blaßrot durchkreuzt – Menzenmang Argovia Switzerland – Tintenquerstrich –, schräg am linken Rand z. Z. bei Brenner-Pfendsack, Soglio, Bergell, Schweiz. Auf der sepiabraunen New Zealand-Marke ist ein Alligator auf einem Felsen zu sehen, unterhalb der Werbekarte für den Treppenweg La Plota nach Stampa ein Reptilienhautabdruck auf Seidenpapier mit Vaters Vermerk: Schlangenhaut, drei Ausrufungszeichen.

Eines Bergeller Abends – oder war es in der Waldau – lag ich *födliblott* auf dem Bauch im Bett, neben mir Onkel Fritz, der mir zärtlich über die Pobacken fuhr und erklärte, das eine sei der Homberg, das andere der Stierenberg. Erst Jahrzehnte später begriff ich, was sich da abgespielt hatte, als mir mein Vater erzählte, daß der reiche holländische Kolonialherr, der im Krieg alles verloren hatte, wahrscheinlich im Gefangenenlager in Java homosexuell geworden sei, *homoo*, daß ihn Doktor Vogt im Wasserschloß in Reinach einmal entsetzt angerufen habe, weil Fritz sich im Wartezimmer anschickte, ein Kind auszuziehen. Fritz aber war eine ungeheure Bereicherung des Sommers sechsundvierzig, keiner konnte *faxe und gabelione* machen wie er, und da steht er auf Bild 22 zwischen Elsa in der Aargauer Tracht und meiner Mutter in der weißen Bluse und dem Tapetenrock, dunkles Hemd, die Arme in die Hüften gestemmt, Khakihose, Sonnenbrille, ein erwachsener Pfadfinder. Und da preßt er mich zwischen die Knie, nicht auszumachen, ob vor oder nach dem Tätscheln von Homberg und Stierenberg. Aber ich will ihm, indem ich ins Gewölbe zu meinen Cigarren-Vorräten hinuntersteige, über den Tabak gerecht werden. Java, das Tor zur Unterwelt, über hundert brodelnde Vulkane gibt es auf der Sundainsel, darunter die gefährlichen Feuerspeier Goenoeng, Goentoeng und Galoenggoeng, jederzeit ausbruchbereit schleudern sie ihre Lavamassen, jenes Wort, das mich, als mir Blandi die Geschichte von Robinson Crusoe erzählte, am magischsten in Bann zog, über den fruchtbaren Landstrich, wo nebst Pfeffer, Zimt und Tee auch zwei exzellente Nicotiana-Vertreter gedeihen: der Vorstenlanden und der Bezoeki. Der erstere besticht durch seinen Geschmack nach frischen Nüssen, und eben, er *zöbelet*, hat eine samten schimmernde schwarzbraune bis silbergraue Farbe. Als Einlage gibt er der Cigarre Luft, seine Elastizität prädestiniert ihn aber auch zum Umblatt, welches die Puppe wie ein Muskel umspannen muß, doch ist er fast zu schade dafür, es sei denn, man beschränke sich auf die »Pietjes«, erst in seiner vortrefflichen Deck-Eigenschaft entwickelt er sein Zwiebel-Nuß-Aroma und gefällt durch seinen Perlbrand, bei dem die schneeweiße Asche mit winzigen Silberkörnern übersät ist. Johann Caspar Brenner verwendet das kostbare Sandblatt zum Überrollen des Export. Der Bezoeki steht dem Vorstenlanden, der kein fest umrissenes Anbaugebiet kennt, sondern in jenen Provinzen gedeiht, die einst von den eingeborenen Fürsten regiert wurden, kaum nach, die Skala des nicht minder weichen Teints reicht von sumatrahell bis zu kastanienbraun, er wächst im Südosten Javas in der Gegend von Djember, man unterscheidet drei Gruppen: glattgepackte Blattgrößen erster Ordnung, gut sortiertes Material für Deck- und Umblatt, Hauptmärk B; zweitens Hangkrossok, Hauptmärk HK, meistens nur zum Wickeln der Puppe geeignet: sodann Krossok dritten Grades, Schnittgut für die Einlage, Hauptmärk K.

Ob meiner Mutter damals die Gäste aus dem »Waldau-Clan« willkommen waren, wage ich zu bezweifeln, deshalb meldet schon die nächste Seite des Albums »Adio Soglio«, wieder ein Schreibfehler meines Vaters, Heimreise über die Alp Grüm am Berninapaß, die wahrscheinlich Onkel Fritzens wegen gewünschte Sonnenbrille, die mein Gesicht auf der

Terrasse des Bergrestaurants ins Nachtschattene verdunkelt, hat mein Vater weit unten, noch sehe ich ihn durch den Sommerschnee stapfen, in einem *sufenir-lädeli* besorgt, und da ist das Foto, wo er mich, den unvermeidlichen Menzo-Hut in der Hand, mit dem man durchs ganze Land kommt und den er im Raubtiermagen des Circus Knie verlieren sollte, auf den Schultern trägt wie beim steilen Aufstieg zum Maiensäß Plän Vest auf 1821 Meter Höhe, das heute 14 Einzelställe, 1 Doppelstall, 8 Wohnhütten, 3 Sennhütten, 2 Käsekeller und 7 Ruinen zählt, die an schwere Lawinenniedergänge erinnern, und in einem dieser für das Bergell so typischen Eckpfeilerbauten mußten wir notnachten, weil meine Mutter ins Güllenloch gefallen war, es war ein Kahn mit Heusäcken, und die ganze Nacht brannte das vergitterte Grubenlicht, blakte im dunklen Winkel, ich lag diesmal nicht im Spalt, sondern quer am Fußende und erinnere mich deutlich an das Wort *chopfwehtablette*, meine Mutter muß nach dem unfreiwilligen Jauchebad eine ihrer Migränen bekommen haben, *es deckt ere fascht de schädu ab*, sie stöhnte und brastete und rief immer wieder »Mandi, Mandi«, und ab und zu kriegte ich einen *gingg* in den Bauch, nicht der Embryo stopfte seine Gebärerin, umgekehrt die Mutter den Erstgeborenen, doch das Abenteuer gefiel mir wie alle *improvisatione*, die Gertruds strenge Erziehung außer Kraft setzten, also doch noch eine Mutter-Reminiszenz, die vierte im Sommer sechsundvierzig.

Jeder Bauer besitzt in der Selva eine oder mehrere bestockte Wiesen, die Kastanie wird an Ort und Stelle getrocknet, im Vorraum der Dörrhäuser – in Menzenmang die *teeri* unterhalb des Feuerwehrmagazins – lagern die trockenen *cheschteneheutsche* neben dem Brennholz für die Rauchkammer, der Qualm nebelt die auf einem Holzrost im Obergeschoß ausgebreiteten *chegele* ein und entzieht der Frucht die Feuchtigkeit, die älteren Bauten verlaufen asymmetrisch, sind entweder trocken gemauert oder aus Balken gezimmert, ihre Dörrbeete liegen quer zur Firstrichtung, bei den neueren Stadeln sitzt der offene Dachstuhl auf den teilweise verputzten

Umfassungswänden. Die Einteilung der beiden Grundtypen ist nahezu identisch, mit Ausnahme der fest gezimmerten Treppe. Auch die Stallscheunen haben sich mit der Zeit nur gering verändert, die rasapietra-verriebenen Eckpfeiler kennzeichnen die jüngeren Scheuern. Vor 1800 ist das Stallgeschoß teilweise noch gestrickt oder ausgefacht und der Obergaden aus liegenden Balken aufgetrält. Beim Doppelstall wird in der Regel die Firstrichtung gedreht, giebelständige Zweierscheunen gehören eher der älteren, traufständige der jüngeren Bautradition an. Der Dörrvorgang »ingradá« findet im hinteren Teil der Häuser statt, der »grät« ist in mehrere Abteilungen gegliedert, das *mottfüür*, keine offene Flamme, wird von der »füfa«, den trockenen Schalen aus dem Vorjahr, unterhalten, die 30 Zentimeter hohe Kastanienschicht soll nach circa drei Wochen gewendet werden – große Ähnlichkeiten, muß ich Johann Caspar Brenner erzählen, mit dem Fermentationsprozeß des Tabaks – dann werden die Früchte mit einem »vandalen« in Tragsäcke und Körbe umgefüllt und neu auf dem Rost verteilt, wodurch sich ihre Lage zum Feuer verändert. Das Procedere dauert vier bis fünf Wochen und hängt von den Wetterbedingungen und der Dicke der Schicht ab, der Kastanienrauch entweicht zwischen den Balken und Steinplatten der Dächer. Das Zerstoßen, »pastá«, erfordert so viele Arbeitskräfte, daß sich die Familien gegenseitig aushelfen müssen. Man verwendet schmale Säcke aus ungebleichtem Tuch und füllt sie mit circa zwei Kilogramm getrockneter Kastanien, die auf abgesägten Baumstrünken gedroschen werden, damit sie ihre Schalen verlieren, dann werden sie in einem »vann« aus Weidenruten geschüttelt, so daß sie sich nicht nur von der »güscia«, sondern auch von der »geja«, dem dünnen Häutchen trennen, bei der recht groben Behandlung durch das Zerstoßen brechen viele *cheschtene*, man spricht dann von »farciam«, sie werden gemahlen, wodurch die »farina dulcia« entsteht, das Mehl, aus dem die köstlichen Kastanien-Pizzoccheri zubereitet werden. Schließlich sondert man die gedörrten Früchte nach Größe und Qualität und füllt sie in Säcke ab, sie bleiben bis zu zwei Jahren haltbar, die letzten Reste, die »farciamin«, werden den Hühnern verfüttert, womit wir wieder beim terriblen Affenzwinger auf dem Söller des nie aufgespürten Soglio-Hinterhofes wären. Das größte Dörrzentrum ist die Kernzone der Plazza auf halber Höhe der schmalen und kurvenreichen Auffahrt zum Terrassendorf, wo auch der Fußweg nach Castasegna abzweigt.

Das einzige Aquarell meines Vaters, das ich aus jenem Sommer sechsundvierzig besitze, ist in Olivgrün, Saftgrün, Moosgrün, Laubgrün, Kieselgrau und lichtem Stahlblau gehalten, es trägt die Bleistiftlegende »Kastanienwald unterhalb von Soglio«, ist mit dem abgerundeten quadratischen Br-Siegel signiert und zeigt von erhöhtem Sitz aus vier Dächer von Stadeln, neben einem gemähten Mattenzipfel mit kleinen Heuschochen, im Vordergrund, fortgesetzt durch das Blattgewühle der Kastanien; die Firstlinie des giebelständigen Eckpfeiler-Stalls links unten wird durch den rechten Berg auf der anderen Talseite aufgenommen, in der Bildmitte die giftgrünen Hänge oberhalb Bondos, von der Nossa-Donna-Kuppe wie von einem Napoleon-Hut abgedeckt, seine rechte Flanke korrespondiert mit der raupigen Linie der Baumkronen, so öffnet sich im Zickzack das Bondascatal, und das Auge folgt dem imaginären Weg bis hinauf zur Sciora-Gruppe, die pariserblaulicht unter tief hängenden Regenwolken liegt, das Gipfelgezarge des Hintergrunds findet seine Parallele in den Horizontalfirsten der Dörrhäuser am unteren Bildrand und in der leichten Wölbung der Bondo-Matte. Die Technik ist, mit den früheren Aquarellen verglichen, in Richtung Detaillismus – später *pointilismus* – fortgeschritten, zeigen die Stallungen auf dem Gemälde »Bergbach in Gadmen, 1943« noch kaum Balkenlagen, werden nun die Gneisdächer mit queren Pinselflammen strukturiert, haben wir dort noch vom Grünkern nach außen gelichtete Baumballons, lassen sich nun die Laubbüschel einzelner Hauptäste ablesen, und in der Sciora-Gruppe erkennt man die Ago di Sciora, den

Gemelli-, Cengalo- und Badile-Gipfel recht deutlich über dem eisvogelblaugrauen Gletscher. Kein Rot, nur warme Eckpfeiler in lichtem Ocker, sepiabraune Holzteile. Sechzehn Jahre später, als die ganze fünfköpfige Familie in Soglio im Palazzo Castelmur wohnte, derselbe Bondasca-Blick von einer erhöhten Matte am Westende des Dorfes, so daß der Campanile von San Lorenzo im Goldenen Schnitt bezüglich rechtem und linkem Bildrand lichtocker in die Nossa-Donna-Kuppe ragt, die Vordergrundschräge bilden eine Felsflanke und ein kauernder Block, die Krempe des Napoleon-Hutes rundet eine talwärts gekrümmte Kastanie ab, ein paar Krapplack-Tupfen setzen die Komplementärakzente zum immer noch dominierenden Grün, das sich aber im Mittelgrund zu Zinnober hin verschoben hat. Bondasca-Taleinschnitt, Gletscher und Sciora-Gruppe in Rosé, Perlweiß, Saharabeige, stark gewässertem Kobalt, darüber ein Himmel aus Coelin und Heliogenblau. Daneben aus demselben Jahr 1962 meine »Kirche in Gewitterstimmung«, Blick aus dem Fenster der Casa alta unweit vom Grand Ort, die Laibung oben und rechts angedeutet, delftbläulich und sienagelblich. Im Vordergrund, bestimmt hinarrangiert, zwei Geranien- und Glockenblumentöpfe, deren Geraniumlack und Zinnober vor Grüner Erde ein Spitzgewölbe in der Bildmitte andeuten, welche freilich nur implizit definiert wird. Das architektonische Pendant liefert der bruchsteinstrukturierte Schwibbogen vom cremigen Haus links mit den saftgrünen Jalousien zum kohlespangekratzten älteren Haus rechts, das sechsteilige Fenster wie die Kaminöffnungen brandschwarz. Wir stürzen also in die Tiefe der engen Gasse ab, die in einer ebenfalls rabenschwarzen Tür endet. Auch da der Goldene Schnitt für die bauchige Vertikale der hinteren Gewitterhauskante, die nach einem Gezwickel einander berührender Gneisdächer sich im dünnen Federstrich des Campanile, Westfassade, fortsetzt, während die Kante links der Nordansicht, durch den Dachhimmel diagonalisiert, im dicken Anthrazitstrich des Cremehauses nach unten pfeilt und von der Rinde des einen Geranientopfes aufgefangen wird. Zifferblatt mit römischen Zahlen neckisch angedeutet als Segment. Schallfenster mit Glockenrad, Kranzgesimse, achteckiger Kuppeltambour. Gewitterhimmel, zwei Fünftel der Gesamtfläche, ein caputmortuum- und mauveuntermischtes Bleigrau, windschief im Goldenen Schnitt bezüglich hinterer Turmkante und rechter Fensterlaibung ein Elektromast mit Isolatorenbirnen, das nur in die dräuende Farbe getauchte Drahtstück deutet eine Parabel an, welche über die Dachhelmlukarne zur oberen Bildkante führt und den Hintergrund zu einem Viertelrad segmentiert, das sich reziprok zum Blumenbogen verhält. Die Schwarzpunkte, nämlich die Fenster des grauen Bruchsteinhauses, die Tür im Fluchtpunkt der Gasse und das nördliche Schalloch des Kirchturms bilden ein gleichschenkliges Dreieck, das, auf die Basis gekippt und verkleinert, im Giebel links wiederkehrt. Der größere Blumentopf steht dem höheren, der kleinere dem niedrigeren Bau bildtief diametral gegenüber. O die Ründe des Vorstenlanden-Decks!

Eben lese ich in der Tabak-Zeitung: »Löste Raucher-Prozeß Lawine aus? – Folgen des Schadenersatzurteils nach Krebstod einer Kettenraucherin.« Der Fall liegt folgendermaßen: die 58jährige Rose Cipollone war 1983 an Lungenkrebs gestorben, nachdem sie eine Rauchervergangenheit von über 40 Jahren gehabt hatte. Ein Jahr vor ihrem Tod verklagte die Amerikanerin drei Unternehmen. Das Gericht kam zum Urteil, daß die Zigaretten-Firma Liggett Group Inc in ihrer Werbung fälschlicherweise auf die Ungefährlichkeit ihrer Produkte hingewiesen habe. Zwei andere Hersteller, Philip Morris Inc und Lorrillard Inc, wurden freigesprochen, weil Rose Cipollone ihre Zigaretten erst nach 1966 konsumiert hatte, seit diesem Jahr sind die Firmen verpflichtet, eine Warnung analog zu derjenigen des Bundesamtes für Gesundheitswesen auf ihre Packungen zu drucken. Ist das nun ein Riß im Damm? Richard Daynard, der Leiter der Anti-Tabak-Organisation, glaubt, daß mit dem Urteil von Newark der Mythos der Unverletzlichkeit der Nicotiana-Ausbeuter zerstört worden sei, und viele Juristen rechnen von nun an mit einer starken Zunahme der einschlägigen Klagen. In einem früheren Fall mußte der Hersteller 80 000 Dollar zahlen, nun 360 000. Die Schadenersatzforderungen dürften sich überwiegend auf die Zeit vor 1966 beziehen, als noch positiv für das Rauchen geworben werden konnte, und die Firmen setzen darauf, daß sich keine – so wörtlich – »Verurteilungsschleuse« öffnen werde. Falls die Reaktion von New Yorks Wall Street ein zuverlässiges Barometer für die Folgen des Liggett-Prozesses gewesen sein soll, können die Zigaretten-Hersteller auch weiter ruhig schlafen, denn die Liggett-Aktien schlossen am Tag des Verdikts mit 7 625 Dollar nur um 50 Cents niedriger. Das Börsen-Journal zitierte einen Analytiker der Firma Kidder, Peadboy und Co. mit den Worten, die Entscheidung sei ein »Nicht-Ereignis«, das weder die Nachfrage noch die Preisgestaltung beeinflussen werde. Unter dem Artikel das Porträt einer jungen blonden Amerikanerin im Profil, die gerade eine Zigarettenspitze zum Mund führt, untertextet: »Diese hübsche, selbstbewußte Frau weiß den Genuß der Zigarette zu schätzen.« Hermann Arbogast Brenner hat vor acht Tagen eine Petition an den Bundesrat unterzeichnet, die landesweite Millionen-Kampagne gegen die Raucher einzustellen, weil sie einen Teil der Bevölkerung diffamiere, eine völlig unbegründete Angst-Psychose erzeuge und somit die Menschenrechte verletze und weil Steuergelder in Millionenhöhe verschleudert würden, die man für die Alters- und Hinterlassenen-Versicherung sowie für Umweltschäden einsetzen könnte. Wir sind, schloß das Unterschriften-Blatt mit den Titelsiglen F für Freiheit und T für Toleranz, eine unabhängige Vereinigung, welche sich keiner Partei und keiner Konfession verpflichtet fühlt. Aus dem Stumpenkrieg von 1937, lieber Johann Caspar Brenner, ist ein Tabak-Weltkrieg geworden, und mir ist klar, weshalb die Amerikaner auf den Mond flogen, nämlich um einen Erdtrabanten zu erschließen, auf dem noch geraucht werden darf, vielleicht hat deshalb John Glenn nach der Rückkehr aus dem All sein Körpergewicht mit Havannas

aufwiegen lassen, doch dies nur nebenbei, ich muß mich präparieren für das heutige Konversations-Kolloquium mit
Jérôme von Castelmur-Bondo, der Emeritus, der als Schüler
jenen Stammbaum seiner Familie gezeichnet hat, der nun an
der dem Palas zugewandten Stirnseite des Rittersaales hängt,
hat sich mit der Geschichte seines Geschlechts im hohen Alter
noch einmal jene Domäne zu eigen gemacht, die den Gymnasiasten für das Studium der Historie prädestinierte.

9. Das Ur-Geräusch im Palazzo Castelmur
Huifcar Trabuco

Es war schon fünf Uhr vorbei, als ich im hochsommerlichen Terrassengarten von Brunsleben mit seinem klassischen Dreiklang Malven-Rittersporn-Phlox, der ja irgendwie der Trias Havanna-Sumatra-Brasil entspricht, auf Jérôme von Castelmur-Bondo wartete, eine Kiste Cigares Huifkar von Hamers & Co. auf den Knien. Der Emeritus hatte mich gebeten, etwas leicht Bekömmliches angesichts der 32 Grad im Schatten mitzubringen für unser Rilke-Soglio-Kolleg, also sicher keine Culebras von Partagas, wobei zu sagen ist, daß uns gerade die schwere Havanna, wenn der Darm mitspielt, hitzeresistent zu machen vermag, aber ich, der Gesellschafter, habe mich seinen Wünschen zu fügen, und ich liebe die Schachtel der Reservados, sie erinnert mich an die Schatullen meiner Bubenschätze, wobei, zu meiner Ehre sei es festgehalten, ich den kleinen Fuchs, der soeben ins Rosenboskett niederfalterte, nie gesammelt habe und hätte, nie ein Herbarium angelegt, immer nur die Nicotiana getrocknet, da prangten dunkelgoldbronzen die Medaille des Beaux Arts de S.M. Le Sultan und das Croix d'Honneur d'Amsterdam 1895, coelinblau wölbte sich der Himmel über dem Planenwagen der Firma Hamers auf purpurrotem Grund, blutorange koloriert das Emblem »Sigarenfabriek Oisterwyk«, etwas Grüne Erde, kadmiumgelbe Schriftbänder, das Holz blaß geselcht, dem Pajizo des Torpedos angepaßt, das man erst aus dem zuckerweißen Zöpfchenpapier, dann aus der bombierten Silberfolie schälen mußte. Amorose, dem bei dieser Temperatur etwas Haartusche auf die Stirn und über die Schläfen rann, hatte beim Weiher, auf dem hinteren Plätzchen hoch über der schattigen Klus, gedeckt und schüttelte den Becher mit dem Martini-Dry, indes er bald zum Palas hinauf, bald zum Gast hinüberblickte, heute die Huifkar, meldete ich, da verriet das Kettengeräusch, daß der Emeritus auf seiner Kanzel vor dem

Haupteingang die Plattform des Treppenaufzugs bestiegen hatte, und kurze Zeit später erschien er wie ein Deus ex machina über dem Glasvordach der Pfirsich-Spaliere, in weißes Linnen gekleidet, den Strohhut auf, die großen Pranken auf den Stock gestützt, schwebte gewissermaßen von seinem Katheder herunter auf die Ebene der Konversation, die er ebenso liebte wie meisterhaft beherrschte. *Was hend si üüs mitpraa-cht, aha, interessant, und das mag mer ver-lide?*

Ich mußte ihn des Comments wegen darauf aufmerksam machen, daß man beim Ei die Tüllenspitze als Brandende betrachtet, er freute sich an der hübschen Verpackung und sagte mit Fontanes Gundermann: »Ah, kapital. So ein paar Züge, das schlägt nieder, besser als Sodawasser«, es sei übrigens einer Aktennotiz in unserem Gesprächscarnet würdig, daß der Dichter des »Stechlin« an dieser Stelle keine Hausmarke nenne, wo er sonst doch jeden märkischen Feldstein archiviere, eine Schlottermann, meinte Hermann Arbogast Brenner, hätte sich bestimmt gut gemacht, nein, im Gegensatz zum Likör, wo der Name »Danziger Goldwasser« falle, spreche Woldemar nur von der »kleinen Kiste«, er habe, entsann sich Jérôme, einmal an der ETH in der Freifächerprüfung einem Sproß der Dynastie Burger-Rössli Söhne just diese Frage gestellt, und dieser junge Mann sei um eine Antwort nicht verlegen gewesen, dem jungen Stechlin zieme es noch nicht, mit den Schätzen des Hauses zu prahlen, etwa mit Havanna-Importen, und er habe die Anekdote erwähnt, daß Bismarck, womit sie wieder bei der Geschichte gewesen seien, bei Königgrätz einem schwerverwundeten Soldaten, der unbedingt eine Erquickung nötig gehabt hätte, seine letzte Punch angeboten und hinterher festgestellt habe, nie hätte ihm eine Cigarre besser geschmeckt als jene, die er nicht selber geraucht habe, ob man das nicht auf den »Stechlin« ausdehnen dürfe: Nie hat eine Corona unsere Phantasie mehr beschäftigt als die nicht beim Namen genannte. Nun gut oder, wie er gern zu interpunktieren pflegte: »item«. Amorose zirkelte um den Rasensprenger und goß den uringelben

Drink aus der silbernen Schüttelbox, legte eine aufgespießte Olive in den Kelch, *on de rrocks* kommentierte er mit französischem Einschlag, dann bereitete er ein kühles Fußbad für den Schloßherrn vor, so daß er seine bleichen Flossen in den Zuber stellen konnte mit einem Hinweis auf diesen Prachtsommer, den der Hundertjährige Kalender richtig prophezeit, Tage wie Lohe, schwüle Mondnächte, Wetterstürze, stundenlanges Kegelschieben über der Wolkendecke, *s'guet isch übri-gens zu dere zyt meh Eichendorffsch als Stechlinisch*, es fehle nur die Marmor-Venus, die, vom bacchantischen Zauber angerührt im Bannkreis die erblindeten Augen aufschlage, auch »Klingsors letzter Sommer« komme einem in den Sinn, *jahhh*, er habe Hesse gut gekannt, sei des öfteren in Montagnola zu Besuch gewesen, und er habe ihm die Casa Camuzzi gezeigt mit dem Balkon über der Sommermagnolie, »Wir Kinder im Juli geboren / Lieben den Duft des weißen Jasmin, / Wir wandern an blühenden Gärten hin / Still und in schwere Träume verloren. // Unser Bruder ist der scharlachene Mohn, / Der brennt in flakkernden roten Schauern / Im Ährenfeld und auf den heißen Mauern, / Dann treibt seine Blätter der Wind davon. / Wie eine Julinacht will unser Leben / Traumbeladen seinen Reigen vollenden, / Träumen und heißen Erntefesten ergeben, / Kränze von Ähren und rotem Mohn in den Händen«, gewiß, die dritte Strophe könne nicht befriedigen, der Dichter begehe eine der vier Todsünden der Lyrik, indem er explizite »wie« sage, wie die Julinacht, so unser Leben, es komme nichts Neues mehr hinzu, mit Ausnahme des Erntefestes, und da grüße der Schnitter Tod, der in der Novelle im August zwischen den Zweigen grinse, *jahhh, bacchantisch*, Hermann Hesse habe gerne ins Glas geguckt, die irdenen Tassen bläulichen Weins in den Grotti, und eben im selben Sommer 1919, da der »Klingsor« in der Casa Camuzzi entstanden, diesem überstuckten Weitwinkelpalazzo am Sonnenhang der Collina d'Oro, habe Rilke in der Bibliothek von Soglio »Ur-Geräusch« geschrieben. Ich habe es nachgelesen, Herr Professor, aber offen gestanden, ich verstehe kein Wort.

Während Jérôme von Castelmur-Bondo mir nun die Feudalverhältnisse im Bergell schilderte, Sottoporta und Sopraporta, trug mich die Erinnerung 26 Jahre zurück zu jenem Soglio-Aufenthalt im Sommer 1962, in dem das Aquarell »Kirche in Gewitterstimmung« entstand, ich stieß direkt von Thun kommend zur Familie, hatte die Unteroffiziersschule für Panzerkorporale einer psychosomatischen Gastritis wegen nach sechs Tagen abbrechen müssen, nie vergesse ich den wohl größten Befreiungsakt meiner Existenz, es war ein Julisamstag, den die Azorenhoch-Sonne in eine höllische Schmiede verwandelt hatte, ich deponierte das Zurückzufassende im Zeughaus der Thuner Hauptkaserne, fuhr um 9.30 Uhr mit Sack und Pack und Sturmgewehr im Tannigen mit den quittengelben Spiegeln für leichte und mechanisierte Truppen über Bern und Aarau nach Menzenmang, wo ich in aller Eile einen Koffer mit Sommerwäsche und ein paar Büchern vollstopfte, die von Vater zur Matura geschenkte Olivetti Lettera an mich nahm. Um 15.15 Uhr war ich in Zürich, hatte Anschluß an den Räthia-Expreß und vertilgte im Speisewagen eine Walliser Käseschnitte. Um halb fünf passierte ich die Kehren des Albulatunnels, um 17.30 Uhr bestieg ich das maisgelbe Postauto in St. Moritz Richtung Maloja-Chiavenna, eine Stunde später holte mich der Vater in Promontogno ab, im Speisesaal des Hotels Willy unter der Leitung von Patron Torriani machte mir die Mutter eine fürchterliche Szene, es sei doch nicht logisch, daß ich einer angeblichen Gastritis – die langjährige Vaterkrankheit – wegen aus der Unteroffiziersschule ausscheide und am selben Abend Risotto und Kastanien-Pizzoccheri essen wolle, entweder habe das mit der Krankheit seine Richtigkeit, dann würde ich auf Diät gesetzt und kriegte *wie de Mandi ame* eine Schleimsuppe, oder aber die Magenbeschwerden seien gelogen, dann hätte ich im kommenden Januar wieder in die Thuner UOS einzurücken, im übrigen hätte sich die Familie auf diese ohne meine Mitwirkung geplanten Ferien gefreut und zwei Doppelzimmer im Palazzo Castelmur gemietet, es sei sehr fraglich, ob mich Herr Torriani in der Hochsaison noch irgendwo unterbringen könne. Ich war leider erst am Beginn meines Kreuzweges, mich von dieser Kalten Sophie nicht mehr beeindrucken zu lassen, so aß ich gehorsam meine Schleimsuppe, eilte dann treppauf in den französischen Garten, wo ich *barfis* auf dem Rasen stand und es von den Zehen her in mir aufsteigen fühlte: Du bist frei, die Kaserne mit dem eisernen Gebot KKK, Kommandieren, Kontrollieren, Korrigieren, liegt hinter dir, die drei Ks der Kunst, die so lang ist, während das Leben nur ein paar Augenblicke dauert, hast du vor dir, Kennen, Können, Klittern, ich war ja kurz vor meinem 20. Geburtstag im Zweifel, ob ich Architektur oder Kunstgeschichte studieren solle, aber der Bergeller Sommer war kastaniengrün und das Semester begann erst Ende Oktober, Kari zählte 14, Klärli 13 Jahre, egal ob ich das Familienidyll störte oder nicht, ich wurde im vierten Stock der Cas'-Alta einquartiert, also in der Dependance, was auch so viel heißt wie »Abhängigkeit«, ich malte und las vier Wochen lang ununterbrochen, und durch Zufall stieß ich auf jene Spuren Rilkes . . .

Monsieur, sind monsieur eingeschlafen, Amorose beugte sich mit einem kühlen Tuch über mich, in dem er ein paar Eiswürfel eingebeutelt hatte, nein, nein, die Cas'Alta, hatte nun Jérôme gleich einem Paukenschlag betont, weil auch er glaubte, den dösigen Gesellschafter wecken zu müssen, erbaut 1524, wird, da sich in der Dorfmitte keiner von den ältesten Wohnsitzen der Castelmur erhalten hat, zum Kronzeugen des Spätmittelalters, auch die Casa Gubert, deren Bauzeit in die Mitte des 16. Jahrhunderts fällt, ist ein einfaches, fast primitives Haus, Dietgen von Castelmur war Landvogt auf Castels und Hauptmann in kaiserlichen Diensten, seine Nachkommen haben die Wohnräume mit kassettierten Decken und plastischen Öfen ausgestattet; wessen wir heute in Soglio ansichtig werden, hat bereits Leu in seinem Schweizer Lexikon von 1762 beschrieben: »Dahinauf führte ein auch gäher, mit etlich hundert steinernen Blatten oder Tritten gleichsam wie eine lange Stägen besetzter Weg, der doch auch mit beladenen Saumpferden befahren werden kann: und sind auf selbigem dessen ungeachtet drey prächtige Paläst mit kostbaren und raren Lustgärten einigen aus dem Geschlecht Castelmur gehörig.« Das mittlere der drei Häuser, die Casa Max oder Casa di Mezzo, ist zuerst entstanden, im Jahre 1696, der Aufbau durchaus noch Renaissance, aber die Mittelachse mit dem Portal und den Korbbalkonen verrät bereits barocke Gelüste, die dann um 1701 rund um einen alten Kern errichtete Casa Battista läßt gegenüber der Casa Max einen Hof frei, der Stallazzo verbindet die beiden Paläste und zeichnet sich durch die absonderlichen Ringträgerfratzen aus, und hier, die Casa Antonio schließt sich erst um die Mitte des 18. Jahrhunderts an – Sie haben die Huifkar ausgehen lassen, Herr Professor – verbrachte Rilke den Sommer 1919, ja, dachte ich, jene endlose Front, an der ich mich entlangtastete, als ich der Matrone Giovanoli entwich und die Eltern suchte, vor allem Edwins schöne Mama. Heute weiß ich, wie sie zustande kam nach dem Prinzip der flächigen Aufreihung: erstens wird der Beschauer gezwungen, sich mit der Seite zu begnügen, die man ihm zeigen will, mit der Dorfansicht, zweitens ging es auch darum, der Fassade so viele Fenster wie möglich zu geben, Ausblicke auf die Totenstarre der Bondasca und der Scioragruppe, zwischen der Rückfront und dem Berghang wurde der Platz für jene Gärten genutzt, die das 18. Jahrhundert so sehr liebte, von außen nicht einsehbar – noch eine Cigarre, Herr Professor, *herz-liche dank, myn tabakkonsum haltet sich in gränze, drüü pfyfe im tag, de han'i gnue.* Ja, also, wie war das mit Rilke und Soglio? Nun, fuhr der Emeritus fort, der sich von Amorose das Wasser für das Fußbad auswechseln ließ, Rilke war nach dem Krieg und einer lang anhaltenden Schaffenskrise ganz beglückt über diese Zuflucht im Bergell, die Befreiung schlägt uns aus seinen Briefen entgegen, an die Gräfin Aline Dietrichstein schrieb er am 6. August 1919, *i han ihne s'buech mit-praacht*: »Eine Karte der Schweiz zeigt Ihnen leicht die Verhältnisse des Bergell, die

Eile dieses Tales, bei Italien anzukommen; über der Talschaft nun liegt, auf halber Bergeshöhe, dieses kleine mit Gneisplatten eingedeckte Nest, eine (leider protestantische und also leere) Kirche am Abhang, ganz enge Gassen; man wohnt mitteninnen, in dem alten Stammhaus der Castelmur (Linie Bondo), in den alten Möbeln sogar, und zum Überfluß hat der Palazzo einen französischen Terrassengarten mit den alten Steinrändern, traditionell beschnittenem Buchs und dazwischen einem Gedräng der heitersten Sommerblumen. Ein anderes Mal aber muß ich Ihnen von den Kastanienwäldern erzählen, die sich, die Hänge hinab, gegens Italienische zu, in großartiger Schönheit hinunterziehen.« Dann, im Brief an Gräfin M. vom 13. August 1919, die Schilderung der Bibliothek, ein altmodischer Raum, still, nach dem Garten gelegen, das Wappenbild der Castelmurschen Zinnen, ein Louis-quatorze-Sessel, ein Spinett, ein quadratischer Tisch aus dem 17. Jahrhundert, eine eiserne Truhe mit einem immens bebarteten Schlüssel, Schränke voller Bücher, die Memoirenliteratur des 18. Jahrhunderts in reizenden Lederbänden, Albrecht von Haller, den er bei Tage liest, und Gaudenz von Salis-Seewis in der Edition von 1800, den sich Rilke für die abendlichen Stunden vorbehält. »Nun, da begreifen Sie, liebste Gräfin, daß ich verfallen bin. Was sollte ich gegen dieses Zimmer tun, in dem ich noch täglich Entdeckungen mache –, und dann ruft mich der Garten, und dann fallen mir die Kastanienwälder ein: es ist kein Auskommen und kein Fertigwerden, dieser um-mich-geschlossene Venusberg, darin eine verwilderte Rose die Venus ist und Bücher aufglänzen wie das lockende Gestein im Bergraum, hat mich in seiner Gewalt, ich mag nicht darüber hinaus planen, schon erst gar nicht an den Winter denken, für den ich mir weder Ort noch Lebensweise vorzustellen vermag. An München denk ich eigentlich nicht dafür –, aber wohin? Wohin?«

Sie sehen, mon cher, wie sich die erotische Dimension in dieses seltsame Prosastück einschleicht, das Rilke »UrGeräusch« nannte. Der Text geht aus von einem Schüler-Erlebnis, die Knaben mußten im Physik-Unterricht mit primitiven Mitteln einen Phonographen basteln, wozu sie ein Stück Pappe zu einem Trichter formten, dessen konisches Loch sie mit einer Membran verklebten, leicht von Einmachgläsern zu beschaffen, in diese Haut steckten sie eine Borste aus einer stärkeren Kleiderbürste, dann wurde eine Walze mit einer dünnen Schicht Kerzenwachs überzogen, wenn nun der Experimentator in den Schalltrichter sprach oder sang, übertrug der im Pergament steckende Stift die Tonwellen auf den Zylinder, und ließ man gleich darauf die Nadel der Firnisspur folgen, erzitterte verfremdet die menschliche Stimme in der Papiertüte. In seiner Pariser Zeit besuchte Rilke mit großem Eifer die Anatomie-Vorlesungen an der Ecole des Beaux-Arts, wobei die Faszination für den Schädel so weit ging, daß er sich einen eigenen Totenkopf anschaffte und eines Nachts beim Kerzenschein stutzig wurde, denn die Kronennaht erinnerte ihn an die dicht gewundene Linie in der Wachsrolle des Schüler-Phonographen, und er fragte sich, was geschehen würde, wenn man den Stift täuschte und über eine Spur lenkte, die nicht aus der graphischen Übersetzung eines Tones stammt, also in die Kronennaht des menschlichen Schädels einrasten ließe. Er war von dieser Idee dermaßen frappiert, daß ihm für die dergestalt zu erzeugenden Schälle nur das Wort »Ur-Geräusch« einfiel, und stellte die Vermutung an, der Künstler entwickle die fünffingerige Hand seiner Sinne zu immer geistigeren Griffen, während die technischen Erfindungen des Fernrohrs, des Mikroskops in eine andere Schichtung zu liegen kämen, da die Zellen zwischen den Glasstreifen oder etwa die Höhenlinien der Daumenhaut ebensowenig wie der vergrößerte Mond sinnlich durchdrungen und damit erlebt werden könnten, während der Künstler mit ganz simplen Mitteln an der Erweiterung des Optischen, Geruchlichen, Taktilen, Akustischen und Geschmacklichen arbeite, nur daß seine Beweise, da sie ohne das »Wunder« nicht möglich seien, seine Grenzüberschreitungen nicht in den aufgeschlagenen Atlas eingetragen werden könnten, woraus der

128

experimentelle Stachel abzuleiten sei, vermittelst des Ur-Geräuschs der Kronennaht alles auf einmal, sozusagen paläo-linguistisch zu artikulieren. Ein Ton, meint Rilke, müßte entstehen, eine Tonfolge, Musik, doch Gefühle der Ungläu-bigkeit, Scheu und Ehrfurcht hinderten ihn daran, einen Namen dafür vorzuschlagen, in einer Zeit, da er sich mit arabi-scher Literatur beschäftigt habe, an deren Entstehung die fünf Sinne einen gleichzeitigeren Anteil zu haben schienen als in der europäischen Lyrik, deren Poeten das Gesicht, mit Welt über-laden, fast ständig überwältige, während, was ihnen durch das unaufmerksame Gehör zufließe, von viel geringerer Quantität sei, hätte ihm eine Frau zugerufen, die Gleichberechtigung des Optischen, Akustischen, Geruchlichen und so weiter sei doch nichts anderes als die Geistesgegenwart der Liebe. Aber eben deshalb sei der Liebende in so großartiger Gefahr, weil er auf das Zusammenwirken seiner Sinne angewiesen sei, von denen er doch wisse, daß sie nur in jener gewagten Mitte sich träfen, in der sie, alle Breite aufgebend, sich schnitten und in der kein Bestand sei. Stelle man sich den gesamten Erfahrungsbereich der Welt in einem vollen Zirkel vor, werde sofort augenschein-lich, um wieviel größer die schwarzen Sektoren seien, die das Inkommensurable deckten, im Vergleich zu den lichten Seg-menten, welche den Scheinwerfern der Sensualität entsprä-chen. Nun sei die Lage der Liebenden die, daß sie sich unverse-hens ins Zentrum des Meridians gestellt fühlten, wo das Bekannte und Unfaßliche in einem einzigen Punkt zusammen-dränge, Besitz werde unter Aufhebung aller Einzelheit. Dem Dichter, so Rilke im »Ur-Geräusch«, sei mit dieser Versetzung nicht gedient, ihm müsse das Detail gegenwärtig bleiben, er sei angehalten, die Sinnes-Ausschnitte ihrer Breite nach zu gebrauchen, und so müsse er auch wünschen, jeden einzelnen so weit als möglich auszudehnen, damit, so wörtlich, »einmal seiner geschürzten Entzückung der Sprung durch die fünf Gär-ten in einem Atem gelänge«.

Ich hatte längst von meiner Huifkar abgelassen und war zu einer madurobraunen Culebras von Partagas übergegangen, der nobelsten tabacianischen Ausformung des »Krummen Hundes«, und ich heftete meinen Blick angestrengt auf die laubfleckig gesprigelte, angespannte Schädelhaut Jérôme von Castelmur-Bondos, um die dünne Spur jener Kronennaht zu entdecken, mit der Rilke hätte experimentieren wollen, denn auch was der *profässer* sagte, schien mir urgeräuschhaft zu sein in dem Sinne, daß trotz des gelegentlichen weißen Rauschens, das sich bei seinen Monologen einstellte, gar bei diesen Hitzegraden, der Stift, die Nadel der Erdbebenwarte, die seismographisch zugespitzte Aufmerksamkeit einer Bahn folgte, die ein Geistesblitz im Wachse unseres Gemüts hinterlassen hatte, wie entstand denn die elektrische Entladung bei Gewittern, doch wohl so, daß die Spannung zwischen zwei Wolkenteilen oder zwischen Kumulusstock und Erde für das Isolationsvermögen der Luft zu groß wurde, der Blitz bahnte sich seinen Weg, indem er einen leitfähigen Kanal von einigen Zentimetern Durchmesser bildete, den er »ruckstufenartig« vorantrieb, kam diese Gleitentladung in Bodennähe, schlug ihr von unten eine Fangentladung entgegen, die den Kanal fertigstellte. Dieses Urgeräusch, der Donner nämlich, wurde von den Alten als Sprache der Götter gedeutet. Dies hin und her bedenkend, beobachtete ich, wie der elegante Diener Jean-Jacques Amorose ein Tatar für den Schloßherrn zuzubereiten begann, indem er das Steak mit einem Metzgermesser faschierte. Richtig, das Rindfleisch mußte von Hand, nicht mit dem Wolf geschnitten sein, und er legte die roten Fasern zurück auf das Eisbankett. Dann rührte er mit etwas Olivenöl Ketchup – *nid z'vil to-mate-püree*, rief der Emeritus dazwischen –, Senf und ein Eigelb an, gab Tabasco, Knoblauchpulver, Worcestersauce und etwas Cognac hinzu – *aber nei, de cog-nac am schluss, Jean* –, mischte Petersilie, Schnittlauch, Kapern, gehackte Zwiebeln und Sardellenfilets unter, würzte mit Pfeffer und Paprika – *nid z'füü-rig, Jean* – nach.

Jede gute Geschichte, sagte Jérôme von Castelmur-Bondo, hat auf einem Daumennagel Platz, oder auf der Hemdmanschette, wo die schlechten Schüler, zu denen ich leider nie gehörte, die Spickformeln für ihre Klausurarbeiten aufschreiben, natürlich ist Rilkes »Ur-Geräusch« eine »mise en abîme«, wie die Franzosen sagen, zu Herders berühmter Abhandlung über den Ursprung der Sprachen, die Biene, kurz zusammengefaßt, summt wie sie saugt, der Vogel singt wie er nistet. Wie aber spricht der Mensch von Natur? Gar nicht, so wenig wie er etwas durch Instinkt bewerkstelligt wie das Tier. Er ist der Freigelassene der Schöpfung, daher muß er digital kommunizieren. Der Lyriker, Beispiel Rilke, benutzt die Sprache analog, er zieht das archaische Bild, das Symbol, dem diskursiven Zeichen, dessen Beziehung zwischen »signifiant« und »signifié« ohnehin »arbitraire«, folglich höchst dubios ist, vor. Symbol für Sinnbild geht zurück auf griechisch »symballein«, zusammenwerfen, auch beieinander halten, nämlich das Besondere und das Allgemeine. Ein solches Symbol ist in Rilkes Text der Schädel, er meint einen Teil des menschlichen Skeletts ebenso wie den Tod oder das Leben. Die Krone ist der auf dem Kopf getragene Goldreif mit Zacken als Zeichen der Würde und Macht, die Kronennaht ein forensischer Begriff, sie nimmt in der Schädeldecke die Zackenlinie auf. Führt man nun wie Rilke die Phonographennadel ein, entsteht über die Membran des Trichters eine Art »Schall«, wie Herder sagen würde, der ursprünglicher als das artikulierte Wort, auch legitimierter ist, denn er entspricht dem Miauen der Katze, dem Bellen des Hundes, dem Knerbeln des Sperlings, dem Blöken des Schafes, dem Ruken der Taube. So erschließt Rilke auf dem Weg eines primitiven Experimentes im Physikunterricht, lange vor den Therapeuten, den Urschrei und Urklang der Spezies Mensch, der Dichter ist dann, analog zum Phonographen, nur noch der Verstärker und Übersetzer, denn das schönste und reinste Gedicht – *jetzt de cog-nac, Jean* – ist nur die vollkommenste Variation zu dem von der Welt begrenzten Thema. Bleibt der Bezug zur Liebe, für den Rilke ein weiteres Symbol einsetzt, den Kreis, das aber seiner geometrischen Reinheit wegen die Brücke

schlägt zur Physik. Hier gilt es, mit Verlaub, den Schöpfer der
»Duineser Elegieen« zu korrigieren. Gnade oder Geistes-
gegenwart, wie er sich ausdrückt, ist nicht identisch mit dem
Kreismittelpunkt, sondern vielmehr mit dem geometrischen
Ort all jener Positionen X, die von einem Zentrum Z dieselbe
Entfernung haben. Liebe heißt nach Frisch, sich von einem
Partner kein Bildnis machen, sondern ihm in all seinen
Wandlungen zu folgen. So kann X sich unendlich fortbewe-
gen, ohne sich weiter als um den Radius R von Z zu entfer-
nen. Das ist Gnade, ist, was der Gast in der einem Venusberg gleichenden Bibliothek im Palazzo Castelmur in Soglio
sagen wollte.

Inzwischen hatte Amorose das Tatar aus der Schüssel auf
den Teller geschaufelt, wo er das Fleisch mit der Gabel diagonal aufrauhte und mit Eischeiben, schwarzen Oliven und
etwas Kapern garnierte. Wer von St. Moritz nach Silvaplana
fährt, sieht in natura das berühmte Bild von Ferdinand
Hodler, den Silvaplaner See. Derjenige, der von Mailand her-
aufkommt, hat an der italienisch-schweizerischen Grenze
ebenfalls ein historisches Gemälde vor Augen, Segantinis
»Werden«. Dazwischen liegt das Bergell. Amorose hatte eine
Zeitlang im Restaurant Couronne-Les Halles in Zürich
gedient, deshalb wußte er das Tatar, über das sich der Emeritus sofort heißhungrig hermachte, perfekt zu servieren. Das
Hoch-Bergell heißt Sopraporta, das untere Tal Sottoporta,
die Grenze liegt bei Promontogno, wo die Straße eine enge
Klus passiert, die Porta. Den Toast hatte Amorose auf dem
Holzkohlengrill leicht zebraisiert. Die auf dem Felsriegel
erfolgten Grabungen in den Jahren 1923 bis 1927 erbrachten
den einwandfreien Nachweis der im Itinerarium Antonioni
genannten römischen Station Murus, entdeckt wurden die
Fundamente eines größeren Steinhauses, Fragmente einer
Kanalisation und eine Badeanlage, bestehend aus Frigi-
darium und Caldarium mit Hypokaustum und Heizzügen.
Die getoasteten Dreiecksscheiben hatte Amorose nach Art
des Hauses mit etwas Knoblauchbutter glasiert und in eine

Serviettentasche gelegt. Im Oktober 1939, sieben Jahre vor unserem ersten Soglio-Aufenthalt, kam am Ostfuß der zweiten Wehrmauer westlich der Porta ein Hausaltar aus Lavezstein zutage, Inschrift: »Mercurio / Cissonio / Pro Bon(o) Cami(lli)«, der Gott Mercurius Cissonius wird der Patron der Fuhrleute gewesen sein, da sein Name an das gallische »cisium«, zweiräderiger Wagen, erinnert. Jérôme von Castelmur-Bondo verzehrte das Tatar heißhungrig, bot Hermann Arbogast Brenner, der ungeniert weiterrauchen durfte, indes keine Gabel zum Probieren an, was nicht heißt, daß er mich nicht auch ab und zu, freilich sehr spärlich, zum Essen einlud. Die Gemarkung von Bondo, was verhältnismäßig spät in den Urkunden hervortritt, umfaßt das ganze linksuferige Gebiet von Unterporta, der Name hängt nicht mit »ponte«, Brücke, zusammen, sondern wird vom gallischen »bunda« für Boden abgeleitet. Zum Tatar servierte Amorose, beim Einschenken korrekt die linke Hand auf dem Rücken, dem Schloßherrn einen Château Lynch Bages, grand cru classé. Kirchlich gehörte Bondo zu Nossa Donna auf Porta, Reformation unter dem Einfluß von Vergerius anno 1552, in der ersten urkundlichen Erwähnung von 988 heißt es: »bergalliam vallem cum castello et decimali ecclesia«, gemeint ist die Burg Castelmur, der Urstammsitz des Geschichtsprofessors. Von Zeit zu Zeit würzte Jérôme das Tatar mit schwarzem Pfeffer nach, die Olivensteine spuckte er in die Klus. Nach der Aufteilung der Großpfarrei im Laufe des 16. Jahrhunderts kam die Kirche außer Gebrauch, schon anfangs des 19. Jahrhunderts bröckelten nur noch Ruinen vor sich hin, 1839 erworben durch Baron Giovanni von Castelmur. Zitternd verflüchtigten sich die blauen Havanna-Schlieren in der vor Hitze bebenden Luft, auch beim Essen ruhten die Füße des Schloßherrn im Wasserzuber. Das Gotteshaus erhebt sich auf dem südlichen Felsriegel der Porta und besteht aus einem rechteckigen Schiff und einer halbrunden Apsis, in der heute die Treppe zur neuen Gruft hinabführt, auf der Nordseite erhebt sich ein schlanker Campanile italienischen Gepräges aus

Bruchsteinmauerwerk mit soliden Eckbindern, die gekuppelten Rundbogenfenster der drei obersten Geschosse liegen in Blendnischen, die mit dreigliederigen Rundbogenarkaden abgeschlossen werden, gemauertes Zeltdach um 1100, Kämpfer und Teilsäulen mit Schaftring aus Lavezstein.

10. Studien in Soglio
Brenner Braniff, der wilde Cigarillo

Als ich im August 1982 nach Vaters Todeskatastrophe, da
ich mich im Pavillon des Parkes Grand Ort eingemietet hatte,
immer wieder die beiden entgegengesetzten Spazierwege
ging, durch die Krüppelwiesen nach Westen bis zum Grenz-
tobel, wo Dutzende von giftig schillernden Smaragdechsen
den Pfad säumten, anderseits das Granadasträßchen bis zur
Bank auf der Graskanzel hoch über Bondo, sah ich im französischen Garten des spielzeughaften Palazzo Castelmur einen
kadmiumgelben Sonnenschirm, der auf hochsommerliche
Siesta-Gesellschaft schließen ließ, und ich dachte, den
Absturz ermessen, noch einmal über die Kindheitspropor-
tionen nach, dergestalt, daß mir bewußt wurde, der Abstieg
über den vielgerühmten Steinplattenweg La Plota würde eine
knappe Stunde dauern, der Blick, während gerade das Postauto seinen Fis-Dur-Quartsextakkord durch die Wälder
schickte, wenige Minuten, man würde aber La Plota zu absol-
vieren haben um des Plots willen, damit man mit dem Plotter
arbeiten konnte, diesem Gerät zur automatischen graphischen Darstellung von Diagrammen. Ich hatte zu wissen,
wenn meine Vogelschau etwas taugen sollte, daß dieser
Palazzo von 1765 bis 1774 für den Grafen Hieronymus von
Castelmur-Bondo, den englischen Gesandten bei den Drei
Bünden, vermählt mit der Gräfin Mary Fane aus dem Stammhaus der Earls of Westmoreland, von Pietro Mastoco und
Martino Martinojo unter Hinzuzug des Stukkateurs Dome-
nico Spinelli aus Como erbaut wurde. Der im Äußeren streng
geschlossene Block verdankt seine Dynamik der Innenarchitektur, die Raumordnung geht vom mittleren Gartensaal aus
und stuft sich, nach beiden Seiten symmetrisch abklingend,
bis zu den kleinen Eckkabinetten ab. Das Treppenhaus wird
im Gegensatz zum süddeutschen Barock als getrennte Halle
behandelt und hat mit den auffallend sparsam dimensionier-

ten Korridoren keine fließende Verbindung. Wie die Architektur insgesamt, so steht auch die Interieur-Dekoration bereits an der Schwelle des Louis-seize, in die Rokokomotive der frei applizierten Stukkaturen mischen sich klassizistische Elemente, so insbesondere im oberen Salon mit seinen ionisierten und kannelierten Pilastern und den dünnen Laubgehängen und Girlanden. Von ausgesprochener Italianità ist der Stuck im gewölbten Schlafzimmer des Erdgeschosses, und eine Konzession an den heimischen Wohnstil bilden die unbemalten Arventäfer im Speiseraum, während eines der Eckkabinette, dem Zeitgeschmack folgend, japanische Ornamente aufweist.

Das Äußere der beiden Langfronten teilen Quaderlisenen in Abschnitte von je drei Achsen, die beiden Portale rahmen stark profilierte Granitsteinfassungen mit geschweiften Giebeln und Wappenkartuschen, vom westlichen Eingang führt eine Freitreppe mit 12 Stufen in den frei nach le Nôtre gezirkelten Garten, in dem damals der kadmiumgelbe Sonnenschirm aufgespannt war, den ich, mit dem Pinsel das Näpfchen meines Reisemalkastens ableckend, in die Sepiazeichnung tupfte. Erwähnenswert, so Jérôme von Castelmur-Bondo im Eßzimmer von Brunsleben, in gewissen Quellen fälschlicherweise Salenegg genannt, seien der Kuppelofen mit Architekturen und kleinen Landschaften in Manganmalerei und im Schlafraum des ersten Obergeschosses der runde Stuckofen mit grell kolorierten, vollplastischen Adlern, unter den Familienbildern das Porträt des Rudolfo von Castelmur-Bondo um 1660 und insbesondere ein Van Dyck zugeschriebenes Bildnis der Lady Rachel Fane, Countess of Bath, gestorben 1680, sie sei lebensgroß konterfeit, trage ein champagnerfarbenes Kleid und ein grünes Umschlagtuch, ob veroneser-, russisch-, chromoxyd-feurig-, Hookers-, zinnober- oder helio-echtgrün, worauf es ja wohl ankäme, wußte der Historiker nicht, obwohl er nach Aristoteles gehalten ist, zu schildern, was und wie es gewesen ist, während wir, die freien Skribenten, darstellen, was und wie es gewesen sein könnte. Ob wir im Sommer sechsundvierzig auf der Wanderung Soglio-Castasegna-Bondo die Burgruine Castelmur besichtigt haben? Das ausgeprägte historische Interesse meiner Mutter, von der Hermann Arbogast nebst vielen anderen Charaktereigenschaften den Sinn dafür geerbt hat, daß uns die mannigfaltige Vergangenheit den Zufall »heute« begreifen läßt, ist weder im Familienalbum noch durch mein Gedächtnis dokumentiert. Die erste urkundliche Erwähnung der Talsperre im karolingischen Urbar von 831 lautet: »Providet Castellum ad Bergalliam.« 960 ging mit dem Tal zwischen Segantinis »Werden« und Hodlers Gemälde des Silvaplanersees auch die Befestigung an den Bischof von Chur über, und in der Bestätigung Ottos III. vom 20. Oktober 988 wird sie dann auch ausdrücklich genannt: »insuper bergalliam cum castello«. Anno Domini 1120 finden wir die Feste in den Händen der Bürger von Chiavenna, die durch päpstliches Reskript zur Rückerstattung angehalten wurden. In der Fehde zwischen dem Bergell und den Klävnern von 1264 bis 1272 wird die Porta abermals vier Jahre lang besetzt, während dieser Zeit dürften die Verstärkung und der Ausbau der östlichen Mauer mit der Toranlage erfolgt sein, und in etwa um 1300 wurde der Turm errichtet.

Die erstmals 1186 unter dem Namen De Castelmuro auftretende, später noch deutlicher Castelmuro de Porta bezeichnete Churer Ministerialienfamilie war offenbar seit langem mit der Burg belehnt. 1341 wird sie vom Bischof an die Plantas verpfändet, ihnen folgen dann wieder die Castelmur, Salis und andere. Die Anlage beherrscht den von Norden nach Süden, also von der Maira her in drei Staffeln sich aufbauenden Felsriegel oberhalb Promontognos; über das Plateau der untersten Terrasse, wo auch die römische Station Murus stand, führt die noch erhaltene mittelalterliche Straße, die hier durch eine Befestigung gesperrt war. Am besten erhalten ist der östliche Zug in einer Mauerstärke von 3,70 Meter, er wies einen ausgesparten Wehrgang auf, der im nördlichen Teil auf drei Wandbogen ruhte, und in einer die-

ser Nischen stoßen wir auf eine straßenwärts zielende Schräg-
scharte. Die Toröffnung ist in ihrem unteren Teil noch vorhanden, in ihrem Gewände gewahrt man tiefe Falze, die sich
aber weder in der Richtung noch in der Weite entsprechen
und weniger auf ein Fallgitter weisen als vielmehr dazu dienten, eingeklemmte Sperrhölzer festzuklammern. Die Nordmauer mißt, weil sturmfrei, nur 1,40 Meter. Auf dem Kamm
der zweiten Felsrippe läuft gleichfalls eine Wehrmauer, von
der eine Traverse in die südliche Mulde abfiel und die alte
Römerstraße tangierte. Auf der dritten Stufe erhebt sich der
Turm, ein Donjon von fünf Geschossen aus lagerhaftem
Bruchstein mit Eckverband ohne Bossen. Der Hocheingang
lag ostwärts im zweiten Stock. Höher steigend findet man
Kamine, in der fünften Etage zwei gekuppelte Spitzbogenfen-
ster gegen Westen und Süden, das eine dem Ästhetischen, der
Aussicht, das andere dem Militärischen, der Übersicht die-
nend, ein, wenn man so will, simpler Beleg dafür, weshalb die
Freifächerabteilung an der Eidgenössischen Technischen
Hochschule, an der ich während meines im vierten Semester
abgebrochenen Architekturstudiums Vorlesungen über Literatur, Geschichte und Philosophie hörte, mit der Abteilung
für Militärwissenschaften gekoppelt werden mußte. In der
Senke südlich des Bergfrieds, der offenbar mit einem Zeltdach gedeckt war, die Kirche Nossa Donna, oben am Hang
des Mungac der Beobachtungsposten Torracia, dessen Fundamente von etwa 10 Metern im Geviert leider von Mauer-
schutt überbrockt sind. All dies habe ich materialienmäßig
mit einer Tuschskizze im August 1982 erschlossen. Die
Methode, die beschriftete Handskizze dem Schnappschuß
mit der Kamera vorzuziehen, verdanke ich dem Eßschen Zei-
chenunterricht im ersten Semester, es verhält sich nämlich so,
daß wir mit Grundriß und vier Ansichten, wie ich als Kind
verfuhr, die Simultanperspektive kriegen und im Gegensatz
zur Fotografie nicht alles, somit viel Entbehrliches, sondern
nur das der Innenarchitektur unserer Absichten Entsprechende zu Papier bringen, wir können Details vergrößern,

sind also flexibel bezüglich des Maßstabs, hinzu kommt, daß wir für die Zeichnung eine Stunde, zum Knipsen mit Lichtregie und allem Drum und Dran ein paar Minuten brauchen. In dieser Werkstunde sehen wir entschieden mehr und präziser als postum beim Einkleben der Erinnerungsfotos, es kommt uns ja auch nicht auf die Reminiszenz an, daß wir »da« gewesen sind, wie dem Touristen, wiewohl, zugegeben, auch diese Tabakblätter dem geneigten Leser zu vermitteln versuchen, daß wir für die Spanne kurzen taumeligen Glücks ein Erdenbürger sein durften.

Wenn die Experten in tropischen Anbaugebieten Aroma und Milde von Tabaken prüfen, rollen sie sich rustikale Cigarillos, so sind auch die Brennerschen Braniff-Originales gefertigt: Tabak um Tabak, sonst nichts. Sie gleichen den Musketen, mit deren Hilfe die Maya-Priester Verbindung zu den Göttern aufnahmen. Die mokkabraune Blechschachtel wird vom sepiabraunen Schriftzug des an Nietzsche erinnernden Herrn im Medaillon dominiert, Grundton Lichter Ocker. Nur der Vollständigkeit halber sei allen trocken Trunkenen mitgeteilt, daß Hermann Arbogast Brenner im Sommer 1962 in Soglio, als er soeben der Militärknechtschaft entronnen war, nicht nur aquarellierte, sondern auch sprachliche Skizzen entwarf, die er schlicht Soglio-Prosa nannte und in der dokumentarischen Collage-Tradition seines Vaters aufbewahrte und verschnitten in einen schwarzen Ordner klebte. Es stellt sich nun gemäß Ludwig Reiners »Leitfaden für Romanciers – eine Einführung in die Romantechnik«, Göttingen, 1952, die Frage, ob solche Materialien von öffentlichem Interesse seien. Ich schere mich einen Deut darum, denn den Konsumenten meiner Docken und Gabillen dürfte interessieren, was im Falle einer Schriftstellerlaufbahn aus Hermann Arbogast Brenner hätte werden können. Da heißt es: Das Dorf ist trocken und dürstet. Die Bergbewohner fliehen das Licht. Die Sonne hat sich in die dürren Hänge herniedergesengt, aus den spärlichen Weiden hat sie den letzten Saft gezogen und die Farben der Blumen gebleicht. In der Ferne schwebt ein Dunst von Blau, Wasser, Kühle. Selbst die Gräber sind ausgetrocknet. Warum komme ich plötzlich auf Gräber? Nasse Gräber sind das Kühlste, was ich zu fassen vermag. Ich meine kühl und doch nicht kalt. Die Hitze lastet wie Blei auf den Dächern, sie duftet einem, gemischt mit Holzgeruch, entgegen aus dem offenen Verschlag eines Stalles. Der Kirchturm scheint im Glast zu zittern, kaum zu unterscheiden vom Singen der Glut. Die Sonne ist der Erde zu nah, und doch, man sieht sie nicht, als ob ihr selbst nicht wohl wäre im eigenen Feuer. Soweit eine dieser Etüden, und jeder Leser wird mir recht geben in der Diagnose: zum Glück hat dieser unsägliche Mensch das Schreiben beizeiten aufgegeben. Von ganz anderem Charakter ist ein Traumnotat vom 28. Juli 1962: Ich malte ein Bild, eine Stadt in primitiver Art, die Häuser baukastenmäßig mit quadratischen Fensterlein. Im Vordergrund ein Wasser, überdeckt mit halbmondförmigen Eisschollen, links ein kräftiger Baumstamm, am oberen Rand einige grüne Blätter, und jenseits dieses Stammes schneite es. Derweil es sommerlich war überall. Der Himmel durch eine Diagonale zweigeteilt, der obere Spickel gewittergrün, der untere eisblau. Sommer und Winter, und beide Farben konnten der einen wie der anderen Jahreszeit angehören. Rechts im Bild fand sich ein neuzeitliches Geschäft, die Eingangstür war sorgfältiger ausgearbeitet als andere Details, ganz in Glas, von schmalem rotem Eisen umrahmt, und vor dieser Tür lagerte eine Ellipse, schräg den Eisenrahmen tangierend, eine Ellipse aus dem Weißrosa hervorschimmernd, nicht be-, mehr umgrenzt. Dieses Höllentor war die Geburtsstätte Pablos, des saxophonspielenden Versuchers, und das Bild hieß: Pablo oder der Schnee im Frühsommer.

Daraus geht zuhanden meiner weilandigen Psychotherapeutin Jana Jesenska Kiehl zunächst zweierlei hervor: daß ich in jener Zeit Brochs Roman »Der Versucher« und Hesses »Steppenwolf« gelesen haben muß, ansonsten hätte mir Pablo nicht in dieser Rolle erscheinen können. Sodann wird sie im sommerlichen Schnee ein Symbol für meine Geisteskrankheit sehen. Ich erinnere mich noch genau an den Morgen nach dem Traum, ich war inzwischen von der Cas'Alta in ein kleines Eckkabinett des Palazzo Castelmur verlegt worden, von dessen Fenster aus man auf die schmale Gasse hinuntersah, die vom Küchentrakt in den französischen Garten hinaufführte, das Voyeuristische lag darin, daß ich die weißblusigen Serviertöchter aus der Vogelschau beobachten konnte, während sie nicht sehen konnten, daß sie gesehen wurden. Diese Tarnkappensituation erregte mich ungemein. Ich tippte noch vor dem Frühstück den Traum auf meiner ferrariroten Olivetti Lettera und machte ein paar Füllfeder-Anmerkungen: Weshalb die Ellipse in dieser Stadt? Geburt von Luzifer, jenes Engels, dessen Schönheit Gott nicht ertrug? Und der Schnee? Tod – Sterben und Geborenwerden. Erinnerung an den kranken Novemberschnee in der Stadt Aarau. Wie ich an endlosen Nachmittagen den Tod gerochen habe. Eine Quartiersstraße, links und rechts Mauern, dahinter streng blickende Herrschaftshäuser, hohe Tannen, auf dem Asphalt eine dünne Pulverschicht, darin eine breite Spur, das ist meine Vorstellung von der Parkauffahrt zum Totenreich. Wie mir damals in Soglio in etwa zumute war, geht aus einem Brief an meinen Cousin zweiten Grades und Freund Johann Caspar Brenner hervor, der zu jener Zeit die Offiziersschule absolvierte. Er hatte mir zum 20. Geburtstag den »Tod des Vergil« von Hermann Broch geschenkt, dessen lange Perioden ich graphisch analysierte. Meinem um ein Jahr älteren Freund, der auf das Verbindungs-Cerefis Cigarillo hörte, dankte ich mit folgenden Worten:

Ich bin hier in Soglio in den Ferien, mußt du wissen, so daß mich dein Geschenk erst vor kurzem erreichen konnte. Malend und schreibend, manchs – auf diese Wortschöpfung war ich besonders stolz – auch lesend, versuche ich, der Natur gerecht zu werden, und mehr denn je treibt es mich von der farblichen Gestaltung ab, treibt mich, ich weiß nicht wohin. Denn, gibt es eine malerische Wahrheit, liegt sie jenseits aller farblichen Philosophien – das war eine Wendung meines Vaters, *du bruuchsch e philesophie* –, liegt jenseits aller bewußten Originalität, aber auch nicht im Unbewußten – gar zu sehr sind wir versucht, alles Undefinierbare im Unbewußten zu lokalisieren –, irgendwie unter den Fingerspitzen, mir nicht gegeben. Indes, da man mich nun gern als Maler sieht, da man diese Rolle mir zuzudenken für angebracht empfunden, werde ich wohl oder übel die Erwartungen erfüllen müssen. Obwohl die malerische Welt hinter mir liegt als eine romantische Glücksinsel. Werde mit mehr oder minderem Geschick Ansichtskarten einer längst vergangenen Jugend nachzeichnen. Es freut mich, meinerseits auf einen ähnlichen Weg des Schreibens geraten zu sein wie Du. Geraten, denn nicht erspart bleiben einem die Irrwege. Verlockt vom Tausendfältigen, eben dies Tausendfältige erhaschen wollend, Irrweg der Naturgebundenheit wie der Naturungebundenheit, und nicht zuletzt ist es die Angst vor diesen stechigen Irrwegen – Angst vor einem fehl angeschlagenen Leben schlechthin –, die einen immer wieder vom Schreiben fernhält. Und die kurzen schöpferischen Momente sind wie ein Erwachen aus tausendjähriger Lähmung. Eine Lähmung, die sich im Gehirn geltend macht, das Gefühl, das man etwa im Traum hat: man sollte unbedingt davonrennen, doch die Beine versagen. Gefühl unsäglichen Unvermögens, nicht nur der Kunst, dem Leben gegenüber, Unvermögen angesichts der hübschen Serviermädchen, welche vor meinem Fenster in den Garten gehen und wieder zurück zur Küche, fragend flackernde, lieblich umäugelte Blicke schickend – vielleicht ist es bloß Einbildung –, erwartungsvoll, ob er etwas unternehme, der Intellektuelle, ob er um sie werbe, o brennendste, o einzige Frage des weiblichen Geschlechts, vorweggenommen im Promenieren der Dorfgören, Frage der Augen, Frage des Hüftgangs, Frage der geröteten Lippen, und er unternimmt nichts, als daß er immer und immer wieder ihre Blicke sucht, zu undeutlich scheint ihm die Frage gestellt, zu mißverständlich. Jedoch, er sieht mehr und nur mehr in eine gläserne Höflichkeit, ihr Lächeln, anbeginns umflort von Liebeshoffnung, höfliches Liebeslächeln am ersten Abend, welches o so sehr beglückt, wird zum glatten Trinkgeldlächeln, Abweisung für immer, Abweisung eines Langweilers. Bewußt seiner Langweiligkeit, bewußt seines Unvermögens, klärt sich in ihm eine Ahnung zur deutlichen Gestalt des Wunsches: dies Unvermögen auf ewig zu bannen, die Zeit zu besiegen: durch den Tod. Ich hoffe, lieber Cigarillo, Du habest die Einsamkeit der ersten Diensttage überwunden. Wir haben sie beiwahr nicht nötig, diese fressende, unfruchtbare Einsamkeit. Ich werde mich befleißen, Dir möglichst oft etwas Geschreibsel zu schicken, wenn auch Du nicht immer Zeit zur Antwort finden wirst. Herzliche Grüße, Dein Hermann. PS: Die Stelle der Hallwilersee-Beschreibung war sehr plastisch, so daß sie fortan in meiner Erinnerung bleiben wird, was hinsichtlich geschriebener Stellen recht viel bedeutet.

Dieser Brief vom 3. August 1962, mit dem ich den geneigten Leser nicht zu nerven gewagt hätte, ohne ihm aus dem Vorrat meines Schloßgutkellers eine Cigarre anzubieten, etwa die damals noch handelsübliche Brenner-Brasil im ecrufarbenen Etui mit dem Familienwappen, eine streng hinter Gitter emporzüngelnde Flamme auf dem Dreiberg des Eichbüels, illustriert mehrerlei, das Ringen um eine berufliche Zukunft ebenso wie meine Not mit den Frauen, über die ich zumindest mit meinem Vater, der damals 52 Jahre alt war, hätte sprechen müssen können, zumal er ein militanter Anhänger der Moralischen Aufrüstung war, jener Ideologie, die von Amerika ausgegangen war und in Caux oberhalb Montreux am Genfersee ein fürstliches Palasthoteldomizil gefunden hatte, denn ihre vier absoluten Maßstäbe lauteten: Absolute Liebe, Absolute Reinheit, Absolute Ehrlichkeit, Absolute Selbstlosigkeit. Und jeden Morgen vor dem Aufstehen, sozusagen anstelle einer kalten Dusche, tauschten meine Eltern aus, was ihnen der Liebe Gott in der Stillen Zeit, *schtiui zyt*, eingegeben hatte, zum Beispiel: ich hatte gestern abend schmutzige Gedanken bezüglich Tante Sibylle. Da muß ich wieder auf das Familienalbum 1946-1948 zurückgreifen, denn auf den Seiten 17 und 18 ist Caux dokumentiert, wiederum in Form einer *collasch*, in deren Komposition sich auch ein blaßblau liniertes Carnet-Blatt aus dem *schtiuizyt-büechli* meines Vaters findet, datiert vom August 1947, den ich als Kinderheim-Häftling in Amden verbrachte. In seiner weitschweifig-sinnlichen Schrift mit den großzügig geschwungenen Großbuchstaben steht da geschrieben, nur mit der Eschenbach-Leselupe zu entziffern: Wo stehen wir heute in der Schweiz? Wir haben in unserem Lande das Privileg. Es ist eine Tatsache, daß – dies unterstrichen – die – unleserlich – Beziehungen besser sind als in irgendeinem anderen Land in Europa. Dieses Privilegs sind sich die meisten Schweizer bewußt. Aber die wenigsten Schweizer denken daran, daß ein Privileg immer verpflichtet. Sie vergessen auch, daß das Schicksal unseres Landes vom Wohl Europas abhängt. Ein staatsmännischer Gedanke anno 1947, wenn man weiß, daß die Schweiz bis heute weder Mitglied der Europäischen Gemeinschaft noch der UNO ist, sondern, wie es sich für Neutrale gehört, in beiden Gremien nur als Beobachter teilnimmt. Vaters Legende zum breit hingelagerten MRA-Schloß auf der Ansichtskarte von Caux lautet: Bereits haben ungezählte Freunde aus aller Welt ihr Heim, ihren Beruf, ihre Zeit und ihr Geld geopfert, um ihren Beitrag am Aufbau einer neuen Welt leisten zu können. Ist es deshalb nicht natürlich, daß auch wir einmal auf die Ferien verzichten, um für einen Monat an der diesjährigen Konferenz mit – unterstrichen – Verantwortung tragen helfen zu können? Der darunter geklebte Zeitungsausschnitt »Die Welt von Caux – Eindrücke von der Konferenz für Moralische Aufrüstung« berichtet unter den Initialen MG: Caux oberhalb Montreux, um die Jahrhundertwende höchstens seiner zwei großen und luxuriösen Hotelpaläste wegen bekannt, hat sich in den letzten Jahren in einen internationalen Treffpunkt völlig anderer Art verwandelt. Die Hotelburgen sind heute Sitz eines geistigen – gesperrt – Weltzentrums, eines kleinen Weltstaates im Staate, der, wenn die Wünsche und Hoffnungen seiner »Einwohner« in Erfüllung gehen, zu einer Weltmacht werden kann. Daß seine Beziehungen nach West und Ost bereits um den Erdball und von Pol zu Pol reichen, sei mit einigen Hinweisen angedeutet: im Verlauf dieses Sommers haben gegen 10000 Personen Caux besucht, die aus rund 70 Ländern und aus allen Kontinenten kamen.

Hier bereitet die Schere, mit der mir die Kinderheimschwester drohte, das Gießkännchen abzuschneiden, dem Bericht ein partielles Ende, in der zweiten Spalte ist nur noch zu entziffern: mehr als 30 Gewerkschaftsleiter, Präsidenten und Sekretäre versammelt zu sehen, die bereit waren, öffentlich über ihre Erfahrungen mit der Moralischen ... Deutsche, Englä ..., Franzosen, Schwe ... öffentlich und of ... tings«, weil das ... cher mit eigenen ... Ohren hört, als d ... steckt. Ein handfester ... Präsident, der A ... von Miami, kn ... Streik das letzte ... hart. Schließlich ... übereck in den Artikel ragt ein Gruppenbild mit dem Begründer Frank Buchmann in einem Halbkreis von Gelben, Roten, Schwarzen, Weißen. Caux: Millions in Europe are hungry for a constructive answer to totalitarianism. National leaders from all over the world will be meeting during the next two months at a World Assembly for Moral-Re-Armamant at Caux-sur-Montreux, Switzerland. At this training centre last year, 5000 representatives from fifty-three countries planned for ideological preparedness for their nations. The address by Mr. A.R.K. Mackenzie, printed on this page, was given before delegates from twenty-four countries at the Moral Re-Armamant Assembly at Riverside, California. It outlines the steps which the statesman can take to bring Renaissance to his country. Dann ein halbseitiges Bild: A thousand delegates at Caux celebrate Swiss National Day with the traditional »fire of freedom«. Nein, ich konnte meinem Vater nicht in der Stillen Zeit anvertrauen, daß ich schmutzige Gedanken in bezug auf die Serviertöchter in den weißen Blusen hatte.

Johann Caspar Brenner, genannt Cigarillo, schrieb mir aus Pfeffikon bereits am 5. August 1962 an die Adresse Hermann

Brenner jun., Hotel Wittig, Soglio, Bergell (GR): Mein lieber Maler, August ists geworden, in der Tat und wahrhaftig August, gelbgraue Wolken ziehen an einem tiefblauen Himmel, es hat etwas ausgesprochen Melancholisches, dieses Ziehen, Fliegen summen, Vögel zwitschern, leiser, kärglicher als im Frühling, aber intensiver, gepreßt brünstiger, überhaupt ist jedes Geräusch leiser als sonst, ebenso die Gerüche, das Leben überhaupt. Man sollte übers Land wandern jetzt, von morgens bis abends, man sollte unter dem Baume liegen jetzt, man sollte –. Vieles sollte man. O ewige verdammte Sehnsucht nach dem Weiblichen! Ich danke Dir für Deinen intensiven Brief, Deinen augustlichen Brief vom 3.8. Er hat mir gezeigt, daß der August da ist, im Militärdienst hatte ich versäumt, es zu bemerken. Nutze ihn noch in Soglio, den August, auch wenn es vor allem Schwermut ist, die er gebiert. Schwermut ist eines der edelsten Gefühle, die wir haben. Und der einsamsten! Ich hätte Dir viel zu berichten über meinen gegenwärtigen Dienst, der sich in einigen Punkten deutlich von anderen Diensten unterscheidet. Er verspricht äußerst hart, aber immerhin interessant zu werden, wenn auch gerade diese Interessanz eine Gefahr für den introvertierten Geist sein mag. Es sei lediglich angetönt, daß unsere Vorgesetzten durchwegs hochintelligente und recht gebildete Berufsmilitärs sind, die auf Diskussionen oftmals eingehen, ihnen gewachsen sind, die es vermögen, nicht durch Zwang, wohl aber durch Intelligenz von jedem das Äußerste zu verlangen. Die Kameraden – tja, nett sind sie, intelligent auch, sie haben eigentlich alles, was man sich wünschen kann, und doch, im Innersten habe ich sie noch nicht gefunden. Ein Beispiel: Diskussion über unsere ungläubige, nach außen gerichtete Lebensweise. Der Hauptmann Leiter der Diskussion. Lauter interessante und wahre Gedanken. Jeder wüßte einen Weg zur Behebung der Mißstände, Erneuerung der Kirche, Rückbesinnung der Seele, Demut vor Gott und nicht vor sich selbst, Bescheidenheit usw. Tönt alles herrlich einfach, man ist sich einig, diskutiert angeregt. Dann melde ich mich: und spreche von der willkürlich fehlgeleiteten Religiosität in unserem Jahrhundert, von dem Kulthaften des Boxens und Schlagersingens usw. Unwillige Zwischenrufe, unvermittelte Erkaltung der Diskussion, alle sind peinlich berührt, als ob ich etwas höchst Unziemliches gesagt hätte. Ob es daran liegt, daß gewisse Tiefen für gewisse Leute unerreichbar sind? Daß sie sich irgendwie betroffen fühlen? Daß ich nicht mehr imstande bin, etwas Vernünftiges zu sprechen? Aber hier fängt die Fremdheit zur Umgebung an. Mag der Fehler bei mir oder bei der Umgebung oder im Allgemeinen liegen, die Fremdheit ist traurige Tatsache. Mit herzlichen Grüßen, Dein Cigarillo. Gegenwärtige Adresse: Korporal Brenner Johann, Spez. Kurs 2 Trsp. D, Kaserne Wil, Stans. PS: Und damit Du etwas zum Rauchen hast oder zum *tubake*, wie man im Wynental sagt, ein paar Schachteln Brasil und Sumatra. Doppelt schade, daß er nicht Schriftsteller, ich nicht Cigarrenfabrikant geworden bin.

11. Menzenmang
Rio Grande Weber Söhne AG

Menzenmang: wie viele Um-, Kreuz-, Hohl- und Irrwege habe ich gehen, wie viele Krankheitsjahre erdulden, wie viele Cigarren, ja es werden Zehntausende gewesen sein, habe ich rauchen müssen, um mich diesem Dreiklang, an den ich durch das Postauto in Soglio erinnert wurde, noch einmal nähern zu können, Havanna und Brasil erstrahlen in hellem Dur, Sumatra ist verantwortlich für die Moll-Färbung, im Wynentaler Dialekt, zu dessen Merkmalen die Endsilben-Vokalisation gehört, *Mänzmi*, und auch jetzt entnehme ich dem bereits historisch gewordenen Bundpäckchen, das anno siebenunddreißig den Stumpenkrieg verlor, einen fein geäderten und nicht gepuderten Rio Grande, und indem ich das Brandende in der Flamme drehe, tue ich dasselbe wie Millionen vor mir, Arbeiter der Aluminiumwerke, der Vereinigten Schreinereien, der Plaggi und der Riemi, Cigarrenmacher im graugipsernen Hauptgebäude, *houptgebäu*, am Ufer der Wyne gegenüber dem WSB-Bahnhof Menzenmang-Burg, End- und Ausgangsstation meiner Reise in die Welt. Sie hat, wiewohl man Gebißnaturen mit einer breiten Lücke zwischen den Schaufeln – *zahnluckebaby* – nachsagt, sie kämen mit dem Hut in der Hand in aller Herren Länder herum, nicht sehr weit geführt, an Orten und an Jahren, auch der Rio *zöbelet*, hat aber mehr Kentucky als der Export von Brenner, dafür etwas weniger Java und Domingo. Aarau war die erste Station, wo ich die Realabteilung der Kantonsschule besuchte, doch mit der Rüebliländer-Metropole, die so wehrhaft auf dem Felskopf thront und die Aare schmäht, in deren Zentrum keine Hochschule, kein Theater, kein Einkaufszentrum, keine Bibliothek, kein Kunsthaus, kein Regierungsgebäude, sondern eine Infanterie-Kaserne steht, hatte ich ja nur jene Stadt erobert, in der ich am 10. Juli 1942 an einem schwülen Maienzug-Freitag im Kreißsaal B des Kantons-

148

spitals als Patient geboren worden war, Sohn des Hermann Brenner, Versicherungsinspektor, und der Gertrud Emmy Brenner-Pfendsack, Schlag sechs, als die Wetterkonferenz auf der Zinne bei der Stadtkirche bereits getagt und das Schönwetterprogramm beschlossen hatte, tat ich, durch den obligaten Klaps auf den Hintern ermuntert, den ersten Schrei.

Ganz als ob es mir in meinem Leben darauf angekommen wäre, nie an einem Ort zu wohnen, von dem aus der Wynentaler, ja, ich bleibe bei dieser Bezeichnung, obwohl das Tram heute WSB, Wynental-Suhrental-Bahn heißt, nicht in kürzester Zeit erreichbar gewesen wäre, mied ich die Kapitalen des In- und Auslandes, und wenn ich diesen nikotingelben Tabakblättern den Satz anvertraue, ich sei immer nur einen Zug von zu Hause entfernt gewesen, meine ich die lebensgefährliche Schnellbremsungs-Heulboje ebenso wie die »gift« des Tabaks, der nur während des Krieges versuchsweise in Menzenmang angebaut wurde. In Zürich, wo ich vier Semester Architektur studierte und ein paar Kurse an der Kunstgewerbeschule absolvierte, hatte ich noch keinen Deux-Chevaux, obwohl ich mir als Saxophonist und Vibraphonist einen Gebrauchtwagen hätte leisten können, das heißt, ich fuhr jedes Wochenende mit der SBB nach Aarau und mit dem *bähnli* ins Tal ein, ja, wie in einen Stollen, denn »mang« besagt »mittinne«, kein Bemützter, der ein Bundpäckli oder eine Faltschachtel im Kombi oder Blaubarchentenen mit sich trägt als Tagesration, würde sagen *uf Mänzmi ue*, gewiß, der Höhenunterschied beträgt 177 Meter, und es ist nicht – oder nur ein bißchen – gelogen, daß wir im Dezember bereits schlitteln und skifahren können, wenn in Aarau nur Matsch liegt, dessen ungeachtet reist man *uf Mänzmi ie*. Als ich am 7. Oktober 1967 Flavia Soguel, die Bündner Juristin aus Davos-Dorf, heiratete, suchten wir zwar eine Dreizimmerwohnung in Baden, landeten aber letztlich in Aarau im sogenannten Bürgen-Stock am Gönhardweg, zweimal zogen wir innerhalb der schweizerischen Kadettenhauptstadt um, ehe uns das alte Pfarrhaus in Starrkirch-Quittigen angeboten wurde, und vom Pastoralhoger waren es der Aare entlang und übers Inseli nur gute dreißig Minuten bis zum Bahnhof WSB. Wollte man Staatsbahnen mit Religionen und Privatstrecken mit Sekten vergleichen, sähe man in den Schweizerischen Bundesbahnen unschwer die Evangelische Landeskirche, in den Rhätischen Bahnen, die im Kanton Graubünden und im Wallis verkehren, die Pfingstbewegung, wegen der Kletterfähigkeit, der Gläubige muß sich ja emporschuften, nicht der Angeglaubte schwebt hernieder, bei der Wynental-Suhrental-Bahn würde ich ohne zu zögern von der Neuapostolischen Kirche sprechen, denn den zwölf Aposteln, die anno 1830 ein charismatischer Kreis in Albury Park, Südengland, berief, entsprechen die zwölf klassischen Stationen Aarau, Suhr, Gränichen, Bleien, Teufenthal, Unterkulm, Oberkulm, Gontenschwil, Zetzwil, Leimbach, Reinach, Menzenmang-Burg, von oben nach unten oder innen nach außen gebetet: *Mänzmi-Borg, Rynech, Leymbach, Zetzbu, Gondischwiu, Oberchoom, Underchoom, Teufetu, Bläje, Gräneche, Sohr, Aarouw.*

Die hindernisreiche Fahrt dauert heute knapp fünfzig Minuten, angeheimelt wird man bereits in Aarau an der Buchserstraße, weil das in den Asphalt verlegte Tramgeleise eng an den staubigen Flieder- und Buchshecken von Vorstadtvillen vorbeiführt, so hautnah, daß man bei offenem Fenster, ne pas se pencher en dehors, die Zweige berühren kann, in den zahllosen Träumen vor allem in den ersten Jahren meiner Geisteskrankheit, als sie noch unter der Maske der Unterleibsmigräne auftrat, war diese Passage immer der Vorspann zum trockenen Würgen, das mich dann nach Reinach-Unterdorf packte, wenn sich die Hauptstraße zum Laubtunnel verdichtete, weil die veteranischen Baumriesen der Hediger-Söhne-Villen die ganze Fahrbahn überschatten. Hier friedhöfelt es, ich darf vorwegnehmen, daß ich schon als Dreijähriger auf der Angermatt, wo meine Großmutter Ida einerseits mit den Toten sprach, andererseits die Schnecken von den Marmorsteinen las, den Lehrsatz »Daheim« eingeprägt bekam, *do usse bisch deheime, bueb,* ja man ging denn auch *i friedhof use,* für mich stets mit dem Gefühl »Hinein« verbunden, weil das Labyrinth aus Taxus und Buchs ein geschlossener Bezirk war, und es entbehrt nicht einer gewissen Ironie, daß sich die frühere Station »Endhalt« in Menzenmang beim Restaurant Wynental befand, wo die Friedhofstraße von der Oberdorfstraße abzweigt, hier schnappte der Triebwagenführer der C Nr. 31, die als Occasion von der Stadt Neuchâtel gekauft worden war, noch schnell eins, bevor er die am 5. März 1904, damals war mein Großvater Hermann Brenner 22 Jahre alt, eröffnete Strecke von 32 Kilometern in Angriff nahm, in rund 80 Minuten war man in Aarau, wurde man aus der Obhut der Neuapostolischen Landeskirche entlassen und der esbebestrischen Generalsekte überantwortet. Und da, mit diesem immer augustlichen, staubgrünen Fabrikantenvillengartentraum eingangs von Reinach kommt, wenn wir bedächtig ein paar Züge Indiana zu Hilfe nehmen, die erste Erinnerung hoch. Ich sitze auf den Knien meines Vaters, wir befinden uns im Elternschlafzimmer, denn ich sehe das braunschwarz getigerte Mahagoni-Nachttischchen, in dessen Schublade der Gummiknüppel liegt, der für allfällige Einbrecher bestimmt ist – als HD-Soldat hatte Mandi keinen Karabiner im Schrank –, und er erzählt mir eine Geschichte. Es war einmal ein Knabe, ja Knabe, nicht Junge oder Bub, der durfte mit seinem Vater zur Kirchweih, *chiubi,* er konnte wählen, *uslääse,* zwischen einer Fahrt auf dem Karussell und einem Ballon. Also begann mein Leben doch mit hoher Literatur, denn ich unterbrach *vatti* immer mit der Frage: Was wäre, wenn? Was wäre, wenn der Knabe, der Edwin der schönen Mama, Karussell gefahren wäre und auf den Luftballon verzichtet hätte und umgekehrt. Darüber mußte ich lange nachdenken, denn es war nicht so leicht zu entscheiden, welches Vergnügen das verlockendere war. Zunächst mußte man dem Rößlispiel unbedingt den Vorzug geben, denn in einer Sänfte unter einem Baldachin ringelum zu schaukeln oder die Füße in die echten Steigbügel stecken und das Zaumzeug greifen zu dürfen, das war schon eine Herrlichkeit auf Erden. Doch jeder Kreisel hört einmal auf, sich zu drehen, und dann, wenn die laut schmetternde und tschinellende Orgel aussetzte, war sicher jener Knabe im Vorteil, der den Ballon gewählt hatte, den konnte man ans Handgelenk binden und zu Hause während der Mittagsruhe an die sichere Decke schweben lassen. Natürlich verzweifelte ich wie alle Kinder am schroffen Entweder-Oder und versuchte das Problem zu lösen, wie man in den Genuß beider Budenstadt-Attraktionen kommen könnte, nicht wissend, daß ich dabei aristotelischen Spuren folgte, in der Logik gilt der Satz: A kann nur gleich B oder nicht gleich B, aber nicht zugleich C sein, das tertium non datur wäre der Knabe mit dem Ballon auf dem Karussellpferd gewesen. Wie alle Geschichten endete auch diese Parabel tragisch, der Knabe wählte die *riitschueu*, stürzte aus dem Sattel und schlug sich den Kopf an einem *bsetzischtei* blutig. Nun begann König Konjunktiv zu regieren: *hätt er nome de ballon gnoh!*

Jeden letzten Donnerstag im Quartal war *märt* in Reinach, und an einem dieser trubelbunten Jahrmarkttage wird es gewesen sein, ich kam in dieselbe Lage wie der Knabe, doch nun schrieb das Leben die Geschichte, einen Satz, den ich von der Friedhofgroßmutter hatte, die, wenn sie von der *löitsch* kam, auf der *chouscht* in der Stube etwas verschnaufte, meiner Mutter eine Episode aus dem Verwandtenkreis erzählte, um dann seufzend aufzustehen: *s'isch haut e gschicht wo s'läbe schribt.* Durch Schaden wird man klug, sagt das Sprichwort, ich hielt mich daran und wählte vorsichtig den Ballon, dann fuhren wir mit dem schweren schwarzöligen Engländer nach Hause, ich auf dem Gepäckträgersitz mit den beiden Tritten, die grüne Tropfenblase an die Hand gebunden, und auf der Höhe der Litzi kurz vor den Fischerschen Drahtwerken passierte es, nicht daß der Faden gerissen wäre, nein, der Ballon schrumpfte und sank, das Gas entwich, mein Vater stieg vom Rad, *so n'es päch*, schnürte den Zipfel auf und pustete mit vollen Backen, wobei ich einen Hei-

denschrecken erlitt, denn ich stellte mir vor, das restliche Gas
ströme nun in seine Lunge, ein Angsttraum, der mich nächte-
lang verfolgte und *bachnass* im Bett aufsitzen ließ, ich war
schuld, daß sich der Vater eine Gasvergiftung geholt hat, *wäri
nume uf d'riitschueu gange.* Heute fahre ich die verrückteste
Looping-Achterbahn Jet-Star 3, fahre im Winter Bobsleigh
auf dem Olympia-Run von St. Moritz, rase im Ferrari mit
270 über die vierspurige Autobahn, wahrscheinlich, weil ich
damals das Karussell hätte wählen sollen, und es erschien mir
noch Jahre später im Traum, verlassen in einer bengalischen
Nacht, die Plachen zugeknöpft. Indem ich durch einen Schlitz
eindrang, betrat ich die Unterwelt aller Budenstädte, scharfer
Kampferduft, alles eingemottet, die wild geblähten Nüstern
der Lackpferde, die tief hängenden Baldachine der Kutschen
mit ihren nachtfalterbesetzten Troddeln und Quasten in
Zwetschgenkompottbraun, die Orgel, der fauchende Balg,
cassell sagten meine Buben, als ich sie das erste Mal auf den
Jahrmarkt nahm, und sie sollten das tertium non datur kriegen, den Ballon und -zig Fahrten, Matthias wählte einen Töff
mit eingeschlagenem Lenker, saß wie ein Engel vor Freude
versteinert auf dem Sattel, mit den Beinen den Motor ein-
klemmend, Hermann grüßte aus dem Züri-Tram mit der
Leuchtschrift Paradeplatz, betätigte die Klingel im Führer-
stand, der Vater ließ sich von einem Auswringkessel aus der
Horizontale flirr rotierend in die Vertikale hieven, einge-
sperrt in einen Affenkäfig, so daß die Türme der Stadt Aarau
eine Spitzkehre nach der anderen drehten, und die Buben
standen an der Abschrankung. Worauf hoffend, was
befürchtend? War der irre Kessel nicht viel gefährlicher als
das Gas im grünen Ballon?

Der Rio Grande von Weber Söhne AG kriegt etwas
Nebenluft, ich muß mit der Rasierklinge ein Deckpflaster
schneiden und ihn verbinden. Menzenmang, wie oft bin ich
dahin zurückgekehrt, nicht weil die Mutter gesungen hätte
»Junge, komm bald wieder«, es war ein Vaterhaus, ich
erkundete es auf dem Rücken im vergitterten Kinderbett lie-

gend von der Ecke des Elternschlafzimmers aus, wenn ich aus
der Finsternis erwachte, Ur paart sich mit Ur, Urnu ist der
Moment, da das Licht einbricht, Urwäsen und Urgemenge
mag für die Elemente stehen, ein chaotisches Urgemisch, von
Urblitzstrahlen durchzuckt, vom »urschîn«, als die Nacht
den Erebos gebar, bald Thales, bald Anaximenes, bald Hera-
kleitos, die vulkanisch brodelnde Urmasse, der Lavastrom,
aus dem die Dinosaurier geformt wurden mit ungeschlachter
Hand, Monsterviecher wie der Brontosaurus, der Plesiosau-
rus, der Ichthiosaurus, und es war grausig mit anzusehen, wie
ein gigantisches Mammutkrokodil den Rachen aufsperrte
und die Reißzähne in die gepanzerte Graupelhaut seines
Opfers schlug, Schlachtbrocken schmierigen Fleisches heraustrennte, während sich unsere Ururahnen im Blute wälz-
ten, die mannshohen Farren niederwalzten, im Brackwasser
panschten, daß die Schilfrohre knackten, und alles, was da
kannibalisch kreucht und fleucht, ist uns beigegeben, wenn
wir dem mythologischen Dunkel entrinnen, Heuschrecken so
groß wie Doppeldecker mit wetzenden Kiefern, Monster-
spinnen mit speerlangen Giftstacheln, Fledermausdrachen
mit weit gespannten Flossenflügeln, es ist ein Abschlachten,
Austilgen, Massakrieren, Metzeln, Meucheln und Schächten
der Natur ohne Ende, Grottenolme, Erdkröten, Geburtshel-
ferkröten, glubschig im feuchten Mauerloch hockend, ehe es
endlich Tag wird. Ich liege angeschnallt mit Gummizügen
wie in der Waldau im Judenzimmer und spaziere mit den
Augen der Decke entlang, vertiefe mich in das Rätsel des
Tapetenmusters, die endlose Schleife, ein braun gezacktes
Band auf sandfarbenem Stoff, seltsame Fabelwesen begegnen
einem auf dem Weg, eine gespreizte Birne mit Knickerbocker-
muster, eine ocker umrandete Sternblume, nicht auszumachen, ob das Pflanzen oder Hieroglyphen sind, und wenn die
Reihe an der Mauerecke abbricht, tanzen die rhombischen
Schmetterlinge und vertrackten Kleeblätter eine Linie weiter
unten wieder hinter dem Vorhang hervor, er ist fleischfarben,
Sticknelken aus eingetrocknetem Blut, und an einer Schnur

hängt eine Messingglocke in mein Bett, die ich als Gefesselter nicht berühren kann, wie, sage mir, Muse, finden wir uns nur zurecht. Es sei Krieg gewesen, erklärte mir die Mutter später, wenn ich sie nach dem Grund für die Gummigurte fragte, man hätte nicht genug heizen können, ich als *fägnäscht* hätte immer die Decke runtergestrampelt. In meiner Erinnerung ist es aber Sommer, denn die Tür zur Veranda steht angelehnt, zur *loube*, sie ist in einem schreienden Mennige-Ton gehalten, der ganze Auslauf, den ich nicht benutzen kann, orangeocker, und ein Geräusch dengelt mir die Zeit, es stammt aus der benachbarten Maurerwerkstatt, Rota bearbeitet mit Scharriereisen und Klöpfel die gegossenen Fensterbänke, dieses monotone Schrappen gibt den Takt an, nach dem ich der Decke entlangtanze, denn ich habe, Alleinunterhalter, der ich in meinem Urin lag, das Abenteuer entdeckt, das Schlafzimmer auf den Kopf zu stellen, den gipsernen Plafond als Fußboden zu benutzen, so daß ich barfuß ins Stuckrondell treten und den Bernsteinpilz des Lampenschirms begutachten kann, eßbar, giftig oder bloß verdächtig? Und wie durch ein magnetisches Wunder bleibt der schwere Mahagonischrank mit seinen Kugeltatzen an der Teppichdecke kleben, die Fensterstürze werden zu niedlichen Sitzbänken, über eine Barrikade klettert man ins vanillegelb gekachelte Badezimmer, wo, so stelle ich mir vor, die Glenburn-Toilettenschüssel als Porzellanhaube in der Nische hängt, je länger ich das Spiel betreibe, desto *trümliger* wird mir, es ist ja nicht sicher, ob die olivgrüne Ottomane am Fußende des elterlichen Kahns nicht doch plötzlich nach unten, nach oben kracht, diese Architekturstudien des vielleicht Zweijährigen waren ein Stück Freiheit, und doch wieder Zwangsarbeit, denn ich trat an gegen den Maurermeister Rota, ich aß die Zeit, und sie schmeckte nach Walhall, nach gipserner Saalewigkeit.

Plötzlich flüchten wir in den Keller, eine Sirene heult, Vater hat Wolldecken mitgenommen, wir stehen wie Mumien flach gegen die Wand gedrückt, links neben mir, dem Kohlenverlies zu, also im geschützteren Teil die Mutter und die Großmutter, rechts der Beschützer, die Tür zur Waschküche steht offen, und im vergitterten Fenster, als ob es von fremder Hand in diesen Rahmen gepaßt worden wäre, ein brennendes stürzendes Flugzeug, dies ist vielleicht noch die frühere Erinnerung, tiefer zu lokalisieren als die Geschichte mit dem Karussell und dem Ballon, wenn nicht der allererste Lebenseindruck der ist, daß mir auf einem Schiff auf dem Genfersee ein schwarzhäutiger Mann in einem bunten Gewand die geschlossene Faust hinstreckt, sie wendet und öffnet und daß in der hellen Innenhand ein gelb gezuckertes Münzzeltchen für mich bereit liegt, gern würde Hermann Arbogast Brenner seine verhinderte Kaufmannsexistenz mit einer solchen Offerte über die Rassenschranken hinweg beginnen lassen, doch wahrscheinlich war im Anfang der Krieg, es kam ab und zu vor, daß sich angeschossene Engländer oder Amerikaner in den schweizerischen Luftraum verirrten, jener Pilot soll in der Erlose abgesprungen sein, bis ins Dorf hinunter habe man rauchige Trümmer gefunden, und dies, der Wolldecken wegen, muß im Winter gewesen sein, vielleicht 1944/45. Und da steht der Weihnachtsbaum im Wohnzimmer, Kerzen- und Lebkuchengeruch erfüllen den Raum, der durch die geschmückte Tanne in ein vornehmes Gemach verwandelt zu sein scheint, der Vater hat, nachdem das Weihnachtskind geklingelt hatte, die donnernde Schiebtür mit den mandarinefarbenen Seidenvorhängen geöffnet, im Innern des Heiligtums erstrahlt ein Lichterwald, die Zweige dicht behängt mit cognacgoldenen, rubinroten und silberüberzukkerten Kugeln, und die Kerzenhalter gleichen gerifften Tigertatzen, Lamettagirlanden schwingen sich von Ast zu Ast, Engelshaar schimmert weißgülden, die Spitze krönt ein Fünfstern aus Glas, schlanke Anthrazitstäbe beginnen wild funkend zu sprühen, wenn man sie entzündet, und der Regen spiegelt sich in den Kugeloberflächen, ebenso verzerrt die Schiebtürenfenster.

Und da ist der Baukasten, so schwer, daß ich ihn allein *nid cha lüpfe*, nicht die schmucklosen *holztütschi*, die dem Kind weismachen wollen, die Welt sei ein einziges Heimatwerk, nicht diese grobschlächtigen Balken und Würfel und Dreiecke, mit denen man nicht einmal eine Pyramide, geschweige denn einen Tempel nachbauen kann, sondern, im Äußern noch viel verführerischer als Vaters papageiengelbe Partagaskisten, ein echter, kompletter, aus dem Fundus meines Göttis aus Grabs stammender Anker-Steinbaukasten, der, wenn man den Schiebedeckel am braunen Griff aus den Rillen zog, die zweistöckig geordnete Herrlichkeit der Architektur vor der Erschaffung der Welt offenbarte, derart geometrisch ausgeklügelt, daß man kaum wagte, nach einem der sandfarbenen, rostroten oder berlinerblauen Elemente zu greifen, und der Vater saß im Schneidersitz auf dem Teppich, er allein durfte diesen Urzustand zerstören, weil er allein imstande sein würde, ihn wiederherzustellen, er demonstrierte mir noch einmal die Erfindung des Rads, indem er eine längliche Platte mit gekehlten Kanten über zwei Säulentrommeln gleiten ließ, die Rollen abwechselnd versetzte, so daß die Last unter dem ganzen Weihnachtsbaum durchfuhr, *uägi*, wie meine Buben sagten, und wenn man zwei Klötze aneinanderschlug, tönte es wie Rotas Scharrieren in der Maurerwerkstatt, zwei Pilaster aufgestellt, einen Brückenbogen darüber, und fertig war das Tor, *näueli*, und was diese Tunnelelemente besonders auszeichnete, waren die eingekerbten Kämpfer und Schlußsteine, wie richtig eben, dies auch eine der Urerinnerungen, daß ich aus dem Fenster eines Zuges eine leicht ansteigende Allee und am Ende des Baumganges eine Rundbogentür mit rustizierter Einfassung sah, denn anders hätte ich die Beziehung »wie richtig« nicht herstellen können. Wer sich mit seiner Kindheit befaßt, wird zum Detektiv in eigener Sache, alle in Frage kommenden Strecken in der näheren Umgebung Menzenmangs bin ich abgefahren, einmal auf der linken, einmal auf der rechten Waggonseite, und da, an der Aarauer Buchserstraße, klammerte ich mich gebannt an die Fenstergriffe des WSB-Wagens, denn ich raste in einem Lift vier Jahrzehnte abwärts, weil ich sie noch einmal sah, die

streng bahnhofsmäßig durch die Platanenallee grüßende,
rundbogig rustizierte Eingangstür des alten Kantonsspitals,
ein Bauteil in fremder Umgebung, wie er unter dem Weihnachtsbaum stand, und ich übertreibe nicht, wenn ich heute
schreibe, einen Brenner Mocca aus dem kardinalviolett
bedruckten Silberpäckli schälend, unter den Händen meines
Vaters, die mich nie geschlagen haben, erstand noch einmal
Albertis Palazzo Rucellai mit der dorischen Ordnung des
Erdgeschosses, den ionischen Pilastern im zweiten und den
korinthischen Kapitellen im dritten Stockwerk, mit den anti-
kisierenden Kranzgesimsen und den zweigeteilten Fenstern
unter den abschließenden Zwillingsrundbogen, die in den
Proportionen haargenau den Fassadenjochen entsprechen,
und wie ich später bei Alberti las, wurde so mit dem Anker-
Baukasten eine Harmonie der Teile erreicht, bei der nichts
mehr hinzugefügt oder weggelassen werden konnte, ein
Grundprinzip der Renaissance, denn wenn einer gotischen
Pfarrkirche nachträglich ein Seitenschiff angehängt wird,
bedeutet dies noch keine Zerstörung der Gesamtwirkung.

Auf dem meergrün glasierten Deckel mit den violett
umrahmten Medaillenfenstern und dem roten Ankerzeichen
war das Meister- und Prunkstück meines Imperator-Kastens
abgebildet: eine Doppelturmbrücke mit metallenen Geländern, und diese Eisenteile waren stahlblau im Unterschied
zum weichen Berliner Korn der Pyramiden, Viertelmonde
und Dreiecke, und im Anleitungsheft »Der kleine Anker-Bau-
meister« kniete ein blaß kolorierter Knabe vollendungsbe-
wußt vor einem deutschen Stadttor, ja, zutiefst reichsdeutsch
waren diese basaltenen und backsteinrostigen Klötze, Würfel, Architrave, die ein pelziges Gefühl auf dem Gaumen
hinterließen, sie verlangten nach einer Märklin-Dampfloko-
motive, nach schotterverbrämten Weichen, nach einer rußge-
schwärzten Drehscheibe, nach dem finsteren Rot eines
Signals, und auf dem Kastenboden waren die Elemente im
Puzzle der Einbauordnung aufgezeichnet und numeriert, welches Schöpferglück an jenem Weihnachtsabend, von dem ich

ansonsten nichts mehr in Erinnerung habe, doch, den Satz aus der Erzählung des Vaters: und sie fanden keinen Raum in der Herberge. Was eine Herberge sei, wollte ich bestimmt wissen, und siehe, auch die konnte man bauen mit dem Imperator, die mit Scharnieren versehenen Brückenplatten als Dachebenen verwendend, die Kreuzstabgeländer als Gartenzäune, und aus den flachen steinblauen Plättli in der Kartonschachtel legte mein Vater den Parkettboden, diagonales Rhombenmuster. Auch dieses Spielzeug, zu dem ich Sorge trug wie zu einem Kleinod, wurde von den Geschwistern annektiert, zweckentfremdet, meine Schwester Klärli schob die Rechtecke als Brote in den Backofen des Puppenkochherds, Kari kam auf die unselige Idee, richtigen Mörtel zu verwenden, und pflanzte seine Fertigbauruinen in den Sandkasten, kurz verramscht und zerstört wie alles, was ich je an Schätzen besaß, bis hin zur schnödem Mammondenken verpflichteten *totalvergantung* des Gutes Menzenmang im Sommer 1985.

Menzenmang an der Sandstraße, nun längst abgesunken, keine Chopinklänge mehr aus dem Wohnzimmerfenster mit den zinnobergrünen Jalousien, den behelmten Riegelmannli, nie mehr das Knarren der geselchten Bürotür, wenn der Vater, stets aufgeräumt, zu wilden Späßen gelaunt, aus seinem Versicherungsinspektoren-Atelier trat. Wir waren als Familie zu schwach, diesen einmaligen Besitz zu halten und weiterzuführen, entgeistert schauten die Eltern vom Friedhof aus zu, wie wir, Lastwagen um Lastwagen, das Innere dieses 1927 von Otto Weber-Brenner errichteten und 1941 von Hermann Brenner und Gertrud Brenner-Pfendsack bezogenen Heims plünderten, mutwillig zerstörten, was zwei Generationen aufgebaut, Johann Caspar hat schon recht, die dritte ist der morsche Ast, die Geschwister sägten die Gabel ab, auf der wir saßen, so wurde Hermann Arbogast auf korrekt erbrechtlichem Weg brutal enteignet, fiel ein eiserner Vorhang zwischen seiner Brunslebener Zeit und seiner Kindheit, kam es zu einer deutsch-deutschen Teilung auf Menzenmanger

Art, das Gut liegt heute für mich so fern wie Hohen-Crem-
men in der Mark Brandenburg, ich bin schneller mit dem
Auto in Ost-Berlin und in Rheinsberg als im Wynental, die
Paß-Formalitäten fallen mir leichter als die Überquerung der
Böiuer höchi.

12. Die Pflanze
Havanna Puro

Das Blatt der colorado-claro-farbenen, fein geäderten Cigarre, die ich genüßlich anrauche, während ich den Bogen in die Schreibmaschine spanne, ist nicht in meiner ersten Heimat, dem Aargauischen Stumpenland, gewachsen und verarbeitet worden, sondern es stammt aus Cuba, dem königlichen Boden der Vuelta Abajo, die wir auf der sichelförmigen Insel zwischen dem Atlantik und der Karibik westlich von La Habana finden, rund um Pinar del Rio, Sierra del Rosario und Sierra de los Organos genannt, aber auch im Herzen des Landes bei Santa Clara, wo sich die meisten der berühmten Firmen mit den klangvollen Namen angesiedelt haben, dort heißt die fruchtbare Gegend für die grünen Fluten Villas. Der Samen, so las ich beim Nicotiana-Biologen Herrera, geht etwa zehn Tage nach der Aussaat auf; zwischen dem fünfunddreißigsten und dem fünfzigsten Tag, im allgemeinen im Oktober, wird der Schößling pikiert, ungefähr einen Monat später zeigen sich die ersten Anzeichen der Reife, die zunächst mattgrünen Blätter werden heller und leuchtender, sie verlieren ihren Flaum; der Pflanzer, der sogenannte Veguero, beobachtet sorgfältig die Stengel und Rippen, denn wenn er leichten Tabak haben will, Qualität claro, pflückt er Grumpen, Sandblatt, Mittelgut, Hauptgut und Obergut vor der Zeit, hat er dagegen Bestellungen in der Skala Colorado oder Maduro, wartet er noch einige Wochen. Herrlich anzusehen, wie sich der Glutkranz der gerade geschnittenen Corona bis zu den Rändern durchfrißt, wie das Stahlgrau des Aschenrings und der blaue Dunst miteinander korrespondieren, kapital die ersten Züge, die schon die volle Würze der ätherischen Öle enthalten. Die Blätter kommen nach dem Pflücken in geräumige Schuppen, die sogenannten Tabakkathedralen, wo sie Wasser und Stärke verlieren. Es gibt drei Arten, das Gaumengold zu trocknen, die häufigste ist die Lufttrock-

161

nung, bei der die Bündel an eine Balkenleiter gehängt werden, von Stufe zu Stufe und in dem Maße, wie ihnen die Feuchtigkeit entzogen wird, rücken sie höher unter das Dach aus Palmenwedeln oder Guano. Diese Methode erfordert große Aufmerksamkeit und die feinste Abstimmung auf die Witterungsverhältnisse, wenn die relative Luftfeuchtigkeit 85 Prozent erreicht, müssen die Blätter an die Sonne gebracht werden, sie würden sonst aufquellen, und schon in diesem Stadium kündigt sich an, daß das Endprodukt, die handgerollte Havanna, nur in einem Humidor mit konstanter Temperatur oder in einem alten Tonnengewölbe frisch und federnd gehalten werden kann.

Quellgut also muß um jeden Preis vermieden werden, ist das Wetter zu regnerisch, sorgt ein Holzkohlenfeuer für die Verminderung des Wasserdampfgehaltes in der Luft. Handkehrum besprengt man den Boden und deckt ihn mit feuchten Tüchern, das Kunstwerk, das wir am Ende genießen, verdankt viel der Geschicklichkeit und dem Instinkt dieser Tabakhausverwalter. Die Sonnentrocknung ist jenen Blättern vorbehalten, die nicht einzeln gepflückt, sondern mit der ganzen Pflanze geerntet werden, man legt die Büschel auf große Holzgitter, wo sie ständig gewendet werden müssen, zeigt sich die gelbliche Reifung, bringt man sie ein und läßt eine Lufttrocknung folgen, die Methode ist also eine gemischte und spart Platz, doch in einem so reichen Land, dem einzigen, wo der Puro gedeiht, darf es an Raum nicht fehlen, so wie man ein Fumoir nie zu eng konzipieren soll, damit eine Partagas, Romeo y Julieta oder Hoyo de Monterrey sich wie ein alter Bordeaux in der Karaffe entfalten kann. Zur Feuertrocknung ist nur zu sagen, daß sie aufkam mit der Mode der Doble-Claros oder Clarissimos, das heißt der grünen Deckblätter, die vor allem in den USA geschätzt werden und zu Unrecht als nikotinärmer gelten. Die alteingesessenen Vegueros empfinden die künstliche Erhitzung als eine Schande, sie nehme dem Tabak die Würze und die Geschmeidigkeit. Auf diesen Prozeß folgt die Fermentation, die Blätter müssen von Stickstoffverbindungen und Harzen befreit werden, zu diesem Zweck holt man sie aus den Trockenschuppen und bündelt sie, eine Arbeit, die bei feuchter Witterung vonstatten geht, damit spröde gewordenes Haupt- oder Mittelgut nicht bricht. Die Gabillen werden dann auf ein Bett aus Guano, einer Art Vogelmist, oder Bananenwedeln geschichtet, an der Höhe des Stapels erkennt man die Beschaffenheit des Tabaks, in einem trockenen Jahr ist er von vorzüglicher Qualität. Die fertig errichtete Miete wird auf allen Seiten mit Palmschweifen oder leichten Stoffen abgedeckt, nach einigen Tagen beginnt die Temperatur im Innern zu steigen, die Fermentation hat begonnen. Was verstehen wir genau darunter? Die Eiweißstoffe und der Restzucker werden abgebaut, und es entwickeln sich wichtige Aromaträger, während der Nikotingehalt sich um etwa 10 Prozent verringert. Die Selbsterhitzung des Tabaks muß genau kontrolliert werden, bei Überschreiten oder Sinken der gewünschten Temperatur von 50 bis 60 Grad Celsius werden die Stapel umgeschlagen, das heißt, daß der mittlere Tabak nach außen und der äußere nach innen kommt. Dieses Verfahren findet im Minimum dreimal statt und dauert etwa ein halbes Jahr. Die Nicotiana kommt so aus ihrer ersten in die zweite, aus der zweiten in die dritte Hitze und lebt ein intensives Eigenleben bis zum Jungfernzug, zum Kuß des Rauchers.

Getrocknet und vorfermentiert wird das Gut sortiert und in die verschiedenen Lager und Fabriken verschickt. Die Feuchter haben nach geheimgehaltenen Arkanum-Rezepten eine Brühe zubereitet, deren Grundelement eine Lauge aus Tabakstengeln bildet. Damit besprengen sie die Blätter, die sodann in Kisten eingeschlossen werden. Tags darauf nimmt man sie wieder heraus, um sie zu klassifizieren. Zunächst teilt man sie in capas und tripas ein, aber das ist noch nicht alles. In jeder Kategorie, ob Deck oder Einlage, gibt es mehr als zehn Unterklassen, in welche das Hauptgut je nach Dicke, Farbe, Form und Textur eingestuft wird. Hier zeigt sich der wahre Kenner, in der Kunst des Sortierens. Aber er wird auf der anderen Hälfte der Erdkugel auch belohnt durch den Ernst des Lebensgenusses, wie Adam Nautilus Rauch zu sagen pflegt. Vor dem Verpacken führt man eine weitere Fermentation herbei, diesmal werden die Blätter zu gavillas gesträußt, der noch feuchte Tabak – und welcher Cigarier wüßte nicht den Sondergenuß des Feuchtrauchens zu preisen – wird in große Palmwedel eingeschlagen, so entstehen die Tercios, in dieser Form wird das Gaumengold bei Partagas, Montecristo und Punch besonders geschätzt, stets arbeitend. Im Lager werden die Tercios wie die Champagner-Flaschen in den Kellereien zu Reims überwacht, gewendet, umgeschichtet, damit diese Gärung regelmäßig verläuft. Dann beginnt erst die Phase der industriellen Manufaktur, die Gabillen werden aus ihren Hüllen geschält, und man muß ein echter Knecht des Tabaks und Meister der Trockenen Trunkenheit sein, um den Fermentationsgeruch in diesem Stadium zu ertragen, er ist scharf, durchdringend und betäubend. Wer bei Brenner Söhne AG in Pfeffikon oder bei Burger Söhne AG in Burg eine Lagerhalle betritt, wo freilich andere Ware, Sumatra, Brasil, Java, Domingo liegt, kriegt eine Ahnung davon. Ich empfehle, während ich meine Romeo y Julieta nach jedem Zug um ein Viertel abdrehe, jedem Konsumenten dieser Tabakblätter einen solchen Geruchsaugenschein an einem schwülen Sommernachmittag, er gerät so in eine Intensivstation des *tubakens* und wird begreifen, daß zwischen einem Morphinisten und einem Cigarier, was die Verliebtheit in die eigene Mitgift, in das Pneuma des blauen Dunstes betrifft, nur ein – freilich lebensrettender – gradueller Unterschied besteht.

Die Arbeiter feuchten die Gabillen noch einmal an und schütteln sie, damit die Flüssigkeit abtropft, dann legen sie die Ernte in separate Körbe und übergeben sie den Entripperinnen. Zino Davidoff schreibt in seinen Memoiren: »Und das sind nun die eigentlichen Stars des Tabaks. Das sind die Schönen mit den nackten Schenkeln, von denen die Legende berichtet. In ihnen lebt die Erinnerung fort an Carmen und die Mädchen, die in den Fabriken von Sevilla importierten Tabak verarbeiten. Junge, anziehende Geschöpfe sind es im allgemeinen, deren Haut in allen Schattierungen von Weiß bis Dunkelbraun schimmert, fröhliche, lebhafte Mädchen, die da in der riesigen Werkstatt, in der ›Galeere‹, auf ihren kleinen Lederhockern sitzen.« Ihre Aufgabe besteht darin, die Mittelrippe zu entfernen. Sie legen das feuchte Blatt auf ein Brettchen, das sie auf ihren Schenkeln liegen haben, und lösen das Geäst geschickt mit Daumen und Zeigefinger heraus. Dann wird der Puro in Fässer geschichtet, mechanisch gepreßt und im Speicher für die dritte und längste Fermentationsperiode eingelagert. Wenn der Tabak schwer, dick und saftig ist, bleibt er mehrere Jahre dort und arbeitet. Noch ist es ein weiter Weg von der Pflanze bis zur Cigarre, so weit wie die Fahrt in meine Stumpenkindheit, und der Liebhaber sollte immer daran denken, wenn er eine der goldbronzierten, mit Expositions-Medaillen und Havanna-Musen geschmückten Kisten öffnet, um sich am Spiegel satt zu träumen. Nach der dritten Fermentation folgt das Mischen, von ihm hängt der aromatische Geschmacksakkord ab. Zu diesem Behufe treten Spezialisten auf den Plan, deren jeder für eine bestimmte Marke tätig ist und deren Hauptsorge darin besteht, Jahr für Jahr den richtigen Ton zu treffen, um die Montecristo-Kontinuität, die Partagas-Kontinuität, die Romeo-y-Julieta-Kontinuität zu gewährleisten. Sie besitzen das absolute Riechorgan. So wie ein gutes Restaurant nur dann eine erste Adresse ist, wenn der Steinbutt immer gleich frisch vom Markt kommt und gleich kurz oder lang gegart wird, der Koch das Rindsfilet bei gleicher Hitze in der Gußeisenpfanne porenfest schreckt, so will der Montecristo-Freak, der auf den Elefantenfuß schwört, nicht plötzlich eine Davidoff mit brauner Bauchbinde vorgesetzt bekommen, und so wenig wäre ein Ferrari-Pilot zufrieden, wenn ihm aus Maranello ein Maserati in roter Verkleidung angeboten würde. Sintemal jedes Menu gastronomique auf den krönenden Höhepunkt der Cigarre hinausläuft und man eigentlich nur ißt, um zu rauchen, darf der Connaisseur in diesem Punkt auf gar keinen Fall enttäuscht werden. Darum muß man sich vorstellen, wie die Mischer, diese Magier des Pneumas, nachdenklich in den Hallen umhergehen, in denen die Blätter von der Decke hängen gleich kostbaren Seidenfetzen, und sich von ihrer Nase leiten lassen. Diese Gaumen-Tüftler sind die Zeremonienmeister unserer schönsten Feierabendstunden, wobei die Einflüsse des Tabaks auf die Geschmackszellen, das Riechorgan und den Tastsinn noch wenig erforscht worden sind. Fest steht, daß die ätherischen Öle für die Aromabildung eine große Rolle spielen, die durch Wasserdampfdestillation vom Träger entfernt werden können, die Bedeutung der Harze wird vermutlich überschätzt, die Zucker tragen beim Verrauchen zur Abrundung des Genusses bei, manche Tabake, zum Beispiel die Orientsorten Zichna-Basma, Ak-Hissar, Ayassoluk und Ghiavur-Köj, weisen fette braune Flecken auf, die man als Würzezeichen deutet.

Sobald die Mischung durch die Odeur-Equilibristen komponiert worden ist, wird der Puro wieder leicht angefeuchtet und in Kisten gepackt, in denen nun die Gerüche »heiraten«. Öffnet man diese Behälter nach Jahren, entströmt ihnen der vuelta-royale Duft, der nichts mehr mit dem schwül drückenden Ballentrasten der fermentierten Blätter im Lager zu tun hat. Eine lange im Estrich aufbewahrte Teebüchse vermittelt, wenn auch auf ganz anderer Klangstufe, ein ähnliches Bukett. Doch es war ein Fehler Davidoffs, für Cigarrenqualitäten Weinnamen wie Château Margaux, Château Latour oder Château Haut-Brion einzuführen, wo es darum ginge, Camagüey y Oriente von der Semi Vuelta und Sierra de Nippe von Sierra del Rosario zu unterscheiden. Damit erklärten die Marketing-Strategen ihren Bankrott, was das deskriptive Erfassen von Tabak-Aromen betrifft. Wer sich aber mit seiner Kindheit befaßt, muß vor allem den frühesten Geruchsspuren nachschnuppern. Nun kommt die Stunde des Cigarrenmachers, er formt die Einlage zu einer Rolle – nur bei der Havanna werden ganze Streifen, Longfillers verwendet –, wickelt diese in das Umblatt und stellt so die Puppe her, die mit dem Winkelmaß geprüft wird. Zuletzt wird das Deck, ein schräg aus dem Tabakherzen geschnittener Streifen, um den Wickel gebändert und mit einem Spezialkleber befestigt. Deshalb steht auf allen echten Cuba-Importkistchen »hand made«, die Cigarre wird nicht, wie es die Legende noch immer verbreitet, auf Frauenschenkeln gerollt, sondern nimmt auf einem kleinen Werktisch Gestalt an, unter den Händen eines erfahrenen Mannes, der mit der Präzision eines Uhrmachers arbeitet. Das Deckblatt ist zu zart, um mit der Maschine aufgerollt zu werden. Die Schlußphase der Herstellung ist nicht minder pittoresk als das übrige Procedere. Die Cigarren, die vom Werktisch kommen, werden mit Seidenbändern zu Paketen von je 50 Stück zusammengebunden. Diese Einheit nennt man Halbrad. Auf Cuba sagt man von jemandem, der fünfzig Jahre alt wird, er habe das Halbrad seines Lebens erreicht. Das Bündel wird einige Wochen in einem Schrank aus Zedernholz aufbewahrt, wo die Cigarre die Wärme der dritten Fermentation aufbraucht und schwitzt. Einen Monat später wird noch einmal sortiert, man breitet die Stangen aus und ordnet sie nach den Farben von doble-claro über claro und maduro bis zu oscuro und nach zahlreichen Schattierungen, für welche jede Firma eine eigene Skala hat. Danach werden die Cigarren in Kistchen verpackt, und auch diese Arbeit können nur Fachleute besorgen. Die hellsten Stücke werden als Spiegel – so nennt man die oberste Lage – aufgelegt, und man richtet es so ein, daß die feinen Adern nach unten zu liegen kommen. Das Innere der Schatulle besteht aus der Cubanischen Zeder, deren konservierende Eigenschaften von keiner anderen Holzart übertroffen werden, nur muß man heute oft zu Gabun-Boxen Zuflucht nehmen.

Und damit sind wir im Zauberreich der Hecho en Cuba-Schatztruhen, der wunderbar exotisch verzierten Kistchen, eine Laterna Magica, wenn ich eine besessen hätte wie Edmond de Mog und sein Favorit Marcel, ja das Hokuspokus-Sortiment von Franz Carl Weber hätte mich nie so in Bann schlagen können wie die papageiengelbe Schachtel von Partagas, die zunächst mit einem Goldmäander, dann mit einer königsblauen Schriftleiste umrandet ist, zitronengelb das Firmenetikett mit einem geschwungenen Volutenband in Altrosa und dem zinnoberroten Werbeschwibbogen, Flor de Tabacos, Superiores de la Vuelta Abajo, Habana, Fabrica de Cigarros Puros, dann stempelgrün, ins verschossene Oliv changierend, die Republica-de-Cuba-Banderole, das Medaillon mit dem Palmenstrand, das Wappen von La Habana, der Staat garantiert für die Echtheit des exportierten Produkts. Man schlitzt sorgfältig mit dem Papiermesser den Rand auf, drückt beim goldenen Nägelchen gegen den Deckel und wird noch einmal überrascht durch ein satteres, fast schon maisiges Gelb, das Innere der Kiste, intarsienselig, ist geschmückt mit einer blaßblauen und fleischfarbenen, an Abziehbildchen gemahnenden Marke, auf der sich grell kolorierte Tabakmusen, dralle Putten und tiefgülden bronzierte Expositions-Medaillen um einen mit türkisgrünen Steinen gespickten Sarkophag drängen, Un Rappel de Medaille d'Or, und erst wenn man das lackglänzende Schutzblatt, bei einem Buch den Schmutztitel, zurückschlägt, duftet einem der tadellose Claro-Spiegel entgegen. Dagegen das dezente Vanillegelb der Montecristo-Schachtel mit den sechs zum Doppeldreieck gekreuzten Degen und den kadmiumroten Flachtrapezen Monte Cristo Habana, ein ockergoldener Würfelfries, inseitig dieselben Insignien, weißgoldener, die Legende mit der Unterschrift von Menendez y Garcia: Los tabacos que utilizamos en la elaboracion de esta marca son seleccionados de la mas alta calitad que se ruserha en la Isla de Cuba. Bei Romeo y Julieta ein hell zinnobergrüner Rand mit blau-orangen Helgen aus der Insel-Folkore, dazu der berühmte Balkon unter der Pink-Banderole, die Geliebte beugt sich zum Freier im kobaltvioletten Wams, Cedros de Luxe No. 1, eine Bauchbinde in Gold und dunkelstem Oliv.

Doch noch ist die Kiste nicht in unseren Händen, sie hat

jene abenteuerliche Reise vor sich, die man Export nennt. Import-Export, das war für meine Kindheit die doppelte Gnade, die im Atemholen liegt. Die Cigarre hat ihre drei hauptsächlichen Fermentationen hinter sich, bis zur vierten, die sie etwa fünf Monate nach ihrer Verschiffung durchmachen wird, kann sie als frische oder grüne Havanna verkauft werden. Sie so zu rauchen, ist eine besondere Delikatesse, man ist dem Blatt näher, es fühlt sich geschmeidiger an, es gibt Kunden, die von ihren Händlern sofort benachrichtigt werden wollen, wenn ein Posten eingetroffen ist, der, wenn man so will, noch nicht in die letzten Monatsbeschwerden der Cigarre eingetreten ist. Andernfalls muß sie ein ganzes Jahr warten, denn nach dem Löschen der Ladung beginnt sie wieder zu arbeiten. Der gute Verkäufer rät seinen Kunden ab, schwitzende Puros zu horten. Dazu besitzt jedes erstklassige Geschäft einen maturing room, und diese unbedingt notwendige Lagerruhe überträgt sich auf den genußvollen Connaisseur, der pro Minute nicht mehr als einen Zug tut, als einzigartige Mischung von Stimulation und Besänftigung, von Ablenkung und Konzentration, was für das Handwerk des epischen Schilderns, das Hermann Arbogast Brenner übt, so fruchtbar ist, denn einerseits, so sagt Reiners, sollen wir uns vom Detail in die Weite und Irre führen lassen, anderseits müssen wir immer wieder Brennpunkte schaffen. Man könnte, einen Begriff der Psychotherapie verwendend, fast sagen, die Havanna übe im maturing room das autogene Training, sie in dieser Phase nicht zu stören, doch dann und wann zu besuchen, gehört zur leidenschaftlichen Treue des Tabakmüßiggängers, so wie wenn ein Champagner-Trinker gerade dabei ist, wenn die tief ausgekegelten Flaschen in den Kellerkatakomben gedreht werden.

Unsere Cigarre muß beim Aufbewahren vor allem die richtige Luftfeuchtigkeit haben, ideal sind 60 bis höchstens 67 Prozent, und sie will vor abrupten Temperaturschwankungen geschützt werden. Ich denke, vom Pneuma meiner Romeo hinabgetragen, an das Kellerlabyrinth der Fabrikantenvilla in Menzenmang, denke an die Carceri mit den friedhofseitigen Konchen im Pfarrhaus zu Starrkirch, wobei sich gleich der Herzriß meldet, daß ich damals noch eine Familie hatte. Hier in Brunsleben dient das Verlies des alten Söllerturms als Tresor, wobei ich meine Kisten in trockenen Nächten oft in den alten Stall hinaustrage, um ihnen etwas mehr Feuchtigkeit zu geben. Bei meiner Freundin Irlande von Elbstein-Bruyère lagern die aus Moskau stammenden Upmann Aromaticos, mandarinenfarbene Mäander-Umrahmung, süßblauer Medaillen-Himmel, im sogenannten Jägerzimmer bei den Gürteltieren und Giftschlangen in den Gläsern. Ich weiß, es hat sich bei Neurauchern die Unsitte eingebürgert, den messingbeschlagenen Mahagoni-Humidor mit der Temperatur-Uhr möglichst ebenso salondominant aufzustellen wie den Fernsehapparat, um dem Gast gleich auf den ersten Blick die Tabakkultur des Hauses zu verraten. Das ist falsch, die Havanna wird in ihrer Originalverpackung und im geheimen aufbewahrt. Kenner raten, ein Stück herauszunehmen, damit die übrigen besser atmen können, auch das ist ein Irrtum, denn die Cigarre muß im Kreise ihrer Familie leben, erst als kommunizierende Gefäße reifen die Montecristos zur Gänze. Die Cubanische Zeder begünstigt diesen Prozeß, deshalb gewährleistet die Schichtung Lage auf Lage die beste Pflege. Was man nicht oft genug betonen kann: eine korrekt gehütete Havanna büßt nicht nur nichts von ihrer Qualität ein, sie wird mit dem Alter sogar immer edler. Der versierte Händler wie mein Freund Walter Menzi bei Dürr an der Zürcher Bahnhofstraße weiß, daß die Ernte der Vuelta in den Jahren 1962, 1967, 1976 und 1981 excepcional war, dagegen 1940 und 1980 mala. Er kann uns genau sagen, ob die angebotene Ware seit zwölf oder achtundvierzig Monaten am Lager liegt, ob die Cigarre im August noch ihre Blüte ausschwitzen wird oder ihr ideales Alter erreicht hat.

Wir sollten uns deshalb für die Ergänzung unserer Vorräte so viel Zeit nehmen, wie wenn wir zum Schneider gehen. Für mich mischt sich in die Vorfreude immer etwas Lampenfieber wie zu Kinderzeiten, wenn wir in Zürich den Franz Carl Weber aufsuchen durften. Herr Menzi weiß, was ich suche. War Ihnen bekannt, sagt er zu mir, daß die größten Cigarrengenießer in England nicht nur ein Fumoir, sondern auch einen maturing room im eigenen Haus hatten? Tja, versetze ich dann, dagegen ist mein Kellerverlies auf Brunsleben fast ein vandalisches Ungemach, es ist ja fast so, als ob ich die frischen Romeos und Partagas direkt in den Kühlschrank legen würde. O nicht doch, Herr Brenner, das alte Bruchsteingemäuer bietet ideale Verhältnisse. Wissen Sie, als ich noch das abrißreife Pfarrhaus von Starrkirch bewohnte, ließ ich die Kistchen oft so lange im karfangenen Tonnengewölbe ruhen, bis sich eine Grünspan-Patina bildete. Dann waren die Cigarren geschmeidig wie direkt ab Schiff, und es verstärkte sich der Doble-Claro-Effekt. Ach ja, die Amerikaner mit ihrem Fimmel für den hellen Teint! In Spanien ist Oscuro Trumpf wie noch zu Beginn des Jahrhunderts. Und schon gleiten wir ab in die Historie, während wir eine Raffael Gonzales aus der Provinz Pinar del Rio versuchen. Sehen Sie, Herr Brenner, da gibt es eine traditionelle Verbindung von Poesie und Tabak, in den fünfziger Jahren des letzten Jahrhunderts setzte sich in den Werkstätten Don Jaime Partagas' der Brauch durch, Victor Hugo vorzulesen zum Puppen, Wickeln und Rollen, und in den Tagen vor dem cubanischen Unabhängigkeitskrieg waren die Galeeren sogar Zentren der politischen Agitation. Das Vorlesen oder Kommentieren von Tagesaktualitäten wurde verboten, was eine regelrechte Volkserhebung auslöste. Zino behauptet in seinen Memoiren, daß die 1901 erlangte Unabhängigkeit Cubas in den klassischen Cigarrenfabriken ihre Geburtsstätte hatte. Dann setzte sich das erste Radio durch, bei Cabanas y Carbajol, eine leider untergegangene Spitzenmarke; heute werden entweder Castros Lehren verkündet, oder die Schlagermusik hat Victor Hugo verdrängt. Wie, sage ich, wenn anstelle von Evergreens Gabriel García Márquez vorgetragen würde, von dem ich freilich nie etwas gelesen habe? So zieht sich das Disputat hin, bevor wir die Treppe hinunter ins klimatisierte Heiligtum treten. Der Financier mag ein ähnliches Gefühl erleben, wenn er im kühlen Sousol seines Geldinstituts, nachdem sich die Panzertür lautlos geöffnet hat, den Schlüssel in sein Fach steckt, um einen Goldbarren abzuholen oder auch nur um ein Viertel zu wenden, aber was ist eine Nuggetstange gegen die Schätze, die bei Dürr an der Bahnhofstraße lagern? Ein verächtlicher Blick auf die hochglanzpolierten Humidortruhen und die in Schmucketuis ausgestellten Davidoff-Scheren; was ein echter Cigarier ist, der beißt die Kuppe ab, wissend, daß sie zu diesem Zweck eigens als Kappe aufgeleimt wurde. Herr Menzi zeigt mir die schönsten Spiegel von Hoyo de Monterrey, Larranga Upmann, Punch, Ramon Allones, Montecristo, Partagas, Romeo y Julieta, keine vergebliche Mühe scheuend, denn wenn ich auch schnuppere oder prise, wie die Fachleute sagen, bald da, bald dort den Daumen ansetze, einen Anflug von Fehlfarbe beanstande, das sprichwörtliche Oscuro der Allonso noch immer nicht mag oder frage, was La Paz in diesem Vuelta-Tresor zu suchen habe, kehre ich immer wieder zu meinem bewährten Dreiklang zurück: die Romeo Nummer 1 für festliche Zwecke, besonders azorenhohe Sommerabende und tiefsommerliche August-Nächte, die Hoyo des Dieux mit dem dottergelben Seidenband als Halbrad-Reminiszenz für den Mittag und die Arbeit, die Partagas Corona oder Culebras oder Charlotte aus Kindheitsromantik, denn genau in solchen goldgelben Schachteln, die Ende der vierziger Jahre dasselbe Aussehen hatten wie heute, nur in meiner Erinnerung lichtocker gebleicht erscheinen, bewahrte ich meine Bubenschätze auf, die Aluminiumplättchen aus den Ritzen der Güterschuppen WSB und SBB, Bauchbinden von Stumpen und Cigarren, wie gesagt keine Schmetterlinge und Hirschkäfer, die Natur hat mich nie sonderlich interessiert, dafür einen rubinroten Blusenknopf meiner Frau Mutter.

13. Fahrt nach Gormund
Rio 6 für unterwegs

Ich fürchte – und tröste mich darob –, da es noch früh am Morgen, da die Blätter meines Elbeo-Stapels mit dem Brunslebener Burg-Wasserzeichen noch quasi koscher sind, mit einer Dannemann Sumatra Espada, Havanna Short Filler, aromakräftig wie am ersten Tag dank der Frischhalte-Folie, im Volksmund Silberpfeil genannt. Mein Cousin zweiten Grades Johann Caspar Brenner wird mir diesen Abstecher zur Konkurrenz nicht übelnehmen, um so weniger als echte Gourmandise nur im Vergleich möglich ist, und ich staune in der Tat, wie wenig das indonesische Mandi-Angin-Deck aus der Pflanzung Klumpang auf dem Dannemann-Wickel hergibt, gemessen an der Brenner Habasuma, vielleicht, ja, ist es eine Spur *blecheliger*, kurz, ich fürchte und bedaure, daß in diese Blätter vom Grumpen bis zum Geizen keine rechte Ordnung zu bringen sein wird, denn gestern war der erste heiße Augusttag von noch julianischem taftüberspanntem Blau – ich werde auf die Bundesfeier zurückkommen müssen –, einer jener kornschweren, maiströchtigen Tage, an denen uns die Erde allenthalben anatmet, in deren Zenitglut bereits etwas von der Wucht des mähenden Erzengels zu spüren ist, weshalb die Verse »Einsamer nie als im August« so recht zur Losung werden, die roten und die gelben Bründe, Erfüllungsstunde im Gelände, mit leonischer Selbstherrlichkeit brannte die Sonne nieder, die Gassen der Aargauischen, mittelalterlich dumpf brütenden Kleinstädte mußten eng bevölkert sein, weil es Samstag war, hochglanzpolierte Cabriolets wurden ausgeführt, die Einkaufskörbe füllten sich vor allem mit Mineral-, Most- und Bierflaschen, spielzeugneu und blank gab sich die Welt, in den Blicken der in leichteste Stoffe gekleideten Frauen lag etwas vegetativ Verführerisches, das Hermann Arbogast Brenner in seiner Spätzeit auf Brunsleben getrost auf sich beruhen lassen kann, ohne deswegen in Hitze zu geraten, die Badeanstalten waren kregelvoll, die überzwerch ineinander verkeilten Mofas, die gigantische Parkblechplastik verriet den Ansturm der Jugend, Luft 32, Wasser 24, leicht fächelnder Nordost, das Bleiblau der Familienkabinen, und am fernen Horizont die der grünglasigen Ostsee zugekehrten Strandcabanen, weiß-rot-weiß die Kreisel der Sonnenschirme, Melkerfett und Ambre solaire, die Erfrischungsbuden, das tief aus den Menzenmang-Sommern herauflockende Feuerrot einer Zuckererdbeere, das feine Prickeln der Kontiki-Tafeln auf der Zunge, von den Kioskherrlichkeiten in der neben dem Friedhof gelegenen, braunschwarz gebeizten Badi und in der Rösli-Hütte über dem Wehr der Wyna wird zu berichten sein, denn hinter jedem Bazooka-Schigg liegt der Urkaugummi, mit archäologischer Sorgfalt freizulegen.

Item, der Tag begann vorfestlich mit der Post, die der petetäre Alleinherrscher von Bruns, Surleuly, Schalterbeamter und Briefträger in einer Person, obendrein Gemeindeammann des Dreihundertseelenortes, gegen neun Uhr in den Milchkasten unter dem Vordach des Schloßgutes zwischen Stall- und Haustür legt, beide von einem im Lauf der Jahrzehnte eingedunkelten Mauve, eine Farbe, so denkt man zunächst, wider die Natur des Holzes, doch sie korrespondiert auch in der Patina mit den Viehläden des hoch über dem schiffsförmigen Hof thronenden Palas der alten Dienstmannenburg, und unter Zeitungen und Werbeprospekten fand sich ein zitronengelb enveloppiertes, rot mit dem Petschaft des Abtes Gerold Haimb versiegeltes Billett: die Dichterin Irlande von Elbstein-Bruyère lädt zum Nachmittagstee auf Gormund, Bert May wird mit von der Partie sein, der Hausdiener Hombre wird den Tisch auf dem bekiesten Halbrundell vor der Jungfernrebenwand richten, man wird, wenn das Azorenhoch, wessen man eigentlich gewiß sein darf, anhält, bis spät in die Sommernacht beisammensitzen können, und dadurch erhält der schon den Geschmack des Septembers in sich bergende Augusttag seinen besonderen Glanz, es ist für den Schloßgut-Verweser und Gesellschafter Jérôme von Castelmur-Bondos, sintemal er keinen mit Verpflichtungen vollgespickten Kalender hat, ein leichtes, dieser Aufforderung zum Tee-à-Tee ad hoc zu folgen, wenn mich der emeritierte Geschichtsprofessor und Kulturpolitiker, was an Wochenenden eigentlich selten vorkommt, nicht als Privatsekretär in Anspruch nimmt, man würde sich also rechtzeitig der Wandstation in der Klosterstube im Parterre mit dem grünen Kachelofen und den tief ausgebuchteten Biedermeier-Fensternischen bedienen und abklären müssen, ob bezüglich Gormunds Carte blanche zu bekommen sei. Den Hof zu wischen obliegt je nach Beanspruchung Amorose oder mir, ich habe das in aller Morgenfrühe mit dem Reisbesen besorgt, kurz nach Sonnenaufgang, habe später nach dem Frühstück, Speck mit Ei, Kaffee, die Abfallsäcke zur Deponie hinter dem Croquet-Plätzchen gebracht und bei aufsteigender Hitze lange in der klusigen Kühle der Lücke verharrt, wo im Schatten der kurzen, vom Fahrweg zum Laubpfad im Habsburger Wald führenden Kastanien- und Buchen-Allee zur Rechten wie zur Linken die Felswände mit ihren zerklüfteten Malmkalk- und Doggerschräglagen aufragen, als ob die Gesteinsdecken hier zu pädagogischen Zwecken im Querschnitt freiläge n, über diesem früheren Schloßgraben erheben sich gewaltig die Bruchsteineckmauern der drei italienischen Gartenterrassen aus dem frühen 19. Jahrhundert, und auf dem obersten, sehr schmalen Beeren- und Liguster-Wehrgang fußt der bullige Bergfried, der mit seinem flachen Pyramidendach nahtlos in das Hauptgebäude übergeht, ein verwaschener, ehemals echt postalisch maisgelber Wanderwegweiser gibt die Meereshöhe, 543 Meter, und die Marschrichtungen Brugg über Birrli-Loepfen und Leonzburg-Combray an, ein Grund mehr, an einem Tag, der sich in eine Schmitten-Esse zu verwandeln verspricht, die etwa acht Meter breite Klamm und ihre nie ganz verdunstende Jurafeuchte, geologisch sonderbar genug südlich der Aare, zum Ort der Vorfreude auf Gormund zu wählen, die Herbheit des

175

Chaistenbergs auf sich wirken zu lassen und, gerade weil man den Marschroutenpfeilen nicht zu folgen braucht, sozusagen auf dem Scheitelpunkt zweier Exkursionen sich in die mit dem ansteigenden Sommer zunehmende Schwermut der Molassentäler nicht schwarzgallig, aber mit der Melancholie der hier nicht seltenen Feldmorchel zu versenken.

Amorose, um diese Zeit noch nicht in der weißen Livree, sondern fast kehrausmäßig mit einem bunt gespickelten Küchenschurz für die Zubereitung einer Kaltschale umgürtet, meldet um die Mittagszeit, daß meiner Fahrt nach Gormund nichts im Wege stünde, da der Schloßherr die Kleist-Lektüre, zu der dann freilich einiges anzumerken sei, speziell zum Kampf Kleists mit Goethe, noch nicht beendet habe, zudem erwarte man im Laufe des Spätnachmittags die arrivée von Altbotschafter Jean de Rham, der vor zehn Jahren die Rolle der neutralen Schweiz während des Zweiten Weltkriegs untersucht habe, Jérôme von Castelmur-Bondo, der, wie die offenen Fenster anzeigten, im Rittersaal an der Familiengeschichte arbeite, geradezu exzessiv exzerpiere, lasse Frau Irlande, die zwar eine Hexe sei, und Bert May grüßen, sie sollten sich mal wieder auf Brunsleben zeigen, dies alles rapportiert Amorose in seinem französisch gebrochenen Deutsch, was mich an die Conférence gewisser Magier erinnert, die wissen, daß die fehlerhafte Aussprache ein zusätzliches Ablenkungsmittel ist, und so fahre ich denn mit meinem funkelnigelnagelneu glänzenden Ferrari 328 GTS gegen halb vier ins Freiamt ein, Leonzburg-Combray und den Schloßberg im Westen hinter mir lassend. Wenn ich, als Krebs für Stimmungen aller Art überempfänglich, von Talschwermut rede, bin ich dem geneigten Leser dieser Tabakblätter, zumal ich eine kurze Pause einschalte, um den Rio 6 für unterwegs anzuzünden, eine Erklärung schuldig, was damit in etwa gemeint sei. Wie das Bergell sich quasi beeilt, in Italien anzukommen, hat der Aargau ein natürliches Gefälle Richtung Bundesrepublik, es mag dies gefühlsmäßig darin begründet sein, daß die vielen Süd-Nord-Flüßchen wie Bünz, Aabach,

Wyne, Suhre alle in die Aare münden, welche bei Turgi die Reuß aufnimmt und eilig dem Rhein zustrebt. Der Aargau ist der einzige Kanton, der sowohl an die Innerschweiz als auch an den großen Nachbarstaat grenzt. Wer in Menzenmang, Beinwil, Muri oder Zofingen aufwächst, sehnt sich ein Leben lang nach Aarau, der Kantonshauptstädter nach Bern, Basel oder Zürich, der Berner, Basler oder Zürcher nach den großen Ballungszentren in der Bundesrepublik. Kaum ist der Muremer oder Zofinger aber ausgewandert, packt ihn das Heimweh nach dunklen Molassenspalten, nach der gefurchten Gehirngestalt der südlichen Täler. Bleibt man in diesen Winkeln sitzen, kommt es zu einer Art Gewitterbildung, indem ein Spannungsausgleich zwischen dem kumulusartig aufgestockten Heimweh und den Zirren des Fremdenwehs stattfindet, das ist die Talschwermut, die einen an heißen Nachmittagen Menzenmang verlassen und in Reinach-Lindenplatz ein Bier trinken läßt, wo man jeden WSB-Gast beneidet, der mit einem Koffer Richtung Aarau fährt, aber nur deshalb, weil man sich im gleichen Atemzug, sprich Rio 6, wieder an der Endstation Menzenmang-Burg aussteigen sieht, und diese Molassenmelancholie wird zum ersten Mal von der Sprengstoffabrik Dottikon gestaut, die Terrasse des Bünztals ist vollständig ausgelaufen, die Wasserrinnsale kommen vom Lindenberg her, die oblongen Wannen, frühere Gletscherflankensenken, bieten dem Wanderer ein formidables Bild, auf einem Spaziergang etwa von Boswil über die Bergmatten nach Buttwil und Geltwil zaubern sie mit ihren begleitenden Seitenmoränenkämmen langgezogene Linien in die Landschaft, die parallel zu den ferneren Bergzügen des Mittellandes laufen, und wenn dann plötzlich diese Längstäler aufhören, gegen den Sitz Hohen-Horb zum Beispiel, und sich der jähe Tiefblick in die Reußebene auftut, in die Zungenbeckenauffüllung nacheiszeitlichen Alters, die sich von der fluvio-glazialen Würmaufschüttung unterhalb Bremgartens abhebt, ist die Überraschung perfekt. Tschuppert vergleicht den Aargau mit einer geschlossenen Hand – um nicht zu sagen mit einer gegen Bern erhobenen Faust –, deren Zeigefinger, das Freie Amt, auf die Innerschweiz hinweist. Das Michelskreuz sperrt sich wie eine Barrikade gegen die Berge, die Rigi dräut manchmal umfinstert und gespenstisch nah, während man von den Schwyzer Alpen nur einen Silberfolienglanz wahrnimmt. Vom Klosterflecken Muri wird noch zu reden sein, der Name geht wahrscheinlich auf die Überreste römischer Anlagen zurück, auf die man bei der Erbauung des von hohen Mauern umschlossenen, 725 Fuß langen Vierecks stieß, das die Klosterkirche, eine Art Rotunde mit drei Spitztürmen, die vier Stockwerke hohe Abtei, das Konventhaus und die Gastgebäude umschließt. 1027 gegründet, wurde das Kloster 1841 aufgehoben, ein für die Schweiz hochpolitisches Datum. Heute haben sich in den leeren Räumen und weitläufigen Sälen die Bezirksschule Muri und ein Spittel eingenistet, ein schon am trübgelblichen, von der nahen Mosterei Fremo inspirierten Verputz abzulesendes Zwitterding von Altersheim, Irrenanstalt und Hospital, und immer, wenn ich dort vorbeifahre, glaube ich eingemörtelte Schreie zu hören.

Dies dürften in etwa die Merkpunkte sein, deren wir gedenken müssen, wenn wir auf der verkehrsreichen Überlandstraße, das Motodrom für Go-carts hinter uns lassend, dicht neben einer der provinzschrulligsten Eichenschwellenstrecken aus der Zeit der Südbahnwirren, einen Pendel-Bummelzug Aarau–Muri mit einem alles dominierenden Postwaggon aus den vierziger Jahren überholend, von ferne den Käsbissen der Alten Kirche Boswil erblicken, eines der wenigen baulichen Wahrzeichen für die nördlichen Grenzen von Irlande von Elbstein-Bruyères Reich. Das 1913 profanierte Gotteshaus wurde samt Pfarreistöckli und Odilokapelle an den Kunstmaler Richard Arthur Nüscheler vermietet, der im Schiff sein Atelier einrichtete und die Chorfenster mit Glasfragmenten aus Königsfelden schmückte, ein erster Versuch der Musen, den abgestorbenen Geist des Gottesmuseums zu vertreiben, der seine konsequente Fortsetzung im Verkauf der Liegenschaft an die Stiftung Alte Kirche Boswil fand, welche im Pfarrhaus ein Künstlerheim für wurmstichig gewordene Vertreter der bildenden Kunst, der Musik und der Literatur einrichtete, als Pendant zum Klosterspittel Muri, und diese schwerdepressiven Pyjamaexistenzen dämmern nun jenseits ihrer opera omnia dahin – o Hermann Arbogast Brenner weiß, was das heißt, wenn die Neuronentransmitter nicht mehr springen – und bevölkern die einst hochmittelalterliche Kirchenburg mit dem meterdicken Bering auf dem kleinen Moränenhügel in der Bünzebene. Die auf den Tiefstand heruntergeweißelte Kirche mit dem mächtigen Turm aus dem Ende des 15. Jahrhunderts, dessen Bruchsteinmauerwerk von gewaltigen Eckquadern mehr erpreßt als eingefaßt wird, ist ihres sakralen Schmucks beraubt und gleicht mit ihrem Bretterboden einer Turnhalle für die hohe Tonkunst, die leicht geschwungene Empore, die Stichbogenfenster, die Gipsdecke mit den schmal profilierten Vierpässen und den ebenso gerahmten Stichkappen, ein Mittelding zwischen Korbtonne und Plafond, vermögen in keiner Weise die unweigerlich aufkeimenden Erinnerungen an Reckstangen und Pauschenpferde zu verdrängen, wenn zum Beispiel Edmond de Mogs feinziselierte Komposition »Les Charmes de Lostorf« den nicht minder rocaillenhaft versponnenen Chorstukkaturen von Meister Andreas Tschanet anvertraut wird. Als Orchesterdiener wird nicht selten Irlande von Elbstein-Bruyères Faktotum Hombre ausgeliehen, der sich in einem völlig verlausten Frack in der gewölbten Sakristei oder im benachbarten Beinhaus duckt, während die posttonalen enharmonischen Modulations-Artifizialitäten sich gegen den resonanzfeindlichen Turnhallenboden durchsetzen. Diese ominöse Sankt-Odilo-Kapelle, um 1700 auf der Pfarrmatte neu errichtet, ist ein zweigeschossiger Karner, in dem einst die Himmelskönigin auf einem Wolkendiwan und von Puttenengeln umgeben über dem Purgatorium thronte und das laszivste Lachsrot einem gedämpften Ultramarin anvermählte, heute dominiert das Knöcherne und schreit nach Faulfieber und Pestilenz.

Getreu den im Handwörterbuch des Deutschen Aberglaubens geschilderten Hellweg-Ritualen kehre ich immer vor der Passage des Odilo-Kärchels, dessen längst verramschten Altar der Fürstabt Plazidus Zurlauben anno 1718 den Heiligen Odilo, Apollonia und Ottilia weihte, im Boswiler Sternen ein, um in drei Teufels Namen drei Stiefel *houderebrönz* zu kippen, erst dann ist der Weg nach Gormund frei, den wir uns aber ausgänz der Ortschaft, wo die schnurgerade Straße wieder zur Rennstrecke wird, mit der immer näher rückenden Nordtotale der Muremer Klosteranlage abverdienen müssen. Es dürfte genügen, den geneigten Leser dahingehend zu informieren, daß die das obere Freie Amt sich tyrannisch unterwerfende, geostet auf einer Geländeterrasse mit Ost-Nord-Gefälle brütende, in der hohen Augusthitze einer steinernen Schattenriß-Fata-Morgana gleich auftrumpfende Klosterkirche ihrer Natur nach zur Regenschirm-Architektur zu zählen ist, dafür sorgen die Türme, deren Höhe bis zum Abschluß der Wimperge beachtliche 32 Meter beträgt, letztere sind von ungeahnter Steilheit und konkav geschweift, die achtkantigen Spitzhelme gleichen windsch verdrehten Pyramiden, weshalb ich immer an die Geschichte vom fliegenden Robert im »Struwwelpeter« denken muß. Daß sich zwischen Türme und Querschiff zu allem Überfluß eine auf Märtyrerkapellen lastende Kuppel drängt, deren oktogonalen Tambour nicht weniger als sieben Lünetten belichten, deren Zeltdach an der Spitze durch zwei tütenartige Abtreppungen überhöht und von einer Kugel bekrönt wird, auf der ein kupferner Erzengel gleich Leierorgelputterichen unentwegt die Trompete bläst und dergestalt den arg dezimierten Rest einer weiland schwarzen Bevölkerung in Alarmstimmung hält.

Diese unsägliche Benediktiner-Kulisse lassen wir seitlich wegkippen, indem wir unter der Bahnunterführung durch in das Gelände der Arbeitskolonie Murimoos einbiegen, welche in den Gründungsjahren kurz vor dem Zweiten Weltkrieg die Gemüter des Aargauischen Großen Rates so sehr erhitzt hat.

Nur noch an erdbebengeschüttelte Tabakhütten gemahnende Bretterfragmente der ursprünglichen Grimselbaracken zur Unterbringung von rund achtzig strafentlassenen Kolonisten erinnern an die Murimoos-Schlacht, an Zwing-Muri, und wem sonst als Jérôme von Castelmur-Bondo verdanke ich die Erinnerung an den Ausspruch eines angesehenen Landwirts, der beim Regierungsrat anfragte, was denn das brave Freiämter-Völklein Böses verbrochen habe, daß man ihm eine solche Sträflingskolonie mitten ins Sumpfherz pflanzen wolle, und nach einem erregten Dafür und Dawider meldete der Freiämter-Bote, am Murimoos sei rhetorisch und gutachterisch so viel herumentsumpft worden, daß eigentlich keine Turbe mehr dort zu sehen sein sollte. Ja man empfand diese Neubelebung des Torfabbaus, diese Zufluchtstätte für Strafentlassene wie auch geistig und körperlich Minderwertige, »schwere Elemente«, wie der Bote wetterte, als Affront gegen das gesunde Erwerbsstreben und Volksempfinden, sah den Kleingrundbesitzer gefährdet, dem sein Plätzchen Torfmoos sein tägliches Holz und die Streu für den Stall lieferte, und argwöhnte, wer nicht für die Verlochung von Staatsgeldern im Muremer Sumpf eintrete, gelte als asozialer Mensch. »Sollen wir uns darüber freuen«, wußte Jérôme zu zitieren, »wenn Dutzende solcher durch eigene oder fremde Schuld verfehlter Existenzen unsere Gegend unsicher machen, so daß Frauen und Kinder nicht mehr allein ins Torfland zur Arbeit gehen dürfen?« Der damals noch kombinierte Rathaus- und Gerichtsreporter schrieb im »Aargauer Tagblatt« vom 6. September 1932: »Klar zum Gefecht: Es roch gestern im Großen Rat nach Moor, Kampfstimmung ging um. Der Redner, der gegen das Muremer Moos sprach, wurde zu einem wahren Abraham a Santa Clara, als er den Muremer Moos-Zwängern ihren Gesinnungsterror vorhielt. Zarathustra hatte keine eifrigeren Hörer. Längst hatte die Uhr die mittägliche Stunde geschlagen. Noch ein ganzes Trüpplein Redner harrten« – Kongruenzfehler, Mahnung an den damaligen Korrektor – »der Dinge, die da nicht mehr kommen wollten, denn am Präsidial bog man ab.« Man wird es uns nicht verdenken, daß wir in diesen Tabakblättern der Versuchung, die wahre Berichterstatterpoesie zu Worte kommen zu lassen, je länger desto weniger widerstehen können, zumal dann nicht, wenn sie sich in Verse kleidet, wie aus dem kursiv gedruckten anonymen Gedicht »Das alte Bünzer Moos« hervorgeht: »Du lagst einst friedlich, altes Moos, / Ein Spielplatz mir, dem Kinde. / Von stillen Birken rings umsäumt, / Die säuselten im Winde. / Da braust der wilde Krieg daher / Und schreit nach brauner Kohle, / Wirft grinsend, gleißend Geld um sich, / Und nimmt das Moos zum Lohne. / Das gute Moos, es leidet stumm / Und opfert selbst sein Leben. / Doch eh' zum Sterben es sich legt, / Stumm bittet es die Erben, / Es möcht', wenn's möglich wär', gescheh'n, / Daß es einst könnte aufersteh'n.«

Unübertrefflich die gepreßte Aufpeitschung der Emotionen in den zu Apostrophen verkürzten Silben der letzten Zeilen; nun denn, nicht nur große Ereignisse, auch starke Persönlichkeiten werfen ihre Schatten voraus, was sich der Sonntagspoet in den Gründungsjahren der Arbeiterkolonie so innigst wünschte, ist Jahrzehnte später im Werk meiner Freundin Irlande von Elbstein-Bruyère Gestalt geworden, ich werde sie an diesem hitzegespannten Augustsamstag, der einen an Luzerner Seenachtsherrlichkeiten denken läßt, zischend wegpfropfende Steigraketen, Goldregen und lilafarbene Rosettensträuße am Himmel, noch einmal nach der Geschichte des legendären Legionärs Charly fragen müssen, dessen Handharmonika-Zauberkünste sie in ihrer schweren Jugend nicht minder betörten als mich der konzertinaspielende Weißclown im Circus und später der virtuose Riemi-Weber an den Silvester- oder Bundesnachtsfeiern in der großelterlichen Waldau. Man hält vor einem Wegkreuz, versucht sich um das in voller Frucht stehende Korn herum Übersicht zu verschaffen, biegt in den Hasli-Wald ein, durch den, auch hier unbezähmbar, meine Märchen-Domina Kommanda sprengte, und sieht schon beim Verlassen des hochstämmigen

Dunkels den Archenfirst von Gormund. Jedesmal, wenn ich die beschotterte Straße zu diesem Landhaus hinauffahre, dessen Jungfernrebengiebel mit dem Dornröschenfenster, mehr umrankt und umschattet als ausgespart, über der Parkmauer und der Apfelbaumallee aufragt, befällt mich der Paradiesgartenzauber, wie Heimatahnung glänzt es her, sicher ein Bruchstück aus der Spätromantik, und dieser diesseits von Eden anzusiedelnde magische Bann hat sich schmerzlich verstärkt seit dem Verlust von Menzenmang. Man parkt unter der weitausladenden Scheuer, vor deren Tor insektenhaft verrenkte Landwirtschaftsmaschinen, gabelhändige Emdwender mehr übersömmern als ihres Einsatzes harren, überquert die Feldkreuzstraße und steht vor dem beiderseits mit Kletterrosen flankierten Durchgang, der in die langgestreckte, leicht bauchige Bollensteinmauer eingelassen ist, welche das Areal von rund 80 Aren auf der Morgen-, Abend- und Südseite umschließt und durch ein staubiges Grasbord erhöht wird, zusammen mit dem bescheidenen Sandsteinarchitrav mit der Grund, weshalb die Herrschaftsfassade von diesem Standpunkt nicht zur Gänze einsehbar ist, zumal sie im Schatten der hohen Wettertannen und Robinien liegt. Das ziegelgedeckte Gemäuer erinnert durchaus an märkische Katenumfriedungen, der Mörtelfugen wegen auch an Brunsleben, und wenn ich mir so recht überlege, was die landschaftliche Verlorenheit von Gormund ausmacht, taucht tief aus den Schlafzimmerstudien des Kleinkindes ein Bild auf, das zur Linken der Wickelkommode hing und das mich aus einem ähnlichen Grund beschäftigte wie das Korngemälde in der Waldau: es zeigte einen Bildstock, ein giebelüberdachtes Christuskreuz auf einer pastellweichen Anhöhe, der ockerfarbene Weg stieg sanft an, erreichte den Höhepunkt der Kuppe und verschwand hinter einem unendlich traurigen Bord. Ohne daß es dazu eine fallende Kadenz von Sexten gebraucht hätte, brachte mich diese äußere nature morte zum Weinen, denn der graue Himmel hing tief und schwer, und der Sockel stand schief, wohin, das war die quälende Frage, in welches Gelände führte diese Feldschneise, in was für Unwegsamkeiten, eine Asphodelenwiese? Und da vorne am Anfang des Spazierwegs meiner Freundin Irlande von Elbstein-Bruyère steht ein ebensolches Mahnmal der Verlassenheit, abgewittert, stumm zwei Himmelsrichtungen ausmessend, so daß die Wiesenflanke zum Totenhügel wird, o ihr Allerheiligenhäuschen auf weiter Flur, ihr Heiden- und Cholerakreuze, Mordsteine, Schachen, Schuldwangen, ihr Fürbittafeln und Marterzeichen, Marienstöcke und Brudersäulen, Mutterbuchen und Erlösersockel, Landkreuz, Wegkreuz, Feldkreuz, erst durch diesen bildhauerischen Akzent wird die Weite der Landschaft erfahrbar, das Melancholische liegt im solitärhaften Fürsichsein dieser INRI-Balken, und ich höre von ganz ferne das Murmeln der Auffahrtsprozession in der Seblen oberhalb der Gmeinweid in Menzenmang.

14. Menzenmang Innenarchitektur
Montecristo No. 2 Elefantenfuß

Ob robbend, auf allen vieren oder aufrecht gehend, das weiß
ich nicht mehr, ich sehe nur, nachdem ich von den Gummizügen befreit und aus dem Gitterbett mit den Messingringen
und den herunterklappbaren Geländern gehoben worden
bin, eine Unzahl bodennaher Einzelheiten, vermischt mit dem
Geruch von Bohnerwichse, durchdrungen von der steinsüßli-
chen Kühle des Flurs. Erst der Architekt, wenn er ein renova-
tionsbedürftiges Gebäude ausmißt, kommt den Zierleisten-
vorsprüngen und Türarretierzapfen, den Schwellenprofilen
und Plättlibelägen wieder so nahe wie das Kind, das Kolumbus gleich ausläuft, um nichts Geringeres als Amerika zu entdecken, später im verschollenen Kinderbuch, von dem ich
annehmen darf, daß Klärli und Kari es zu Kraut und Fetzen
zerrissen, das ganzseitige Tableau, auf dem die allein gelas-
sene Brut das dunkel getäfelte Wohnzimmer in ein Weltmeer
verwandelte. Es ist anzunehmen, daß ich, die Erfahrung unter
dem Weihnachtsbaum nutzend, aus zwei Ankersäulen, sand-
gelb, und einem rostroten Balken jenes Fahrzeug konstruierte, mit dem ich den ganzen Grundriß des Elternhauses in
Menzenmang abfuhr, da ist das Eßzimmer in seinem unver-
wüstlichen Doble-Claro-Braun, das Holzgitter der Radiato-
renverschalung unter dem Blumenfenster, man kann das
Auto in der dunklen Zone unter dem Heizkörper parkieren,
die abgewinkelten Rohre werden zu Überführungen, und
wenn man die scharfkantig gestabten Türen öffnet, hat man
Platz unter dem Temperaturrad, dies gibt mir Anhaltspunkte
für meine damalige Körpergröße, denn mein Vater kerbte nie
Zentimeterfortschritte in den Pfosten des Vordachs unten
beim Schöpfli, frühe Lust, das Geschehen in der Stube zu beobachten, ohne gesehen zu werden. Da ist der dunkelgrün glänzende Kachelofen mit den schwarzen Nischen zwischen den
gedrungenen Toggenfüßen, breit ausladende Kämpfer, die

sogenannte *chouscht*, auf der die Mutter sitzt und *lismet*, und sie spricht mir den zungenbrecherischen Satz vor *i wett du lismetisch mer e schtrumpf*, bei dem ich jedesmal stolpere, »lischmiteres«, aber die Wollkugel, ja, Schaffhauser Wolle war es, birgt Geheimnisse, ab und zu fällt ein Münzzwiebelchen oder Schokoladetäfelchen aus den Windungen, der Vater, erzählte sie später, habe den Knäuel so gerollt, um ihr das Stricken abwechslungsreicher zu gestalten, zuinnerst eine Miniaturbettflasche, dies alles sehe ich, durch die Montecristo No. 2 beflügelt, *as öb's geschter gsy wär*.

Und da ein Unglück, kein Blut, nein, ich muß Kohle schlukken, weil ich die giftiggrünen Zaunbalken abgeleckt habe, die zum holzklobigen Thurgauer Dorf gehören, daß Kinder doch auch alles in den Mund nehmen müssen, Kohlepulver, das meine Zunge bärendreckschwarz färbt, die lebensrettende Szene spielt sich in der Küche ab, mir deshalb so genau in Erinnerung, weil sich in der Ecke neben der Tür die klebrigschwarzen Klappen der Kunstfeuerung befinden, der Kohlenkeller, Schauplatz vieler Angstträume, ist das düsterste Verlies unseres Hauses, da hört der Schutz der Eltern auf, im Spätsommer buckeln die rußigen Gesellen, die ihren Laster vor dem oberen Gartentor parkiert haben, die Säcke zum Schacht in der Wäldlitreppe, und über eine Rutsche poltern die Brocken in die Unterwelt, Tonne um Tonne, ich höre auch das Wort »Anthrazit«, unter dem ich mir etwas ebenso Exotisches vorstelle wie unter »Perspektive«, allein die Drohung, in den Kohlenkeller verbracht zu werden, macht mich biegsam wie eine Weide. Als wir ins Souterrain flüchteten und das brennende Flugzeug im Fenster sahen, lauerte hinter der seifenlaugenblauen, mit einem Z-Balken verstrebten Tür der Krieg, die Kohlenmänner, die kamen aus dem Krieg, noch abends im Bett, wenn ich höre, wie der Vater den Ofen besorgt, zucke ich zusammen, denn das Schirken der Schaufel beweist mir, daß der Kohlenkeller offen ist, und erst wenn ich ihn die Treppe hochsteigen und die Gangtür schließen höre, ist die Gefahr gebannt. Einmal der Traum, oder war es in der

Waldau, daß eine Hexe mit Ohrenschnecken und einem tief runzligen Gesicht aus dem feurigen Ofenloch gekrochen kommt. Schauderbar. Wenn ich bedenke, welch große Rolle diese Fabelweiber in meinem Leben spielten – wobei die furchterregendsten Nachtmahrzeiten erst nach Amden einsetzten –, kann der geneigte Leser ermessen, wie wichtig es Hermann Arbogast Brenner sein muß, der Physiognomie jener frühesten Mummelgreisinnen nachzuspüren. Woher kommen die Ohrenschnecken? Nun, da gab es, zwischen der Post und dem Bahnhof WSB, eine dicht an der Hauptstraße gelegene Papeterie, das Geschäft der Geschwister Merz, und diese zwei ältlichen Damen, die einander glichen wie ein Ei dem andern, trugen ihre Zöpfe zu Ohrenschnecken aufgebunden. Der Laden war der Inbegriff einer verschollenen Landpapeterie, in der verjährte Bestseller, Glückwunsch- und Kondolenzkarten den Nachmittag verschliefen. Nach der Türklingel blieb es lange still, bis man die Vorbeterin, ja sie hatte etwas von einer Totenvorreiterschen, klönend in ein Selbstgespräch vertieft im Stiegenhaus rumoren hörte, immer räumte sie vor dem Bedienen noch irgendwelche Kartonschachteln beiseite, türmte sie vielleicht nur um, um dem kleinen Hermann Arbogast an der Hand seiner Mutter das Warten zu versüßen, im Merzschen Papierwarengeschäft wartete man stundenlang, dafür gab es dort jene Abziehbildchen, diese grellen Blumensträuße und Kinder-Richter-Idyllen, die wie durch ein Wunder auf der Haut kleben blieben, und später als Student, als ich das Paradox hörte, daß ein Pilger, um den richtigen Weg nach Rom zu erfahren, sich an zwei Schwestern wenden müsse, von denen die eine immer lüge, die andere immer die Wahrheit sage, er aber nicht wisse, welche er vor sich habe, dachte ich unweigerlich an die beiden Inhaberinnen mit den Ohrenschnecken, weil die eine, die Jordibeth, nicht ganz dicht zu sein schien, eine Siamesenkatze auf dem Buckel tauchte sie, längst überfällig geworden, im Reich ihrer Enveloppen, Hefte, Carnets, Briefschatullen auf und fragte mit nasal gebrochener Stimme nach den Wünschen, unablässig die Kaufutensilien untereinander vertauschend, ja das war das Urbild meiner Hexe. Ich gönne mir einen tiefen Montecristo-Zug, streife übrigens die Bauchbinde nie ab, denn sie markiert die Mitte des letzten Drittels, das man weise weglegt, damit die Cigarre eines natürlichen Todes sterben kann.

Da ist das Treppenhaus in Menzenmang, violett getüncht, der Schacht, durch den in späteren Träumen die Glasscheibenhunde hetzen und die Kornmuhmen schleichen, mich faszinieren die vernickelten Läuferstangen mit ihren abschraubbaren Spitzen, und ins Geländer sind kleine verschlossene Holztürchen eingelassen, durch die ich ins Wurzelreich der Wälder dringe, am liebsten verkrieche ich mich auf dem Podest fünf Stufen vor dem oberen Flur, dies ist meine Kinderwohnung, die ich mit Bett, Tisch, Stuhl, Lampe möbliere, hier hat man den besten Überblick, gehört zugleich zum unteren wie zum oberen Hausteil, bei uns dadurch unterschieden, daß in der großen Küche die Mutter, im kleinen *chucheli* die Friedhofgroßmutter herrscht. Zwischen diesen beiden Sphären, in denen es Kompetenzstreitigkeiten gibt, die das Kind geschickt auszunutzen weiß, spielt sich ein wesentlicher Teil meiner frühen Jahre ab, nachts, wenn die Tür zum Gang offensteht, bringt mir die Großmutter auf leisen Sohlen ein *täfeli*, obwohl dies verboten wäre, da ich die Zähne schon geputzt habe, und die Mutter beklagte sich später, sie hätte jeweils ganz genau gehört, wenn die Schranktür »gegangen« sei, ja dort im grünen Chuchelikasten, *chuchichäschtli*, stapelten sich nicht nur die zu meinen Spielzeugartikeln gehörenden Originalpackungen, das blau-gelb gestreifte Franck-Aroma, der schieferblaue Würfelzucker von Rupperswil, Eiernudeln von Wenger, Bienna 7 und Persil, dort stand auch das Glas mit der sauren Mischung aus Onkels Herberts Laden, Zuckerhimbeeren, grellglasige Trommeln, *brigettli*, geriffelte Stängelchen, oder dann waren es die selbst gebräunten *nidutäfeli*, welche das Schleckverbot überwanden und auf Geheimpfaden in mein Zimmer geschmuggelt wurden. Der

188

günstigste Moment war der, wenn das Schürken der Kohle-
schaufel anzeigte, daß der Vater im Keller beim Ofen war, die
Mutter in der Stube auf der Kunst saß und *lismete*, dann
wurde mein Ruf nach Süßigkeiten nicht gehört, *tanti darf i
n'es täfeli ha*, und welches Tanti würde dieser Werbung
widerstehen können, und es war doppelt süß, das Zuckerl,
wenn ich es unter der Decke lutschte, zu oft ließen mich die
Eltern in der Obhut von Ida Weber-Brenner, abends, wenn
sie in der Waldau servieren halfen, morgens darauf an
Wochenenden, wenn sie bis in den Nachmittag hinein schlie-
fen, vom Côté de Dankensberg wird noch ausführlich zu
berichten sein. Hier nur die provisorische Erklärung, weshalb
die Tante des Vaters zur Großmutter des Kindes wurde, Otto
und Ida Weber-Brenner, Fabrikants, Menzenmang, Knitting
Works Weber & Heiz, hatten selber keinen Nachwuchs, nahmen meinen Vater, als er in die Bezirksschule kam, ins Haus,
zogen ihn auf an Kindes Statt, die Villa an der Sandstraße
gehörte meiner Großmutter, wir wohnten nur zur Miete da,
am Ende jedes Monats trug ich den Zins, *de zeis*, in den oberen Stock, kriegte ein *fränkli*, das postwendend im Schlitz des
ovalen Metallkässelis mit den beweglichen Gebißzargen und
dem schwarzen Schild »Bank in Menzenmang« verschwand,
ja Tante Ida war die Herrin von Menzenmang, deshalb nahm
sie, die Bescheidene, Sektenheimische, sich auch die Freiheit
heraus, mich nach dem Zähneputzen mit Schleckzeug zu ver-
sorgen.

Da ist ihr Reich, die ursprüngliche Loggia, ein Raum von
kaum mehr als vier Quadratmetern, direkt über dem Wind-
fang gelegen, am Ende des oberen Flurs, dieser im Spätstil der
Nachgründerjahre gehaltenen, kobaltviolett eingedunkelten
Treppenhalle, und darin haben Platz ein Schrank, ein Tisch,
zwei Tabourettli, ein Küchenelement mit Spülbecken, Tropf-
brett und Rechaud, das Fenster, in dessen Gitterbank fette
Geranien ihren strengen Duft verströmen, geht auf die West-,
die Wetterseite, man sieht das obere Tor, den Kastanien- und
den Amberbaum und zwischen den Kronen die Waldau, hier,

in dieser kleinen Hexenwerkstatt, entstehen so köstliche
Kunstwerke wie das Suppenhuhn mit Nudeln oder einmal im
Jahr der schwarzbraun geprägelte Chüngu, während die
Nideltäfeli unten in der mutterschen Küche, die aber eben
auch die großmuttersche war, im Therma-Backofen zu ihrer
goldgelben Riegel- und Höcker-Struktur finden, und hier gibt
es eine Schachtel unter dem Tisch in der Ecke, in der wirr
zerfleddert meine Schätze liegen, die Bilderrolle mit Busters
Abenteuern, ein Stapel Blindenkalender, das Buch über die
Alpen- und Bergbahnen. Gäbe es nicht das dicke Album, in
das mein Vater, stolz auf meine künstlerische Entwicklung,
meine Kinderzeichnungen eingeklebt hätte, jede mit dem
Bürostempel permanentgrün oder karminrot datiert, es wäre
im Sinne der Archäologie der Seele nur noch mühsam auszu-
graben, was mich an dem wüsten Bengel im Matrosendreß so
fasziniert hat, sicher die Streiche, wie er das Moskitonetz des
alten Schläfers, das wie ein Ballon das Bett umhüllt, auf-
schneidet, wie er ein Hufeisen über den Zaun schmeißt, um
den Gärtner nicht nur zu ärgern, sondern empfindlich am
Kopf zu treffen, wie sich ein Ruhekissen unversehens in ein
stachliges Kaktusherz verwandelt, den Buster nahm ich mir
stets als erstes vor, dann die Bergbahnen, dann die Blindenkalender, da stand ein Junge im strahlenden Licht auf einem
saftgrünen Hügel, und daß er blind war, merkte man an den
sanften Strichnähten der Augen, das Schicksal ging mir nahe,
denn hätte ich statt der Lider auch nur tote Klappen gehabt,
hätte ich von meinem Kinderbett aus nicht das Schlafzimmer
und das ganze Elternhaus auf den Kopf stellen können, die
Großmutter tröstete mich aber damit, daß dieser Knabe in die
Herrlichkeit des Herrn eingehen und wieder sehen würde,
wenig glaubhaft, wenn man dem Künstler vertrauen wollte,
der den Strahlenkranz hinter und nicht vor die Figur gemalt
hatte. Von ganz anderer, weil irdischer Anziehungskraft
waren die blechernen Standseilkabinen mit ihren schräg ein-
gepaßten Fenstern, Braunwald, kommentierte meine Großmutter, die alle diese Strecken abgefahren zu haben schien,

Wildhaus, Rigi, Pilatus, *pahni* soll ich ein übers andere Mal ausgerufen haben, und auch da wieder erweist sich das Zeichen als magischer denn die Realität, denn mir ist nicht mehr gegenwärtig, daß mich die Mutter im Kinderwagen auf das Areal der WTB schob, damit ich der Schmalspurreligion frönen kann, wohl aber sehe ich die Signaltafel vor mir, auf der stilisiert eine schwarze Dampflokomotive abgebildet war, die an der WSB-Strecke noch oft verwendete Warnung vor unbewachten Bahnübergängen, vielleicht, aber nur ganz schwach im Dämmerdunkel, das Auftauchen der Stirnlampen zwischen der Schmitte und der Webi, wo der Zug in einer Linkskurve kreischend die Hauptstraße überquert und zum Bahnhof hinaufsteuert. Vielleicht.

Mutmaßungen über Mutmaßungen, die dem geneigten Leser sicher nicht dadurch schmackhafter zu machen sind, daß man ihm versichert, auch in der Mischbox der Firma Brenner dominiere das Prinzip Zufall, wenn es darum gehe, daß die Java-, Domingo- und Kentucky-Blättchen im Luftstrom durcheinandergewirbelt werden, damit das Arkanum in der Einlage-Schnitte Transparenz gewinnen kann. Wichtiger ist die Tatsache, daß bei einem Stumpen mit Havanna-Akzent auf bestimmte Würztabake, etwa auf Bezoeki, verzichtet werden muß. Unter den Bildern, die auf uns einstürmen, wählen wir aus, damals ebenso wie heute, da wir um eine leidliche Ordnung bemüht sind. Und wie der Schriftsteller, der das Experiment mit der blauen und der roten Glasscheibe beschrieb, anmerkte, bei diesem Spiel, den Garten bald rubinrot entflammt, bald unterseeisch gekühlt zu sehen, sei er in seinen Grundzügen schon ganz ausgeformt gewesen, so scheint uns nichts so sehr einen bestimmten Charakter zu verraten wie das Wählen und Weglassen. Ein guter Kellner kann eine Typologie seiner Gäste entwerfen, wenn er die Dame, die sich für Steinbutt entschieden hat, mit jener vergleicht, der ein Filet Wellington lieber ist. Adam Nautilus Rauch, der ständige Begleiter dieser Blätter, riet mir zur Sparsamkeit, zum »pars pro toto«, empfahl mir, Hans Boesch zu lesen, »Der Sog«, meisterhaft, sagte er, wie. Doch gerade die Meisterschaft kann uns nicht interessieren, weil wir, vom leeren Blatt ausgehend, keine Art von Perfektion im Sinne haben, noch weniger hilft uns das berüchtigte »Wie« der Kritiker und Literaturkenner, weil im Grunde kein Skribent vom anderen lernen kann, Otto F. Walters Jugend ist eben Otto F. Walters Jugend, aufhorchen könnten wir erst dann, wenn uns Adam Nautilus Rauch mit Hermann Arbogast Brenner vergleichen würde, und dies, freilich, wäre nun wieder zuviel verlangt, wie kann der Kritiker, der ohnehin mit Wertungsproblemen zu kämpfen hat, einen Maßstab anlegen, den er nicht kennt, und genau darin liegt der Grund für die immer wieder leidenschaftlich von mir gesuchte Unfruchtbarkeit des Gesprächs mit Literaturfachleuten, denn wir, die Schreiber, haben das zu leisten, was ihnen unmöglich scheint, zwischen beiden steht eine undurchdringbare Wand, wenn auch eine Glaswand, wir lösen gestaltend am laufenden Band Gleichungen mit drei Unbekannten, X ist der Plot, Y das ausgewählte Material, Z die definitive Form, und sie wissen nicht, was sie tun, denn ob X Y und Y Z definiert, ist längst nicht entschieden, ebenso kann uns erst Z Y und Y X erschließen, der Kritiker hat es nur mit einer Variablen zu tun, mit seinem Eindruck und Urteil, nennen wir sie U, der Zweikampf mit einem Buch, wie das Lesen gern heldenhaft beschrieben wird, beschränkt sich darauf, U aus X, Y und Z abzuleiten, beispielsweise die Form ist dem Plot nicht angemessen oder Y gleich: er hat X verschenkt.

Da ist ein zwielichtiger Saal an einem Regennachmittag, in dem meine Cousine Ursula Dreirad fährt, in die geselchten Kastenwände sind tränende Astaugen eingelassen, die Eltern und mein Götti und seine Frau sitzen beim Kaffee im oberen Stock, ich möchte, da ich kein solches Gefährt besitze, auch meine Kreise mit dem krapplackrot gestrichenen, mit einem Emailstreifen verzierten *trampivelo* ziehen, bettle und nörze, doch das Mädchen im hochgeschlossenen Überzieher saust immer schneller an der Fensterfront vorbei. Es ist dies eine architektonische Raffinesse, die Menzenmang nicht zu bieten hat, ein wind- und wettergeschützter Spielplatz, ich sehe keine Möglichkeit, Ursula zu stoppen, ohne daß ich der rabiaten Pilotin in den Weg trete, es kommt zum Unfall, Zetermordiogeschrei, blutende Knie, aufgeschürfte Ellbogen, das Dreirad gehört mir, ich habe es mir erkämpft, dieweil meine Cousine nach oben rennt, um mich zu *verrätsche*, aber bevor ich aufsteigen und zu pedalen beginnen kann, löst sich eine Gestalt aus dem Regenschleier im Garten und schreitet auf die Fenstertüren zu, ein hünenhafter Mann in einem langen, durchsichtigen Gewand, das ist Petrus, weiß ich sofort, ich lasse das Trampivelo stehen, will davonrennen, kann aber nicht, meine Sohlen sind aus Blei wie in den Hexenträumen und schleimig obendrein, Petrus gleitet langsam auf das Haus zu, sein Blick unter dem wallenden schwarzen Haar ist stechend, zwei glühende Kohlen fixieren mich, und er dringt durch das Glas, als ob es Luft wäre, steht drinnen im Saal in Heilandssandalen, die Arme ausgebreitet, was will er von mir, Regen rauscht, so ihr nicht werdet wie die Kinder, quälend lang und unentschieden sein Auftreten, ich versuche ihn anzusprechen, Petrus, sage ich, ja du bist Petrus, da löst sich die Chimäre auf, dies muß ich meinen Eltern erzählen, Petrus, sage ich im Wohnzimmer, wo Ursula auf den Knien meines Vaters sitzt und den Kopf an seine Brust drückt, daß mein Götti, der Theologe, damals Gemeindepfarrer in Grabs → im Pfarrhaus befand sich zu ebener Erde ein aufgelassener Spinnereisaal –, dafür kein Verständnis hatte, erstaunt mich heute am meisten, er schüttelte nur lachend den Kopf, bestrafte mich freilich auch nicht für das Vergehen an seiner Tochter, und da hörte ich zum erstenmal den Satz, der mich später immer wieder narkotisierte, »was für ein originelles Kind«. Nie kam er von der Mutter, die in so vielen Szenen stumm auf dem Tisch herumblickte, auch damals wanderten ihre Augen müde über das Meißener Kaffeegeschirr, schau, da hat es Pflaumenkuchen, das war die erlösende Formel für das Dilemma, daß ein dreijähriger Stumpen in einem Pfarrhaus behauptete, ihm wäre Petrus erschienen.

Im Juni 1985, als Klärli, Kari und Hermann Arbogast Brenner das Gut in Menzenmang räumten, damit es ordnungsgemäß an den neuen Besitzer, den Sargfabrikanten Gavertschi übergeben werden konnte, fiel mir bei der Estrichvergantung durch Zufall jener Stich in die Hand, der die Grabser Halluzination ausgelöst haben mußte, das Bild, nach Jahrzehnten zum ersten Mal wieder gesehen, hing im Schlafzimmer der Friedhofgroßmutter über dem tags mit einer goldgelben Pfulmendecke getarnten Bett, und es zeigte Jesus auf einem Stein vor einer Baumgruppe, der die grasessenden Kinder zu sich kommen ließ, ja und zwischen den Stämmen standen in langen fließenden Togen einige Jünger, darunter einer, der besonders finster blickte, dunkelbärtig, das war, schoß es in mir empor, mein Petrus im Grabser Maschinensaal, ich habe den Kupfer an mich genommen, denn er war offenbar nicht unwesentlich an meinem frühen Wunsch beteiligt, Pfarrer zu werden. Draußen auf dem Kiesplatz, wo früher der Ahorn gestanden hatte, aus dem wir die schlafenden Maikäfer schüttelten, wartete das Bernerwägeli auf meine Habe, lauter unnütze Dinge eben wie diese Illustration zu einer Bibelszene, Erinnerungsträger, den ätherischen Ölen der Cigarre vergleichbar, und jetzt, in dem Moment, da ich diese Sätze schreibe, erstirbt meine royale Montecristo No. 2, Elefantenfuß, und ich beende diese Gabille einmal mehr mit dem Gefühl, nichts Wesentliches gesagt zu haben, als Bettler zogen wir aus Menzenmang weg, das Gerümpel in der Lastwagenmulde wurde von fremden Passanten durchwühlt, der eine fischte eine alte Ständerlampe heraus, der andere ein arg demoliertes Spinnrad, alle wie wild auf sogenannte Antiquitäten, *anticuitete*, wie mein Vater sagte, in einer knappen Woche mußte das Haus geräumt und geputzt sein, damals im Sommer fünfundachtzig, der meinen Schmerz impaktiert wie das Zahnfleisch einen spreizwurzeligen Molar, der heraus muß, koste es, was es wolle, nie hatten wir ein Schild »Betteln verboten« an der Haustür, mein Vater, von Natur aus großzügig, hatte immer ein Nötlein übrig für diese fahrenden Existenzen, aber jetzt konnte er seiner Brut nicht mehr helfen, die verkitschte, was er aufgebaut, ungemäht als wilde Wiese präsentierte sich der Rasen zwischen den Rosenkulturen, von denen ein paar verkrüppelte Stämme übrigblieben.

15. Der Höllenfürst Pochhammer
Musterkoffer des Cigariers

Indem man die zwölf ausgewaschenen Stufen in den kühl-
moosigen Findlingsgarten hinaufsteigt, die von den Äbten
des Klosters Muri ebenso ausgetreten wurden wie von den
Kolonisten und Kriegsinternierten, welche ihren Taglohn in
die ehemalige Speisewirtschaft Gormundergüetli trugen, findet man sich in jenem Reich, in dem der unverwüstliche
Hombre die Honneurs zu machen pflegt. Sein Name leitet
sich von »Schatten« her, er ist, wenn man so will, ein Nachtschattengewächs wie die Nicotiana tabacum, gehört also in
die Familie der Alraune, der Tollkirsche, des Stinkteufels, der
Wolfsbeere und des Teufelszwirns, pflegt geheime Verbindungen mit Hexen- und Zauberkräutern aller Art. Einschlä-
giges weiß sicher der von Schloß Trunz im Schiltal erwartete
Bert May aus dem Handwörterbuch des Deutschen Aberglaubens zu berichten, seine Domäne ist das Jägerzimmer im
Sockelgeschoß, ist der trübmostkarfangene Kellerhals und
die Brunnenstube unter dem Elfenhügel, er haust also in der
Unterwelt, von seinem ganzen Habitus her mehr ein Faktotum als ein Diener wie Brunslebens Amorose, wobei gerade
die dem Wort zugrunde liegende lateinische Wendung »fac
totum«, mach alles, für diesen kortschädeligen Hünen nicht
zutrifft, Hombre ist weit davon entfernt, Dienstanweisungen
portierhaft zu gehorchen, die Botmäßigkeit gehört nicht zu
seinen Vorzügen, er hat auch nie ein Lakaieninternat besucht
wie Amorose in Blankenburg, eher ist es umgekehrt, daß die
Herrschaft von seinen Launen abhängig ist, es mag dies mit
der für das Muremer Moos typischen Kolonistenverstockt-
heit zusammenhängen, kurz, es ist eine besondere Gunst, sich
der Hombreschen Truchsessenschaft versichert zu wissen,
dafür kann er dann wieder mit Porzellan umgehen wie kein
zweiter, steht an Wurzelsprengkraft Umberer, meinem
Vasallen in Starrkirch, in nichts nach, eigentlich weiß ihn nur

Frau Irlande zu nehmen, denn wehe, wenn ihm etwas wider die Natur geht, dann veranstaltet er im Garten-Abstellkeller die reinste *chilbichachlete*.

Heute aber tritt mir Hombre aus der Dunkelheit des melassensüßlich und räucherkerzenstreng riechenden Parterreflurs in seinem verschlissenen Orchesterdiener-Schniepel entgegen, begrüßt mich mit dem von ihm so geliebten Gedichtanfang »O Täler weit, o Höhen«, komplimentiert mich gerade so, als hätte ich diesen Boden noch nie betreten, um den von einem Begonienkranz blaßrosa und karminrot umwachsenen Chinesischen Prunus herum, dirigiert mich an den im labilen Gleichgewicht ruhenden Chempen des Steinmannlis am Hochtann vorbei auf den halbrunden Kiesplatz vor der von Bienengesumm erfüllten Jungfernrebe der Südfassade, wo der pagenschlanke Bert May, wie immer im Hochsommer off-white gekleidet, sich von der französischen Schaukel erhebt, um den Gast aus Brunsleben zu begrüßen mit den Worten: »Einsamer nie als im August ...« Ich weiß, mein Lieber, daß du gerade heute an diese Verse gedacht haben wirst, die Seen hell, die Himmel weich, die Äcker rein und glänzen leise, treffend, was die Talschwermut betrifft, aber landwirtschaftlich gesehen höchst ungenau, denn noch steht das Korn, der Roggen, der Mais, wie dir bei der Herfahrt nicht entgangen sein kann, nun, so nimm denn Platz, Frau Irlande wird demnächst von ihrem Spaziergang durchs Bünzer Moos zurück sein, die Birken am trägen Flüßchen, das unseren lieben Freund Jérôme, entre parenthèse, wie geht es ihm, und natürlich auch Edmond de Mog an Prousts Vivonne erinnern würde, was von der unterhalb meines Schloßhügels durchschießenden Schilt mitnichten gesagt werden kann, auch nicht, wenn du das Selbstzitat gestattest, von meiner Roos, ich neige bezüglich der doch fast französischen Weite dieser Landschaft dazu, von einer Wasserchaussee zu sprechen; hast du übrigens gewußt, daß die Wyna in deinem Stumpenland zur Zeit der großen Überschwemmungen in Reinach mit sogenannten Schwirinen verbaut wurde, wobei die Gerichtsmanuale den 1606 in der Form von »wyrinen« bezeugten Ausdruck vornehmlich für die mit Gemüse bepflanzte Dammoberfläche, nicht für die Palisade verwenden, die Wälle begannen unterhalb der Bärenbrücke und erstreckten sich bis in den Alzbach hinunter, praktisch jedes Haus in Bachnähe hatte sein Stück Schwiri, und der Besitz eines Schwiriteils bedeutete Unterhaltspflicht.

Wie immer, wenn Bert May zu einem seiner Exkurse ansetzt, höre ich fasziniert zu, denn es gibt nachgerade nichts, was er nicht weiß, würde man ihn danach fragen, wie die Puffer der Transsibirischen Eisenbahn abgefedert seien, ließe die Antwort nicht lange auf sich warten, noch mehr aber lockt der Eiskübel auf dem Tisch, in den Hombre ein paar Flaschen bärendreckgaumiges Guiness-Bier mehr geschmissen als gestellt hat, und dieses nubierbraune schwergärige Gebräu mit einer mokkafarbenen Blume in den dickwandigen Seideln mit dem Gormunder Wappen aufschäumen zu sehen, kann ich in Anbetracht der Hitze kaum erwarten, wobei mir, während ich dem Faktotum eine Packung Toscani, auch Sargnägel genannt, zustecke, klar ist, daß vor dem ersten Schluck ein Toast auf unsere Gastgeberin Irlande von Elbstein-Bruyère ausgebracht werden muß. Trinken wir also, sagt Bert May in stillem Einvernehmen, auf das Wohl der Herrin der Elfen und Moore, trinken wir auf ihren geliebten Merlin, verhält es sich doch in der Tat so, daß sie dem Elementaren so abgrundtief verbunden ist wie Melusine, daß ihr Kobolde, Nymphen und Dryaden mehr bedeuten als die Geister des Roboterzeitalters, und insbesondere Merlin, der Urmagier, der alles in seinen Bann zu locken vermag, ist der Hausgeist von Gormund. Prost! Ah, kapital. Das berühmte Wort, erinnern wir uns daran, Elfen seien Energien der Seele, wer, wenn wir die unbedarfte Population des Erdballs mal als Ganzes nehmen, fuhr der fragile Erbe von Trunz fort, hat noch eine Ahnung davon, die Welt durchkreuzen Traumgeleise, und eins sind Mensch und Tier und Stein. Kurz, was hast du uns denn aus dem Stumpenland mitgebracht? Dankbar, daß mein Freund das Gespräch in Bahnen lenkt, die mich großväterlich stimmen, daß er, der Allwissende, mir diese Brücke baut, klappe ich meinen bordeauxroten Musterkoffer auf, eine Art Pfeifentasche, nur größer und mit Lederschlaufen für Cigarren versehen, ein Erbstück Hermann Brenners von der Waldau. Du mußt zunächst mal einfach riechen, das pantabakistische Aroma aller wie in einer Großfamilie lebenden Sorten vom Brenner-Export über die Huifkar bis zur Hoyo de Monterrey, vom Silberbündli-Mocca bis zur Bahia-Importe, Sao Salvador oder genauer Citade do Salvador da Bahia des Todos os Santos, zu deutsch etwa Stadt des Erlösers, sie liegt an der Allerheiligenbucht und ist das Mekka der Rohtabakhändler und Fabrikanten, doch würde ich dir den schwarzen Puro ebensowenig wie den roten vor dem Essen empfehlen, das Gegebene wäre nun eine Maria Mancini, aber die wird nicht mehr hergestellt, also unter den herrschenden meteorologischen Umständen sicher etwas Fahles, pajizo oder amarillo, versuch doch mal zum Einrauchen eine Schimmelpennig.

Bert May, und man muß sich hier ernstlich fragen, wer berichtet eigentlich über seine Tabakvergangenheit, wäre nicht Bert May, wenn er nicht erwidern würde: Schimmelpenninck Sigarenfabrieken, vormals Geurts & van Schuppen, gegründet 1924, Sitz in Wageningen, Niederlande, doch in puncto Cohiba, wie die Tainos-Indianer das göttliche Gras nannten, ist ihm nicht zu helfen, denn er weidet zwar mein alle Provenienzen umfassendes Sortiment mit der Nase ab, aber nur, um letztlich doch abzuwinken und die schwarze, goldumrandete Sobranie-Black-Russian-Schachtel aus der Jackettasche zu ziehen und sich eine der wie in Indigo getränkten scharfen Zigaretten anzustecken. Soll ich ihm nun den für meinen Cousin zweiten Grades Johann Caspar Brenner kreierten Slogan »Die Zigarette ist kein Muß, nur die Cigarre schafft Genuß« vorhalten, soll der alte Religionskrieg wieder aufflammen, sintemal wir wissen, wie sauer die Schwelprodukte gerade des Balkan-Tabaks sind, schwarzes

Papier hin oder her, daß es, zu schweigen von den Teerstoffen, just dieser Säuregehalt ist, welcher die Katarrhe der unteren Luftwege bewirkt? Nein, kleiden wir unsere Argumente in Literatur, was sich für Hermann Arbogast Brenner nur dann ziemt, wenn es sich um belletristische Sachbücher handelt, vielleicht darf ich dich daran erinnern, lieber Bert, daß Harry Martinson in seinem um 1890 herum spielenden Roman »Der Weg nach Glockenreich« den Cigarrenmacher Bolle über die Unrast der Zeit klagen läßt, er redet von den Überläufern ins Lager des Zigarettenlasters, welche das Schnellebige gewählt haben, das zu genießen nicht viel Zeit kostet, »und erst damit wurde der Gebrauch von Tabak ein wirkliches Laster, ein überall verbreitetes, zu jedweder Stunde gegenwärtiges, das sklavisch gehorsam zu Hetze und Eile gehörte«, die leichte Huifkar, formal ein Torpedo, der Trabuco verwandt, die ich für diese spätnachmittägliche Hochsommerstunde wähle, hält die Sucht in Schranken durch das Ritual, das sie fordert, aber es liegt mir fern, den Schloßherrn von Trunz bekehren zu wollen, mir ist nach dem Debakel der Moralischen Aufrüstung in meiner Erziehung alles Messianische zutiefst verhaßt.

So geht das Gespräch, und mein stiller Triumph liegt darin, daß sich Hombre mit seiner Virginier auf meine Seite geschlagen hat, das Gesumse der emsigen Bienen in der Jungfernrebe stimmt leicht schläfrig, und wir werden dem geneigten Leser, der uns nach Gormund gefolgt ist und, quasi als Passivraucher mit ins Geschehen gezogen, gleich uns Irlande von Elbstein-Bruyères harrt, nicht vorenthalten dürfen, daß das Kiesrundell, auf dem wir uns befinden, wobei es sich um ⅛-Comolli-Steinchen in Schiefergrau und -blau handelt, eine Art Terrasse bildet, die sich stufenlos nach Süden neigt und in die Apfelbaumallee mündet, von der freilich der vorgelagerten Sträucher wegen nur seitlich angeschnittene, efeuumrankte Kronenpartien zu sehen sind, und dieweil ich die Huifkar von Hamers & Co. in Oisterwyk ähnlich andächtig an den weißen Seidenzöpfchen fasse und aufzwirble wie in

Jérôme von Castelmur-Bondos Garten, versuche ich mich an den Pflanzen zu orientieren, was jedesmal ein Abenteuer ist, den Flieder zur Linken erkenne ich und den Liguster, vom mannshohen Haselgestäude weiß ich, daß es im Innern Pfaffenhütchen birgt, Weißdorn und Schneeballen umsiedeln die hoch in der Bläue flirrende Zillerpappel, in ihrem Blattwerk spielt der leichte Nordost, der die Hitze fast komfortabel macht und mich an die kanadischen Riesen in Menzenmang denken läßt, die das stolze Walmdach bei weitem überragten, zur Rechten dominiert die brombeerviolettdoldene Berberitze, der Schwarzdorn schafft die Verbindung zu den blitzableitenden, wahrhaft königlichen Wettertannen, in deren Schatten einst die roh gezimmerten Bänke und Tische der Gartenwirtschaft standen, die sogenannte offene Kegelbahn, eine spleißige Lattenpiste, auf der noch dumpf donnernde Steinkugeln geschoben wurden, befand sich auf der Ostseite des Hauses, es ist also so, daß wir hier, den flötenblasenden, kapuzinerumwundenen Putto zur Seite, die verwunschene Tiefe des Parks zwar ahnen, wir sind mit dem französischen Teil verbunden, da das Plätschern der Wasserkunst trotz der tönenden Hauswand zu hören ist, und wir wissen um den weiter unten gelegenen Englischen Garten, um die Allee und die Mattenwildnis im toten Eck, begnügen uns aber mit den zwei Rosen und der Säckelblume im Rükken, deren himmlisches Blau die Tiefe des leonischen Augusts anzeigt.

Nun gibt es eine kleine, fast nach Gewitter riechende Aufregung, denn statt gemessenen Schrittes mit ausgebreiteten Handflächen einzutreffen, bittet uns die von ihrem Spaziergang durchs Bünzer Moos zurückgekehrte Frau Irlande mit aufgelösten Blondflechten, ihr zu Hilfe zu kommen, da Hombre wieder einmal seinen Tag habe, was so viel bedeutet, daß seine Unbotmäßigkeit überhand zu nehmen droht. *Was bosget er de wieder*, fragt Bert May, nun, versetzt Irlande von Elbstein-Bruyère, er hat sich in seinem Übereifer im Gartenschlauch verhaspelt und trampelt wie mit einer Schlange ringend auf dem Immergrün unter den Robinien herum, dabei ist es zum Spritzen noch viel zu heiß, ach, er ist ja ein herzensguter Mensch, aber oft – und mir scheint immer öfter – *chom i eifach nid z'schlag mit em.* Selbstredend, daß Bert und ich mit vereinten Kräften Hombre sofort von dem an allen Ecken und Enden brüchigen Gummischlauch befreien, bevor ihn seine ungeschlachte Wut dazu zwingt, einen Findling in die Zisterne zu schmettern, er berserkert aber unentwegt weiter, so daß Bert die Brause aufschraubt und ihn mit einer sanften Dusche zur Räson bringt. Dieses Entree eines Clowns wider Willen, welcher der Tücke des Objekts ausgeliefert ist, läßt unsere Gastgeberin mit schweißüberperlter Stirn in den Liegestuhl sinken, und es dauert seine Zeit, bis die Poetin von Gormund ansprechbar ist, ein paar Minuten vielleicht, die wir dazu nutzen, ihres hochsommernächtlichen Kleides Erwähnung zu tun, durch einen duftigen, halbtransparenten, königsblauen, mit weißen Tupfen übersäten Voile-Schleier schimmern meergrün und mauve die Akzente eines Modells aus Mantua, dazu trägt sie weiße Kniestrümpfe und goldene Stöckelsandaletten, eine filigrane pedestrische Konstruktion im Vergleich zum schweren Ährengold ihres Haares, das Hombre ab und zu in seinen Sternstunden kämmen darf.

Wir müssen, schlägt Bert May vor, das Nachtschattengewächs irgendwie beschäftigen, es ist mittlerweile halb sechs geworden, gut, immer noch eine Dreiviertelstunde früher als die Ankunft von Woldemar, Rex und Czako in Stechlin, wo sie vom alten Dubslav und von Engelke auf der Rampe begrüßt werden – nebenbei, lieber Hermann, welch hübsche Idee von Fontane, gerade die kranke der beiden Aloes zur Lieblingspflanze des Schloßherrn zu bestimmen, die vom Wasserliesch heimgesuchte, es handelt sich dabei um den Butomus umbellatus, die Schwanenblume oder Wasserviole, aber item – was ich anpeile, ist folgendes, wir sollten Frau Irlande, die sichtlich erschöpft ist, die Sorge ums Diner abnehmen, es muß etwas Leichtes sein, ein schwedisches Buffet paßte wohl schlecht zum Charakter von Gormund, der alte Stammsitz der Äbte von Muri scheint mir einer Gentille-hommière zu gleichen, wie sie die kleinen Landedelleute Frankreichs im 19. Jahrhundert bewohnten, doch wer um Gottes willen in den Käffern ringsum versteht schon etwas von Nouvelle Cuisine, nein mir wäre, wenn ich den Wunsch äußern und von der Annahme ausgehen darf, daß unsere Frau Irlande nicht anders disponiert hat, nach Forellen zumute – eine Beinwiler Marke, lieber Bert –, da gibt es doch die bekannte Fischzucht zwischen Boswil und Besenbüren, *Bäsebüüri*, und wenn wir es Hombre richtig zu stecken wissen, wird er diesen Botengang nicht ausschlagen. Ja, füge ich bei, aufs Zubereiten der Truite au bleu verstehe ich mich ein wenig, ich könnte es also wagen, den Chef de Cuisine abzugeben. Der Vorschlag findet nicht Frau Irlandes ungeteilten Beifall, sie sei einmal an einer Gräte fast erstickt, würge immer noch daran, doch die Aussicht, keine Minute dieses nun durch das Geläute der katholischen Kirche von Aristau zur fast feierlichen Soirée avancierten Augustabends in der Küche verbringen zu müssen, läßt sie ihre Fasson zurückgewinnen, es ist, als ob sie sich vor unseren Augen in Lilith zurückverwandeln würde. Daß sie ihrerseits zur Zigarette greift, Laurens Orient, wollen wir gütigst übersehen haben.

Während sich Hombre mit dem Kommissionennetz auf seinem alten Militärvelo in Richtung Wegkreuz/Reiterwald davonmacht, läßt sich Bert May nach inständigem Bitten der Runde dazu bewegen, ein Manuskript aus der Tasche zu ziehen und vorzulesen. Frau Irlande ist eine große Dichterin, aber nicht minder geübt im Zuhören, nicht zuletzt deshalb wird sie immer wieder von heimatlosen Existenzen aufgesucht, die ihre Hypotheken auf Gormund zu übertragen versuchen. Mir, Hermann Arbogast Brenner, dem die Karriere des Tabakfabrikanten versagt blieb, fällt in diesem Trio der Part des Dilettanten zu, gewiß, ich schreibe meine Stumpenkindheit nieder, aber mir ist jeder Werkehrgeiz fremd, was ich da zusammenklittere, ist im besten Fall das Gedächtnis der Nicotiana tabacum. Ansätze zu einer sachbuchartigen Enzyklopädie meiner gesammelten Erinnerungen. Was indessen Bert May mit gedämpfter Stimme vorträgt, ist das in tiefste Geospalten lotende Dokument eines den Weltirrsinn als Planetensystem in seinem Schädel bergenden Höllenfürsten, der sich Athanas Pochhammer nennt und seinem Nachfolger auf Schloß Weißwasser in der Besan-Hochebene, der sich einbildet, dieser Steinsarg sei die ideale Wiege für seine Summa philosophica, eine Art Vermächtnis hinterläßt, der ihn infolge einer weder physiologisch noch metaphysisch erklärbaren Unsterblichkeit des Selbstmörders bei der Lektüre observieren und jede seiner erbärmlichen Reaktionen prophezeien oder kommentieren kann. Es ist, wie Bert selber einflicht, zweifellos eines jener Werke, die an den Teufelspakt des Doktor Faustus erinnern, nur eben im Gegensatz zu Adrian Leverkühns Kompositionen, denen man nachrühmt, sie vermöchten eine Art schluchzenden Jubel in Gottes Ohr zu flößen, abgründig rhythmisierte Prosa unter dem eisernen Gesetz der paradoxalen Selbstbehauptung, eine jeder Höllenschwüle entbehrende, kalt rechnerische, an Poseidons Vermessungs- und Vermessenheits-Künste auf dem Grund aller Weltmeere gemahnende Inthronisation Luzifers, des Ersterschaffenen, der insofern vollkommener und gleißender ist als sein Schöpfer, als er auf die äonentiefe Unendlichkeit jener Mächte hinweist, die hinter Gott, als er Himmel und Erde schuf, gestanden haben müssen, weil der Allmächtige sonst an der Inspiration, welche ihm diesen herrlichsten aller Engel eingab, verzweifelt wäre, wörtlich und mit Bezug auf das Prinzip des Werdens wie auf jene, die sich nur mittels abscheulicher Verbrechen in das Buch mit sieben Siegeln eintragen können, »die Hydra der Verzweiflung«, welche durch das Gehirn züngelt, wie soll man dergestalt, im Rachen der Gehenna schmorend, zu einer Philosophie der letzten Worte ansetzen, wenn sie ein Diabolus ex machina vorgekaut hat, wenn ein Toter seinen Hohn über uns ausschüttet, wie Weiß-

wasser bewohnen, wenn man Hühnerwasser nicht durchlit-
ten hat, wenn man, und dies dürfte Bert May nicht ohne
Selbstironie gemeint haben, ständig an die Nichtigkeit seines
bloß »gescheiten Vorhandenseins« erinnert wird, wenn das
Ich zu einer blutlosen Molluske einschrumpft, wenn das bare
Entsetzen zum malignen Tumor degeneriert, kurz, die letzte
Aufgipfelung wird an jener Stelle zu vermuten sein, wo Athanas Pochhammer die Verwandlung Luzifers in Noctifer schildert, so daß die Schöpfung die Unschuldigen befleckt und die
Banalen erhebt, wo dem All an nichts anderem mehr gelegen
ist, als sich weiterzuwälzen ohne Ende, egal, wie viele Kreatu-
ren dabei draufgehen, indem sie gezeugt werden müssen,
textgetreu »Ich sehe das Eisenmaul eines Fleischwolfs, das
gemächlich eine dicke, rote, hautlose Wurst herauswürgt«,
und diese hautlose Dauerwurst, so Bert May, sei quasi die
Nahrung unseres Seelenheils, auch Christus sei Noctifers
Sohn gewesen, ihn habe er gemeint, als er vom Vater gesprochen habe. Man kann sich den Krebsgang der Schöpfung, das
Minder-Werden und ins Nicht-Existente-Münden nur so
vorstellen, daß es von allen Seiten auf einen zustürzt wie die
zum Jupiter-Kreisel zusammenschnurrende Leichengruft des
in sich gekrümmten Alls, die von Noctifer verheißene und
von Pochhammer besiegelte Nichtung ist der irreversible,
dialektisch-historische Prozeß vom Viel über das Mehr und
Noch-Mehr zum Weniger und Nichts, sie kann so zum Beispiel auch die Zeugung von Nachkommen bedeuten, die erst,
nachdem sie sich über ihre Ururenkel ins Uferlose vermehrt
haben, die Katastrophe auslösen werden, ein Stichwort, das
der Autor dazu benützt, die eleganten Endlösungen des
Atomzeitalters quasi anzumoderieren, indem er den Befür-
wortern der friedlichen Nutzung dieser Energie begriffen zu
haben bescheinigt, was es geschlagen hat, zwei Jahre vor
Tschernobyl, sagt Bert May abschließend, notabene – womit
die Lesung als überstanden gelten kann.

Es wäre nun gewiß meine Aufgabe als Chronist oder Proto-
kollführer dieser Szene, bis in alle Einzelheiten zu berichten,

was die Gormunder Gentille-hommière als Ganzes, Frau
Irlande im besonderen, zu den, wie der Verfasser beteuert, an
einem Nachmittag in einem Zug auf der Terrasse von Trunz
niedergeschriebenen Pochhammer-Papieren zu sagen haben:
denn eines scheint mir festzustehen, der noctiferische Geist
dieses Vermächtnisses eines Erblassers der totalen Nichtung
ist der doch mehr lyrischen Natur unserer Freundin diametral
entgegengesetzt, muß sie im Innersten getroffen haben, aber
ich komme leider nicht dazu, weil sich herausstellt, daß
Hombre und damit unsere Forellen während des immerhin
anderthalbstündigen Vortrags verschollen sind, man wird
sich also, wenn die kulinarische Zuversicht dieses Sommer-
abends nicht Bert Mays Nichtung anheimfallen soll, auf die
Suche nach dem irgendwo abgebliebenen Faktotum machen
müssen, wozu ich, wer denn sonst, abbeordert werde, denn
im Auskosten ihrer Prosa- oder Gedichtschwingungen sind
veritable Poeten unersättlich. Mir kommt, ich gestehe es
offen, diese Abwechslung sehr zupaß, eine Fahrt im offenen
Ferrari, zumal wenn das Wetter nach dem Geschmack des
Cabrioletisten ist, hat immer etwas für sich, wobei ich natürlich das cavallo rampante aus Maranello, meinen 270-PS-
Motor nicht dermaßen ungebärdig aufheulen lasse, daß Frau
Irlande und Bert in ihrem Abwägen, welches wohl die gelun-
genste Formulierung gewesen, gestört werden, ich schleiche
mich – nach 1000 Umdrehungen gleich in den dritten Gang
schaltend, auf 50er-Reifen, 205 Millimeter vorne, 225 hinten
– davon und hätte freilich größte Lust, das Pochhammer-Kol-
loquium hinter mir zu lassen und nach Luzern zu fahren, die
Pilatusstraße entlangzupromenieren, eine Reminiszenz an
den längst nicht mehr existierenden Floragarten wagend, wo
wir Viertkläßler nach einer flauen Vierwaldstättersee-Schul-
reise mit obligatorischem Geschichtsunterricht auf dem Rütli
zwischen Palmen an Gartenrestaurant-Tischen auf fliederfar-
benem Kies saßen, Glace schleckten und einem unsäglichen
Stehgeiger-Potpourri lauschten, und da passierte es, Liliane,
die ich als Prinz im Kindergarten symbolisch geküßt hatte,

um ihren sechsjährigen Schlaf zu beenden, lächelte. Wem galt der leicht kaugummiverzogene, mir pinkrot in Erinnerung gebliebene Blick? Etwa Schuggi, der den Tennisball über den ganzen Schulhausplatz warf? Nein, Hermann Arbogast, genannt Mändu. Das herausfordernde Lächeln im exotischen Floragarten galt mir auf der ganzen Welt allein, und ich versank vor stillem Glück.

16. Frau Irlande
Parisiennes ohne

Da liegt die weiße noble Schachtel mit dem grün-schwarz-orangen Streifen, zwei Goldbalken, Laurens Orient, ob sich Frau Irlande an Charly erinnert, wenn sie das silberne Butterpapier zurückschlägt, um eine gepreßte Orientzigarette zu greifen? Da schloß das Kind am Samstagabend, wenn es die Schulaufgaben beendet hatte, die Fenster, verriegelte die Tür und rauchte in einem festlichen Zeremoniell die eine erlaubte Zigarette, ausgerechnet eine Parisiennes, womöglich ohne Filter, eine femme fatale. Und erst im Rauch wurde die Tapetenlandschaft Wirklichkeit. Sie wartete auf Charly, den Kolonisten, war einem Verbrecher verfallen, seinen Harmonikakünsten. Zu gern wüßte ich, Frau Irlande, wie das Instrument ausgesehen hat. War es eine Hohner, eine Olympia, eine Akkordea? Rubinrot geflammt oder mausgrau getigert, wie sahen die Schallöcher aus, Voluten, Agraffen, Violinschlüssel-Fragmente? Und wie die Tastatur auf dem Griffbrett, perlmuttern, nikotingelb abgewetzt, aderbläulich? Wie riß Charly den Balg auseinander, wie preßte er die Harfe zusammen, war es eine diatonische oder eine chromatische, hatte sie Klavierleisten, schwarze, weiße, oder Knöpfe, und gab es unter diesen Druckbatzen, die automatisch zurückschnellten, kreuzweis geriffelte? Wonach fragt Hermann Arbogast Brenner, verkniffen durch den Stumpenrauch blinzelnd wie sein Großvater in der Waldau? *Es Parisiennes ohni*, lautete der Wunsch des Bauernjungen, der an einem heiterhellen Nachmittag die Gaststube betrat, und Olga oder Elda oder Irmeli oder Ideli oder Greti oder Rösli schloß das rundum verglaste Tabakschränklein auf und griff nach jenem strohgelb prismatischen Päckchen, das die große Welt von Paris verkörperte. Es unterschied sich von allen anderen Marken, von der Boston und der Javana, von der Turmac und der Laurens, durch diese hochhausstöckige Form, durch den quadratischen Silberabschluß, der, wenn man die Folie an der Ecke aufriß, die dicht bei dicht stehenden Stengel freigab, deren Krümelbraun so aufregend mit dem Papierweiß kontrastierte. *Parisiennes ohni* rauchte Tante Margrit im Bertrand-Haus mit der brüchig-sonoren Stimme und der blonden Einrollfrisur, die Greta Garbo des Oberwynentals, und daß sie so kreidig sprach wie eine Wölfin, rührte von der filterlosen Parisiennes her, sie zog den blauen Dunst tief in die Lungen und atmete ihn aus, wenn sie redete, lachte, schimpfte, sang. Damals lebte Großvater Hermann schon nicht mehr, er starb am 20. September 1943 an Speiseröhrenkrebs und prägte zum Bild im Familienalbum, wo er mich mit erhobenem rechtem Zeigfinger im linken Arm auf den Knien hält, in weißer Soldatenuniform, den historischen Satz: *Wenn de dee emou de höbu uf chunnt*, gemeint war die kürzeste Verbindung zwischen Menzenmang und der Waldau, der Grasweg über den *hansihübu* und am Röllihof vorbei, genauer an der Brandruine des Urstadels.

In Südamerika, vornehmlich in Brasilien, war die Zigarette bereits im 18. Jahrhundert verbreitet und von dort offenbar nach Spanien gelangt. Casanova berichtet darüber in einem Teil seiner Memoiren, der seine abenteuerliche Reise ins Land der Granden schildert. Wir erfahren, daß eine seiner spanischen Freundinnen »Cigaritos« drehte, indem sie den Tabak mit feinem weißem Papier umwickelte. In Frankreich sollen die ersten Zigaretten 1844 hergestellt worden sein. Vielleicht ist der Glimmstengel auch zwei oder mehrere Male erfunden worden, wie das in der Geschichte immer wieder beobachtet wird. So verdankt sie nach einer anekdotisch hübschen Überlieferung ihre Entstehung einem jener Zufälle, die aus der Not eine Tugend machen. Als Ibrahim Pascha (1789 bis 1848), der vom armen Tabaksortierer in Kavala zum Statthalter von Ägypten aufgestiegen war, die Festung Akka belagern ließ, schickt er den Artilleristen einer Batterie als Geschenk eine ansehnliche Menge Kavalatabak. Die Soldaten rauchten ihn, mit ihrem Smyrnatabak gemischt, aus der einzigen Wasserpfeife, die in ihrem Kreis noch vorhanden war. Als die Pfeife eines Tages von einem türkischen Geschoß zerschmettert wurde, kamen die nach einem Ausweg suchenden Krieger beim Anblick des in Papierrollen eingewickelten Kartuschenpulvers auf den Einfall, den Tabak ähnlich zu rollen und mit Streifen dieses Papiers zu umhüllen. Durch Ibrahim Paschas Artilleristen soll diese improvisierte Form der Zigarette sowohl nach der Türkei als auch nach Südrußland gekommen sein.

Auf ganz anderem Weg drang die Zigarette bereits 1807 mit spanischen Soldaten bis hoch nach Norddeutschland vor, wie einer Meldung des »Lübecker Anzeigers« aus jenen Tagen zu entnehmen ist. »Bey dem Einmarsch der spanischen Truppen in unsere Stadt sah man die meisten Soldaten Tabak, in Papier gelegt, rauchen. Diese Sitte ist aus mehreren Gründen sehr nachtheilig. Denn erstlich ist der Dampf zu heiß, zweitens kommt zuviel Rauch in den Mund, drittens ist der Rauch und die Hitze den Augen zu nahe, und viertens ist der Rauch des verbrannten Papiers am allergefährlichsten, denn dieser wirkt vorzüglich auf die Brust und die Augen ...« Ein paar Jahre darauf soll sich ein Hamburger Kaufmann, auf seine langjährigen Erfahrungen in Cuba gestützt, mit der Herstellung von »Cigaritos« versucht haben, die mit Maisstroh, aber auch schon mit dünnem Papier umwickelt waren. Er hatte keinen Erfolg, die Zeit der Zigarette war für Mittel- und Westeuropa offenbar noch nicht gekommen. Seit dem Krimkrieg aber hat der Glimmstengel auf einem unwiderstehlichen Triumphzug die halbe Welt erobert. 1862 wurde in Deutschland bereits die erste Zigarettenfabrik gegründet, in Dresden, wo sich bis zum Zusammenbruch nach dem Zweiten Weltkrieg der Schwerpunkt der deutschen Zigarettenherstellung entwickelte. Die ersten, 1865 in Österreich von der Tabakregie produzierten »Cigaritos« waren die sogenannten Doppelzigaretten mit zwei Mundstücken; sie wurden vor dem Rauchen geteilt. Bereits nach einem Jahr stieg der Verbrauch von drei auf sechs Millionen Stück. Einer der ersten prominenten Zigarettenraucher war Napoleon III. Seiner unruhigen, nervösen Natur bot das Stäbchen den angemessenen Suchtgenuß. So wie Bismarck auf die Cigarre schwor oder auch als Herr von Friedrichsruh gern zur halblangen Pfeife griff, so ist die Zigarette das Attribut des zweiten Franzosenkaisers geworden. Es ist reizvoll, sich diese beiden Gegenspieler in ihrer grundverschiedenen Raucherattitüde vorzustellen: den unglücklichen Monarchen, der hastig ein Stück nach dem andern rauchte, und den undurchdringlichen Kanzler, der es liebte, sich bei Verhandlungen in Wolken schweren Havannarauchs zu hüllen.

Als die Zahl der Zigarettenkonsumenten gegen Ende des letzten Jahrhunderts immer mehr zunahm und es auch nichts zu fruchten schien, wenn die Schlottermann- und Havannaväter ihre der neuen Mode verfallenen Söhne Windhunde schalten, nahm die Cigarrenfabrikation den Hauch des Patriarchalischen an, ja es wäre ein Kapitel zu schreiben über Väter und Söhne im Rauchverhalten, was die Jugend reizte, war das Zeichen eines neuen Lebensgefühls, eine Protesthaltung gegen die Wertvorstellung der Altvorderen. Die einheimischen Cigarrenmacher des Wynentals, die sich an ihren altmodischen Werktischen über Langkatblätter und graue Vorstenlandenseide beugten, sahen mit der Zigarette auch die Maschine in die Tabakverarbeitung vordringen, nicht weniger aufgestört als die Weber in Schlesien und die technischen Bilderstürmer in England. Vorher hatte es in diesem Beruf noch einen Aufstieg bedeutet, wenn man nach einem halben Jahr Lehrzeit die Donna Elvira wickeln durfte. Als historisch muß das Jahr 1862 angesehen werden, als der russische Zigarettenfabrikant Joseph Huppmann in Dresden unter der Firma »Laferme« eine Filiale anlegte und mit Hilfe von Arbeitskräften aus dem Osten die Produktion aufnahm. Obwohl in diesem Raum bald weitere Glimmstengelzentren aus dem Boden schossen wie die Häuser Jean Vouris, Sulima und Georg A. Jasmatzi, wurden nach den Berichten der Tabak-Enquete-Kommission in ganz Deutschland noch im

Jahre 1887 nur 187 Millionen Stück hergestellt, wovon ein Drittel exportiert wurde. Beinahe ein Jahrzehnt dauerte es noch bis zum Vorstoß der Zigarette in breitere Volkskreise, und dieser war der Erfindung der Maschinen zu verdanken, die mit der mechanischen Herstellung eine beträchtliche Verbilligung der Fabrikate erzielten. Dies führte zu einem massiven Konkurrenzkampf der einzelnen Unternehmungen, der mit einem noch nie gekannten Aufwand an Reklame ausgetragen wurde, was seinerseits zur Demokratisierung des Glimmstengels beitrug. Der Tabakhistoriker Jacob Wolf schrieb in seinem Buch »Die deutsche Zigarettenindustrie«: »Seitdem das Erwerbsleben immer hastiger, die Pausen zum Genusse immer knapper geworden sind, findet man vielfach nicht mehr die Muße, sich einer Zigarre hinzugeben, was wohl im Durchschnitt 20 bis 30 Minuten erfordert. Das momentane Rauchbedürfnis muß vielmehr in ganz kurzer Zeit befriedigt werden, wozu sich die Zigarette am besten eignet. Hinzu kommt noch, daß für viele Konsumenten infolge der Verfeinerung der Lebensgewohnheiten in unserer Zeit die Pfeife oder Zigarre ein viel zu schweres Kaliber ist, da unsere Nerven anders und leichter erregbar sind als diejenigen unserer Vorfahren. Man liebt heute vielfach das Milde, Weichliche, nicht mehr das Derbe, und greift deshalb zur Zigarette, der am leichtesten verträglichen Art des Genusses der Nicotiana tabacum.« Gegenüber 187 Millionen Stück im Jahre 1877 wurden 1893 600 Millionen und 1910 über 8 Milliarden Zigaretten in Deutschland hergestellt, als in 407 verschiedenen Betrieben rund 14 500 Arbeitskräfte beschäftigt wurden. Dabei verwendete man fast ausschließlich Tabake der Levante. Der größte Teil wurde aus der Türkei bezogen, er unterschied sich von anderswo kultivierten Sorten hauptsächlich dadurch, daß er äußerst kleine Blätter von meist goldgelber Farbe hatte, die sehr zart waren und rippenarm. Zu seinen hervorstechenden Qualitäten gehörten der süßliche Geschmack und der ambrosische Geruch. Man unterschied vor dem Ersten Weltkrieg im Handel zwei

Hauptarten von türkischen Tabaken: Gewächse aus der europäischen und solche aus der asiatischen Türkei. Die ersteren waren der Qualität nach die besseren und die teureren. In der europäischen Türkei wurde hauptsächlich in Epirus, Thessalien und Mazedonien Tabak angebaut, Hauptausfuhrhäfen waren Saloniki, Kavalla und Dedeagatsch. Als wichtigste Pflanzungen in der asiatischen Türkei sind zu nennen die Provinz Trapezunt, wo namentlich die Orte Bafra, Tscharchambich und Samsun hervorzuheben wären, der südliche Abfall des Taurus, die Küste des Ägäischen Meeres und diejenige des Marmerameeres, ferner in Syrien das Küstenland der Provinz Saida, wo der Lattakia und der Abu-Rhia gezogen wurden, dann auch die Bezirke Obere und Untere Kura im Libanon. Als Häfen fungierten Smyrna, Brussa, Trapezunt und Beirut. Im gesamten Gebiet der Türkei erntete man jährlich ungefähr 40 Millionen Kilogramm des Gaumengoldes.

Beim Anbau wurde und wird noch weitgehend folgendermaßen verfahren: Ende Februar bis Anfang März erfolgt die Aussaat auf besonders zugerichteten Mistbeeten. Bei milder Temperatur keimt der Same nach 20 bis 25 Tagen, herrscht dagegen Kälte, kann es 50 bis 60 Tage dauern. Im Mai werden die Pflänzlinge dann auf ein gut bearbeitetes und reichlich gedüngtes Feld im Abstand von circa 10 Zentimetern umgesetzt. Bei der Ernte Ende Juni bis Ende Juli verfährt man wie überall auf der Tabakwelt, man liest die Blätter nach und nach vom Grumpen bis zum Geizen. So werden sie auf Schnüre gezogen und unter freiem Himmel getrocknet. Ungefähr im September werden sie in eine bedeckte Tabakkathedrale gebracht, wo sie bis Dezember bleiben, hierauf kommen sie einen Monat lang unter die Presse. Dann beginnt die mühsame Arbeit des Sortierens, wobei der Bauer zunächst zwei Klassifikationen unterscheidet, dann wird die Ware in Ballen verpackt, die der Kommissionär an den Händler vermittelt. Hat der Tabak vom Bauer ins Magazin des Einkäufers gewechselt, läßt dieser die Ballen wieder auseinandernehmen und die Blätter nochmals sortieren, diesmal in vier Klassen: Dubek, Maxul, Sirapastal und Refusen, und zwar bilden die Dubeks die erste, die Maxuls die zweite, die Sirapastals die dritte und die Refusen die vierte Sorte. So separiert gelangen die Tabake in die Hände der Dengtschie, die sie nochmals Blatt um Blatt durchgehen und dabei Ausschußware eliminieren. Sind die Ballen fertiggestellt, beginnt die Fermentation, der Gärungsprozeß. Sache des Einkäufers ist es nun, durch oftmaliges Umstapeln der Schichten zu verhindern, daß die Blätter verbrennen. Versandfertig ist der Tabak im August. Es kann deshalb immer nur die vorjährige Ernte zur Ausfuhr gebracht werden. Für Deutschland war der Hauptstapelplatz Dresden. Hier hatte die Großzahl der Einkäufer ihren Sitz, wobei mir nicht bekannt ist, ob mein Großvater Hermann Brenner, und die Terminologie der Manipulationen gehört ja in seine Zeit, mit Kollegen in Sachsen-Thüringen Kontakt hatte. Einerseits über Hamburg, anderseits über Triest gelangte der Tabak in die übrigen Teile des Reiches. Aus der europäischen Türkei wurden 1911 4248 Tonnen eingeführt, aus dem asiatischen Raum 2344. Die Menge des in Dresden auf Niederlagen gebrachten, unverarbeiteten Rohtabaks betrug 1910 4448338 Kilogramm. Bei den Händlern machen die Fabrikanten ihre Bestellungen nach Mustern, die ihnen von Reisenden vorgelegt werden, oder sie suchen die gewünschte Ware direkt vor Ort aus. Der Durchschnittspreis eines Kilogramms türkischen Rohtabaks betrug damals im deutschen Großhandel etwa 2 Mark ausschließlich Zoll.

Der Tabak befindet sich also in fabrikationsreifem Zustand, wenn er in die Hände des Zigarettenherstellers gelangt, er kann sogleich mit dem wichtigsten Procedere, mit dem Mischen beginnen. Aus Geschmacksrücksichten enthält kein Rauchstengel nur eine Sorte, mit Ausnahme des Puro, aber auch dort kommen mehrere Havanna-Provenienzen zusammen. Die großen Fabriken halten sich, weil die Komposition des Arkanums zum Subtilsten gehört, besondere technische Beamte, sogenannte Tabakmeister. Es sind dies zumeist Griechen, die mit der Pflanze groß geworden sind, sie pröbeln, kombinieren, mixen, verändern, degustieren, vervollkommnen. Die zur Mixtur bestimmten Blätter werden auf einen Haufen geworfen und mit Wasser angefeuchtet, was deshalb notwendig ist, weil die Spreiten des Gutes sonst beim Schneiden zerstäuben würden. Das erste, über die Qualität des gewöhnlichen Messers hinausgehende Instrument, dessen man sich bediente, war die kleine griechische Lade. Der Tabak wurde in seiner Längsrichtung von einem Arbeiter sorgfältig eingelegt und dann mit den Knien festgepreßt. Das Messerchen führte er mit der Hand auf und ab, während er das Blatt immer weiter an die Schnittfläche vorschob. Ende der fünfziger Jahre des vorigen Jahrhunderts kam die russische Handlade auf, die gegenüber dem griechischen Modell schon bedeutende Verbesserungen aufwies, nämlich der Tabak wurde durch die Auf- und Abwärtsbewegung des Messers automatisch mit Hilfe einer endlosen Schraube manipuliert. Vor dem Ersten Weltkrieg besorgten Maschinen diese Arbeit. Bei der Ferdinand Linsch aus Offenbach bestanden die beiden Hauptteile aus der Lade zur Aufnahme des Tabaks und dem Schneidemaul mit dem scharrierenden Messer. Die Pressung und der Vorschub wurden durch einen gußeisernen, gerieften Zylinder und zwei darüberliegende, ebenfalls geriefte Walzen bewirkt. Er war an der Schaltkurbel bis zum feinsten Schnitt von 10 Millimetern Breite verstellbar.

Die Führung des Messers funktionierte mittels zweier Lenkhebel, die nur an ihrem Drehpunkt geschmiert wurden, so daß der Tabak, was von größter hygienischer Bedeutung war, mit dem Schmieröl niemals in Berührung kommen konnte. Die geringste Abnützung konnte fein nachjustiert werden, damit die Vollkommenheit des Schnittes nicht durch Abnützung litt. Die Schneideeinrichtung war so konstruiert, daß das Mundstück der Guillotine mit abgerundeten Ecken versehen war, ferner erfolgte das Coupieren nie senkrecht zur Lage des Utschatti- oder Dipüsti-Blattes, sondern in einem

Erfahrungswinkel Alpha. Die Stahlgarnitur war mittels einer besonderen Bronzeplatte angebracht, dadurch konnte man sie reparieren oder ersetzen ohne Verlegung in die Werkstätte. Sobald der Apparat vom Arbeiter überladen wurde, blockierte der Vorschub, wodurch Brüche und Preßfalten vermieden wurden. Der zu schneidende Tabak durfte nicht in die Lade hineingezwängt werden, damit er nach der Tranchierung nicht ausfaserte. Die Walzen zogen ihn selbsttätig ein und preßten ihn so weit zusammen, als es für einen sauberen Schnitt notwendig war. Da die Messer immer haarscharf sein mußten, fand sich in jeder Zigarettenfabrik auch eine Schleifmaschine. Sintemal ein gewisser Prozentsatz des Tabaks bei diesem Prozeß zu Staub zerrieben wurde, der keinesfalls in die Zigaretten mitverarbeitet werden durfte, mußte das geschnittene Gut in der Siebmaschine gereinigt werden. Die Trommel, die in rotierende Bewegung versetzt werden konnte, wurde durch acht, mit Drahtgeweben bezogene Rahmen gebildet. Durch eine trichterförmige Öffnung schüttete man den Schnitt in die Trommel, so daß er selbsttätig in den bereitstehenden Kasten fiel. Der ausgesiebte Staub, für die Fabrikation nicht mehr verwendbar, wurde zum Düngen an Gärtner verkauft. Dabei muß bedacht werden, daß dieser Grus zum vollen Preis angeschafft und verzollt wurde. Zur Herstellung der Zigarette gehörte aber nicht nur feinster Mazedonier und Kavalla, sondern auch das so umstrittene Papier. Hermann Arbogast Brenner hält hier, nachdem er sich eine Turmac gegönnt hat, einen Moment inne, um sich darauf zu besinnen, daß er dasselbe Material – und nicht etwa Tabakfolie – für die Schreibmaschine verwendet, daß er zwar dem geneigten Leser immer wieder vorgaukeln kann, es handele sich um Vorstenlanden-Gabillen, doch im Gewerbe der Prosamanufaktur nie um das Zigarettenhülsenmaterial herumkommen wird, folglich zu Recht auch der besonderen Poesie der modernsten aller Rauchersitten gedenkt.

Und da kehren wir zu Frau Irlandes auf dem Tisch des Rundells vor der summenden Jungfernrebenwand liegenden Lau-

rens-Orient-Schachtel zurück, erfreuen uns am Goldsignet
der zwei stilisierten Hähne, konstatieren 26 Milligramm
Goudrons und 1,3 Milligramm Nicotine, öffnen den Mul-
dengewölbedeckel, rot der Namenszug, fondée en 1887, kni-
stern aufgeregt mit dem Butterpapier, das den Spiegel so aro-
mafrisch versiegelt, und goutieren die gepreßte Stange. Ja, da
schwingt in der Orientzigarette, welche die Dichterin von
Elbstein-Bruyère zwischen ihren alterslosen Fingern hält, das
Arkanum mit, wir sehen im Geist die Erntegänge der Pflanze
vom Dipalti, das dem Grumpen entspricht, über Dipüsti, Ana
I, II und III zu Kovalama, Utschatti und Ultschüstü, dem
Obergut vergleichbar. Ein Connaisseur der Cigaritos-Kultur,
was wir, durch und durch der Cigarre verfallen, mitnichten
sind, würde sofort den Gusto der einzelnen Würztabake
unterscheiden können, die mit dem Füllgehäcksel ebenso eine
Vernunftheirat eingehen müssen wie ein Komponist mit einer
Haushälterin. Als erstes Attribut des Geschmackes fällt uns
türkischblond ein, etwas Bosporus-Süßliches, das mit der
neutralen Räucherkerzenschärfe des Papiers einen idealen
Akkord ergibt. Der Nachgeschmack ist mindestens so herb
wie in der Getränkeskala derjenige des mokkaschaumigen
Guiness, vielleicht wäre auch ein Stich Kiff zu registrieren,
der unser Suchtverhalten dergestalt beeinflußt, daß im
Abklingen der Gaumensensationen der Wunsch nach der
nächsten Zigarette liegt. Da wir uns seit Bubenzeiten, als wir
einige Male grün und gelb im Gesicht wurden, das Inhalieren
abgewöhnt haben, streicht der schwer aromatische Rauch
lediglich kräuselnd um die Nase, den Riecher, und steigt
durch die oberen Luftwege klärend ins Gehirn, das so ordent-
lich durchgegerbt wird. In der Waldau meines Tabakgroß-
vaters war es meine Lieblingstante Ideli, welche im Waldau-
stübli, wenn sie sich nach der Küchenarbeit, nach der »A la
maison«-Zubereitung der Rahmschnitzel oder des Poulets
zum Gast, vielleicht zu einem Reisenden setzte, noch im weißen Schurz und mit einem Turban zur Schonung der Frisur,
die Laurens Orient rauchte, allerdings Filtra, mit unnach-

ähmlicher Eleganz hielt sie die Kippe zwischen den Fingern, blies sie den Rauch mit vorgeschobener Unterlippe an der Kaminwand des Gesichtes hoch, während der Gast sich wahrscheinlich aus dem *schtumpechäschtli* etwas hatte bringen lassen, womöglich eine vornehme *chopfzigarre*.

Die Zigarettenfabrikanten bezogen das Papier in zwei Formen, einmal in Bogen für die von Hand angefertigten Hülsen, zum andern in Gestalt von Bobinen für die maschinelle Herstellung. Unter Bobinen versteht man die zum Aufstecken auf Räder bestimmten Rollen, auf denen das Papier in Streifen aufgewickelt wurde. Vorher wurden die Bogen in einer lithographischen Anstalt mit dem Firmenaufdruck und eventuell mit einem Gold- oder Korkbelag versehen. Zum Zuschneiden verwendete man die Schneidemaschine von Karl Krause, Leipzig, mit zwangsläufiger Selbstpressung, sie kostete um 1910 herum runde 3 835 Mark. Die auf das akkurateste zugeschnittenen Papierblättchen wurden von Arbeiterinnen mit Kleister versehen und über einem Stab zur Hülse geklebt. Das Einschieben des Tabaks geschah auf zweierlei Weise, einmal mittels der Kärtel, dann mit Hilfe kleiner Messingbüchsen. Das Handverfahren bestand darin, daß man die Einlage in eine Messingröhre von der Dicke der anzufertigenden Zigarette legte und von da in die Hülse schob, bei Mundstückstengeln wurde der entsprechende Raum für den Pappzylinder freigelassen. Zum Stopfen von 1000 Zigaretten brauchte eine geübte Arbeiterin durchschnittlich sieben, zum Kleben der Hülsen etwa zwei Stunden. Eine der ersten Maschinen war die Durandsche, sie verrichtete selbständig folgende Arbeiten: das Erfassen des Zigarettenpapiers, das Stempeln desselben, das Gummieren, das Schließen und Formen des Stengelendes, die Verteilung des Tabaks, das Füllen und Formen, das Zukleben der Zigarette und die Verpackung in Kartons. Dieses Apparates bediente sich schon Ende der fünfziger Jahre des vorigen Jahrhunderts die französische Tabakregie. Ihr ähnlich waren die später von Lebland, Abadie und Decouflé konstruierten Maschinen, der Fabrikationshergang spielte

sich etwa wie folgt ab: von einer Bobine gelangte der Papier-
streifen an den Schneideapparat, der daraus die kleinen
Blättchen stanzte. Diese wurden mechanisch einem Stab
zugeführt, gedreht und geklebt, um dann vermittelst eines
Gummiringes als fertige Hülsen abgezogen zu werden. Darauf gelangte die Röhre durch die Drehung eines Revolvers
oder einer Treppenleiter vor die Tabakzuführung. Die Häck-
selmischung wurde kontinuierlich auf einem Lederriemen
ausgebreitet und gelangte dabei zwischen zwei Backen, welche sich schließend die Form bildeten. Alsdann wurde das
Orientschnittgut ähnlich wie bei der Handarbeit durch einen
Stößel in die festgehaltene Hülle eingeschoben, und die Zigarette war fertig, bis zu 20 000 Stück pro Tag.

Vom Mai 1881 datiert das erste deutsche Patent Otto Berg-
strässers, der zum ersten Male zur Zuführung und Formung
des Tabakwickels drei in gleicher Richtung fortlaufende endlose Bänder verwendete und damit das kontinuierliche
System schuf. Diese spezifisch deutsche Erfindung gelangte
nach Amerika. Bonsack baute die Maschine um, perfektio-
nierte sie und brachte sie 1882 in Brüssel zur Vorführung. Sie
scheiterte aber zunächst an der Beschränkung auf Zigaretten
ohne Mundstück und an der Überproduktion von 20 Millionen Stück pro Jahr – der Konsum in Deutschland belief sich
auf etwa 5 Millionen. Bonsack mußte ohne Erfolg wieder
nach Amerika zurückkreisen, dafür propagierte sie ein Lands-
mann namens Strauss in allen europäischen Staaten. Erst 12
Jahre später kaufte die in Dresden ansässige Zigarettenfirma
Thessalia eine solche Probemaschine, sie ging später in den
Besitz von Eckstein & Söhne über, die sie bis zum Jahre 1903
in Gebrauch hatte. Die Firma Schilling & Brüning in Bremen
erwarb sämtliche Patente, hatte aber die Rechnung ohne den
Wirt gemacht, da der Bedarf immer noch zu klein war. Im
Anschluß an die Bonsack-Maschine erschien die nach dem
gleichen kontinuierlichen System konstruierte Version von
Elliot auf dem Markt, wie die Typen von Victor, Hilâl und
Calberla produzierte sie 90 000 Stück in zehn Arbeitsstun-

den, durch Anbringung von zwei Messern wurde der Ausstoß auf 220 000 Zigaretten ohne Mundstück erhöht. Und da ist meine Taschen-Zigarettenmaschine Elwa-Extra, deutsches Patent Nr. 916 032, eine leicht konvex gebauchte, geriffelte Silberschachtel, gefüllt mit Van Nelle, Halfzwaar – demi fort. Man drückt das Überrolltuch zu einem Sack hinter der Walze und gibt eine längliche Füllung Tabak hinein, dann legt man ein Job-bleu-Papierchen dahinter, befeuchtet die gummierte Leiste, klappt den Deckel zu, und im Fenster erscheint die fertige Zigarette. Dies wäre das Prunkstück meiner Buben-schätze gewesen, hätte ich als Straßenstrolch in Menzenmang einen solchen Apparat besessen. Im Tabakgeschäft Rohr in Aarau zwischen den Toren besorgte ich mir nebst Van Nelle eines jener Päckchen *Parisiennes ohni*, welche die rauch-quarzstimmige Greta Garbo des Oberwynentals in der Wal-dau verlangte, helles Zitronen-Strohgelb, ein prismatisches Silberbündli, F. J. Burrus, Boncourt, das Emblem des Löwen mit dem Firmenwappen. »Les cigarettes Parisiennes carrées, de fabrication traditionelle, sans filtre ni colle, sont faites de véritable Maryland, importé directement.« Maryland, Bun-desstaat der USA am Atlantischen Ozean, begrenzt von den Staaten Pennsylvania, Delaware und Virginia, Hauptstadt Annapolis. Maryland-Tabake besonders als Schneidegut für Maryland-Zigaretten verwendet. Sortierung nach Erntean-teilen, heavy leaf, thin leaf, seconds, ground leaves und scrap, weiter nach etwa zehn Farbnuancen. Diese Art der Nicotiana tabacum wird ausschließlich luftgetrocknet, air-cured, hat eine lockere Blattsubstanz und ein mildes süßliches Aroma. Verpackung in Holzfässern von 300 bis 400 Kilogramm.

17. Das Circensische und die Geburt
Hoyo de Monterrey des Dieux

Es war nicht das Elternhaus in Menzenmang im Stumpenland, wo ich aus dem mythologischen Chaos und Göttersuhlen, aus der Leichengruft des Alls, aus dem feurigen Meteoritenregen, aus der brackigen Sumpfwüstenei, in der sich mit paläolithischer Geilheit Ur und Ur paaren, erwachte, um die Lichter dieser Welt zu erblicken, sondern eine ganz andere Sphäre, die mich zeitlebens in ihren Bann geschlagen hat. Nennen wir zuerst den Geruch, denn wie die ätherischen Öle und Harze meiner Hoyo de Monterrey des Dieux Flor Extrafina aus der Vuelta Abajo, Pinar del Rio mir Zug um Zug beweisen, sind es fast tierisch erschnupperte Fährten, die uns in die tiefsten Schächte der Kindheit locken, Ambra, Esbouquet, Lavendel, Heliotrop, Bisam, nicht oder vielmehr später zu reden von den kolonialwarenkunterbunt vermengten Spezerei-Aromen im Küchenschrank meiner Friedhofgroßmutter, von der karfangenen Ranzigkeit gewisser Konfitürengläser auf den fauligen Hurden im Weinkeller, vom Wrasen einer Zahnschen Mehlsuppe am Waschtag, alle diese sortiert zu witternden Düfte können nur dann aus den Kolonien meiner Kinderseele in die Gegenwart importiert werden, wenn Menzenmang mit Brunsleben, das Industriedorf im oberen Wynental mit der Stechlinschen Kate auf dem Chaistenberg etwa jene Verbindung eingeht wie ein für seinen Perlbrand berühmtes Vorstenlanden-Deck javanischer Provenienz mit einem Dehli-Umblatt aus Sumatra. Aber ich schweife schon ins Cigarristische ab, was mir der geneigte Leser freilich um so weniger übelnehmen wird, als ich ihm mit diesem Bericht die Zedernholzkiste klappauf entgegenstrecke und ihn auffordere, sich zu bedienen, vereinigen wir uns zu einem Tabakkollegium, wie es unter Friedrich Wilhelm I., dem Soldatenkönig, in Schloß Charlottenburg üblich war, doch auch davon später, vielleicht in einem der stahldunstig zur Erlendecke des Fumoirs emporschwebenden Gespräche mit dem Gutsbesitzer Jérôme von Castelmur-Bondo.

Hier und jetzt, die Hoyo glimmt wirklich vorzüglich, kein seitlicher Fraßbrand, wobei dies immer ein Zeichen dafür ist, daß der Dilettant nicht mit den Purorollen umzugehen versteht, ein kapitaler Geruch, der sich aus den mannigfaltigsten Odeur-Komponenten zusammenballt, Magnesia, Elefantenurin, Kontorsionistinnen-Parfum, Clownschminke und Raubtierbrunst, eine osphresiologische Symphonie unter dem Chapiteau, doch kein Plakat mit einem marktschreierischen Potpourri von Tigerschnauzen, Weißclownmasken und Schleuderbrett-Akrobaten, die ja immer aus Jugoslawien oder Rumänien kommen, die immer The Cretus heißen oder The Marinofs, verwirrte meine Vorfreude, das ganze sicher mit äußerstem Voltigegefühl durchkomponierte Programm bleibt in jenem Dunkel, das ich mythologisch nannte, denn wir alle kommen aus dem Mythos und streben danach, versunken, mit Ausnahme dessen, was die drei Spaßmacher Célito, Rogélio und Fofo zeigten. Drei hohe Cs bestimmten mein Leben, das nun mit sechsundvierzig Jahren der infausten Diagnose wegen zur Engführung wird, das Cimiterische, das Cigarristische und das Circensische. Dämmeriges rötliches Licht herrscht im Zelt, es muß eine Kindervorstellung kurz nach dem Krieg gewesen sein, ich erinnere mich noch an das Geschrei der Brut, das sich mit dem Tobsuchtswüten in der berüchtigten Badi neben dem Friedhof auf der Angermatt in Menzenmang deckt, der beizende Ruch der Manege weht herauf, auf der hintersten und obersten Bank zuäußerst beim Sektoreneingang sitzt mein Vater, dreht den Menzo-Hut in der Hand und grimassiert, zu ihm aufblickend weiß ich nicht, ob er lacht oder weint, er fährt sich durch das ganadolinegepflegte pechschwarze Haar, klopft sich auf die Schenkel, pruscht und gickelt und grient, und diese Gaudimimik macht mir mindestens so sehr angst wie das, was in dem von den vier Scheinwerfermasten mit der Orangetülle ausgeleuchteten Rund geschieht, da tummeln sich drei Fabelwesen um

eine Wetterkabine, zwei mit roten Knollennasen und gelb-
braun gewürfelten Hosen, der aber den Ton angibt, ist ein
breit auswattierter Glitzerengel mit weißer Maske und weißem Zuckerhut, sein wunderbares bis zu den Prinzenknie-
strümpfen reichendes Gewand gleißt bald eisvogelblau, bald
smaragdgrün, bald zuckerlila, je nachdem wie er sich dreht,
und er schreitet ja nicht in seinen Ballettschuhen, er deutet
Pirouetten an, und er spielt ein handliches, achteckiges,
rubinrot geflammtes Instrument, eine sogenannte Konzertina, vielmehr will es spielen, denn die dummen Auguste ver-
eiteln das Konzert immer wieder mit ihren Streichen, einer
klettert auf das Dach der Wetterkabine und hascht mit dem
Netz nach einem Schmetterling. Bevor er ihn aber fangen
kann, bricht der Turm ein und er purzelt in einer weißen
Puderwolke aus der Tür, »Schnee« schreit mir der Vater ins
Ohr, »Meteorologie«, das Wort ist mir noch scharfkantig
gegenwärtig in seiner Unbegreiflichkeit, dann wieder die
Konzertinamusik, die mich restlos betört, *handharpfe*, informiert mich Hermann, der Versicherungsinspektor, warum
dolmetscht er eigentlich, ich erfasse ja alles, diese Urchroma-
tik, diesen chamäleonartigen Harlekins-Schmelz, dieses
akkordeale Tremolo, dieses likörsüße Farbenspiel der Töne,
dieses Perlmutterheimweh, ja, der Vater findet aus seinem
Gepruste gar nicht mehr heraus, und ich spüre die Tränen
kommen, Tränen der trockenen Trunkenheit, wenn man so
will, der Weißclown verführt mein Innerstes. Es gibt den Cir-
cusorchestersound, den ganz spezifischen, in dem die Kapriole
des Lipizzaners, der Flug des Trapezkünstlers, das Fauchen
der Löwen schon enthalten ist, diese Evergreens sind mit höch-
ster Raffinesse arrangiert, bald führt die Klarinette den Saxo-
phonsatz wie bei Glenn Miller, butterweich, bald röhren die
Posaunen unisono zu den Urwaldrhythmen des Schlagzeu-
gers, studiert man die Noten, dominieren die harten Tonarten,
E-Dur, H-Dur und, besonders circensisch, Cis-Dur, nur »O
mein Papa« verlangt nach As-Dur, es ist möglich, daß der
Weißclown Célito »O mein Papa« spielte auf der Konzertina,

die sogenannte »Serenade«. Ganz im Gegensatz zum Rauchen, das fad wird in der Dunkelheit, so daß sogar ein veritabler Connaisseur mit verbundenen Augen eine Sumatra niemals von einer Brasil unterscheiden kann, büßt eine Circus-Band, nur am Radio gehört, nichts von ihrem Glamour ein, nichts von dem für festspielverwöhnte Ohren kitschig, für mich göttlich klingenden Glitz und Glissandoglanz, Trompetengold, in der Tat, aber artefaktisch-polyphonal, kurz hymnisch, und die mit Adventskalenderglimmer aufgemöbelten Notenpulte tragen das ihrige zum balsamisch-seraphischen Schnulzen-Eiapopeia, zum saxophonsexy gebundenen, Crescendi und Decrescendi virtuos ausbeutenden Blechmelos bei, des Kaisers künstliche Nachtigall sozusagen, aber elfköpfig.

Und da passierte das Unerhörte, daß mein Vater, der zivile Grock, seinen Hut verlor, er fiel durch die breite Spalte zwischen den Fußbrettern, und er ließ mich sitzen, eilte sofort die Treppe hinunter, um ihn zu suchen, just in dem Moment, als die Scheinwerfer erloschen und die Clowns einander mit brennenden Pechfackeln die Sektorengänge hochjagten, was gefährlich und gespenstisch wirkte. Ich muß, um dieser ungeheuren Szene gerecht zu werden, einen Brenner Mocca anzünden, einen typischen Silberbündli-Stumpen, kardinalviolett beschriftet, in der Form der Emballage die großen Juteballen aus dem Langkat-Gebiet nachahmend. Ich hatte, daran bestand kein Zweifel, meinen Vater verloren, weder er noch sein Hut würden bei den Fundgegenständen sein, soweit sie von unserem Personal et cetera, der immense Raubtiermagen unter den Rängen hatte ihn verschluckt in dem Moment, als Célito, Rogélio und Fofo einen wilden Fackeltanz entfesselten, bald da, bald dort ins Publikum schossen, die Zuschauer tobten, mein Hut, der hat drei Ecken, im Circusuntergrund der Vater, eine subartistische Unterwelt voller Chimären, und eine stand plötzlich vor mir, kein Schlotterkittel, kein Tollpatschschuh, mit jener Kreide, die der Wolf geschluckt hatte, um die sieben Geißlein zu narren, war sein Gesicht gemalt, wie aus Zuckerguß angeklebt die Ohren, rot ein Nasentupfer, in seinem weißen Handschuh lag ein weißes Stück Zucker, die Hand verschwand hinter der Paillettenrobe, kam wieder zum Vorschein, leer, unzählige Hände hatte der Silbervogel, und plötzlich ergriffen sie mich, hoben mich hoch über die Schaumenge und trugen mich hinunter in den Trichter, wo inzwischen der Feuertanz ein Ende gefunden, rings blendeten die Scheinwerfer, tangorote, eukalyptusgrüne, ischiasblaue Augen aus dem Zelthimmel, ich schrie nicht und zappelte nicht, es war das Normalste der Welt, daß sie wie meinen Vater auch mich den Tigern verfütterten, und nun setzte mich der Weißclown auf ein großes kohlrabenschwarzes Pferd mit himmelblauem Zaumzeug, eine Frau hielt mich fest, sie hatte bunte Federn am ganzen Leib, die mich kitzelten – der Pfiffix, aber das entdeckte ich erst später in der Waldau im Bilderbuch »Mineli und Stineli«, sah so aus –, an ihren Armen glänzten goldene Spangen, eine Peitsche knallte und ich spürte das Hopsen des Arabers, und immer schneller drehte sich der Circus wie ein toll gewordener, Ceresit-Funken sprühender Blechkreisel, den man mit dem Stöpsel antreibt, der Vorhang, purpurrot, sammetschmandig, und dann und wann ein Elefantenpodest, dahinter, mitten am Tag, schwarze Nacht, und die Frau preßte mich hart gegen ihren Bauch, preßte, schrie, preßte, es war ein Bobkanal, ich wurde an hohe Kurvenwände hinaufgeschleudert, schoß durch das große und das kleine Labyrinth, erlitt einen Zentrifugalschock, erhielt von der linken Beckenwand einen Leberhaken, raste durch die Straight dem Tunnelausgang zu, Leap, noch einmal ein Linkshaken, Gunter Sachs, dann lange links gezogen Martineau am Circusausgang, Erddruck 4 g, eine Kreiseltortur ohne Ende, und ich hatte keine Steuerseile in der Hand, die Siorpaes-Sargbüchse folgte blind der Ideallinie, schoß unter den Sonnensegeln durch, ja es wurde Licht, endlich, ein Klaps auf den Hintern löste den Säuglingsjubel über die bestandene Bobtaufe aus.

Ja, ich habe mir als ein im Romantechnischen noch recht unerfahrener Cigarier mit der nachträglich einzuholenden

Billigung des geneigten Lesers erlaubt, die eine, die Circusge-
burt, mit der anderen, der Muttergeburt, zu verquicken, habe
Hermann Arbogast Brenner in diesen mehrmals fermentierten
Blättern, deren Schicksal noch völlig ungewiß ist, das künstliche, das Scheinwerferlicht, Tangorot, Ischiasblau, Eukalyptusgrün, Honiggelb, früher erblicken lassen als dasjenige der
Welt generell, worin nun doch wieder, nicht wahr, Adam Nautilus, eine Art von verquerem Kunstverstand liegen mag, wie
ich ihn mir en passant erwerbe, als halbwegs seßhaft gewordener Gesellschafter des Schloßherrn in Brunsleben, unendlich
viel lernend von den weitschweifigen Exkursen des Emeritus,
noch mehr freilich von der Anatomie der Cigarre, die aus Einlage, Umblatt und Deckblatt besteht und deren Pneuma mich
mit den Vorfahren ebenso wie mit den Göttern verbindet.
Kunstverstand inwiefern? Weil die Arena älter ist als die Welt,
das Artistische höher rangiert als das blutige Leben, das immer
zufällig, nie gesetzlich ist. Und wenn ich sage, daß das Cimiterische, Cigarristische und Circensische meine Existenz domi-
nierten, muß ich auch gleich das Prestidigitatorische und das
Illusionistische hinzuzählen, auf den Nenner der drei hohen Cs
zu bringen mit dem Fachausdruck »Comedy Magic«. Es trifft
aber nicht zu, daß ich an jenem zunächst morgenklaren, dann
tüppigdiesigen und schließlich gewittergrollenden, strich-
weise verhagelten 10. Juli 1942 notfallmäßig im Liliputaner-
wagen des Circus Knie von einem im Publikum aufgestöber-
ten, von Gynäkologie nur wenig verstehenden Landarzt zur
Welt gebracht wurde, es kann leider nicht sein, weil meiner
Mutter alles Budenstadtmäßige, Schaustellerhafte zutiefst
fremd war und weil das damals noch recht bescheidene, von
Louis aus der vierten und Fredy aus der fünften Generation
geführte Familienunternehmen am 10. Juli nicht in Reinach,
sondern in Biel gastierte. Es trifft auch nicht zu, daß meine
Mutter an meiner Geburt gestorben ist und ich von einer Gou-
vernante aufgezogen wurde, leider, denn eine aus dem Welsch-
land, aus Dijon oder gar Paris stammende Bonne – mein Vater
hätte sie während des Studiums an der Akademie Léger ken-

nenlernen können – hätte dem Erotisch-Spekulativen in Menzenmang ungeahnte Geplänkel-Dimensionen erschlossen, es wäre dann alles, was ich an der schwieligen, hornhäutigen Pflanzplätz-Hand meiner Friedhofgroßmutter erlebt und entdeckt hatte, von einer Franzmännin geprägt gewesen, meine Existenz hätte allein dieses winzigen Details wegen eine völlig andere Richtung genommen, zumal dann, wenn die Dame im Versteck ihrer Mansarde nicht nur Parisiennes ohne Filter geraucht, sondern mir über die zitronengelb hochkant silbrige Marke schon früh das Tabakistische erschlossen hätte, es wäre, Herzflimmern, zweifellos nicht bei der Verführung zum Nikotin geblieben. Nun, wie mein Sohn Matthias zu sagen pflegt: *hätti doch nume.*

Ich hätte da recht wenig zu hätten gehabt, und mir scheint, es zieme einem verhinderten Tabakfabrikanten, sich dem freudigen Ereignis auf Umwegen anzunähern, mit Blut möglichst sparsam umzugehen, und deshalb befrage ich mit einem sogenannten Leuchtleseglas, einer Lupe lumineuse der Firma Eschenbach aus Nürnberg, technische Daten 2,5 Volt, 0,2 Ampere, eine verkleinerte Fotokopie des »Aargauer Tagblattes« vom Freitag, dem 10. Juli 1942, 96. Jahrgang, Jahresabonnement Fr. 22,–, jener Zeitung also, von der ich annehmen kann, daß sie meine Mutter zur Zerstreuung auf der Frauenabteilung des Aarauer Kantonsspitals zumindest anblätterte, wenn ihr der angeborene Reinlichkeitswahn nicht verbot, Druckerschwärze mit Duvetweiß in Verbindung zu bringen. Ob sie der Briefträger von Menzenmang, Postfritzen-Heinis-Hansuelis, zusammen mit dem »Wynentaler Blatt« und der in unseren mit dem schönen Genitiv »Fabrikants« bezeichneten Kreisen obligaten »Neuen Zürcher Zeitung« in den Messingschlitz der Haustür an der Sandstraße steckte, läßt sich nicht mehr eruieren. Kurz, die USA anerkannten an diesem Freitag militärisch General de Gaulle, das Oberkommando der deutschen Wehrmacht durfte unkommentiert die Vernichtung von 289 feindlichen Panzern im Raume nördlich und nordwestlich von Orel melden sowie die erfolgreiche Verteidigung eines Brückenkopfes an der Wolchowfront, was im Zusammenhang gesehen werden muß mit dem Durchbruch der Hitlertruppen westlich des Don auf einer Breite von über 500 Kilometern; United Press verkündete die Ablösung des türkischen Ministerpräsidenten Inönü durch den bisherigen Außenminister Saradschogln; Havas, pikanterweise so benannt nach der größten Journaille, dem winkelhaftesten Phrasenhengst aller Zeiten, weshalb sich bis heute die Wendung erhalten hat *du verzapfsch en havas*, dichtete Präsident Roosevelt eine Unterredung mit dem Oberbefehlshaber der amerikanischen Kriegsflotte an; im Inland wurde bekanntgegeben, daß das Kriegsindustrie- und Arbeitsamt vom Bundesrat ermächtigt worden sei – welch ein ominöses Wort –, die Ablieferungspflicht für Gummireifen und Luftschläuche zu verfügen, weil vor allem die Traktorfahrer hamsterten; die Aargauer Bürger wurden über die kantonale Abstimmungsvorlage vom 12. Juli informiert, über das Gesetz betreffend die Finanzierung von Kriegs- und Krisenmaßnahmen, die Erhebung eines kantonalen Zuschlags zur eidgenössischen Wehrsteuer und die Beibehaltung des Salzpreises; die Ratschläge einer erfahrenen Hausfrau, blockbuchstabig getitelt, galten der konservierenden Kraft des Zuckers; im Feuilleton unter dem Strich fand Cronins Roman »Die Dame mit den Nelken« seine ratenweise Fortsetzung; in Buchs verunglückte der 85jährige Bahnarbeiter Ernst Furrer beim Abladen eines Rollis; im kursivgedruckten Maienzug-Gedicht fragte der Lokalpoet Gustav Meier, »ob aus dem Paradies wir Kinder sind«; Radio Beromünster verätherte um 11.20 Uhr Soldatenlieder; das Miederwarengeschäft Wullschleger in der Hinteren Vorstadt warb für das Korsett nach Maß; und, welch ein Zusammentreffen, mein späterer Kinderheim-KZ-Ort Amden pries sich als Luftkur-Station an; nach dem Register des Friedhofgärtners fanden im zweiten Quartal 1942 17 Erdbestattungen und 19 Kremationen statt; im Kreuzworträtsel, sieben senkrecht, wurde nach dem verkehrten italienischen Ich gefragt.

Das Lokale, dies war schon immer meine Meinung, ist das wahre Poetische, ich könnte mich, eine Sumatra-Importe von La Paz rauchend, stundenlang in diesem Panoptikum der Schwarzen Kunst umtun, das Bonmot, nichts sei so alt wie die Zeitung von gestern, wird, je weiter man im Bund zurückblättert, desto zahmer, es ist für Hermann Arbogast Brenner das Aufregendste, dem nachzuspüren, was seine Eltern am Tag seiner Geburt gelesen haben könnten, so etwa die lokalpatriotisch aufgeblähte Maienzugs-Orgie, »eine erwartungsvolle Feststimmung lag über dem ehrwürdigen, von stolzen Bäumen und bunten Flaggen umsäumten Telliring«, als die schneeweiß gewandete Champignon-Zucht Gellerts »Die Himmel rühmen« der Hochsommerluft anvertrauten, der Redaktor oder Reporter nannte die mittägliche Verpflegung schlicht die »Speisung von Zehntausenden«, gegen Abend vertrieb ein heftiges Gewitter »die älteren Semester« von der Schanzmatt, also eine Mischung von Schön- und Schlechtwetterprogramm, was eine Umhissung der Schweizer Fahne auf dem Turm der Stadtkirche zur Folge gehabt haben muß. Vize-Stadtammann Eduard Frey-Wilson fragte sich in Mundart, ob wohl aus der versammelten Jugend ein »wackeres Geschlecht« erwachsen werde, das den alten Schweizer Geist wieder pflege, ob aus den strammen Kadetten tüchtige Wehrmänner würden, von den Schweizerinnen verlangte er lediglich, daß sie ihren Mann – was für ein Transvestitismus – am häuslichen Herd stellten, vom dräuenden Krieg war die Rede in meteorologischer Terminologie, die Parole »bis zum letzten Mann« fiel in der Telli. Und der Kantonsschüler Gustav Siebenmann redete unter dem Motto »s'Schineli« vom Heuet im Landdienst, im Verbindungsvollwichs und flankiert von zwei Hörnlifuchsen. Das war, damals so giebelselig wie heute, Alt-Aarau in Reinkultur, während den Säugling auf der gynäkologischen Abteilung, Zimmer 23, vor allem das Gewitter postnatal beeindruckt haben muß, Hermann Arbogast Brenners bevorzugte Naturstimmung, gar auf Brunsleben, wo sich die Wolken über dem Chaistenberg türmen, wo

229

im vergangenen Jahr der Blitz ins Dach der Spornpächterkate einschlug.

Meine Mutter, so steht es im Familienalbum, verspeiste am Abend eine Forelle. Acht Fotoseiten sind dem »großen Ereignis«, auch hier ein typischer Schreibfehler meines Vaters, gewidmet, die Rechnung des Kantonsspitals Aarau vermerkt eine Vorzahlung in der Höhe von Fr. 100,– »Von Ungenannt«. Ungenannt war mein Tabakgroßvater aus der Waldau, der landauf, landab beliebte Gastwirt, Pilzkenner, Jäger, Angler, Soldat, Mitglied des Männerchors Frohsinn. Hermann Arbogast, die um 6.00 Uhr erfolgte Sturzgeburt, war der erste Waldau-Enkel, und nicht nur in der Maienzug-Kapitale war geflaggt, auch auf dem Geländer-Altan des Burger Schulhauses, das einen *anheimelt*. Wenn man mit der WSB in Leimbach in die lange Gerade des Reinacher Mooses einbiegt, flatterte die Schweizer Fahne im Gewitterwind. In meiner Heimatgemeinde ist es Brauch, bei der Geburt eines neuen Erdenbürgers die Landesfarben zu hissen, handelt es sich um ein Mädchen, begnügt man sich mit dem blau-weiß-schwarzen Aargauer Tuch, vielleicht eingedenk des Volkslieds »Im Aargäu sind zwöi Liebi«, wo der Knabe, mannbar geworden, ins Feld zieht, dieweil sein Schatz den drei Sternen und den drei Wellen treu bleibt, der heimatlichen Scholle, die erwachsene Maid darf sich denn auch auf die schöne Aargauer Tracht freuen, während unser im Alter von zwanzig Jahren das vermaledeite Tannige harrt, und oft ist es vom grünen Wams bis zum hölzernen Rock ein allzu kurzer Weg. Es ist dem geneigten Gourmet dieser bescheidenen Tabakblätter kaum zu vermitteln, was aus mir hätte werden können, wenn mein Großvater, der am 20. September 1943 starb, statt einundsechzig einundachtzig Jahre gelebt hätte oder Mandi, der sich auf Seite 32 des dicken Bandes »Drei Generationen Waldau« am 23. September 1941 als zweites Glied von der achtköpfigen Familie löste, Gertrud Emmy Pfendsack bereits fünf Jahre früher kennengelernt hätte. Warum, ihr Generationen alle, habt ihr mir den dringend benötigten Vorsprung von lumpigen 240 Monaten nicht gegeben, damit ich hätte die Wirtschaft auf der Anhöhe vor dem Stierenberg, das Tabakgeschäft, das Jagdpatent und die Fischenz übernehmen können? Zwar dokumentiert ein rosa Streifen mit der Skala vom 23. September 1941 bis zum 10. Juli 1942, daß alles so schnell wie möglich und korrekt vonstatten ging, dennoch hatte Hermann IV. keine Chance, das Verhängnis abzuwenden. Großvaters Anteile an der Rohtabak-Agentur Gebrüder Brenner gingen auf dem Sterbebett, als ich also noch ans Laufgitter gefesselt war, an Bertrand den Älteren über, der Gasthof wurde anno sechsundfünfzig, kurz nach dem Tod der Großmutter Rosa Brenner-Suter, genannt *Müeti*, verkauft, am Kadettenball nach der Kaderwahl auf dem Fußballplatz Fluckmatt, wo ich mir den Gruppenführer rechts dadurch verscherzt hatte, daß ich beim Kommandieren über den Penaltypunkt gestolpert war, saß ich als hoch aufgeschossener Fremdling im Säli einer Dame gegenüber, mit der ich nicht ein einziges Mal zu tanzen wagte, und rauchte Nordpol Filter.

Dies bin ich bis auf meine späten Tage in Brunsleben geblieben, ein qualmender Fremdling, ein gescheiterter Tabakkaufmann, in Menzenmang auf erbrechtlich korrekte Weise enteignet, Schloßgutverweser, Gesellschafter von Jérôme von Castelmur-Bondo, der sich keinen Intellektuellen, sondern einen robusten Gärtner gewünscht hatte, einen, der nicht zimperlich tut, wenn das Heizöl der Kälte wegen unbrauchbar wird und man eine Ofenüberbrückung mit Fässern schaffen muß, einen, der nicht reklamiert, wenn der Blitz ins Dachstudio einschlägt und der grüne Verputz im Hauseingang herunterbröselt, aber dank der Tabakrente, die mir mein Cousin zweiten Grades, Johann Caspar Brenner, der das Stammhaus in Pfeffikon führt, verschafft hat, habe ich mein Auskommen und kann in aller Muße die edelsten Blätter rauchen, kann meiner Kindheit im Stumpenland nachhängen, wissend, daß der Mensch nur einmal in seinem Leben ernsthaft die Suche nach der verlorenen Zeit betreibt, dann, wenn seine Stunde unabänderlich geschlagen hat.

18. Das verschollene Bilderbuch
Tobajara Reales Brasil

Gestern meldete der Wetterbericht: weiterhin schön und
heiß, Gewitter möglich. Das Thermometer kletterte auf 30
Grad, die Nullgradgrenze lag auf 4000 Meter. Auf dem Bild
des europäischen Satelliten von Dienstagmittag, aufgenommen aus einer Höhe von 36000 Kilometer, war das Wolken-
band sichtbar, das sich von der Biskaya über Westfrankreich
und die Nordsee bis gegen Island erstreckte. Angesichts der
milden Nächte wies der Wetterfrosch meiner Zürcher Tageszeitung auf ein Phänomen hin, das bei klarem Himmel sehr
schön zu beobachten sei. Zwischen dem 10. und 14. August
träten häufig Sternschnuppen auf. Sie gehörten zum Meteor-
schwarm der Perseiden, der alljährlich um diese Jahreszeit
auftritt. Da am Freitag Neumond sein werde, seien die
Nächte relativ dunkel, was für die Leuchtkraft der Himmels-
körper, die circensische Arena aus indigoblauem Taft, sehr
günstig sei. Im Maximum sollten bis zu 70 Sternschnuppen
pro Stunde gesichtet werden können. Die übrige Entwicklung: der Alpenraum verbleibt auch in den nächsten Tagen
am Südrand der nordhemisphärischen Westwindzone im
Bereich warmer bis sehr warmer Luftmassen. Tiefausläufer
streifen dabei zeitweise auch die Schweiz und verursachen
jeweils erhöhte Gewitterneigung. Im wesentlichen bleibt aber
weiterhin das Azorenhoch wetterbestimmend, das sich
immer wieder nach Mitteleuropa ausdehnt.

Ich beschloß, im Landgasthof Schloß Böttstein bei Patron
Torokoff zu nachtmahlen, auf der Terrasse herrschte Hoch-
betrieb, weshalb ich den Saal mit den Kronleuchtern bevorzugte, einen Raum von etwa 100 Quadratmetern, zwei
Fenster gehen auf die Aare, vier vollverglaste Türen gegen
den Garten. Ein wunderbares Hortensien-Arrangement
spielte löschblattviolett-gelblich mit den grauen Stuck-
Rocaillen über den Lichtstürzen, welche wiederum das kali-

geschliffene Brimborium der mit Rauten, Wachteln und Bir-
neln über und über behangenen Maria-Theresia-Lampen bis
hin zu den fünf- und dreikerzigen Appliquen an den weiß
getünchten Wänden mozarteisch vertonten. Nach der Truite
au bleu mit dunkelbrauner Butter genoß ich einen Tomaten-
salat mit Mozzarella und Basilikum, dazu trank ich eine
halbe Flasche Yvorne Clos du Rocher. Zum Käse wählte ich
einen Château de Feuzal 1978, grand cru classé, dann verließ
ich das Landschloß, um im Ebnet in aller Stille meine Romeo
y Julieta Cedros de Luxe zu rauchen und auf die Sternschnuppen zu warten. Als der erste Funkenkörper über den Südhim-
mel ritt, war ich im Zweifel, ob ich mir nun was wünschen
solle, denn die drei klassischen Desiderate Liebe, Gesundheit
und beruflicher Erfolg lagen alle hinter mir. War es nicht besser, sich an das zu halten, was man von der Castelmur-Bank
im Ebnet aus sehen konnte, im Osten Andromeda und Cas-
siopeia, Wassermann, Pegasus und die Fische, im Süden den
Atair mit einer Helligkeit von 0,89 und dem ganz selten
aufscheinenden Schützen im Meridian, durch Steinbock,
Schütze und Skorpion zog sich in flachem Bogen die Ekliptik,
über der im Südwesten noch einige Fixpunkte der Waage auszumachen waren. Das Band der Milchstraße begann hoch
oben im Südosten und zog sich schräg herunter durch Adler
und Schlange. Und da zischte wieder eine Schnuppe lautlos
aus dem Perseiden-Haufen. Nein, Hermann Arbogast Brenner wünschte sich nichts weiter, als mit seiner Kindheit zu
Rande zu kommen, mit den herzwandwärts brennenden
Intarsien der frühesten Jahre in Menzenmang.

Und wieder erwache ich, da ich die Tobajara Reales Brasil
anglimmen lasse, in einem fremden Raum, in einem fremden
Bett, an einem mörderischen Schmerz, der sich wie eine Naht
quer über meinen Bauch zieht, so als würden lauter kleine
Faschiermesser in meinem Bauch gedreht. Im Schein der
Lampe sehe ich das ermattete Gesicht meiner Mutter, über
der Tür leuchtet ein blaues Auge, und es dauert von Ewigkeit
zu Ewigkeit, bis jeweils die Schwester mit der gestärkten

Haube hereinkommt und mir einen Fingerhut voll Tee einflößt gegen den Wüstenbrand in der Kehle, wahrlich nur ein paar Tropfen auf die heiße Zunge, das Höchste, was in diesem Moment halluzinierbar ist, wäre eine Flasche Orangina, ich mußte damals schon mit dem Sortiment der Limonadensprudel im spinnwebenverhangenen Gewölbe des Waldau-Kellers vertraut sein, denn ich traf als kleiner Schmerzensmann eine Wahl, entschied mich gegen das purpurne Virano und das nubierschwarze Vivi Kola und das anisgelbe Ananas und das selterklare Eglisana für das kugelbauchige Orangina, es schien mir am besten geeignet zu sein, der Verheerung in meinem Unterleib ein Ende zu bereiten. Die Mutter dreht sich auf dem Feldbett nach mir um, wenn ich stöhne, doch ihre Lider, seltsam muscheltierhaft bei abgenommener Brille, bleiben geschlossen, sie hat Migräne wie später oder damals in der Maiensäßhütte auf Plän Vest. Und dieses Bild muß ich genau haben, wozu ich das kleine der zahlreichen Familienalben aufschlage, das Spitalfoto auf der Seite »Das große Ereigniss«, ja, ich lasse den orthographischen Fehler meines Vaters Mandi stehen, denn ich liebe die Art, wie er die Wörter verunstaltete, eine bildhübsche Frau, diese Gertrud Emmy Pfendsack, ihr Blick ruht auf dem Neugeborenen mit den zugebundenen Pfötchen, die Sturzgeburt soll glatt und ohne Komplikationen verlaufen sein, nur in den Einleitungswehen hatte man sich getäuscht, denn Mama hatte am 9. Juli 1942 abends Schilttaler Kirschen eingemacht, dabei immer wieder von den Früchten genascht und die ziehenden Schmerzen für Bauchkrämpfe gehalten, so daß es dann mitten im Krieg gar nicht so einfach war, nach Mitternacht ein Taxi aufzutreiben, das uns, ja, ich zähle mich bereits mit, nach Aarau ins Kantonsspital fuhr.

Nun sind wir also wieder zusammen hospitalisiert, diesmal im Bezirksspital von Menzenmang, und ich erwache mit dem Rasiermesserschmerz im Unterleib, nachdem ich bereits während der Operation, es handelte sich um einen Leistenbruch, einmal aus der Narkose aufgeschreckt bin und Doktor Axel

Auer, unsern Nachbarn, ein wahres Rauhbein einer männlichen Hebamme, sagen hörte: Der wird ein tapferer Soldat. Dann verschlug mir ein durchtränkter Lappen den Atem. Ob Hermann Arbogast Brenner diese Prophezeiung als Panzerfahrer in der Winterrekrutenschule 1962 in der Thuner Hauptkaserne erfüllt hat, bleibe dahingestellt, immerhin verhielt ich mich den Umständen entsprechend heroisch, als ich im Gantrisch-Gebiet Schießwache halten mußte, damit meine Dienstkameraden von einem tief verschneiten Ausflugsberg aus Kriegsmunition aus den G13-Geschützen in die Bergwelt pfeffern konnten. Mit Skiern und einem Funkgerät hatte ich nach einem vierstündigen Fell-Aufstieg die verlassene Hütte erreicht, deren Boden der lecken Schindeln wegen weiß eingepulvert war. In einer rostigen Badewanne, die, von welcher Sanitärkultur auch immer zeugend, herumstand, gelang es mir dank vier Jahren Pfadfinderausbildung ein Feuer ohne Papier zu entfachen. Doch als das Schießen begann, stand ich leider auf der falschen Seite, hatte die Schweizer Armee in Gestalt einer Panzerrekrutenschule unter dem Kommando von Oberleutnant Gläser gegen mich, ich hörte am Pfeifton, daß die erste Granate nicht über mir, sondern in mir einschlagen würde. Das war die Schrecksekunde meines jungen Lebens, zu wissen, jetzt bist du dran, nur weil sich der Idiot an der Kanone in der Distanz verschätzt hat. Als die Bombe circa hundert Meter unter meiner Hütte ein paar Tannen des Bannwaldes fällte, funkte ich sofort in den Gefechtsstand: Seid ihr total verrückt, wer war das? Dann die Stimme meines Korporals Jenny von der Zürcher Goldküste: Brenner, sind Sie okay? Nichts da okay, ihr Schwerverbrecher, ich ziehe sofort die Schießwache ein. Wer war das? Nun schaltete sich der Leutnant unseres Zuges ein: Brenner? Brav gemacht. Es war Rekrut Wider, der Schieber stand nicht auf »neutral«. Sieh mal an, dachte ich schlotternd, denn das Feuer war längst ausgegangen, die neutrale Schweiz bringt die eigenen Leute in Gefahr, weil Rekrut Wider in der Hitze des Gefechts vergißt, den Schieber zu kontrollieren, das ist ja wohl der Kaktus der Woche, das habt ihr nun davon, daß die Herren Unteroffiziere den Landwirt auf dem Exerzierplatz, Front Stockhorn, auslachten, weil er das *hinderzihäubörzeli* nicht zustande brachte. Panzerjäger Brenner, schloß der Leutnant die Diskussion – nun wurde ich auch noch vom Rekruten zum Soldaten befördert –, Sie bleiben auf Posten, der erste Zug ist an der Reihe, Oberleutnant Gläser kontrolliert persönlich jede Distanztrommel-Einstellung. Von da an war nichts mehr gegen das Pfeifen der Kriegsgranaten einzuwenden, die programmgemäß in den Gantrisch-Mulden detonierten und Staublawinen auslösten.

Als es endlich Tag wird hinter den hohen Gardinen und sich die gelben Wände des Einzelzimmers im Spital Menzenmang aus dem Grau herauslösen, verläßt mich die Mutter, und ich schreie zetermordio, denn was von den Wöchnerinnen gesagt wird, gilt auch für die Erstgeborenen, man soll ihnen nie einen größeren Schmerz zumuten als denjenigen der wildesten Wehen, dies aber ist eine Qual und Passion und Tortur ohnegleichen, es ist undenkbar, auch nur eine Minute in meinem Zimmer allein zu bleiben, denn vor dem Fenster im Garten der Klinik steht eine Rotunde, das Siechenhaus, es ist schwefelgelb wie der Verputz an meinen Wänden, und die Schwester kommt hereingestürzt, droht, daß die Naht platzen werde, wenn ich weiter einen solchen Radau veranstalte, was mir völlig egal ist, die Mutter indessen hört mich, wie sie später berichtete, bis zum Schulhausplatz hinunter, was für eine unselige Idee, mich, das Einzelkind, privat einzulagern, doch woher konnten meine Eltern wissen, daß ich in einem Saal mit acht jugendlichen Patienten nicht mehr, sondern weniger gelitten hätte, sie meinten es nur gut mit dir, wie oft habe ich diesen Satz als Entschuldigung gehört, wir haben es nur gut gemeint, alle Wohlerzogenen streben danach, und in der panischen Angst, ja keinen Fehler zu begehen, mißachten sie die primitivsten Grundregeln, etwa daß Ablenkung die beste Medizin gegen Heimweh ist.

Aber ich kriege Besuch und werde beschert, aus einer ihrer unsäglich brotsuppengeschleckten Katzengläck-Tüten zieht meine Friedhofgroßmutter den roten Märklin-Speisewagen von Vetter Hans auf der Platte, dazu drei gerade Schienen, es ist das Gefährt, das ich, wenn wir zu Tante Klärli auf die *löitsch* gingen, immer als Lokomotive benutzte, weil naturgemäß die fünfachsige CS 65/13020 mit der dicken Stirnlampe über dem geschlitzten Kühler und den beiden federnden Pantographen in der Kartonschachtel verschlossen blieb, dem Boboli von der Sandstraße, so wurde ich allenthalben gerufen, konnte man diese Maschine noch nicht anvertrauen, hinzu kam die Unberechenbarkeit von Onkel Emil, genannt *Emiu*, der, eine Toscani schwarz seifernd im Mundwinkel, in seinen Hausschlarpen in die Stube geschlurft kam und die ganze Schienenanlage hinwegfegte, weil er nur die Meteorologie im Kopf hatte und auf den eichenschnitzwerkumrahmten Messer zuschritt mit dem Satz *was macht de baarmeter*, doch hier im Krankenbett, und ich begreife die Lektion sehr wohl, eine Narbe im Bauch ist auch ein Schutz, darf ich ungestört den zinnoberrot-blechernen Mitropa-Wagen auf den massiven Drehgestellen mit den Türen zum Öffnen, noch sehe ich die Messingfällchen, auf dem Stumpengeleise aufbauen und endlos hin und her schieben, mich ergötzend an den scharfkantigen Fenstern, den Federpuffern und den Rahmen für die Harmonikaverbindung, und die Friedhofgroßmutter steigert sich von Besuch zu Besuch, zwar bleibt der Herzenswunsch Orangina unerfüllt, ich friste meine Nachmittage bei Tee und etwas Zwieback, wobei mich die Hug-Packung auf dem Nachttischchen beschäftigt, denn sie ist, vornehm silber-matt-schwarz, gleichsam edelpatiniert, mit einem Medaillon verziert, in dem ein vornehmer Herr das viel kleinere Oval eines Puppenpakets Hug-Zwieback betrachtet, weil er sich dasselbe fragt wie ich: Wie weit läßt sich die Reihe fortsetzen? Denn auf der Miniaturschachtel ist wieder derselbe Mann abgebildet, der, und so weiter, und so fort, aber wie weit, dieser Effekt der wiederholten Spiegelung verkürzte mir die Wartestunden angesichts der Siechenrotunde, aus der manchmal gepreßte Schreie drangen, das gequälte Aufbegehren der Kreatur, das ich Jahrzehnte später auf meinen Patientenspaziergängen in der Friedmatt und in Königsfelden registrierte, wenn ich, als Insasse der offenen Abteilung, an den vergitterten Güterbahnhöfen des abgeschobenen Menschengutes vorbeikam.

Da ist es also, das verschollene Bilderbuch, ich entflamme die Tobajara neu, Charutos finos de alta qualitade, handmade in Brasil, zinnobergrün eingefaßte Bauchbinde in zartem Beige, das mich die gesteppten Bauchschmerzen und das genoppte Heimweh vergessen läßt, Edwins schöne Mama, es stammt aus dem Fundus von Onkel Otto Weber-Brenner, die Zeit steht still, während ich mich satt sehe an den drolligen Kobolden und Tieren, beim Umblättern der Seiten steigt ein dünner Staubflor in die Balken der Sonne, und ein süßlicher Geruch wie von gedörrten Schnitzen bleibt haften. Wahrscheinlich war es in der Art der Münchner Bilderbogen komponiert, worauf der alternierende Rhythmus von sukzessiven Streich-Kapriolen und ganzseitigen Tafeln schließen läßt, doch alle Nachforschungen zu verschiedenen Zeiten meines Erwachsenenlebens blieben vergeblich. Keine Angst, geneigter Leser, Hermann Arbogast Brenner stimmt nicht wieder in die Philippika wider seine Ramschgeschwister ein, er weiß, daß mit dem überraschenden Fund im Riesenwalmestrich zu Menzenmang die leuchtenden Farben des ersten Schauens erloschen wären, weiß, daß nie mehr so schlau durchtrieben wie in der ersten Stunde der grinsende Lausbubenzwerg auf das Brett des Fischers springt, so daß der Bärtige in einem Rückwärtssalto nach hinten kippt und der Kumpan mit der bereitgehaltenen Mütze den silberschuppigen Barsch auffangen kann. Da ist das Knorr-Mannli aus schwarzem Gummi, das auf einer Wiese tanzt, Spagate in der Luft reißend wie Rumpelstilz – ach wie gut, daß niemand weiß – doch die beiden Gockel haben anderes im Sinn, sie packen den Kobold mit ihren Schnäbeln und ziehen ihn in die Länge, so daß das fleischfarbene Gesichtchen immer elliptischer wird, und als er zu einer Schnur gespannt über dem Gras hängt, lassen sie ihn *schletze*. Wie übersteht man, selbst als Kontorsionist, eine solche Dehnung? Und da ist das krumme Bäuerlein mit seiner Baßgeige, vergnügt aufspielend vor der Werkstatt eines Schreiners, der hinter dem Fenster lauert und darauf sinnt, wie er dieses Gedudel zum Schweigen bringen könnte. In der Pause, da der Musikant einen fein gedellten Humpen Bier leert, vertauscht der amusische Handwerksmann den Fiedelbogen gegen eine Bandsäge, nichtsahnend setzt der Knorrige sein Konzert fort und zerstört den Resonanzkasten, in der Linken hält er entsetzt das Griffbrett mit den Schnecken, der ausgezackte Maikäferbauch kullert zu Boden. Mich beschäftigen zwei Dinge: die Technik der Darstellung und die Zwangsläufigkeit, mit der diese Geschichten abgewickelt werden, weniger der moralische Gehalt, wobei mich schon rührt, daß das verliebte Vogelpaar im gemütlich rauchenden Häuschen den anklopfenden Specht draußen im Regen stehenläßt, so daß der patschnasse Solitär die Dachrinne in den Kamin biegt und ein Sturzbach aus der offenen Tür schießt, wo die beiden Turtelmeisen entsetzt ihr Glück davonschwimmen sehen, aber größer ist die Neugier auf die Inneneinrichtung, von der im gähnenden Loch rein nichts zu sehen ist, kein flaumiges Nest also, wie mir der Vater erzählt hatte, wenn er mir die emsig ein und aus fliegenden Weibchen im Birnbaum zeigte. O ewige Kinderfrage: Was hält die Welt im Innersten zusammen, was kommt zum Vorschein, wenn man die Handharmonika auftrennt?

Natürlich habe auch ich als Kind das eine oder andere kaputtgemacht, eben zum Beispiel eine alte Harpfe, weil ich bei Tante Lili am Ölberg Blockflötenunterricht nehmen mußte und nicht bei der schönen Elvyra an der Waldaustraße das diatonische System lernen durfte wie mein Busenfreund Peter Häggli-Brenner aus Burg. Es war kein Blendarkaden-Instrument wie die chromatische Orgel des tief im Gemüt gestauchten Riemi-Weber, dessen pergamenten zerknittertes

Gesicht beim Gläserspülen stets zusammenzuckte, weil ein unreines Fis sein absolutes Gehör nervte, vielmehr ein nachtfalterstaubiges, pfauenaugentapetenverklebtes Ungetüm mit einem lecken Balg und schwer schnaufenden Bässen, die Perlmutterknöpfe teils abgewetzt, teils zu schnarrenden Ostinatotönen blockiert. Eines Morgens behändigte ich Mutters Stoff- oder Vaters Papierschere, holte das Wrack aus dem dunklen Kastenbauch meines Spielzeugschranks im Buffet der doble-claro-braunen Stube und schnitt in die Falten, anstrengend war die Zerstörungsarbeit, denn ich wollte wissen, woher die zauberhafte, selbst in diesem Clochard-Exemplar noch divin nachheulende Musik kam, und als die beiden Hälften auseinanderfielen, sah ich, sie kam nirgendswoher, da gab es zwar Zungenbretter mit roten Käpsliplättchen, und dieses Kartätschenrot schien durchaus etwas zu tun zu haben mit den brillanten Läufen, die Riemi-Webers mehlige Finger auf der elfenbeinernen Tastatur erwanderten, doch insgesamt war das schäbige Holzgekröse doch weit entfernt von der Androiden-Mechanik, die sich im Innern von Spieldosen fand, und diese Handharpfen-Operation am verregneten Sonntagvormittag in der Fabrikantenvilla von Menzenmang ist von der Stimmung her so bezeichnend für die traurige Verschollenheit meiner Tabakkindheit in der geordneten Welt der Erwachsenen, die verhindern wollten, daß ich ein Ländlerkönig werde, Irlande von Elbstein-Bruyère war dem Kolonisten Charly verfallen, wenn er in schwülen Nächten, da der Herr der Gewitter am südlichen Sälgen-Fenster stand und in das feurige Geäder staunte, im Gormunder Güetli aufspielte, schleppende Tangos und den Stechschritt-Rhythmus impaktierende Märsche, ich saß Nachmittage lang vor dem genoppten Theatervorhang der Radiokommode im Wohnzimmer und lauschte dem volkstümlichen Konzert, den schottischen Virtuositäten, den Polka-Mordenthüpfern, den Musette-Wehleidigkeiten, die mich weinen machten, weil Lisa Tetzners »Reise nach Ostende« vertont zu werden schien – Ostende, dieses Küstennest war so meilen-

weit von der Heimat entfernt wie ich in meinen Versteine-
rungen von Vater und Mutter – da schmeckte ich mein
späteres Exil auf der Zunge, den Verkauf der Waldau, weil
meine hübschen Tanten es satt hatten, hinter dem Herd zu
verkommen, den ersten Verlust Menzenmangs, als ich heiratete und nach Aarau zog, aus Vaters Paradiesgarten vertrieben, den Auszug meiner Familie nach Mörken im Jahre sie-
benundachtzig, die Totalverkitschung des Elternhauses zwei
Jahre früher, meine fast märkischen Tage auf Brunsleben. Ja
statt Kaufmann bin ich nun so etwas wie ein Diener geworden, Berufskollege von Amorose und Hombre und Umberer
auf Starrkirch.

Da ist das Elektromobil, der cremefarbene Landauer mit
den stolzen Städtern auf dem Hochsitz, und mitten auf der
Straße gehen das kauzige Bäuerlein und die hutzlige Eierfrau,
und das Auto hupt und hupt, ohne daß die beiden Alten zur
Seite weichen, die böse Technik, so daß es zur Karambolage
kommt, hurzeldipurzel sitzen die beiden Landleutchen ver-
stört hinter dem Steuer und die elegante Dame mit dem
Frackgecken auf dem staubigen Fahrweg, umgeben vom
Eiersegen. Mir schien damals, und dieses Bild gehört zu den
allerfrühesten im Tresor meiner mythologischen Vergangenheit, daß ich mit der Mutter im Theatersaal des Hotels Sternen, wo um die Jahrhundertwende die Tabakagenten aus
Bremen abstiegen, in einer der strengglasigen Gepäck-Trieb-
Tram-Kabinen des Wynentalers angekommen, eine Sami-
chlaus-Veranstaltung besuchen durfte, denn da ist ein grün-
leinener Prospekt mit einer ähnlichen Kuppenstraße wie im
verschollenen Kinderbuch und auf dem Wegkreuz-Bild im
Elternschlafzimmer, und ich sehe – wie er es bewerkstelligt
hat, weiß ich nicht – den Nikolaus mit einem Strang Eiern
diesen Weg herunterkommen, die Illusion ist perfekt, mein
erster Kontakt mit der Bühne. In den Bildergeschichten, wie
gesagt, sind es die Effekte, die das Kind im Bezirksspital angesichts der gelben Siechen-Rotunde beschäftigen, das Pech des
Malers, der eine Dirn im schreiend roten Kopftuch konter-

feit, was den Stier auf der Weide dermaßen reizt, daß er von
hinten in die Leinwand rennt und seine schnaubenden
Nüstern, sein bekränzter Kalbskopf über der Bauerntracht
erscheinen, da ist es wieder, das Spiel im Spiel, die Malerei in
der Malerei, also kontrolliere ich, welche Details des Modells
im Porträt wieder erscheinen, und da kommt es mir auf jeden
Schürzenzipfel an, auf jeden Blusenknopf, denn es geht im
naiven Gemüt des Betrachters um so komplexe Fragen wie
Naturalismus und Abstraktion, bei der Zwieback-Packung
von Hug zwingt die endlose Reihe den Grafiker zu immer
rigoroserer Vereinfachung, doch man weiß, der schwarze
Punkt meint den Kopf, das Häkchen die Hand, freilich, wie
verläßlich sind diese Symbole, und welcher Technik bedient
man sich am Rande der Spiegelungen, diese Grauzone versuche ich mir vorzustellen, dieses Nirwana des Erscheinens, dieses Bermuda-Dreieck der versiegenden Zeichen.

Welche Vorfreude immer auf die ganzseitigen Tableaus:
Jonas und der Walfisch. Diese in dunkelglasigen und rauchi-
gen Farben gehaltenen deutschen Erziehungsbilder basieren
auf der Erfahrung, daß die Mäuse tanzen, wenn die Katze aus
dem Haus ist, also haben die Kinder mit ihren ältlichen
Erwachsenengesichtern den Pfulmen des Mutterbettes in
einen weißen Fisch verwandelt, als Schnauze verwenden sie
den Besteckkoffer, die Messer und Gabeln markieren das
Gebiß, ein Pustevollmond spritzt aus einem Schlauch Wasser
ins Zimmer – daß es eine Welt gibt, in der man das überhaupt
darf –, und der Jüngste, an dessen Schrei ich später vor
Edward Munchs Bild erinnert werde, soll zwischen die Hauer
des Haimauls geklemmt werden, das Unheimlichste aber ist
die spaltbreit offene Tür, denn durch diese Ritze dringt die
Nacht, und draußen steht die Mutter in einem giftiggrünen
Biedermeierkleid und belauscht die Szene mit gespieltem Entsetzen, das ist etwas ganz Unerhörtes, daß nicht die Kinder
horchen, sondern die Respektspersonen, warum greift sie
denn nicht ein, wieviel an seelischer Grausamkeit reichsdeut-
scher Frauen vermittelt sich dem Patienten mit der Leisten-

bruchnarbe, wenn er sich, in wen denn sonst, in Jonas hinein-
versetzt und das Entsetzen des Eingesperrtseins bis zum
federflaumigen Ersticken weiterspinnt. Hermann Arbogast
Brenner weiß nicht mehr, was für Antworten seine Eltern auf
seine bohrenden Fragen gaben, warum gerade der Jüngste, er
war ja der Älteste, zwar noch ohne Geschwister, doch er
mußte sie jeden Abend in sein Gebet einschließen, lieber
Herrgott, besser Vater im Himmel, bitte schenke mir ein Brüderchen oder ein Schwesterchen, es genügte also nicht zu voll-
umfänglichem Erdenglück seiner Erzeuger und Erzieher, daß
er da war, er allein ergänzte Mandis und Gertruds Ehe noch
nicht zur Familie.

Und da ist das Krönungstableau im verschollenen Kinderbuch, die finster getäfelte Stube, welche in ein Weltmeer verwandelt wird, wieder in Abwesenheit der Erwachsenen, denn
anders wäre es ja kaum möglich gewesen, die Zinkbade-
wanne aufs Parkett zu fahren, ein Besen stellt den Hauptmast
dar, in einem Korb sitzt der Matrosenjunge und guckt mit
dem Feldstecher in den Sturm, eine Laterne schaukelt im
Wind, und auf der Kopflehne der Ottomane steht ein stolzer
Eroberer-Kapitän, den einen Fuß vorgesetzt, als wollte er eben
an Land gehen, und er trägt eine rote Kondukteurstasche, und
wenn ich mich nicht täusche, wenn hier die Erinnerungsselig-
keit nicht den Stift führt, hält er anstelle des Steuers ein Spinnrad in der Hand, und der Jüngste, da ist er wieder, sitzt in einer
weit abgetriebenen Barke unter dem Verdeck des Regen-
schirms und dreht, was für ein Einfall, an der Kurbel der
Kaffeemühle, die meine Friedhofgroßmutter im *chucheli*
zwischen den Knien hält, wenn ich die nach Jamaica duften-
den Bohnen aus dem Kolonialwarenarsenal Onkel Herberts
in den Mahltrichter schütten darf, es sind wieder die griesgrä-
migen, knitterfein gefältelten Kindersorgen-Gesichter, die
dem Stubenmeer-Tableau etwas Kriegerisches geben, den
Imperator-Effekt, den auch mein Anker-Steinbaukasten aus-
strahlt, diese tiefdeutsche Gründlichkeit selbst im Ausloten
der Phantasie. Und da ist auf der letzten Seite, schon angeris-

243

sen, die verunglückte Goldtabernakel-Kutsche des süßrosa
gekleideten Weihnachtskindes im Dickicht von Dornen, die
Zwerge, die von den Rändern her zu Hilfe eilen wollen, ver-
bluten im Stacheldrahtverhau, was mochte sich der in Nürnberg oder München oder Bremen sitzende Illustrator gedacht
haben, wenn er unsere Einbildung in solche Bahnen lenkte,
wie zersetzt und zernarbt mußte sein Innerstes sein, daß er auf
die Idee kam, das Christnachts-Geheimnis mit dem Dornrös-
chen zu verquicken und auf solch entsetzliche Weise in den
Höhlen des teutschen Märchenwaldes scheitern zu lassen.
Wie auch immer, auf einer seiner Geschäftsreisen dürfte
Onkel Otto, der Erbauer des Hauses in Menzenmang, das
Bilderbuch gekauft und dem jungen Mandi ins Wynental mitgebracht haben, unter dem Chuchelitisch meiner Friedhofgroßmutter harrte es meiner zusammen mit dem Buster, den
Blindenkalendern und dem Standardwerk über Bergbahnen,
und bevor es durch die Nachgeborenen endgültig zerschlissen
wurde, prägte es Hermann Arbogasts Phantasie für immer.

Da ist das Erntedankfest der Frösche und der Hochzeits-
ball der Ratten, und da setzt sich ein Wanderer erschöpft auf
einen Fliegenpilz, der über Nacht in die Höhe schießt, so daß
seine Beine, als er verwundert die Augen aufmacht, über dem
Abgrund baumeln, so heimtückisch also ist die Welt eingerichtet, man wird zur Geisel der Schwämme, ohne daß man
sichs versieht, und indem ich heute im Schloßhof von Brunsleben mit der Brasil-Importe zwischen den Zähnen den aben-
teuerlichen Verstrickungen von damals nachspüre, stellt sich
mir die Frage, ob uns die Hand der Koloristen in den Kopier-
ateliers der Münchner Bilderbogen und Fliegenden Blätter
nicht stärker geformt hat als diejenige unserer unmittelbaren
Vorgesetzten in der Welt der Großen, als später der auf das A,
B und C deutende Bambusstecken des Lehrers. Aber da
kommt nun die große Wiedergutmachung meiner schönen
Mama, denn zu Hause wird mir ein geburtstäglicher Empfang bereitet, auf dem festlich gedeckten Kindertischchen vor
dem Blumenfenster steht so verführerisch leuchtend wie nie

mehr später ein Getränk die Literflasche Orangina, daneben eine Trompete, und von der Mutter gebacken ein Lebkuchenhaus mit zuckergußverzierten Tafeln, Hänsel und Gretel als schablonenhafte Maßfiguren, mir besonders in Erinnerung ein Bündel Dachlatten, alles wie richtig und doch zum Essen, und mein Vater bettet mich auf das Jonce-Geflecht-Sofa unter dem unterseeisch grünen Distelbild von Großvater Pfendsack, tut mirakulös wie ein Lausbub, schmuggelt Schachteln in die Stube, die er wie ein Zauberer aus der Pochette seiner Jacke hervorholt, liegt vor mir auf dem Bauch, steckt schokoladebraune, winzige Holzschienen zusammen, schließt einen brandschwarzen Bakelit-Trafo an, gleist die rote Lok mit dem Trambügel ein, hängt zwei grüne Personenwagen und einen schiefergrauen Niederbordwagen an, auf dem zwei Ovomaltinekistchen lagern, dreht mit verbissenen Lippen – stehe ich am Ende nicht als *tumme cheib* da – am Schalter, und siehe, die Wesa-Liliput startet zu ihrer Jungfernfahrt, und es beginnt mit der Freude an der Überraschung die hohe Schule des Verzichts auf die Schwestermarke Märklin, die Würfel sind gefallen, nicht die blecherne Buco HO, deren Anlage sich der Spurweite wegen bis ins Wohnzimmer verzweigt hätte, nicht das Königsfabrikat aus Göppingen mit dem heißbegehrten Krokodil, sondern das Schmalspurbähnlein aus Inkwil, das die Religion des neuapostolischen Wynentalers in mein Kinderzimmer trug, und wie alle Wohlerzogenen kaschierte ich die leise Enttäuschung mit Frömmigkeit. Erst als meine Buben Hermann und Matthias zur Welt kamen, schlug ich zu und verbrachte ganze Nachmittage in der Märklin-Remise des Hemmeler-Spielwarengeschäftes an der Hinteren Vorstadt, in den existenzsichernden Werkstätten meines Freundes, des Literaturkritikers Adam Nautilus Rauch. So ihr nicht werdet wie die Väter.

19. Forellen-Diner in Gormund
Romeo y Julieta Churchill

In den diversen Kneipen, die als Versteck der Hombreschen Verschollenheitsexkursion in Frage kommen, fröne ich ausgiebig dem Holunderbrönz, im Bahnhöfli, Löwen, Rigiblick und Sternen in Boswil werden wir nicht fündig, keine der angesprochenen Serviertöchter will den ehemaligen Kolonisten gesehen oder gar bedient haben, so daß ich meine Stiefelchen stehend an den Theken kippen und überlegen muß, in welcher Himmelsrichtung der Suchradius zu erweitern wäre, oder ist das Sumpfhuhn etwa der lidverschlagenen Einladung zu einer schwülen Zimmerstunde gefolgt? Um das Procedere abzukürzen, telefoniere ich vom Rigiblick aus nach Muri, wähle die Nummern des Alpenzeigers, des Frohsinns, der Wartegg und des Restaurants Lindenberg. Die Enttäuschung, daß ich mich nicht zum Nachtessen anmelden will, sondern nach einem Forellenboten im schwarzen Schniepel fahnde, wird von Mal zu Mal unüberhörbarer, im Adler klärt man mich darüber auf, daß die *gaschtig* ihre Fische nicht selber mitzubringen pflegen, und empfiehlt mir angelegentlichst die Zubereitung à la mode du Chef, meunière mit Zitronen und Kapern, ja nicht zuviel Mehl nehmen, sonst werde aus der knusperigen Braunhaut ein Semmelteig. Als mich auch der Bünzer Hirschen, Seiler Othmar und Verena Hasenfratz, im Stich läßt, habe ich endlich so etwas wie eine Inspiration. Wo zieht es denn einen alten Torfer hin, welches Stechen rumort an einem solchen Postkartentag dumpf in seinem Faktotumsgekröse, wie wird man der Talschwermut des oberen Freien Amtes Herr? Ich bin meiner ganz sicher, als ich auf den Platz vor dem Stationsgebäude Muri einbiege, das unsägliche, Transit-Lokale an der Gotthardstrecke antizipierende Bahnhofsbuffet zweiter Klasse – erste gibt es nicht – ist des Rätsels Lösung, Fernweh heißt das einschlägige Wort, er will, selbst wenn ihm der Taktfahrplan dieses Vergnügen nur zweimal

246

pro Stunde bietet, die Züge fahren hören, ihnen nachhängend südliche Träume spinnen, und da döst er denn auch in einer Nußgipfel-Ecke unter einer blechbauchigen Feldschlößchen-Plakette vor sich hin, eine Batterie gehöhlter Rittergold-Flaschen auf dem Tisch, das Nationalgetränk der Freiämter, verheirateter Most, trüb, kühl, prickelnd, kellerspinnweben-umflort. Die Forellen im Plastiksack sind nicht unbeschadet. Mit Hombre und sechs Trotas im Ferrari durch das samstag-abendliche Armenspitteldorf, zumal am verwaisten Irren-hausgarten vorbeizufahren, den Ockerabrieb der bruchfälli-gen Mauer mit dem nachgedunkelten, maisgelben Chieswurf des Gormunder Obergeschosses mischend, ist, zumal wenn die kulinarische Zuversicht wieder in Aszendenz begriffen ist, ein Taxidienst besonderer Art. Wir, die beiden einzigen der Runde, die dem Tabak die wahre Reverenz erweisen – und ich halte denn auch beim Kiosk, um meinem Gast zwei süd-seeblaue Schachteln Toscanelli, Fabbrica Tabacchi Brissago, fondata nel 1847, zu besorgen –, kehren zurück wie zwei Abtrünnige, der eine, weil er die Backofenhitze, der andere, weil er die infernalische Glut der Mayschen Prosa nicht mehr ausgehalten hat.

Während ich mir in der Küche zu schaffen mache, Hom-bre in seinem beachtlich angeätherten Zustand ins Jägerzim-mer gebettet worden ist, deckt der Schloßherr von Trunz den Tisch auf dem Rundell, und Frau Irlande in ihrer kindli-chen Begeisterungsfähigkeit ist auf die Idee gekommen, den näheren Garten rund um den Eßplatz mit Lampions zu dekorieren, um damit dem nun fortgeschrittenen Abend die bundesnächtliche, das Cachet der nahen Leuchtenstadt Luzern aufnehmende Note zu geben. Sie eilt treppauf, treppab, kramt zuoberst unter dem Giebel im Dornröschen-zimmer, dann wieder in irgendwelchen Renaissancetruhen in ihrem Schlafgemach, ich würde ihr dabei gern behilflich sein, denn sie etwas lange suchen und dann endlich finden zu sehen ist eine jähe Freude, die sofort überspringt wie ein Funke. Mein Geschäft besteht aber darin, die sechs von

Hombre doch arg zerquetschten Forellen – wobei ich mich frage, ob er sie als Kopfkissen benutzt habe – wieder einigermaßen in ihre Fasson zu bringen, ausgeweidet sind sie schon, also setzen wir in der großen Kupferkasserolle erst mal den Sud an, Blaukochen, das weiß ich noch von meinen Waldau-Tanten her, empfiehlt sich für lebendfrische Bachforellen, Truite de rivière, ebenso für den Karpfen, die Truite arc-en-ciel und den Omble chevalier; obwohl wir bei dieser Grundzubereitungsart von Sieden sprechen, dürfen die Fische nie hohen Temperaturen ausgesetzt sein, vielmehr garen wir sie pochierend, das heißt, etwas einfacher gesagt, wir lassen sie ziehen, und da gilt es zu unterscheiden zwischen Cuisson au court-bouillon ordinaire, Cuisson au court-bouillon blanc und Cuisson au bleu, wobei die Blaufärbung vom Hautschleim abhängig ist, der beim Ausnehmen der Innereien keineswegs abgestreift werden darf. Da mir niemand zur Hand zu gehen braucht, zünde ich mir einen Brenner-Tambour an, was sich in einer Gutsküche eigentlich verbietet, aber ich bin nun mal bei jeder Art von Inspiration auf das heimatliche Pneuma angewiesen, werde mich natürlich hüten, den Sud zu vernebeln, kurz, wir nehmen vier Liter Leitungswasser aus der Gormunder Quelle, einen halben Liter Weißwein, vorzugsweise Waadtländer, drei Deziliter Essig, sechzig Gramm Salz und eine pogenannte Paysanne de légumes, weißen Lauch, Zwiebeln, Karotten, einen Petersilienstengel, etwas Thymian und drei Lorbeerblätter, die Zwiebeln werden mit Nelken gespickt, *nägeli*, auch eine Prise Schwarzpfeffer gehört dazu, nur bitte keine Schoten, ein weit verbreiteter Irrtum unter Fischköchen, nichts, was dem zarten Fleisch weh tut. Bevor wir diese Zutaten, freilich ohne Essig, eine gute Viertelstunde kochen, informieren wir uns über den Stand der Festvorbereitungen, da scheint alles zum Besten zu stehen, damastweiß leuchtet der Tisch in der Dämmerung, Irlande, die Königsblaue, tastet sich, um ja keinen Zweig zu verletzen, an die Sträucher und Äste heran, befestigt die Ziehharmonikas und Kugeln, Bert May verläßt soeben den Hausflur mit zwei Flaschen unter dem Arm, auch der Eiskübel ist neu aufgefüllt, dann also auf den Herd mit der Kasserolle, die vorsichtig gewaschenen Forellen werden im Essig ganz kurz mariniert, wir geben sie aber erst in den Sud, wenn wir uns mit dem Finger davon überzeugt haben, daß er nur noch warm und nicht mehr heiß ist, aufkochen, abschäumen, einige Minuten ziehen lassen, die heikle Phase der Pochade, und wunderbar schieferblau beginnen sie im Bassin zu schimmern, das ist der Moment, denn wenn wir länger zuwarten, verliert das Fleisch seine Kächheit und läßt sich kaum mehr von der Haut lösen, ohne zermanscht zu werden, Wegwood-Platte, Zitronenschnitze, etwas Grün, keine Salzkartoffeln, was für eine Bauernbanauserie, pur wie der Puro, rein wie die Bahia-Exporte, ist man allseits bereit, das Kunstwerk zu würdigen?

Alle Achtung, Frau Irlande, einen weißen Graves von der Qualität des Pavillon blanc de Château Margaux, Jahrgang 1974, hätte ich in Ihrem Tonnengewölbe nun doch nicht erwartet. Da Hombre in diesem Zustand, man hört ihn hinter den vergitterten Fenstern schnarchen, das Servieren nicht zugemutet werden kann, bin ich ganz in meinem Element, je eine Forelle wird gereicht, die verbleibenden werden auf keinen Fall in den Sud zurückgelegt, welch eine Todsünde, sondern mit einer aufgewärmten Serviette zugedeckt und bei Temperatur gehalten. Wer bringt den Toast aus, sicher nicht ich, nie der Koch, nie der Zeremonienmeister, sicher nicht die Gastgeberin, also Bert May, der es sich nicht nehmen läßt, dieses Festmahl im Stechlinschen Sinn hochleben zu lassen, indem er an das Tischgespräch im dritten Kapitel erinnert, zwar, so der Erbe von Trunz, ist dort vom Karpfen die Rede, Hauptmann Czako wirft die Frage auf, wie sich das Prachtexemplar auf seinem Teller wohl im Stechlinsee verhalten habe, wenn die Trichterbildung anhob und der rote Hahn aufstieg, als Mitrevolutionär oder Feigling, der sich wie ein Bourgeois in seinem Moorgrund verkrieche, um am andern Morgen zu fragen, schießen sie noch, der Forelle dagegen sei nur wohl in

Gebirgsbächen, und da möchte er sich eine Modulation von Fontane zu Goethe gestatten, »Mahomets Gesang«, dritte Strophe, wo vom ewig Fließenden gesagt werde: »Durch die Gipfelgänge / Jagt er bunten Kieseln nach«, dieser jägerischen Mentalität, wenn das Bild gestattet sei, verdanke die Forelle ihr Temperament, sie sei das Ursymbol des Quicklebendigen, weshalb man sie bleu und nicht anders genießen müsse. Ich will hier meinen Freund aus dem Schilttal unterbrechen, denn er besitzt die Kühnheit, auf die ewigen Jagdgründe von Frau Irlandes Vater zu sprechen zu kommen, wobei er es sich bestimmt nicht verkneifen wird, jener Schauderszene im »Reiherjäger vom Gran Chaco« Erwähnung zu tun, wo der nach Südamerika ausgewanderte Herr der Gewitter zwölf Alligatoren mit Strychnin vergiftet, um an ein Reihernest heranzukommen; eine zwar verbürgte Episode, welche aber dem Appetit nicht förderlich ist, eine Meinung, die Irlande von Elbstein-Bruyère durchaus teilt, denn sie hat schon längst abgewunken, so daß wir endlich mit dem Herausfilieren der Bäcklein beginnen können, was wäre die Forelle ohne diese mandelförmigen Delikatessen! Dem Limonenton nahe steht der weiße Bordeaux in den Kristallgläsern und bildet den zarten Stern an der Oberfläche, wir lassen Gormund hochleben, Trunz, Jérôme von Castelmur-Bondo, und die immer mehr zur Königin der Hochsommernacht werdende Dichterin will wissen, wie es sich eigentlich mit den Trichtern und dem roten Hahn im Stechlinsee verhalten habe. Nun kenne ich zwar diesen Roman sehr genau, als dilettantischer Liebhaber der Literatur, aber etwas genau kennen heißt immer noch um eine Nuance weniger Bescheid wissen als Bert May, er kann sogar die Quelle des alten Fontane nennen, »Volkstümliches aus der Grafschaft Ruppin und Umgebung« von Karl Eduard Haase, Neuruppin 1887, dort wird von einem Fischer Minack berichtet, der nach reichem Fang von einem Gewitter und von heftigen Wasserbewegungen überrascht und von einem aus der Tiefe aufsteigenden roten Hahn in den See gerissen wird. Die Minack-Sage, so Bert May, sei eine Nixen-

Sage, und Wasserfrauen, die sich Menschen näherten, trügen zuweilen ein rotes Käppchen. Wegen seiner Arme, die sich in die Hauptwindrichtungen öffneten, sei der Stechlin ein sehr exponierter See, schon bei mäßigem Wind sei der Wellengang beachtlich. Diese Eigenheit sei bereits den slawischen Fischern bekannt gewesen, von denen der Name stamme, nach dem Slawisten Julius Bilek liege der Bezeichnung »Stechlin« das slawische Wort »-tek«, fließen, bewegen zugrunde, weshalb die Übersetzung »wildes, unruhiges Wasser« sehr zutreffend sei, was nun aber den roten Hahn betreffe, fände sich die natürliche Erklärung dafür im brennbaren Sumpfgas Methan, das sich durch die Verwesung der abgesunkenen organischen Stoffe bilde, in alten Zeiten habe man vielfach in der Nacht beim Schein von Kienfackeln die Netze ausgeworfen, wobei sich aufsteigende Methanblasen explosionsartig entzündet haben könnten.

Wenn ich schon Melusine ähnlich sehen soll, protestiert Frau Irlande, kann mich diese naturwissenschaftliche Deutung der Minack-Sage nicht befriedigen, um so weniger, als damit noch keineswegs berücksichtigt ist, was sich während des Erdbebens von Lissabon im Jahre 1755 ereignet haben soll, wie war das schon, Hermann? Nun, liebe Freundin, wenn Sie in mir schon den früheren Nebenfach-Hydrologen aus den ETH-Semestern ansprechen, kann ich wenig Eigenes beisteuern, nur was der Direktor der Berliner Gewerbeschule und Lehrer Fontanes, ein gewisser Klöden, in den 1837 erschienenen »Beiträgen zur mineralogischen und geognostischen Kenntnis der Mark Brandenburg« gesagt hat, nämlich, daß auch in dem großen Stechlin-See westlich von Fürstenberg ähnliche Bewegungen beobachtet worden seien, das »ähnlich« bezieht sich auf eine diesbezügliche These Bratings, doch eindeutig zu bestätigen vermochten die Untersuchungen der Limnologen die überlieferten Berichte nicht. Was ist ein Limnologe, Hermann? Nun, die Limnologie ist die Lehre von den Binnengewässern, zu griechisch »limne«, Teich, Landsee. Unterirdische Verbindungen des Stechlins, der mit siebzig Metern der tiefste aller mitteldeutschen Seen ist, zu Flüssen waren nicht nachzuweisen. Freilich, wirft Bert May ein, bekam die Sage vom roten Hahn als einem tektonischen Melder neue Nahrung durch ein Vorkommnis aus dem Jahr 1929, ein Boot, heißt es, das am heiterhellen Tag über den glatten Spiegel fuhr, sei plötzlich fünf Meter emporgeschleudert und zum Kentern gebracht worden. Wie dem auch gewesen sein mag, Fontanes Kunstgriff besteht ja in der Umdeutung der ursprünglichen Nixen-Mär in ein dialektisch-revolutionäres Symbol, der rote Gockel zu Beginn des Romans nimmt vorweg, was in den roten Strümpfen der kleinen Agnes ganz am Schluß zum Ausdruck kommt und was dem idealisierten märkischen Junker, dem Ritterschaftsrat Dubslav von Stechlin zugebilligt wird: ein Herz für die Sozialdemokratie.

Inzwischen ist es zwar noch nicht völlig dunkel, aber doch so nachtig geworden, daß Frau Irlande voller Entzücken auf den geisterhaft illuminierten Garten verweist, die anfänglich noch etwas kreppapieren schimmernden Lampions haben nun zu ihrem warmen satten Schein gefunden, von der Zillerpappel über den Putto hinweg zieht sich die willkürlich gruppierte Girlande bis hinüber zum stockfinsteren Tann, leise schaukeln fett grinsende chinesische Mandarine, ein Eukalyptusgrün zackt scherenschnitthaft Berberitzenblätter aus und erinnert an Angina, Apfelmus und Ewigkeit im Kinderkrankenbett, da wachsen mitten im Schwarzdorn Zitronen und Orangen, feist und drall, wohingegen ein aquamarinblaues Mondgesicht jeder geometrischen Körperlichkeit entbehrt und einem Luftballon gleich vom Gebüsch abzuheben scheint, quer gefältete Ziehharmonikalaternen lassen lila und rosa umzitterte Märchenmotive aufleuchten, geradezu dreist gebärdet sich das Schweizerrot mit dem leicht verwakkelten weißen Kreuz, und eine Purpurblume züngelt ins Nadelgehölz. Will denn niemand mehr den Forellen zusprechen in der erlauchten lyrischen Runde, nein, Frau Irlande hat genug, Bert raucht bereits eine seiner schwarzen Zigaret-

252

ten, worin sich nun die Unkultur par excellence verrät, aber Hermann Arbogast Brenner will, wie gesagt, keinen Religionskrieg in Sachen trockene Trunkenheit entfachen, er räumt die Fischreste zusammen, wie es seine Friedhofgroßmutter in Menzenmang tat, und während die Dichterin und der Dichter Arm in Arm den Garten abschreiten, um womöglich vom toten Eck aus oder beim quirligen Springbrunnen Hesses »Lampions in der Sommernacht« im Duett zu rezitieren, trage ich die Platte ins Jägerzimmer, um den immer noch mostschwer schnarchenden Hombre zu einem kalten Forellenfilet zu überreden. Da liegt er unter dem Kotzen, den glattrasierten Schädel mit den Beulen, Warzen und Muttermalen in die Ellenbeuge gedrückt, den Frack hat er gar nicht erst ausgezogen, und ich denke, nur wer schildern könnte, was in einem solchen Gemüt vorgeht, verdiente den Namen Dichter, denn auf seinem Brackwasser, auf dem die Schnapsflammen brennen, schwimmen die Trümmer der leichten Schiffe, die Lyrikerinnen durch die Nacht segeln lassen, vielleicht, überlege ich einen Moment ketzerisch, angesichts der Giftschlange im Spiritusglas, sind alle die hochgezüchteten Rilkes und Georges nur möglich auf einer Basis tiefer Unmenschlichkeit, was ihnen hoch durch den Herzraum wandelt, muß von den Hombres geerdet werden, die kristalline Formel, die kursiv gedruckt in der Neuen Zürcher Zeitung erscheint, wird bezahlt mit dem Schicksal der Namenlosen, aus ihnen saugen die Elfenköniginnen ihr Blut, inhuman deshalb, weil ihre Verse über Leichen gehen. Von Hombre erscheint nie eine Dünndruckausgabe. Die kostbare Essenz des ach so edlen Mitleidens kann erst gewonnen werden, wenn einer primär vor die Hunde geht. Und darum ist dieses Kunstgewerbe zutiefst unehrlich, denn das Publikum sieht nur den Diamantenglanz und nicht die abzeittiefen Schächte, in denen das kostbare Gestein von den Niggern gebrochen wurde, ja Lyrik ist ein Apartheidgeschäft.

Dessenungeachtet freut sich auch Hermann Arbogast Brenner am augustlich durchgeisterten Garten, und es will

ihm scheinen, als klinge aus der Ferne, aus einer Gartenwirtschaft mit knalligen Glühlampengehängen, eine Handharmonika, als spielte dort hinter dem Reiterswald oder vielleicht
sogar ennet der Reuß in Unterlunkhofen ein selig betrunke-
ner Charly auf, manchmal trägt der Wind einen Septimenak-
kord herüber, und die Auflösung bleibt im Dunkel hängen.
Dies ist die Stunde der Romeo y Julieta Churchill. Dabei wollen wir nicht vergessen, daß der britische Ministerpräsident
hundert Jahre geraucht haben müßte, um alle die Havannas
zu konsumieren, die man ihm nachrühmt. Wer diesen Genuß
nicht kennt, Frau Irlande und Bert May, war nicht auf Erden.
Denn die »Cohiba« genannte Pflanze, in einem Dokument
des Indianischen Archivs in Sevilla als ein Gras mit fleischigen
Blättern beschrieben, die sich weich und samtig anfassen, an
Stelle Indiens nach der monatelangen columbianischen Irr-
fahrt entdeckt, verbindet uns mit den Göttern. Doch bereits
vor über 2000 Jahren hat der Vater der Geschichtsschreibung
von den Massageten auf der Insel Araxes berichtet, sie setzten
sich gemeinsam um ein Feuer und würfen die Frucht des
Hanfs darein, und davon würden sie so trunken wie die Hellenen vom Wein. Ähnliches wußte der griechische Geograph
Strabo vom kleinasiatischen Volk der Mysier zu melden, die
man Rauchesser nannte. Und diese Bezeichnung hat ihre
Richtigkeit bis heute behalten, man beißt den Havannadunst.
Das Rauchen führt uns zu den ersten Spuren der Menschheit
zurück. Mag der moderne Mensch, wenn er vergessen den
ausgepafften Wolken nachhängt, vom Kultischen auch kaum
mehr angerührt werden, so versetzt ihn eine Romeo y Julieta
Churchill nach wie vor in den eigentümlichen Schwebezu-
stand zwischen Verflüchtigung und Verfestigung der Gedanken, in jene zunächst noch harmlose Entrückung, welche
Rauschgiftsüchtige mehr und mehr vom Leben abzieht. Das
Kalumet der Indianer vermag das ganze Weltall in die Pfeife
zu bannen, deshalb ist sein Rauch dem feurigen Hauch des
Pneumas vergleichbar, und solange die Friedenspfeife in
Gebrauch ist, lebt das Volk. Die Maya-Priester kommuni-

zierten über ihre Tabakrollen mit den Tempelgottheiten, mir genügt die Gegenwart des Waldau-Großvaters, der zu sagen pflegte: Wer nichts wird, wird Wirt. Dabei soll man nicht vergessen, daß die Botaniker die Nicotiana tabacum zu den Solnazeen zählen, zu den trostspendenden Pflanzen, weshalb es der größte Unsinn aller Zeiten ist, in den Spitälern das Rauchen zu verbieten.

Gerade die Isolation, die eine Krankheit schafft, läßt sich mit Hilfe einer Cigarre am besten überbrücken, und gilt denn nicht von Hermann Arbogast Brenner: Einsamer nie als auf Gormund? Frau Irlande hat ihr Gut und ihre Dichtung, Bert May seine Mathematik der Finsternis. Ich habe nur den Tabak und eine infauste Prognose, doch beides stimmt mich dankbarer als euch eure Gaben des Geistes, weil die Romeo y Julieta Churchill keine Anerkennung braucht, keine Adepten, keine Apostel. Nun ist die Dunkelheit so weit fortgeschritten, daß die Lampions zu inglühhaften Festkörpern geworden sind, man müßte sie, um ihrer Magie zu entfliehen, mit der Säge aus der Nacht brechen, purpurglasig, smaragdkantig, saphirkugelig. Und je länger man hinschaut und sich in diese Chromatik vertieft, desto stygischer werden die Schatten, desto tiefer versinkt man in den Falten des Alls, desto unendlicher krümmt sich der Raum mit den siderischen Fadenkreuzen. Zauberwort Andromeda, Zauberwort Capella. Lilith, hat Frau Irlande geschrieben, rede über Lichtjahre und Sternmeilen wie andere Leute von Straßenkilometern und Seeknoten sprechen, und die Dunkelheit verändere das spezifische Gewicht der Seele. Seltsam, ich hätte jetzt das Bedürfnis nach einem Jaß, o ja, Pik Trumpf wäre nun das Angemessene, mit dem Buben raus und nachziehen mit dem Nell, dann das Dreiblatt vom Herz As. Aber es verbietet sich. So begnüge ich mich denn mit meinem Sein als Cigarier, höre von ferne den Namen Novalis fallen. Ja, mit dem höchsten aller Genüsse als Krönung des Forellen-Diners auf Gormund ist Hermann Arbogast Brenner ganz allein gelassen, so wie er in Bälde die Grenze ganz allein überschreiten wird, ohne

Zungenschilling, ohne Paß. Der Männerchor Bruns wird das Lied »Freundschaft« singen, und kommt ein Rauhreif über Nacht. Man wird sich seiner als eines guten Kameraden erinnern.

20. Menzenmang Gartenarchitektur
Grus

Grus nennt man das Tabakkleingut, das bei der Herstellung von Zigaretten und Stumpen anfällt, ein solcher Sack Nicotiana-Gebrösel stand in Rüedus Keller, denn seine Mutter arbeitete in der Cigarri, wo sie nach Belieben die begehrten Abfälle zum Düngen der Schnittblumen sammeln konnte, nicht wissend, daß sie damit dem ersten Raucherkollegium meines Lebens zum Rohstoff verhalf, denn wir schnitzten uns aus den kupfergoldenen Roßkastanien Pfeifen, kletterten in die höchsten Astnester der Tannen neben der Kapelle und schmauchten unser Kalumet, entstanden aus dem französischen »chalumeau«, was soviel bedeutet wie Schilfrohr, und wer weiß, vielleicht fühlten wir uns den sieben geheimen Riten der Ogalalla-Sioux nahe, die von Hirschkopf, dem Hüter des Friedensgerätes, an den Indianerpatriarchen Schwarzen Hirsch gelangten und die der amerikanische Ethnologe Joseph Epes Brown mit den Worten zusammenfaßte: Ist die Pfeife einmal vergessen, wird unser Volk ohne Mitte sein und verderben. Freilich habe ich nie Karl May, dafür meterweise Zane Gray gelesen, weil in den Wildwest-Romanzen dieser Autorin, welche in der Volksbibliothek von Menzenmang einen halben Schrank füllte, immer das weiche Colt-girl obsiegte. Grus entsteht auch beim Beschreiben dieser Tabakblätter, die wir mühsam zu Gabillen zu ordnen versuchen, denn die Mneme tendiert zur Schubladisierung, und was nicht in die Bienenwabenfächer unserer Nachtportierloge paßt, bleibt als Mandi-Angin- oder Vorstenlanden-Streifen liegen, kann natürlich in die Einlage gemixt werden, wobei der hohe Ballenpreis für die kostbaren Deckblätter den dergestalt veredelten Wickel verteuert. Zu operieren wäre auch etwa mit dem Begriff der Fehl- oder Schußfarben, man meint damit qualitativ keineswegs minderwertige Cigarren, bei denen der Teint unregelmäßige Flecken aufweist und die deswegen aussortiert werden. Für die Glaubhaftigkeit des Kindheits-Puzzles ist es nach Ludwig Reiners Handbuch über die Technik der Epopöe entscheidend, diese gescheckten Rollen nicht zu unterschlagen, ja es gibt sogar Kunden, die sich eigens Fehlfarben fabrizieren lassen, weil sie sich so der naturgegebenen Harzfleckenbuntheit des Wunderkrautes näher fühlen, was insbesondere die junge Jeans-Generation, die den Dreiangel zum ästhetischen Prinzip erhebt, verstehen wird. Vielleicht kann man sogar sagen, daß erst der Kunstfehler das Vollkommene erträglich macht, bei Drehorgeln sind es die schnarrenden Quäktöne, die Orgelwolfheuler, die unser Gemüt besonders rühren, und wer wüßte nicht an den italienischen Meistern zu loben, daß sie die blinden Flecken der unausgefertigten Details förmlich einplanen, und im Wallis, so wird berichtet, malen sich die Bräute Leichenmale ins Gesicht.

Wenn wir uns nun streng an die Anatomie der Cigarre halten und in den Werkhallen des Stammhauses von Johann Caspar Brenner studieren, was genau mit den Abfällen passiert, ergibt sich daraus eine neue Technik für unser menzenmängliches Unternehmen, werden doch Umblatt-Schnipsel, Deck-Streifen und Einlagen-Überreste in der Mischbox neu zentriert, wodurch freilich das Arkanum durchbrochen ist, denn was dabei entsteht, ist eine Art Tutti-Frutti-Stumpen, und gerne stelle ich mir vor, daß seine Würze jene Gaumenverdickung erfährt, die uns das mehrfach eingekochte Sauerkraut beschert. Erst was dann noch übrigbleibt, wird als Grus in Säcke verpackt und an die Gärtner weiterverkauft. Sollen wir auch in diesen Blättern den grünen Daumen walten lassen, ist es – ich werde Adam Nautilus fragen müssen – von Vorteil, unsere Plantage mit Schusterfleckigem zu würzen? Dies setzte freilich voraus, daß es uns gelungen wäre, so etwas wie ein kompositorisches Gesetz zu etablieren, ein Urteil, das wir dem geneigten Leser überlassen müssen. Was ist denn überhaupt Stil? Beim Wanderer die Art und Weise, wie er einen Fuß vor den andern setzt, die roten Zopfmustersocken und das gewürfelte Hemd sind bloß Zutaten. Stil hat also mit Rhythmus, hat mit Auswahl zu tun. Was ich unterschlage, kann das Muster meiner Erinnerungen stärker prägen als die Zeichnung der Oberfläche. Grusig wäre alles, was ich nicht »heimtun« kann. Da ist die Hauptstraße in Menzenmang, *fastnachtsgeuggel* tummeln sich in wildem Tanz bei der Sagi und kommen immer näher. Wo aber ist unser Standort. Vielleicht hat mich der Vater auf die Schultern gehoben, um mich der Walze der Papierschlange zu entziehen, vielleicht flüchten wir in den Turm des Postgebäudes, denn besonders guggengrausig gebärdet sich ein Weib in roter Perücke in einem aufgeplusterten Harlekinsballonrock. Damit ist die Szene abgeschlossen, der Splitter in einem Kaleidoskop, ein Gespensterauftritt im Panoptikum der sogenannten frühkindlichen Erlebnisse. Weiterführen würde erst das System Angst, und da wäre hinzuzuerfinden, daß mich der Vater mitnahm auf den Homberger Aussichtsturm, dieses vierbeinige Reminiszenzenkuriosum an den Eiffelstützpunkt von Paris, wie er mich über das Geländer hob und mich der Abgrundschwindel packte. Alles hängt von der Entscheidung ab, ob wir die Chronisten oder die Erfinder unseres Lebens sein wollen. Und da muß ich wieder das Medium der Cigarre loben. Sie ist launisch, je nachdem wie sie brennt, je nach Feuchtigkeitsgehalt und Dauer der Lagerruhe versenkt sie uns tiefer oder weniger tief in jene Schächte, die das Aroma einem Ariadnefaden gleich erschließt. Der Raucher kann nicht befehlen: sei Erinnerung, stell dich ein, frühes Bild. Er muß eine unendliche Geduld entwickeln. Nun wird sich der geneigte Leser, womöglich meinem Vorbild folgend und bei jeder Gelegenheit in die offene Zedernholzkiste greifend, zu Recht fragen, ob mit Grus denn nicht auch die mißlungenen Episoden gemeint seien. Um dies ermessen zu können, müssen wir hervorheben, worin sich die Brunslebener Arbeitsstätte von einer regulären Schriftsteller-Werkstatt unterscheidet. Der Berufsdichter geht ja wohl so vor, daß er seine Kapitel zuerst zu Faden schlägt, dann eine erste Fassung skizziert, diese überdenkt und fermentieren läßt, die Blätter wieder anfeuchtet, womöglich zeitgemäß aufsauciert, eine zweite, eine dritte, eine vierte Variante konzipiert, den Text so lange zurechtschleift, bis jedes Detail sitzt. Einem Architekten gleich wird er bemüht sein, die Proportionen im kleinen den größeren Verhältnissen anzupassen. Sein Ziel ist erreicht, wenn die Form die Reinheit eines Kristallglases besitzt. Diese Intention verfolgt Hermann Arbogast Brenner nicht. Er hat ganz einfach die Zeit nicht mehr, die für solche Planspiele vonnöten ist. Im Schloßgut, in den acht Zimmern der Spornpächterkate stapeln sich auf Tischen, Stühlen, Betten und am Boden die Materialien. Er sitzt quasi auf der Kommandobrücke im Hof und wurstelt den Wust durch die Hermes 3000, eine Mietmaschine der Firma Mathys. Dazu hört er immer wieder dieselben Platten, die ihn an die glückliche Zeit erinnern, da er Tanzmusik machte, zuerst im Septett Pete Hiller als Kantonsschüler, dann im Orchester Paul Weber, Menzenmang.

Das totale Chaos, das im Fundus herrscht, hat Vor- und Nachteile. Als es darum ging, die Bücherkiste im *chucheli* der Friedhofgroßmutter zu beschreiben, glaubte ich, das antiquarische Exemplar des Blindenkalenders, das ich in einem Trödlerladen entdeckt hatte, aus dem Gestell hervorziehen zu können. Dem war nicht so. Aber auf der verzweifelten Suche nach dem Blindenkalender stieß ich auf den verschollenen Wisch des Kantonsspitals Aarau, der den Verlauf meiner Geburt dokumentiert. Es ist nun die Frage, ob die entsprechende Passage über das Studium der großmütterlichen Schriften nicht gerade deshalb authentischer sei, weil ich nur noch das Bild des tastenden Knaben auf dem grünen Hügel im Strahlenkranz zur Verfügung hatte. Doch indem ich darüber mutmaße, fällt mir plötzlich ein, wo sich das Periodikum des Schweizerischen Blindenvereins verschlauft haben könnte. Ich starte eine neue Expedition, liege auf dem Bauch vor überbordenden Schäften, fresse Staub, frevle mit dem Papiermesser durch die Stapel, und siehe, da ist er, grasgrün verschossen. Ein Schriftsteller würde nun zurückblättern und sich die Stelle noch einmal vornehmen. Wozu das? Der geneigte Leser kennt ja das Heftchen nicht, er muß jenen Blindenkalender akzeptieren, den ich ihm anbiete. Er ist dem sonnenumstrahlten Knaben mit den zugenähten Lidern vergleichbar, er blickt nach innen. Und dort kann ich ihm vorblättern, was ich will. Die holzschnittartigen Monatsbilderleisten mit den Pflugsrädern der Tierkreiszeichen und den wie Schutzblechen darüber geschwungenen Schriftbändern Januar, Februar, März, April, er kennt sie nicht. Nur wenn ich ihm mitteilen will, daß mich in der Küche der Friedhofgroßmutter diese Jahreszeiten-Emblematik an etwas Fahrbares erinnerte, daß ich hinter allem und jedem das Prinzip Auto sah, daß mir noch das sprödeste Missionstraktätchen bedeutsam wurde, wenn das gerechte Auge Gottes im auf Grabsteinen so beliebten gleichschenkligen Dreieck meiner Phantasie Nahrung gab, wird aus Grus Einlagenmaterial. In meiner Handstumpenmaschine presse ich es zum Wickel, lasse die Walze das Um- und das Deckblatt überrollen und zünde das Manufakturprodukt sogleich an. Daß sich die Materie in flüchtige Wolken auflöst, statt verwandelt wieder ins Erdreich einzugehen, das macht meine Faszination an diesem Metier aus, ich rauche meine Kindheit zu Ende, weiß es freilich zu schätzen, wenn der geneigte Leser mir dabei Gesellschaft leistet, denn geteilter Nebel ist doppeltes Leben.

Aus dem Bezirksspital zurück, beginne ich den Garten zu erkunden, da ist zunächst das sonnengewärmte Wasser im Blechzuber auf der Terrasse unter dem Zeltdach der rotgelben Markise, und da ist ein Meer von Kieselsteinchen, die man waschen, in den Mund nehmen und wieder aus dem Schiff schmeißen kann. Die paar Fotos mit der Legende »Und schon ist Bobeli selbständig geworden« zeigen einen Knirps mit fetten Pfostenbeinchen und einem sonnigen, ja breit sinnlichen Gesicht unter hochglanzgebürstetem Haar, welch eine Strafe, seine Hände mit Gummizügen an die Matratze zu schnallen. Von den Plüschtieren, die mich umgeben, habe ich keines mehr in Erinnerung, doch ein Attribut wird geradezu zum Markenzeichen des Zweijährigen, die Pfanne, die ich auf meinen Entdeckungsfahrten hinter mir her schleife. Was würde nun ein Psychologe daraus wieder für Schlüsse ziehen! Er hatte ein frühes Gespür für den geräuschvollen Auftritt. Oder so hatte die Mutter immer die Kontrolle darüber, wo sich ihr Kind befand. Nein, die Pfanne war ganz einfach mein Anhänger ohne Räder, man konnte sie beladen, und ich ziehe sie vom Kiesplatz die Treppe hinunter ins schattige Reich der Friedhofgroßmutter. Hier unter der flirrenden Hoheit der kanadischen Silberpappeln, deren Rauschen ich noch jede Nacht vor dem Einschlafen höre, befindet sich der Hühnerhof unter dem Dickicht der wuchernden Brombeeren, kein notdürftig gezäunter Verschlag, sondern eher ein Drahthaus, wie sie in zoologischen Gärten zu sehen sind, vorgelagert dem Walmdachschöpfli, die *bibi* trippeln über den Leistensteg, das schwarze, das ich im Innern füttern darf, gehört mir, es findet sich auch auf dem Grund des gelben Kindertellers, wenn man die Suppe brav löffelt, und das Geschirr steht auf einem mit Teddybären bemalten Blechtablett, das nicht nur eine noble Umrandung, sondern auch einen kleinen Kännel hat, wo sich die verschüttete Bouillon sammelt. Wenn ich andernorts sagte, ich hätte mich nie für die Natur interessiert, nie Schmetterlinge und Heuschrecken gesammelt, stimmt das zumindest nicht für die erste Zeit meiner Garten- und Hühnerhofstudien, denn selbstredend ist ein schwarzes Huhn mit rotem Kammgehänge, das sich vom weißen Durchschnitt abhebt, für ein Kind etwas ganz Besonderes, es war eine heute noch pelzig in mir aufkeimende Malterslust, mit der Schaufel in den Futtersack zu fahren und ein Maß *chärne* unter die gackernde Schar zu streuen. Den Charakter eines märkischen Gutes hatte Menzenmang nicht zuletzt dieser bäuerlichen Schöpflizone wegen, denn hier werkte und wirtschaftete die Großmutter, die in Wirklichkeit meine Großtante war, während sie die herrschaftlichen Räume und den südlichen Ziergarten ganz meinen Eltern überließ. Die drei Eingänge des Hauses repräsentierten die unterschiedlichen Bereiche, durch die schwere Eichentür mit dem kunstvergitterten Fenster trat der Vater, wenn er von der Versicherungsinspektorenreise heimkehrte, hier warf der Briefträger die Post ein. Durch die intime Terrassentür gelangte man aus der viel zu dunklen Stube auf den erhöhten Kiesplatz mit der steil zum Rasenparterre abfallenden Böschung, das war quasi die Erholungspassage. Die Kellertür aber erschloß die Welt der Werkzeuge und Pflanzplätze, hier lagerte unter dem Verbindungsdach zwischen der turmhohen Ostfassade und dem Schöpfli das Brennholz, ausgespart der Tunnel für das Katzentörli in der Wand. Hier hing an der Wäschestange, an der wir später Bauchaufzüge turnten, der auf meine Größe zugeschnittene Spazierstock, den mir Onkel Arnold geschenkt hatte, damit ich es ihm gleichtun und auf den Gängen in die Waldau wichtigtuerisch den Straßenbelag abklopfen konnte. Da stehe ich im *schäubeli* am Brunnen und stürze einen *meiu sirop* herunter, und da ist der Gittertunnel für die Kaninchen mit dem Donnerblech, man kann ihn so verschieben, daß immer wieder eine neue Grasfläche abgeweidet wird, die Verlockung ist groß, den scharfkantigen Schieber in der bläulich bombierten Wand hochzuziehen und die Hoppelhasen mit ihren blutunterlaufenen Augen ins Freie zu lassen. Und da ist die Jauchecarrette, ein schweres Tansenungetüm mit Eisenrad, und der Vater steht spreizbeinig über dem offenen Schachtdeckel hinter dem Haus und schöpft mit dem *gon* die braune Brühe, deren stehender Geruch einem den Atem verschlägt, dennoch starrt man gebannt in die offene Grube, denn wo so spitze Geräte wie der *höiu* und der *chröiu* und die *sägisse* herumstehen, da lauern Gefahren, ja hier werden die *chüngu* getötet, die sich in Großmutters Bratpfanne in die schwarzbraun geprägelten Leckerbissen der Laffen, Schenkel und Rippenstücke verwandeln. Nichtsdestotrotz eroberten die Hexen meiner Träume das Haus immer durch den offiziellen, den Sandstraßeneingang und schlichen sich nicht durch die Kellertür ein.

Und da tut sich das Reich der Pflanzplätze und Beerenkulturen auf, zwischen dem unteren Hühnerhof und den Pappeln durch führt der bekieste Weg auf eine Plattenstraße, hier verzweigen sich die in die brüchige Erde gestampften Kännel der geometrisch abgezirkelten Beetpfade, die Großmutter kauert am Rand und liest Kartoffeln oder Rüben oder Kohlrabi, und unten am Hang, der unsere immense Landwirtschaftsplantage vom Äschbachschen Grundstück trennt, ziehen sich die Himbeeren hin, die meine Mama mit dünnen Gazehandschuhen liest, dabei phantasiere ich Wörter wie *kranschpautscht* und *hatschipatschamini*, ennet dem Zaun steht die ehrlose Margrit und ruft nach *Bobeli*, ich weiß nicht, wie ich zu diesem Namen gekommen bin, vermutlich meiner Rundlichkeit wegen, aus allen Grenzprovenienzen tönt es Bobeli. Philipp, der Nachbarsbub, der eine Buco-Bahn besitzt, ruft mich so, und eines Tages zur Stunde des Pan steht das ehrlose erwachsene Mädchen in einem weißgetupften Erdbeerenkleid auf der Kohlenschachttreppe am Rande des Thujobien-Wäldlis, greift meine Hand, führt sie unter den Rock, läßt meinen Finger in einen feuchten Schlitz eindringen und befiehlt mir, daran zu riechen, es ist ein streng fauliger *miesch*-Geruch, den ich nicht von demjenigen der braunen Würste unterscheiden kann, die Rüedu und ich in die Nadelnester der Tannenverstecke drücken und um die tagelang die Schmeißfliegen summen, die sommersprossige Margrit lacht mich aus, zwei, drei Finger meiner kleinen Patschhand verschwinden in dem Loch, ihre schweren Brüste atmen unter dem dünnen Sommerstoff, da hinten, wo man sich seiner Fäkalien entledigt, ist die Zone des Verbotenen, vom trauereibenhaften Grün der Thujobien her so eng dem Friedhof in der Angermatt verwandt, sie zieht mir das Turnhöschen runter und ermuntert mich, in ihren Ausschnitt zu pissen, vielleicht ist dies die Urszene für den Traum der Nabelfrau, der mich in Amden heimsucht. Weniger gut finde ich mich zurecht im Ziergarten meines Vaters, er beginnt unterhalb der Böschung der Mahagonienhecke mit ihren giftig blauen

Beeren. In der Magnolienecke, wo der ziegelrot gebrannte Frauentorso thront, befindet sich der Sandkasten, in dem ich barfuß kauere, Madeleine-Törtchen aus lehmigem Dreck backe, Tunnel grabe, Wasser vom Trog einlaufen lasse, Bauklötze als Raupentraktoren einsetze, man gebe dem Kind ein Schäufelchen, ein Kesselchen, ein paar Blechförmchen, und schon ist es stundenlang beschäftigt, der Vater fährt mit dem Rasenmäher seine Bahnen ab, noch ist mir das kurzrastige Scherbeln der Messer in Erinnerung, wenn er, immer einen Stumpen im Mundwinkel, die Maschine gegen die Borde der Rosen- und Phlox- und Rittersporn-Rabatten schnellen läßt, um sie einhändig zurückzuziehen, und ab und zu schreit das Metall hell auf, weil ein Stein in den Spiralenzylinder geraten ist, was er mit einem *i tumme cheib* quittiert. Und wenn ich Durst habe, eile ich, die Pfanne hinter mir her schleifend, in den schattigen Schöpfli- und Hühnerhof-Bezirk, an der Spaliermauer, die auf der Terrassenebene den Kiesplatz begrenzt, steht eine zweiholmige, zypressengrün gestrichene Bank, auf der meine Großmutter ausruht, zusammen mit Emiu, der eine Tasche voller *gläck* gebracht hat und, den Stock zwischen den Knien, *tubaket*, und Tante Ida holt einerseits die Himbeersirupflasche, anderseits das *houderebrönz* aus dem Keller, schenkt dem Krauterer ein Mostglas, mir ein Seidel voll, stockrot hockt der Marksaft auf dem Boden und verschießt ins hellrot Schaumige, wenn der scharfe Brunnenstrahl reinsträzt, es war, so will es meine Stumpen um Stumpen gelichtete Erinnerung, stets die Friedhofgroßmutter, die für meine leiblichen Bedürfnisse sorgte, bei ihr auf der grünen Bank gab es *zöbeli*, einen Zipfel Cervelat, ein paar Scheiben Speck mit Zwiebelringen und Ruchbrot, von dem sie den *mutsch*, den Laib gegen ihr Jabot mit der Elfenbeinbrosche gedrückt, herunterschnitt.

So war ich früh schon ein Kellerartikel, mehr hier unten zu Hause als in der wohlgeordneten Domäne von Gertrud, die, ein blumiges Kopftuch umgebunden, in den Trübelistauden kauerte oder bei den Treibhausbeeten und den Tomaten verweilte, denn im Schöpfli waren die Fahrzeuge untergebracht, das *bärnerwägeli*, das ich stoßen half, wenn wir in der Mühle in Pfeffikon Futter holten, die Jauchebenne und die Heubähre, hier war die Klappe der Leg-Etagere, wo ich die Eier rausnehmen durfte, hier hingen die Axt und der Fäustel und die Jätekrallen an der Wand, und unter dem stickigen Dach duftete es nach gedörrtem Gras, gebleichten Kerbeln, nach sonnengetrocknetem Wiesenschaumkraut, und im Kellerlabyrinth lief an schwülen Tagen das Leitungswasser in Rinnsalen die Röhren runter. O Sirup in den schlanken Flaschen und auf Kompottetiketten beschriftet, o Einmachgläsergummis, die man für Steinschleudern verwenden konnte, o schwarze Kaffeerösttrommel auf der Großmutterhurde, auf der Rebecca ihre Jungen warf, o alte Teebüchsen voller Schrauben- und Scharnieren-Karsumpel, o Traubenpresse in der Waschküche, o kühlfeuchter Zementboden, über den sich dem barfüßigen Kind das Gruftige von Menzenmang mitteilte! Im Bilderbuch »Peterchens Mondfahrt«, das ich an den frühen Sommerabenden in meinem vergitterten Bettchen in der Verandaecke des Elternschlafzimmers durchblätterte, wobei die Koboldblumen auf der beigen Tapete vexierhaft mitguckten, fand ich meinen Sandhaufen zum Paradies erweitert. Die Sandmännchen schlichen in Peters Gemach, streuten seine Augen zu und nahmen ihn mit in ihr Bergwerk, aus verschiedenen Tunneleingängen strömten die emsigen Zwerge herbei und schütteten Caretten voll gelben Backpulvers auf einen Hügel, bordeauxrot glänzten die Metallräder im schachtigen Element. Dann flog die Traube hinauf zum Mond, der ein weißes Holzhaus auf satter grüner Weise besaß. Hatte er noch eben am Nachthimmel viertelschnitzhaft die Pfeife geschmaucht, trat er nun den Besuchern als glatzrundes Lunagesicht mit *munzige hörli* entgegen, einen Schlüsselbund am Gürtel. Und er bewirtete sie im Garten mit einem riesigen Gugelhupf und einem Faß Sirup, weinte dann wieder, am Firmament prangend, als die Entführer Peterchens an einem Sonnenschirm zur Erde schwebten.

Mein Kindergemüt war, so wie heute mein Riecher und Gaumen für die edelsten Gewächse der entlegensten Provenienzen, empfänglich für diese Geschichten, die ich immer wieder erzählt haben wollte, peinlich darauf achtend, daß die Erwachsenen keine Details veränderten, nicht einmal von Peterli und einmal von Hansli sprachen, nicht heute von einem Bergwerk und morgen von einer Sandhöhle, denn worauf sollte man sich sonst verlassen, wenn in der Bilderwelt das Verrückteste möglich war, eine nächtliche Fahrt auf den Mond. Und da ist, und dies fällt nun wieder unter Grus, die Tante Picke, die bei uns auf der Stör an der Pfaffnähmaschine saß und meine Haut mit Nadeln reizte, von ihr stammte das Buch, von dem mir nur noch eine Sequenz in Erinnerung blieb, das nachtblaue, gelb erleuchtete Haus der Gewitterfrau, sie schickte ihre Wetteradern über den Verputz, während der Donner in einem feurigen Gespann über den Himmel jagte. Die meisten Menschen, so sie sich überhaupt mit ihrer Kindheit befassen, stoßen nur auf solche Tabakabfälle, und sie kehren, auf eine ordentliche Biographie bedacht, den Staub in ihren Kellerverliesen zusammen, schütten Sägemehl aus und nehmen die Böden naß auf. Doch in schwülen Sommernächten, wenn sie in einer Gartenwirtschaft beim Bier sitzen und einen Export oder Rössli-Aromatico rauchen, überkommt es sie doch mit der plötzlichen durch das *wätterleine* am Horizont begünstigten Frage: *weissch no anno dozmou.* Es ist die Großvaterfrage, wer sie stellt, blickt in den Sonnenuntergang. Erinnerungssüchtige sind Romantiker, weshalb meine Stechlinsche Kate, die in diesen hohen Juli- und Augusttagen so sehr einem verwunschenen Eichendorff-Schloß gleicht, wie Jérôme von Castelmur-Bondo bemerkte, so recht die ideale Werkstatt hergibt für das Geschäft des Weißt-du-noch. Das ist eine ganz andere Position als diejenige des Märchenerzählers, der anhebt mit: Es war einmal. Ich bin mir dessen nicht so sicher, ob all das, was ich in meinen Tabakblättern zusammentrage, tatsächlich einmal war, ob es sich dabei nicht bloß um die Träume und Schäume eines von der Geburt zum Tod hinüberschlafenden Cigariers handelt, der, weil er keinen Platz unter den Menschen fand, sich gar nicht erst aus seinem Bett erhob. Mir gefällt deshalb der permanente Konjunktiv der Collage besser: dieses Element könnte man so, jenes so verkleben. Und von den drei Ks des Kunstgewerbes ist mir das letzte das liebste: Klittern.

Wenn's im August nicht regnet, ist der Winter mit Schnee gesegnet. Starker Tau im August verkündet beständiges Wetter. Mangel an Tau aber Gewitter, Hitze und Regen. Weil Nachttau jetzt Feld und Früchte nässen, soll man keine Äpfel ungereinigt essen. Was der August nicht kocht, bratet auch der September nicht. Bereits zum zweiten Mal in diesem Sommer hat sich am Montagabend über Zürich ein außergewöhnlich kräftiges Gewitter entladen. Bei der Schweizerischen Meteorologischen Anstalt am Zürichberg wurden insgesamt 80,4 Millimeter – das entspricht einer Wassermenge von 80,4 Litern pro Quadratmeter – gemessen. Dabei handelt es sich um eine der höchsten Tagesmengen im August, die seit mehr als hundert Jahren registriert wurden. Wenn man noch bedenkt, daß 71,2 Liter in nur einer Stunde gefallen sind, wird die Seltenheit des Ereignisses noch unterstrichen. Auch in Brunsleben baute sich gegen halb vier das unheilschwangere Geschwür am Himmel auf, mein weißer Jumbo maß im Höflischatten 32 Grad. Die gepreßte Stille mit den gedämpften Vogellauten ließ auf einen Zyklon schließen. Meine Mietmaschine Hermes 3000 klapperte immer langsamer, der Tabak klebte blattig am Herzen, das gewaltig pumpen mußte, um den Erinnerungskreislauf aufrechtzuerhalten. Kurz nach vier hielt ich es nicht mehr aus, packte meine La Perla-Hose in den offenen Ferrari, fuhr nach Leonzburg-Combray in die Badi am kühlen Aabach und stürzte mich noch in den Kleidern völlig *erlächnet* unter die erstbeste Dusche. Dann schwamm ich ein paar Längen im großen Bassin und wähnte mich in den klebrigen Fluten von Tipasa, wo das Land schwarz ist vor lauter Sonne. Wetterentwicklung bis und mit nächstem Sonntag: Die flache Druckverteilung der letzten Tage begünstigte die Bildung von Gewitterzellen. Hinter dieser Zone dehnt sich aber ein neuer Ausläufer des Azorenhochs gegen West- und Mitteleuropa aus. Er wird in der Schweiz ab Mittwoch wetterwirksam. Gleichzeitig kommt im Mittelland eine schwache Bisentendenz auf. Am Donnerstag und Freitag wird sich aber der Hochdruckeinfluß gänzlich durchsetzen und die Temperaturen wieder auf 30 Grad steigen lassen. Kalender für Mittwoch, den 17. August 1988: 33. Woche, 230. Tag des Jahres, Amor, Benedikta, Hyazinth, Severus, Liberal. Sonnenaufgang 6.25 Uhr, Sonnenuntergang 20.34 Uhr. Mondphase zunehmend.

21. Hermann der Tabakgroßvater
Ormond Brasil Jubilé

Da ist, auf der Terrasse von Menzenmang aufgenommen, das historische Bild, wo mich der Großvater aus der Waldau in seiner weißen Soldatenuniform auf den Knien hält und gesagt haben soll: *Wenn de dee einisch de höbu uf chonnt.* Der Graspfad über den Hansihübel und am abgebrannten alten Röllihof vorbei ist die kürzeste Verbindung zwischen der Platte und der Lehne am Stierenberg, auf der der Aussichts-Gasthof thront. Ja, Aetti, dessen geschwollener Kropf auf die Speiseröhren-Krankheit hinweist, muß stolz gewesen sein auf den ersten Enkel, sonst hätte er nicht im Kantonsspital Aarau 100,– Franken »von Ungenannt« einbezahlt. Daß er ganz unerwartet starb, als ich 14 Monate alt war, hat mein Leben, wie sich aus der Brunslebener Rückschau erweist, nachhaltiger beeinflußt, als dies mein Geburtshoroskop zu prophezeien wagt, denn wäre mein Großvater statt 61 81 Jahre alt geworden, hätte ich tatsächlich zweimal wöchentlich den Weg über den *höbu* unter die Füße genommen, um in seinem Forellenteich-Kontor zu hospitieren. Auf Seite 3 des großformatigen Albums »Drei Generationen Waldau« heißt es: Aetti, geboren am 26. Januar 1882, besucht die Gemeindeschule in Burg, die Bezirksschule in Reinach, kommt 1898 nach Neuenburg und 1899 nach Bellinzona. Anschließend schickt ihn sein Vater nach Bremen, da er einen guten Tubaker aus ihm machen will. Und da fächert es sich sepiabraunrippig aus, mein Element, zu Stels gebündelte Muster, Java, Havanna, Sumatra, Brasil. Nicht auszudenken, wie wir beide, einen Ormond Brasil Jubilé zwischen den Lippen, fachmännisch die Blattigkeit und Elastizität geprüft hätten, wissend, daß es im Metier des Rohtabakhandels einzig auf die fünf Sinne ankommt, auf den Riecher, auf den Instinkt, auf die Witterung des Jägers, auf die Geduld des Fischers. Hätte man mich den angestammten Beruf erlernen lassen, ich müßte heute als Gesellschafter Jérôme von Castelmur-Bondos und Zaungast im Reich Irlande von Elbstein-Bruyères nicht mühsam diese Gabillen bedrucken, ich wäre einer der letzten Cigarrenbarone des oberen Wynentals. Die Seite wäre nicht vollständig ohne eine handkolorierte Wickelform, ohne eine oscurobraune Trabuco und eine fein geäderte Corona. Dies war der Erzählstil meines Vaters, der Braunstich des Kadetten-fotos und das fahle Van-Dyck der zerpflückten Docken geben der Albumseite die Weißt-du-noch-damals-Patina.

Und da ist, immer wieder gelesen, der Nachruf des Wynen-taler Blattes: Die Waldau, der schöne Wohnsitz, wo man so frei und weit ins Tal hinaus sehen kann, war heute Donners-tag morgen das Ziel vieler, in Trauer gekleideter Leute, die dem verstorbenen Geschäftsmann und Wirt zur Waldau, Hermann Brenner, die letzte Ehre erweisen wollten. Die Kunde von seinem Tode hatte weit herum, bei seinen Ver-wandten und Bekannten und den vielen Freunden ein tiefes mitfühlendes Echo gefunden; die Trauergemeinde wuchs gegen 11 Uhr immer mehr an. Im Halbkreis umstellten die Sänger der Männerchöre Burg und »Frohsinn« Menzenmang den Sarg, der zu Ehren des Toten von liebenden Händen mit den schönsten Herbstblumen geziert war. »Der Barde« brau-ste über den toten Sängerfreund hinweg in den grauen Sep-tembertag hinaus. Wie ein ewiges Vermächtnis klingt für den Sänger dieses Lied: zuerst in wundervoller Melodie feierlich geheimnisvoll, um dann wie ein Sturmwind zu pochen an »anderer Welten Tor«. Man mußte sich in diesem Augen-blick unseren Hermann vorstellen, wie er, als junger, begei-sterter Sänger, vor bald 40 Jahren im »Frohsinn« mitgewirkt und einige Jahre dem Verein als flotter Fähnrich vorausmar-schiert war; jahrzehntelang stand Hermann Brenner in den Reihen der Burger Sänger. Wer, ihr schnapsklaren Krauterer und Gichttintlinge, die ihr mit eurer Melancholie die Wald-kulissen von käferfestgeschmückten Landturnhallen ein-äthert, weiß noch um das klassische Beerdigungs-Lied »Der Barde« von Friedrich Silcher, langsam und feierlich? »Stumm schläft der Sänger, dessen Ohr / gelauschet hat an anderer Welten Tor. / Ein naher Waldstrom brauste sein Gesang / und säuselt auch wie ferner Quellen Klang.« Im zweiten Teil steigen wir von D-Dur nach h-Moll hinunter und über E in die Dominante zurück. Neulich an der Männerchorprobe erkundigte ich mich nach diesem Lied, Surleuly, zweiter Baß, wußte sogleich eine Geschichte. *Weisch, de Richter Hans isch eine vo dene gsi, wo praleeget händ, mir müend ihr de emou sicher nid ›Der Barde‹ singe, wobi's jo an für seech scho nes tupé isch, wöue z'wüsse, wer wem mues go singe, item, de händ mer no so nes originau gha, de Murer Miggu, de het schtyf und fescht behauptet, nach em tod sig's uus und ame, es chöm nüt me. Wo do de Richter Hans tatsächli sehr früe gschtorbe isch, het sich de männerchor Bruuns a de wunsch ghaute und am grab d'motette gsunge, die hesch ou scho ghört, grad chörzli am radio. He nusode, do macht en uswärtige, mer heige aber ou gar schüüli gschluchzet, druf säg i, jä, wüsse si, er het's e so wöue ha, mer hätte natürli ou ›Der Barde‹ chönne singe, er hätt jo nüt ghört. Und do chunnt uusgrächnet de Murer Miggu, Hermann, und seit: jä sind ir sicher?*

Lieber Aetti, nicht zuletzt dir zuliebe, weil wir in der Tat nicht sicher sind, ob du es nicht doch hören kannst, singe ich jeden Donnerstagabend im Männerchor Bruns, erster Baß, folge der Stimmgabel unserer temperamentvollen Dompteuse aus Löpfen, schraube mich na-na-na-na die Tonleitern hoch und runter, predige lauthals den Rheinglauben, zeche zu Salzburg in Sankt Peter, schreite majestätisch durch die Elisabethserenade, verdrücke heimlich ein paar Zähren der trockenen Trunkenheit, wenn wir uns, angeführt von den Tenören, in nebliges Mollgelände begeben. In der Pause der obligate Stumpen. Ich werde später noch das Hohelied dieser musisch-politischen Bünde anstimmen, was ich indessen vom Tabakgroßvater weiß, sind fast lauter Legenden. Wahrscheinlich hat er den Handel mit den Blättern aus Java, Sumatra, Cuba und Brasilien nicht allzu seriös betrieben, auf jeden Fall brachte er es damit nicht auf einen goldenen Zweig wie mein Onkel, Bertrand der Jüngere. Die Fotos im Waldau-Album vermitteln das Bild eines jovialen Genießers und geselligen Menschenfreundes. Schlank, mit kurzem Haarschnitt und elegantem Schnauz posiert er mit Rosa Suter auf dem Hochzeitsfoto, die Feier fand am 25. Juni 1907 in Teufenthal in der Herbrig statt. Vater konnte sogar das Hochzeitsmenu ausfindig machen, es verdient der Erwähnung, weil sich in seiner richesse der Optimismus des jungen Geschäftsmannes spiegelt. Das Gedicht lautet: Consommé printanier royal, Truites de rocher au bleu Sauce hollandaise, Pommes nouvelles natures, Côtes de bœuf à la bordelaise, Ris de veau aux petits pois, Asperges d'Argenteuil Sauce Mousseline, Salade de laitues, Parfait à la vanille, Tourtes aus citron, Fruits et dessert. Es ist anzunehmen, daß mein Großvater als Wirt nie ein solches Diner zubereitet hat, seine Schlager waren die Saisonspezialitäten, welche die Waldau berühmt machten, im Frühjahr die damals noch erlaubten Froschschenkel, im Mai die Waldmeister-Bowle, im Sommer die salzgestoßene Brombeerglace, die Waldfrüchteteller, und dann, wenn die Hörner durch den Stierenberg schallten, der Hasenpfeffer und der Rehrücken Baden-Baden, desgleichen saisonbedingt die wunderleckeren Pilzgerichte, Eierschwämme an Zwiebeln und Knoblauch, Totentrompeten à la crème. Unverzichtbar das Poulet nach Hausart und die Rahmschnitzel, lebendfrisch aus Onkel Bertrands Bassin die Forellen. Mit dieser Speisekarte war mein Großvater modern, ohne es zu ahnen, denn heutige Restaurateure wissen längst um das Erfolgsrezept der Exklusivität, und hätte Hermann Arbogast Brenner das Patent, auf Brunsleben zu wirten, also der nahen Habsburg Konkurrenz zu machen, er würde sich strikt daran halten, nichts verbrauchter als die Schnitzel-Pommes-Frites-Ideologie, gar im Hochsommer, da hält ein knackiger Eisbergsalat mit Speckwürfelchen und Brotcroutons Leib und Seele zusammen. Nichts verstörender, nicht wahr, lieber Großvater, als eine ausgedörrte Seezungentranche, da loben wir uns eine Blanchette de turbotin et sau-

mon. Wenig muß man anbieten, aber alle Raritäten handmade wie die Havannas. Ein Rindsfilet mit Champignons
erfordert eine altküchene Gußeisenpfanne, im brandheißen
Fett müssen die Poren zuschrecken, und um die langen
Stränge zu kriegen, von denen sich die zehn Zentimeter dik-
ken Mocken herunterschneiden lassen, scheute Hermann
Brenner den Aufwand nicht, den Metzgereien auf dem Lindenberg nachzureisen. Und wenn die ersten Nebeltücher über
der Wachtelwiese unterhalb der drei Eichen lagen, wußte er,
daß ein guter Landgasthof seiner *gaschtig* eine *währschafte
metzgete* mit hausgemachtem Bauernbrot schuldig ist, an
Besenstangen hingen die Würste über der hinteren Treppe,
die von der Küche zu Vaters Modellieratelier hinunterführte,
rübis und schtübis wurde der letzte Zipfel aufgefressen, man
hat ja nach einem langen Sommer das Gefühl, die Menschheit
sei total ausgehungert.

Hinter der Praxis meines Großvaters steckt, wie mein
Vater zu sagen pflegte, *e töifi philesofie*, weil er zu meinem
Leidwesen gänzlich aus dem Gastgewerbe verschwunden ist,
der Allrounder, der die Bratenschaufel mit dem Jaßteppich
vertauscht, das Kreuz-Trumpf-Spiel mit dem Billardstecken,
das Queue mit der Jagdflinte, den Stutzer mit der Angelrute.
Meine Lieblingstante Ideli erzählte mir, daß, wenn am Sams-
tag Gnagi, Öhrli und Schwänzli gesotten wurden, mein
Großvater sich gegen siebzehn Uhr an den Stammtisch setzte
und mit gutem Beispiel voranging, sich ein dampfendes
Wädli auftragen ließ, was den Aluminium-Gautschi und den
Chruseli-Turi animierte, und innert Kürze war die Platte leer.
Wenn es heißt, zu viele Köche verderben den Brei, dann gilt
gewiß auch umgekehrt, daß ihn keiner besser würzt als der
Patron selbst. Und dann, was Hermann Arbogast auch von
ihm geerbt hat, leider seiner Krankheiten wegen nie richtig
ausleben konnte: das Genie der Geselligkeit. Da ist ein halbseitiges Bild, Ätti mit seinen Jagdfreunden. Bertrand trägt den
Filz auf Durst, zwickt den Stumpen in den Mundwinkel,
hat das Gewehr umgehängt. Er ist der Draufgänger, der

luuscheib allenthalben, mein Großvater liegt mit Bärry bequem im Gras hinter jenem Topf, in dem der Spatz zubereitet wurde, die Cigarre in der rundlichen Hand, ein Bild der Behaglichkeit, der Verläßlichkeit. Das war ein Vertrauensmann, dessen Rat *zäntume* gesucht war, in höchsten Fabrikantenkreisen ebenso wie unter Arbeitern. Gewiß, so erzählte mein Vater immer, war er mürrisch, wenn er morgens nach einer durchzechten Nacht in die vergammelte Küche trat, scheuchte die Bande aus dem Bett, wer nicht beizeiten aufstehe, stehle dem Herrgott den Tag, indessen sah man ihn selten in der Kirche, seine Religion war der Wald. Ja, was der Stierenberg dem Großvater bedeutet hatte, bekamen wir Enkel zu spüren, wenn wir mit Tante Ideli oder Irma oder Elsa *i d'schwümm* gingen, denn die Pilzkenntnisse hatten sich auf die Töchter vererbt, nicht auf meinen Vater, der eher eine Morchel zertrat, als sie aus dem Laub herauszuspitzeln. Da steht der Verwalter dieses kleinen Stückes Paradies mit Elsa und den Zwillingen, alle drei in weißen Halskrausenkräglein und bunt bedrucktem Leinen, ich schätze sie 14, also ist Hermann der Tubaker 38, in den besten Jahren, in diesem Alter lebte ich noch auf Starrkirch und hatte Familie, doch der wilde Schnauz, der Stumpen machen ihn älter. Im Nu, wenn wir uns der Collage-Technik überlassen wollen, ist aus dem Elegant der ersten Seiten, der im Amsterdamer Frascati-Theater die Sumatra-Einschreibungen besuchte, der in den Makler-Kreisen von Bremen verkehrte, der treue Großvater im Lismer mit dem hoch unter den Kropf geknöpften Barchenthemd geworden, so hing er gerahmt im Büro des Versicherungsinspektors über dem Telefon, das Vater mit der allgewaltigen Rentenanstalt verband, mit der Generalagentur in Aarau, mit breit geplatteter Nase, gekniffenen Augen und fleischigen Ohren blickte er auf die Geschäfte seines Sohnes, dem er den Mandi-Angin nicht hatte schmackhaft machen können, und wenn ich in unserem Zweig der großen Brenner-Familie von einem Niedergang spreche, dann sehe ich ihn in der zunehmenden Abstraktion der Geschäftsgänge, wo

meine Altvorderen noch Rohmaterialien umsetzten, hatte es
mein Vater nur noch mit Prämien- und Rentenziffern zu tun,
während der Tabakhändler in den Bonifizierungskammern
und Musterzimmern der Firmen Brenner Söhne AG, Burger
Söhne AG, Hediger Söhne AG, Weber Söhne AG und Eichenberger Opal Blattiges und Körperhaftes über den Bock legte,
unterbreitete Mandi den Kunden Antragsformulare und
Sterblichkeitstabellen.

Die Waldau, wie sie damals war! lautet eine Legende. Mein
Vater ließ die Bilder sprechen und verzichtete wo immer es
ging, auf Schrift. Sicher nicht immer das Oberwynentaler
Idyll, für das wir sie hielten, denn der Alltag eines Familienbe-
triebs ließ keine trauten Wohnzimmerabende zu, kam da in
der Christnacht noch ein Eisheiliger im bestickten Tambour
und verlangte sein Zweierli Hallauer, mußte die Weihnachts-
feier unterbrochen werden, und meistens war es der Großvater, der sich zum Gast setzte, der Störung nicht ganz unfroh,
denn »Stille Nacht, Heilige Nacht«, das war doch etwas jenseits seiner Sphäre. Doch der im Nachruf gerühmte weite
Blick machte die Menschen, die hier aufwuchsen, großherzig
und frei. Es gibt dafür keine sinnigere Lokalität als die Terrasse über dem Säli. Da blickt man von der Gartenwirtschaft
aus auf den modernen Vorbau mit den Glastüren, gewissermaßen eine Schublade, die aus dem einfachen Riegelbauern-
haus mit dem Restaurant-Trakt in Backstein gezogen wurde.
Eine unten einmal gewendelte, steil aufsteigende Treppe
erklettert die Aussichtsplattform, auf der bequem ein halbes
Dutzend Tische Platz finden, hier sind viele Familiengrup-
penbilder entstanden, und immer ragen die Köpfe über die
Kammlinie des Sonnenbergs, man sah aber an klaren Tagen
auch den Lindenberg und die dahinterliegenden Hügelzüge,
linker Hand über das Dach der Hallerschen Villa hinweg und
die Brenner-Moräne bis ins Reinacher Moos, grüßte den
nahen Homberg, die *Böiuwer höchi*, und diese Sattelschneise
war in hoch ausgestirnten Nächten von einem Lichtschimmer
überlagert, der *heiteri* von Zürich. Im Schmalspur-Waldau-

Film gibt es zwei Sequenzen, die mein Kindheitsparadies in einem Brennglaseffekt vergrößern, ganz zu Beginn tritt der Großvater vor die Haustür auf der Hofseite, zündet sich einen Stumpen an und löscht das Streichholz mit der für ihn typischen Bewegung der Hand, es ist ja bezeichnend, daß das Feuer nach der Flammenübernahme sterben muß. Etwas später steigt die ganze Corona auf die Terrasse, und da fährt Hermann der Tubaker mit ausgestrecktem Zeigefinger den Horizont ab, um dann auf einem fernen Punkt zu verweilen. Es ist nicht die Königsgebärde, dies alles gehört mir, nein, das wäre ein arges Mißverständnis, eher die Dankbarkeit dessen, der einen schönen Fleck Erde zu Lehen hat und die Seinen darauf hinweist. Gegen Süden bilden der Kirchturm von Schwarzenbach und das Burger Schulhaus die Merkpunkte, man sieht, wie die gefurchte Gehirngestalt der Molassetäler in die quer gewellte Voralpenlandschaft übergeht, begrenzt durch die im Silberdunst flimmernde Rigi. Täglich eine solche Aussicht genießen zu können mußte das oft durch Wirtschaftssorgen belastete Gemüt öffnen und heiter stimmen, ich sehe in diesem Geschenk der Natur die Wurzel für die sprichwörtliche Großzügigkeit meines Vaters Mandi.

Wie oft sind mir in meinem Leben Menschen begegnet, die durch feudalen Besitz geizig und *bhäbig* geworden sind, einzig darum, weil ihrer materiellen Pfründe der Horizont fehlte. Das Phänomen hat mich um so mehr beschäftigt, als mich mein Vater das Erfolgsprinzip lehrte, immer zuerst zu investieren, bevor man etwas erwarten will. Nach dem Schwarzen Freitag in Amerika, als die Stricki Konkurs ging, zu deren künstlerischem Direktor der Zögling Otto Weber-Brenners ausersehen war, stand der eben aus Paris zurückgekehrte Absolvent der Akademie Léger vor dem Nichts und reinigte Milchgütterli in Onkel Herberts Laden. Dies war der wirtschaftliche Nullpunkt seiner Existenz, möglicherweise bedauerte er damals, nicht ins Tabakgeschäft eingestiegen zu sein. Gerade diese Herausforderung aber machte ihn generös. Dabei denke ich gar nicht primär ans Geld, vielmehr an eine

Mentalität des Schenkenkönnens. Der Geizkragen hält seinen Besitz raffgierig zusammen, weil es ihm das Herz abdrückt, etwas hergeben zu müssen. Oft wird diese Geisteskrankheit mit christlicher Nächstenliebe kaschiert, was die reinste Bigotterie ist, weil es in der Bibel heißt, Geben sei seliger denn Nehmen. Welchem Beispiel soll aber die allerorten auf ein Fähnlein sieben Aufrechter zusammengeschrumpfte Gemeinde folgen, wenn ausgerechnet die Pfarrherren Kohle scheffeln, wo immer sie können? In ihrem Schafhirtengeiz manifestiert sich der absolute Bankrott des Christentums, denn das Gerede von der Gnade der unermeßlichen Liebe Gottes wird zur hohlen Phrase, wenn jene, die das Wort der Heiligen Schrift predigen, mit diesem Geschenk nichts anzufangen wissen. Geht man der Sache sozusagen klerikalökonomisch auf den Grund, stößt man auf die Angst des Frommen vor dem großen Betrug. Da soll das irdische Dasein nur ein Jammertal sein und erst das Jenseits ein Leben in Licht und Wahrheit verheißen. Wer danach strebt, gerät in verteufelte Nähe zum Kleinsparer, der nie mit Sicherheit weiß, ob sich seine Einlagen je auszahlen. So konstatieren wir die paradoxe Situation, daß die Erben der christlichen Nächstenliebe die größten Egoisten, Kümmelspalter und Pfennigfuchser sind, weil sie, was die Glücksgarantie betrifft, in einer tiefen Identitätskrise stecken. Sie dürfen zwar nicht öffentlich bekennen, daß sie genau wie die sogenannten Materialisten hinter dem Mammon her sind, und sie dürfen sich und anderen vor allem nichts gönnen, aber sie kleben schmeißfliegenhafter am irdischen Besitz als der Ungläubige, weil sie ja nie ganz sicher sind, ob sie ihr Kassenbüchlein nicht doch mitnehmen können.

Mein Tabakgroßvater war in dieser Hinsicht Realist, er starb an Speiseröhrenkrebs, litt fürchterliche Schmerzen, bereute nicht, den Stierenberg der Kirche Menzenmang vorgezogen zu haben, ging mit 61 nach einem erfüllten Leben, gerne wäre ich, wie manchmal in Träumen, bei einer Flasche Beaujolais mit ihm in der Gartenwirtschaft gesessen, Gott und die Welt durchhechelnd. Die Waldau, wie sie damals war: da klettert die Clematis vom Ateliereck zum Fenster des hinteren Abtrittes hoch, wo ich mich stundenlang einschließe, um die Gäste zu belauschen, und im vorderen Rosengarten baucht sich die Schweizer Fahne im Wind. Da überwuchern Glyzinien den getreppten Zaun, und die geschlossenen Jalousien im ersten Stock des backsteinernen Restauranttraktes reden von verdunkelten Schlafzimmern in einem ewig währenden Sommer, in dem die moosige Wasserkunst plätschert. Und da grüßt die gastliche Giebelfassade ins Land, unter der Traufe die mandelförmigen Lüftungsschlitze. Ideli rüstet, die schwarzen Haare aufgesteckt, Gemüse im *bungert*, Elsa drückt den Bärry an sich und träumt von den Vorstenlanden, Greti sitzt auf der Brüstung der Lindenberg-Terrasse und hält Ausschau nach dem frechen Amerikaner, der im offenen Buick anrauschen wird, Rösli wird der Bürde der Ältesten gerecht und trägt das Weißgeblumte, Irma, Sternzeichen Krebs, die Spitzenköchin des Ensembles, steht elegant in der Säli-Tür, Mandi bricht mit dem Modigliani-Blick die Herzen von dunkelhäutigen Frauen, an die er sich sein Lebtag nie herantraut, es war die Großfamilie, nach der ich mich gesehnt hätte, in heißen Sommernächten schleppte man die Matratzen auf den obersten Altan und schlief unter freiem Himmel. Und als sich dann mein Vater im Juni 1941 als zweites Glied von dieser Gemeinschaft löst, schräg links unter der Legende mit dem Großvater in ein offenbar ernstes Gespräch vertieft, auf der Seite gegenüber seinen Erstgeborenen präsentierend, als der Säugling Ätti an die Brille greift und der historische Satz fällt *Wenn de dee emou de höbu uuf chunnt*, sind die Würfel leider schon gefallen, die Waldau wird in der vierten Generation nicht fortbestehen, der Erbe kam zu spät. Hochzeitsfoto vor der Terrasse in Menzenmang, Hermann II. im Frack, schwer sein Kopf auf dem trabucohaften Körper, meine Mutter, die Städterin aus St. Gallen, im hoch wattierten Brautkleid, der Vater, der seine Nase in den Rosenmeien steckt, die Großmutter aus Schneisingen an den Sohn gelehnt, das unvermeidliche Spitzenjabot über der schwer hängenden Brust: ganze 44 Jahre wird die Fabrikantenvilla gehalten werden können. Da läßt es sich nicht vermeiden, daß mir die Ormond Brasil Jubilé ausgeht und als erkalteter Kadaver an der Unterlippe kleben bleibt. Ich hatte nicht die Kraft, das Heft in die Hand zu nehmen, als das Elternhaus verkitscht wurde, ich lag in Königsfelden und gab in der Cafeteria meine Unterschrift unter den unseligen Erbteilungsvertrag, obwohl es ein Gebot der Mitmenschlichkeit wäre, von einem Patienten im akuten Stadium der Depression keine lebenswichtige Entscheidung zu verlangen. Nun längst hinabgesunken, graue Herzen, graue Haare, doch ist nicht mein Ausharren auf Brunsleben bis zum heiteren Ende noch eine letzte Manifestation des Waldau-Geistes, lebe ich denn nicht das Vermächtnis meines Großvaters Hermann Brenner, wenn ich mich mit der nächsten Cigarre tröste, eine Hoyo de Monterrey des Dieux zuschneide, eine Flasche Château Lynch Bages grand cru classé aufmache, ein paar Lampions anzünde, im Männerchor »Auf der Heide blühen noch die letzten Rosen« singe? Bin ich denn nicht euer aller Gedächtnis, solange ich an meinem Tisch im Schloßhof sitze und diese Tabakblätter fülle?

22. Lehrzeit beim Großvater
Habasuma

Wenn mir die drei Waldau-Generationen die Chance gegeben
hätten, wenn Hermann I., der Begründer des beliebten Aus-
flugsrestaurants, meinen Großvater etwas später gezeugt
hätte, sagen wir 1892 statt 1882, wenn Mandi dafür als erstes
Kind zur Welt gekommen wäre und bereits 1935 geheiratet
hätte, dann wäre die von mir so sehr gewünschte Lehre als
Tabak-Kaufmann kein Ding der Unmöglichkeit gewesen, ich
hätte nach der Bezirksschule die von meinem Vater so
gehaßte kaufmännische Lehrzeit gemacht und in dem mit
Jagdtrophäen geschmückten Büro der Gebrüder Brenner in
Onkel Bertrands Garten neben dem Forellenteich, in diesem
urtümlichsten aller Oberwynentaler Privatkontore mit Blick
auf das grüne Tal, grüß dich tausendmal, hospitiert, der
behäbige Endsechziger hätte dem Lehrling eine gute Kopfcigarre angeboten und ihn vor die tief eingebräunte Cuba-
Karte gezogen, die Havanna-Anbaugebiete, siehst du, mein
Compagnon, liegen in den Provinzen Pinar del Rio, von dort
stammt der königliche Vuelta Abajo, in Havanna, wo der
Partido gezogen wird, und in Santa Clara, berühmt für den
Partido. Die Bündelung erfolgt meist in Malotten, das sind
umfangreichere gepreßte Docken. Der Partido ist hellblatti-
ger als der kräftige Vuelta Abajo, manchmal, vor allem in den
Deckerklassen, leicht ins Grünliche changierend. Circa 80
Malotten werden zu Ballen, tercios, aus Palmblattmatten verpackt, oft zusätzlich von Gespinststoffen umhüllt, man nennt
sie Seronen. Von den Provenienzen können die Classes prin-
cipales gebildet werden: Vuelta Abajo, Capes, 1-11 Ligero,
Seco, Viso, Viso seco. Quebrados: Liegero, Seco, Fino,
Medio tiempo, Maduro. Unter Capas versteht man Decker-
partien, unter Tripas Einlage, die aber nocht decker- respektive umblatthaltig ist. Als Tripas ligeras bezeichnet man leich-
tere, als Tripas pesados gehaltvollere Einlage. Dann gibt es

die Puntilla, das vollwürzige Mischgut. Botes und Hojas stehen für Losblatt, Semillas für kleines Sandblatt. Manche Eigenschaften werden im Märk durch Buchstaben symbolisiert, M gleich maduro, reif, Mt medio tiempo, C capadura, kleines Blatt mit Körper.

Und der Großvater hätte ein paar Muster aus einem Ballen gezupft und zu einem Stel gebündelt, wie sie die Erstehandmakler an der Einschreibung im Amsterdamer Frascati-Theater und in Bremen ausgehändigt bekommen, um mich die Spreite der Deckblatteile fühlen, die Elastizität prüfen, den Farbton bestimmen zu lassen, immer genüßlich das Endprodukt vorführend, immer um Anschaulichkeit bemüht. Was du dir merken mußt, Junior, ist die klassische Dreiheit Havanna-Sumatra-Brasil, Habasuma. Welches sind die traditionellen Tabak-Sultanate für die besten Decker der Welt? Und bereits nach zwei Vormittagen hätte Hermann Arbogast Brenner gewußt: Langkat, Deli, Serdang und Bedagai-Padang. Richtig, die ersten Partien Sumatra kamen 1864 auf den Markt. Der Anbau erfolgt durch große Plantagenunternehmungen, von denen die Deli Maatschappij und die Senemba Mij. die bekanntesten sind. Sortierung und Verballung an Ort und Stelle, man nennt das System Plantagenmärke. Aus dem Märk sind insbesondere die Plantagengesellschaft, die Farbsortierung, die Blattlänge sowie das Erntejahr ersichtlich. Auf den Ballen kommt ferner die Partienummer zu stehen und die Gewichtsangabe. Werden für die Länge römische Zahlen verwendet, dann handelt es sich um eine sehr blattige Sortierung der nächsthöheren Klasse. Hier zeige ich dir eine Seite aus einem Einschreibungsbuch. Angeboten wird eine Partie von 711 Packen aus Deli Maatschappij, eingeführt mit dem Schiff Palembang, 1. Länge 125 Pn., Stückblatt 209. LV bedeutet lichtes Fahl, zum Beispiel mausgraues Sandblatt. Die erste Voraussetzung dafür, daß der Tabak die Seereise gut übersteht, ist die Verballung im richtigen Feuchtigkeitsgrad. Naß verpackte Ware läuft nicht nur Gefahr, schimmelig oder muffig zu werden, sondern vor allem, wild zu fermentieren und dabei nachzudunkeln oder sich überhaupt totzufermentieren. Der Großvater hätte mir seine Dannemann gezeigt und gesagt: Wir wollen eine schwarze Brasil mit schneeweißer Asche, aber keine totfermentierte. Schreib dir in dein Wachstuchheft »totfermentiert«. Er wäre ja, nicht zu verwechseln mit Lehrer Basler auf der Burg, mehr nach dem pädagogischen Instinkt als nach festen Unterrichtsprinzipien verfahren, doch auf ein Gerippe von Grundbegriffen hätte er Wert gelegt. Dann kommt es auf die richtige Verstauung auf dem Schiff an, die Eisenteile des Frachters müssen abgemattet oder durch Garnierholz von der Ladung getrennt werden. Der Boden wird mit Abdeckkleidern ausgelegt. Die Unterlage muß eben sein. Tabak darf nicht zu hoch aufgebaut werden, weil sonst Druckschäden entstehen. Nebenbei, welches ist in Brasilien der Ausfuhrhafen für den Rio Grande? Porto Allegre. Richtig. Vorteilhaft ist die Verladung im Zwischendeck, wenn die Schwitzwasserbildung vermieden werden kann. Bei einer Sommerfracht, wenn das Gaumengold während der Reise noch etwas fermentiert – etwa beim Orienttabak –, muß besonders vorsichtig abgedeckt werden. Ja keine Ventilatoren. Merk dir das, Junior, der Rohtabakhändler ist auch für diese Dinge letztlich verantwortlich. Eine besondere Gefahr für die Ballen sind sogenannte schwitzende Güter, Erz, frischer Mais, Holz, aber auch stark riechende Gewürze. Entsprechende Trennungsschotte müssen dann montiert werden.

Der Großvater wäre im Laufe seines Referates immer wieder ans Fenster getreten und hätte Ausschau gehalten nach ankommenden Gästen, denn ein guter Wirt versäumt keine arrivée. Die im April oder Mai gesäten Bahia-Tabake werden im Dezember dem Handel übergeben, die Verpackung erfolgt in Leinenballen von 60 bis 70 Kilogramm, die Vermärkung durch Packer, deren Namen – wie früher Suerdiek, Dannemann, Beretto – aus dem Symbol hervorgehen. Das Zentrum der feinen Qualitäten befindet sich in der Mata Fina mit den wichtigen Plätzen Sao Feliz, Munitiba, Cabeças, Cruz das

Almas, Sapeassu, Baixa do Palmeira, Conceiçao do Almeida und Sao Felipe. Die gedockten Blätter werden nach folgendem Schema sortiert: Patent finissimo, Patent Patent Patent, Patent Patent, Patent, Flor, Prima, Secunda, Untersecunda, Obertertia, Untertertia, Folhas finas und G (Ausschuß). Nun etwas Formenlehre. Die gedrechselte Dreiercigarre, bei uns auch krummer Hund genannt, das ist die Culebras. Die lange mit dem Zöpfchen heißt Veguero. Dann haben wir auf der Tabelle die Trabuco, die dem Fisch gleicht, das Brandende schmal, Kneifer und Kopfstück länglich zugespitzt. In der Reihe der spanischen Fassons fehlt dann noch die Elegantes und die royale Corona, wobei wir unterscheiden zwischen Corona Chica, Corona Chiquita und Half-Corona. Hermann II. wäre sofort ins Schwärmen gekommen, hätte seinen Musterkoffer aufschnappen lassen und mich die optisch kaum erfaßbaren Nuancen der Regalia, Media Regalia, Millar, Entre Actos und Londres gelehrt. Dieses Wissen wäre im Handumdrehen zu erwerben gewesen. Was soll man dicke Schmöker wälzen, wenn man über den Riecher verfügt!

Im Bestimmungshafen wird der Tabak meist von Küpereibetrieben übernommen, deren Aufgabe nebst der Einlagerung die Pflege und die Spedition des Gutes ist. An der Wand des jägerhüttenhaften Kontors hängt das Bild einer engen Straßenschlucht, spitzgiebelige Backsteinbauten, alte Tabakspeicher in Bremen. Tja, Bremen, seufzt mein Großvater und blickt in Richtung Reinacher Moos. Das ist die Hansestadt der Patrizier mit dem spitzen S, das ist das Schrödersche Haus an der Langen Straße, das sind die Bauten der Handwerker mit Diele und Ausluchte. Das ist der schwermütig norddeutsche Umschlagplatz von Malvasier, Olivenöl, Muskat und golddurchwirktem Brokat. Das sind die schweren Bierfuhrwerke in den Hafenstraßen, der malzige Geruch, der über den Docks lagert. Bei der Lagerung der Havanna-, Sumatra- und Brasil-Ballen im Packhaus ist dasselbe zu beachten wie bei der Verschiffung. Betonfußböden sind zu vermeiden, Holzroste unbedingt vorzuziehen. Von Zeit zu Zeit muß der Tabak umgeschichtet werden wie bei der Fermentation. Allzuviel Licht ist schädlich, Fenster werden blau gestrichen oder verhängt. Insbesondere Orientballen sollten allmonatlich neu gestapelt werden, Kalup und Samsun 6 Einheiten hoch, Baschibaglis 8. In Samsun unterscheiden wir die Provenienzen Samsun-Maaden-Dere Baschibagli, Samsun-Alatcham Baschibagli, Samsun Baschibagli, Baffra Baschibagli, diese Yaka-Tabake sind sehr reich an Aroma, ohne jedoch an die Würze der Xanthis heranzureichen. Ihr Brand ist vorzüglich, das Blatt leichthändig, von der Form dem Kulaksis nahe, dunkler als mazedonisches Gut, bräunlich gelb bis braunrötlich gelb. Das Schöne an diesen Kontorstunden am Fuße des Stierenbergs wäre gewesen, daß wir vom Erörtern der Distrikte immer mehr ins Kosten der Tabake gekommen wären, und mein Großvater hätte noch die reine Handarbeit beherrscht, hätte ohne Panzer- und Leistenform die Wickel Blatt auf Blatt eingerollt, den Decker mit dem Messerchen aus den entrippten Spreitenteilen geschnitten. So raucht man bei der Einschreibung im Bremer Europahafen, wobei die Bonifizierungsspezialisten der Häuser Brenner, Burger, La Paz, Suerdiek ihre vorgefertigten Puppen mitbringen und nur noch die Qualität des Mandi-Angins testen. Vor drei Jahren nahm mich mein Cousin Johann Caspar Brenner mit in seine Koje. Das war nun moderner Anschauungsunterricht, wie da in vier Tagen harter Arbeit jedes Anzeichen von Fraßbrand registriert und ins Buch eingetragen wurde. Natürlich war in den provisorischen Hallen, die sinnigerweise mit einem Schild »Rauchen verboten« verziert waren, nichts mehr zu spüren von der Romantik des Amsterdamer Frascati-Theaters, wie es mein Großvater noch erlebt hatte, wo die Interessenten, wenn es galt, einzelne Sortierungen aus einer Partie herauszukaufen, über die Ballustraden der Logen kletterten und Kopf und Kragen riskierten. Die Einschreibungen, holländisch »inschrijvingen«, sind Auktionen mit geheimem Gebot. Das hat für die Plantagengesellschaften den Vorteil, daß der Fabrikant oder Händler den höchsten für ihn tragbaren Preis von vornherein auswerfen muß, wenn er Aussicht haben will, eine bestimmte Partie zu bekommen. Die makelaars van het kontoor, die seit je die Geschäfte für die Importeure besorgen, ziehen die Muster aus den Ballen und bündeln sie zu Stels, zu Garnituren, von denen jeder Erstehandsmakler eine Einheit zur Verfügung gestellt erhält. Zur Einschreibung gelangen nur ganze Partien, die also Ballen mit Märken verschiedener Art enthalten. Den Buchstaben und Zahlen in den Einschreibungsbüchern entnimmt der Kenner, was Spickel, totes Blatt und Ausschuß ist, ob eine Sortierung von dunklerem oder hellerem Fahl zu erwarten sei. In den ersten vier Tagen einer Auktionswoche geben die Makler ihren Kunden die Muster in ihren Kontoren an die Hand. Blatt für Blatt wurde in der Brenner-Boxe über den halbzylindrischen Bock gelegt und nach strengen Kriterien geprüft, ein buckliger Mynheer von Dentz van der Breggen schwirrte ständig herum und verriß wie Rumpelstilz die Beine, wenn die Ware zu feucht oder zu brüchig war. Da wurde die Glimmfähigkeit ebenso getestet wie die Konsistenz der Aschenraupe, und die Arkanum-Spezialisten, über deren Witterung Hermann Arbogast Brenner dann noch nicht verfügt, warfen mit hauseigenen Fachausdrücken um sich, er *blechelt*, er *zöbelet*, er geht ins »Süßliche«, das Sandblatt hat einen Kentucky-Stich, im Obergut finden sich rostige Spickel, die SA 1 der PPN »Yogyakarta« ist zu grün, dafür die SH 1 und 2, 13 beziehungsweise 14 Ballen von rundem Körper, ein Drittel der SO ist zu »druckig«, bei der PB »Thamarin« hat die SH 1 Hosen, das ganze SKK-Märk müßte abgestoßen werden. Das von der Deutsch-Indonesischen Tabak-Handelsgesellschaft mbH. & Co. herausgegebene Einschreibungsbuch in Saharabeige verzeichnete eine Aufgabe über 8466 Ballen Sumatra, die Hauptmärke waren Medan Estate, Sampali, Batang Kwis, Bandar Klippa, Helvetia, Paja Bakung, Bulu Tjina, Tandjon Djati, Kwala Begumit und viele andere, die Partien lagerten bei der Bremer Lagerhaus-Gesellschaft.

Die Einschreibung erfolgte am Freitag, das Gebot, ein nach Gutdünken festgelegter Preis in DM pro halbes Kilogramm, wurde in einem verschlossenen Kuvert den Maklern Dentz & van der Breggen oder bei anderen Firmen J. de Keijzer oder Köster & Schriefer abgegeben und in die Loge der Plantagenbesitzer weitergeleitet. Den Zuschlag erhält der Höchstbietende. Kaum war die Firma Brenner Söhne AG als Besitzer der PB ausgerufen worden, stürmten die Herauskäufer die Boxe und umlagerten Johann Caspar, der mit dem Taschenrechner in der Hand über das Schicksal der PSK und PSO entscheiden mußte. Er sagte mir hinter vorgehaltener Hand: Wenn ich die unbrauchbaren Sortierungen nicht vorteilhaft loswerde, bin ich ruiniert, soviel Sumatra kann ich gar nicht einlagern. Das wäre meine Welt gewesen, und sonst gar nichts. Natürlich zeigte sich der erfolgreiche Makler splendid und offerierte im Bremer Hof Johann Caspars Lieblings-Bordeaux, den Lynch Bages grand cru classé 1979. So erlebte ich jene Kaufmannsstadt, in die mein Urgroßvater von der Waldau seinen Sohn Hermann geschickt hatte, um einen guten Tubaker aus ihm zu machen. Ältere Sumatra-Freaks erinnerten sich noch an den jovialen Jäger und Männerchörler aus Menzenmang, wußten auch Gutes vom Gasthof und seinen schönen Töchtern zu berichten, erkundigten sich nach dem Schicksal der Tante, die nach Java geheiratet hatte. Hier in den Räumen der Bremer Börse im Europahafen wurde kein Raucher des harmlosen blauen Dunstes wegen angefeindet, einzig wer eine Zigarette zückte, mußte eines strafenden Blickes gewärtig sein. Natürlich schob man mir wie immer in Fachkreisen eine Rolle zu, die ich um so bereitwilliger spielte, als sie eine angedichtete war, da ich den Namen Brenner führte, spekulierte man bei der Konkurrenz über den neuen starken Mann im renommierten Pfeffikoner Unternehmen, und nicht wenige Herauskäufer wandten sich direkt an mich, glaubten, den neuen Besen eher übervorteilen zu können als den Haudegen aus dem deutschen Zweigunternehmen, von der Osten-Sacken; als der monokeltragende Graf diese Entwicklung eine Zeitlang beobachtet hatte, ermunterte er mich, zu verhandeln, schließlich war ich es, der den Preis für die hochkarätige PB in letzter Sekunde zur Verzweiflung van der Breggens noch um 5 Pfennige gedrückt hatte, der Makler sah die Partie und damit sein Geschäft schon davonschwimmen, aber mein Instinkt war richtig, wir hatten den Erzrivalen von Holland, der auf das Deckblatt für die Suerdiek scharf war, just um einen Pfennig überboten. Ich sammelte die Gebote ein, beschwichtigte da einen Choleriker, dort einen PSJ-Jäger und konnte mich insgesamt doch als nützlich erweisen, was meine Hotelspesen rechtfertigte. Es ist ja für einen Heimat-, Berufs- und Familienlosen von Zeit zu Zeit nicht unerwünscht, zumindest illusionistisch eine Rolle in der Gesellschaft zu spielen, das gibt ihm ein Stück Selbstvertrauen als Notgroschen für die härteren Tage, da er am Infusionsschlauch in der Friedmatt oder in Königsfelden hängt, wenn gleich zu sagen ist, daß der Depressive nicht leicht dazu zu überreden ist, in den Phasen der völligen Tabletten-Somnolenz von den Erlebnissen seiner luziden Intervalle zu zehren, es geht ihm etwa so wie dem gastrisch durch eine Fischvergiftung Strapazierten, nie wieder Hecht, schwört er sich, allein der Gedanke an Eglis im Bierteig stimuliert den Brechreiz. Ich weiß, daß der Vergleich hinkt, doch das Bild, daß man im endogenen Tief nur noch kotzt, ist zutreffend, das Innerste stülpt sich nach außen, der Magen dreht sich wie eine Vestontasche. Da aber die Nicotiana tabacum zu den Solnazeen gezählt wird, ist es auch in diesen dunklen Zeiten allein noch die Cigarre, der ein gewisser Trost abzugewinnen ist, natürlich nicht im Sinne des vollumfänglichen Genußrauchens, die Havanna oder Brenner Habasuma erfüllt dann mehr die Funktion eines Kardiographen oder Atmungs-Messers, solange sich die Schlieren kräuseln, sind wir noch da.

Wenn es Hermann Arbogast Brenner auch fernliegt, den geneigten Leser im Rahmen dieser Aufzeichnungen mit dem

Schicksal Depressionsgeplagter zu verdüstern, o ja, diese Lektion habe ich begriffen, daß es eine Taktlosigkeit ist, von seinen gesammelten Leiden zu reden und die unheilbar Gesunden im Ernst des Lebensgenusses zu behindern, so muß er doch auf eine Eigentümlichkeit im Existenzvollzug dieser Spezies von Schwerinvaliden hinweisen, nämlich darauf, daß unsereins gezwungen ist, in drei, vier Monaten das zu vollbringen, wozu psychisch Stabile, von den Göttern Verwöhnte ein ganzes Jahr lang Zeit haben. Da möchte man jenen, die getrost ihren Kalender machen können wie Jérôme von Castelmur-Bondo oder Bert May oder Irlande von Elbstein-Bruyère oder Adam Nautilus Rauch, zurufen: *mach's no*. Man möchte sie um Verständnis bitten für den unabänderlichen Terror, der darin besteht, daß wir, wenn wir einen Stumpen anzünden, nie wissen, ob wir, wenn der Kadaver im Ascher erstirbt, nicht zerstört am Boden liegen bis neun. Auch diese Formulierung bedarf einer Entschuldigung. Als Banause in Sachen Literatur, insbesondere bezüglich der Lyrik, lasse ich ab und zu ein Benn-Zitat einfließen, weil die Gedichte des Haut- und Geschlechtsarztes von Berlin die einzigen Verse der Weltinnerlichkeitsproduktion sind, mit denen ich mich schmücken kann. »Es gibt Melodien und Lieder / die bestimmte Rhythmen betreun, / sie schlagen dein Inneres nieder, / und du bist am Boden bis neun.« Genau so geht die Depression vor: sie schlägt unsere Seele nieder, und zwar keineswegs regelkonform, sondern mit einem Fausthieb unter die Gürtellinie. Wenn dies passiert, können wir alle unsere Pläne begraben, die Ambulanz anfordern und uns in die Psychiatrie einliefern lassen. Der Grund, weshalb ich unzüchtigerweise überhaupt davon spreche, ist einzig der, dem Leser dieser Tabakblätter, dem Genußraucher meiner Kindheit begreiflich zu machen, daß Hermann Arbogast Brenner nie und nimmer das Ideal eines Schriftstellers anstreben kann: eine makellose, in der Esse der Selbstkritik gehärtete Prosa. Er hätte dazu wohl die Lust und die Geduld, aber leider fehlt ihm die Konstanz der Arbeitskraft. Jede Seite, die ich tippe auf meiner Mietmaschine, kann die letzte sein. Zumindest für Monate. So wäre es völlig zwecklos, ein Motiv zu antizipieren, denn wenn mich morgen der Krankenwagen abholt, bleibt es uneingelöst im Raum stehen. Aus dieser immensen Not eine Tugend zu machen bewirkt eine ganz neue Ästhetik. Wo der echte Romancier im Ersten Buch genüßlich zurechtmischt, was im Fünften Buch, Kapitel drei, zur Einlösung kommt, lebe ich von der Hand in den Mund, als hätte ich ein Kapitalverbrechen begangen und müßte, das Köfferchen neben dem Pult, allzeit bereit sein für meine Verhaftung.

Wenn ich mich diesbezüglich wider meinen Vorsatz breiter auslasse, komme ich nicht um ein paar faktische Konstanten der fürchterlichsten Geisteskrankheit herum, welche die Menschheit je heimsuchte. Man sagt landläufig, man falle in ein Tief. Jemand, der je in eine Gletscherspalte gestürzt ist, wird sich nie so euphemistisch ausdrücken. Auch der Verschüttete nicht, der in einem meterhohen Schneebrett gezwungen war, an Lawinenhunde mit dem Alpenbitter im Halsbandfäßchen zu glauben. Nun hat der Extremtourist uns gegenüber einen immensen Vorteil: sein Unglück ist für jedermann evident. Es ruft deshalb die Rettungskolonne auf den Plan, weil sich bereits das Kind vorstellen kann, wie schrecklich es ist, zwanzig Meter tief in eine Séracs-Kluft abzugleiten. Ein Schicksal dieser Art ist populär, um nicht zu sagen ein Stück Alpinisten-Folklore. Es beschäftigt die Phantasie -zig Tausender, so daß die Wahrscheinlichkeit, unter diesen Heerscharen ein paar Samariter zu finden, relativ groß ist. Hinzu kommt ein wichtiger Faktor: die Bergungsaktion ist in jedem Fall spektakulär. Man kann der Schlagzeilen in der Boulevard-Presse gewiß sein. Denn das krude Element, Eis, Kälte, Schnee fordern den Menschen heraus, und er trotzt diesen Unbilden. Auf alle diese heroischen Privilegien muß der Depressive verzichten. Da er auch im Zustand äußerster Gefährdung noch aufrecht unter den Lebenden weilt, kommt sein SOS-Appell nicht über die Rampe. Ich bin mir der

Dimension bewußt, die ich mit diesem Begriff einführe. Gerade theatralische Lorbeeren sind bei der Pflege von transmitterinsuffizienten Patienten keine zu ernten. Der protrahierte Selbstmord vollzieht sich in aller Stille, unter Ausschluß der Öffentlichkeit. Gäbe es im Gesundheitswesen so etwas wie ein Patentrecht, müßte man sagen, just dieses, ein terminales Krebsstadium an Fürchterlichkeit bei weitem übertreffende Krankheitsbild sei nicht anmeldbar, diplomatisch gesprochen nicht anerkannt. Dazu ein geradezu kurioses Detail. Die Broschüre der Sterbehilfegesellschaft Exitus, »Wie bringe ich mich am zweckmäßigsten um«, wird gegen eine Leihgebühr von Franken 20,– an Lebensmüde aller Couleurs verliehen. Nicht an endogen Depressive. Wer im üblen Ruf steht, eine therapeutische Behandlung der Gemütskrankheit in Anspruch nehmen zu müssen, wird von der Suizidal-Euthanasie ausgeschlossen. Zu dieser Minderheit zu gehören ist gleichbedeutend mit dem Verdikt: du hast keine Chance.

Als meine geliebte Frau und meine von mir wie Sämlinge in der Vuelta Abajo umhegten Kinder nach Jahren der Zermürbung durch meine Krankheit Brunsleben verließen, so wie die Ratten das sinkende Schiff fliehen, war männiglich im Freundeskreis der Ansicht, ich könnte den Meinen diesen Schritt nicht übelnehmen. Meine Freundin Fernanda Blanca von Blankenburg schleuderte mir mit solidarisch entflammtem Blick ins Gesicht: Begreifst du denn nicht, daß kein Mensch das aushält. Ihr feministisch gefärbter Protest krankte lediglich an einem logischen Fehler. Es gibt einen Menschen, der es aushalten muß, und das ist der Depressive selbst. Darin liegt das schreiende Unrecht: von ihm verlangt man nichts Geringeres als die kriegsheroische Kamikaze-Mentalität »bis zum letzten Mann«. O ihr unsäglichen Dilettanten der Humanität! Ein regelkonformer »Exitus«-Exitus mit Hilfe von 100 Vesparax-Tabletten könnte ja noch als Euthanasie getarnt werden. Glaubt ihr denn nicht, Hermann Arbogast Brenner könnte nicht auch beruhigter seinen Frieden mit der

Welt machen, wenn eine höhere Instanz aus Einsicht in die Unerträglichkeit seines Leidens dazu Hand böte? Seht ihr denn nicht, daß ihm sein Kaufmannsstolz verbietet, das faillissement selber in die Wege zu leiten? Kurz, alle haben das Recht, ihn nicht mehr zu ertragen, nur er allein muß ausharren in seiner sinistren Gesellschaft. Und dieses Schwerverbrechen verzeiht er euch nie, daß ihr ihn schadenfroh in seiner Hölle schmoren laßt. Sagen wir etwas moderater, er würde es euch nie verzeihen, wenn er nicht im Stechlinschen Geist von Brunsleben ein Mittel gefunden hätte, das eure diabolische Selbstgerechtigkeit entlarvt, im Tabak ein Heilkraut gegen die Erdbebengefahr in Gemüt und Gehirn. Ich handelte von der Lehrzeit als Cigarier im jagdtrophäengeschmückten Waldau-Kontor meines Großvaters. Auch er hatte schwere Stunden in seinem Leben, eine meiner Tanten hat mir ein belauschtes Ehebettgespräch zwischen Ätti und Müeti berichtet, im Verlaufe dessen der Weinbeißer und Forellenfischer bekannte, am liebsten machte ich mich hin, *würd i mi heemache*. Es stellt sich nun die Frage, ob ein Verraucher von rund 30 Stumpen und Cigarren pro Tag nicht ohnehin dabei ist, sein eigenes Grab zu schaufeln. Sie läßt sich nur beantworten, wenn man das Intensitätsprinzip in die Debatte einführt. Wenn ein Mensch um der Gesundheit willen auf den Tabak verzichtet, hat er eine klare Strategie: er will um jeden Preis so alt wie möglich werden. Nur kommt er dabei um eine gewisse Paradoxie nicht herum. Er läuft nämlich Gefahr, sich selbst in neunzig Jahren noch daran erinnern zu müssen, daß er nach dem Hochzeitsmahl auf die Havanna oder Brasil verzichtete. Und um welchen Lohnes willen? Einzig und allein für diese quälende Reminiszenz. Denn neben ihm am Stammtisch sitzt ein Unbelehrbarer, der seit der Konfirmation dem Tabak frönte und immer noch am Leben ist. Welch ein Affront. Der durfte ungestraft sündigen, ich nicht. Vielleicht mag nun der eine oder andere unter meinen geneigten Lesern einwenden: ja, aber der hat die Rechnung ohne den Wirt gemacht. Das Raucherbein ist ihm so gewiß wie das

Amen in der Kirche. Na und? Ist es nicht viel schlimmer und frustrierender, Hunderttausende von Malen auf den höchsten Genuß des Lebens verzichten zu müssen, als die jahrzehntelange Erfüllung seiner Wünsche im Alter mit einer Gefäßverengung bezahlen zu müssen?

Man sehe mir bitte nach, daß ich ins Philosophische abgleite, ohne je einen Buchstaben von Kant, Schopenhauer oder Nietzsche gelesen zu haben. Ich glaube mich nur an den Satz meines Großvaters von der Waldau zu erinnern, er verdanke dem Tabak so viele erfüllte Jahre, daß er sich dafür im Alter gern ein paar Lenze abziehen lasse. Und das scheint mir nun die weisere Haltung zu sein als der asketische Ehrgeiz der Vita-Parcours-Helden, die der trockenen Trunkenheit entsagen, um sich noch im biblischen Alter an jeden Stumpen erinnern zu müssen, den sie ausschlugen. Der Geizhals ist eben nicht nur ein Pfennigfuchser, wenn es ums Schenken und Spenden geht, er gönnt vor allem sich selber nichts. Er huldigt der irrigen Meinung, es sei ein im himmlischen Notenbüchlein vermerktes Verdienst, bei Reformhaus-Kost hundert Jahre alt geworden zu sein. Alles Elend dieser Welt stammt von den Zukurzgekommenen. Hitler mußte Millionen umbringen, um seine nie erfüllten Wünsche zu kompensieren. Hätte er wie Churchill die Havanna zu schätzen gewußt, hätte es nie einen Zweiten Weltkrieg gegeben. Spät, ich gebe es zu, beherzigt Hermann Arbogast Brenner diese Lehre, denn in Caux, an den Konferenzen der Moralischen Aufrüstung wurde er in gegenteiliger Richtung erzogen. Er lernte, seine Triebe zu unterdrücken, das Bedürfnis, mit einer Frau zu schlafen, als kommunistische Unterhöhlung der Moral zu verachten. Er hat für diese Schule, die ihm seine Eltern einbrockten, mit Komplexen, mit psychosomatischen Störungen und letzten Endes mit der endogenen Depression bezahlt. Aber ein echter Brenner ist wie eine Weide, sie läßt sich biegen, indessen nicht knicken. Aus dieser Erfahrung bezieht er seine unverwüstliche Heiterkeit. Die weltweite Antiraucher-Hysterie, die jenen als Alibi dient, denen die Trauben der wahren Genüsse zu hoch hängen, konnte ihm nicht einen einzigen Brenner Export verleiden. Und der ganze antikommunistisch verbrämte ideologische Zauber der Moralischen Aufrüstung fiel wie ein Kartenhaus in sich zusammen, wenn eine schöne Frau nicht nur willens, sondern geradezu süchtig war, das Bett mit ihm zu teilen.

Dies bringt mich auf ein weiteres Thema, die Frage, weshalb nach dem Liebesakt immer geraucht wird. Im Orgasmus erleidet man, wie Psychologen sagen, den kleinen Tod. Natürlich ist es für einen passionierten Cigarier ein Schönheitsfehler, wenn nach Beendigung des Nachspiels insbesondere in französischen Filmen immer zu den Gauloises gegriffen wird. Nichts stimuliert eine Frau von Welt mehr als eine Corona. Sie hilft uns nicht nur, unsere zerstreuten Gedanken zu sammeln, sie wirkt auch, als echte Seelenmedizin, potenzfördernd. Das rührt daher, daß die Havanna oder Sumatra oder Brasil den Genießer befriedigt, während die Zigarette nur zur Überbrückung eines Verlegenheitsintervalls dient. Die Düfte, die einer Romeo y Julieta entströmen, mögen zwar im gesellschaftlichen Rahmen als damenfeindlich gelten, im Intimbezirk schaffen sie ein Fluidum, das der Dame mitteilt: Männer rauchen Cigarren. Das hat nun nicht oberflächlich mit dem phallischen Symbol, es hat im unfassendsten Sinne mit Erotik zu tun. Wer den Tabak in seiner natürlichsten Form verehrt, versteht es auch, mit Frauen umzugehen. Sie wollen wie eine Montecristo nicht rasch getätschelt, sondern geduldig erobert werden. Sie legen zwar Wert auf einen makellosen Teint, wären aber beleidigt, wenn man deswegen die Qualität der Einlage verkennen würde. Ihr volles rotes Haar ist nur das Zeichen dafür, daß sie Rilke lieben. Ihre redfire-lackierten Nägel meinen ein Versmaß innerer Art. Deshalb sind sie gut beraten, wenn sie die formvollendete Zärtlichkeit eher beim reifen Connaisseur der Nicotiana tabacum als beim Kettenraucher vermuten.

Spätestens an diesem Punkt muß Hermann Arbogast Brenner der Analogie ein Ende bereiten, denn ein Liebespartner ist nie und nimmer ein Genußmittel, sondern ein Mensch mit seinem Widerspruch. Die Cigarre läßt sich beschaffen, wenn einen die Begierde ankommt, die Frau, die nicht nur das Bett, sondern auch die Schmerzen mit uns teilt, nicht. Ihr zu begegnen ist ein Geschenk, ja ein Stück Gnade. Liebe ist nicht ein Austausch von Hormonen, sondern die seltenste Sternstunde, die uns dieser arg verkrüppelte Planet beschert. Mit der Cigarre kann man alleine glücklich sein, im Leben nicht. Der blaue Dunst verliert sich im Äther, unser Wunsch, von einem Menschen erkannt zu werden, darf nicht verschollen gehen. Täte er dies, wären wir für immer verloren. Zwar blüht die Rose ohne Wenn und Aber, und sie entfaltet ihre Pracht auch auf einem Friedhof. Doch glücklich kann sie erst dann genannt werden, wenn sie entdeckt und gepflückt wird. Dies bringt mich auf Umwegen wieder auf die gesundheitsbetonte Askese der Nichtraucher zurück. Ihr Verhalten ist kühn, denn sie verzichten auf einen Duft der Werbung. Sie enthalten den fünf Sinnen ein Aroma vor, das wie kein anderes geschaffen ist, Geselligkeit zu stiften. Eine Klassenzusammenkunft wird erst dann zum Erlebnis, wenn die Cigarrenkiste die Runde macht. Freundschaft ist der Vorhof der Liebe. Wer in Hermann Arbogast Brenners hohem Alter noch hofft, die Bekanntschaft einer edlen Dame zu machen, sollte auf diese Ingredienzen nicht leichtfertig verzichten. Ich spiele nun beileibe nicht auf die Zigarettenreklame vom Duft der weiten Welt an. Was steckt denn in der Stuyvesant, etwas Maryland, etwas Kentucky, das übliche Hamburger-Gehäcksel der Glimmstengel-Industrie. Wenn einer prädestiniert ist, die ganze Palette von Cruz das Almas bis zu den Vorstenlanden wachzurufen, dann bestimmt der passionierte Cigarier, denn nur er weiß die Nuancen zu schätzen. Und auf die Feinheiten kommt es letztlich an im zwischenmenschlichen Bereich. Blond kann heute jede Frau sein, tizianrot nicht. Jeder Mensch ist ein einmaliger und unwiederholbarer Wurf der Natur, das Höchste, was er zu verschenken hat, seine Liebe, gewährt er jenem Partner, der diese Einzigartigkeit erkennt. Jede untergeordnete Form von Zuneigung ist Prostitution, denn es gibt nicht nur die Käuflichkeit durch Geld, viel verbreiteter ist das horizontale Gewerbe der Illusion. Ich gehöre dir, weil du mich für das hältst, was deinem Inbild entspricht. Millionen von Ehen funktionieren nach diesem Muster. Der Cigarier, der in jahrzehntelanger Schulung gelernt hat, ein totfermentiertes Bahia-Blatt von der echten Brasil-Schwärze zu unterscheiden, unterliegt dem gängigen Irrtum weniger rasch.

Ich wollte dem geneigten Leser nur dies vermitteln, daß Hermann Arbogast Brenner am Ende seiner Tage trotz schwerer Schicksalsschläge und allerlei Unbilden in Sachen Gesundheit nicht unglücklich ist, denn jede der im Tenn gestapelten leeren Cigarrenschachteln erinnert mich mit dem vom Zedern- oder Gabuneholz gespeicherten Nachbouquet an viele Stunden der gesammelten Aufmerksamkeit. Und damit sind wir ja bei der notorischen Untugend zeitgenössischer Kavaliere: sie merken nicht, daß ihre Herzdame nach Feuer verlangt.

23. Kinderheim Amden
Krummer Hund

Groß ist die Freude, als mein Vater eines Tages erklärt: Von morgen an bist du nicht mehr allein, wir bringen dich in ein Heim, wo es viele Kinder hat, alle in deinem Alter, mit denen kannst du spielen. Obwohl ich jeden Abend dafür bete, ist mir immer noch kein Schwesterchen oder Brüderchen geschenkt worden, ich schlenkere meine Pfanne wie ein verwunschener Prinz durch den Park, den ich allmählich bis zu den Grenzen im vorderen Wäldchen und im hinteren *bungert* erforsche, und dieser heckenverwilderte Eisenzaun, gegen die Gütschstraße zu eine hohe Spaliermauer, erweist sich dann als Gefängnisumfriedung, wenn die Langeweile zäh an mir klebt, Rüedeli im Äschbach-Revier ist noch zu klein, Philipp kommt mich manchmal besuchen mit seinem hölzernen Dreirad, dann gibt es meistens Streit, die Moosspalten-Begegnungen mit der ehrlosen Margrit sind auf verbotene Hinterhaus-Stunden beschränkt. Hier muß ich innehalten, um eine Culebras von Partagas aus dem Silberpapier zu wickeln. Es handelt sich dabei um ein gedrechseltes Bündel von drei meist in der Breva-Fasson gestalteten, ineinandergeflochtenen Cigarren, in Deutschland auch als Krumme Hunde bezeichnet. Ich habe es, lange vergeblich um diesen Abschnitt ringend, mit Sargnägeln aus Brissago und anderen Virginiern versucht, auch mit Kautabak, um auf die verfluchteste Zeit meiner Kindheit in Menzenmang in drei Teufels Namen zu spucken. Die Erinnerung ist brennend wie eine Schmantwunde am Knie. Einen Tag lang fahren wir mit der Bahn, dann in einem gelben Postauto mit offenem Verdeck eine steile Wald- und Paßstraße hoch, ähnlich wie in Soglio, und ich habe keine Ahnung, in welches Gelände ich verbracht werde, immer wieder frage ich nach den Namen der Kinder. Wenn Hermann Arbogast Brenner in diesen hoffentlich nicht totfermentierten Blättern immer wieder das Lob des Alleinaufgewachsenen singt, ist das zum Teil ein Zerrbild, denn damals vor Amden stellte er sich unter einer Schar Gespielen etwas durchaus Verheißungsvolles vor, ja ich bin voller Hoffnungen und guter Vorsätze an die Gesellschaft herangetreten, sollte aber bald bitter erfahren, daß die Liebe nicht gegenseitig war.

Die Insassen, oder muß ich sagen Zöglinge, sitzen auf der Veranda des dunkel gebeizten Chalets an einem langen Tisch vor ihren Suppentellern. Die Sonne blendet, es riecht scharf nach dem Holzkonservierungsmittel. Eine Schwester führt mich an meinen Platz, der Vater schaut von der Tür aus zu. Sie bindet mir den Eßlatz um, knüpft, ohne die Halswarze zu schonen, einen harten Knoten. Ich sollte diese resolut zupakkenden Kernseifenhände noch hassen lernen. Der Knabe neben mir scheint viel älter zu sein als ich. Er hat einen zündroten Lockenschopf und Laubflecken im Gesicht. Da ich den Namen aus einem Märchen kenne, frage ich ihn: bist du der Siegfried? Nein, erwidert er abweisend, ich bin der Adrian. Und wie heißt du? Es ist mir heute noch ein Rätsel, weshalb ich ihn anlüge, denn dadurch liefere ich mich ihm aus. Vielleicht aus dem Instinkt des Verbrechers, seine Identität nie freiwillig preiszugeben. So sage ich Wolfgang. Huh, wer hat Angst vor dem Wolf? Sag mal, hast du sieben Geißen zu Hause? Schon sind wir in einen Dialog der Abhängigkeit verstrickt. Ich werde den Spitznamen nicht mehr los, den ich mir selber eingebrockt habe. Der Vater nickt mir zu und sagt womöglich zum ältlichen Fräulein in der gestärkten Flügelhaube: Sehen Sie, er hat bereits einen Freund gefunden. Er stupft mich jedesmal mit dem Ellbogen an, wenn ich einen Löffel Suppe essen will, und sagt, dieweil ich die Hafergrütze verschütte: Einen Löffel für das Rotkäppchen, einen Löffel für den Suppenkaspar. Dann singt er vor: Nein, diese Suppe ess' ich nicht, ess' ich nicht, und die Kinder fallen ein mit einem Heidenradau, obwohl sie alle ihren Teller leer haben. Da wird der Fünfjährige zum ersten Mal entsetzt gefragt haben: Was machen sie mit dir? Adrian hört nicht auf, mich zu puffen, das Rabättchen ist völlig verkleckert. Und wie ich zur

Verandatür blicke, um mich an eine höhere Gerichtsbarkeit zu wenden, ist mein Vater verschwunden. Ich sehe ihn weit unten den Hügelweg ins fremde Dorf hoch über dem Walensee hinabgehen. Das darf nicht wahr sein. Es ist aber Tatsache, und der Riegel schnappt zu. Dicke Tränen kollern in den erkalteten Haferschleim. Und Adrian klöppelt mit dem Löffel auf den Tisch und ruft: Schwester Margrit, der Wolf ißt seine Suppe nicht, er muß zur Strafe den ganzen Nachmittag mit dem Latz herumlaufen. Niemand hilft mir, den harten Knoten am Hals zu lösen, die Aufseherin verschwindet im labyrinthischen Inneren des Hexenhauses, die Kinder rennen an mir vorbei auf die Spielwiese. Adrian aber zieht mich hinter das Chalet und kommandiert mich auf dem Kiesplatz in die Kauerstellung. Wenn ich lange genug warten würde, käme jemand, mir das Mäntelchen loszubinden. Mit einer Haselrute korrigiert er meine Hocke. Er trägt graurot karierte Socken und grüne Lederhosen mit Edelweißen an den Trägern. *Abehuure*, lautet der Befehl. So bleibst du kauern, bis du Schritte hörst! Wiederhole, was du zu tun hast! Ich bleibe kauern, bis ich Schritte höre. So ist es! Auch an den Knien hat er diese dünnen, rostroten Punkte. Ich drehe mich zur Wand, Adrian verschwindet im Gebüsch des Waldes, der hinter dem Kinderheim steil zum Bach abfällt. Als ich mich nach stundenlangem Warten erheben will, schon ganz taub in den Gelenken, flitzen mir von allen Seiten Steine ins Gesicht. Der Peiniger steht plötzlich vor mir mit verschränkten Armen, spuckt vor meine Füße und fragt: Weißt du, weshalb du bestraft worden bist? Nein, sage ich. Abermals ein Kieselhagel. Nun weißt du es aber, nicht? Ja, weil ich aufstehen wollte, bevor jemand gekommen ist. Siehst du, folgert Adrian, du hast ein schlechtes Gewissen. Meine Mutter sagt immer: Ein gutes Gewissen ist das beste Ruhekissen. Wir werden es nochmals mit dir versuchen. Ich drehe mich wieder zu dieser Wand, die eine verteufelte Ähnlichkeit zur braunteerigen Umlattung der Menzenmanger Badi hat, die ich an der Hand meiner Großmutter besichtige, wenn wir vom Friedhof kommen und den Weg der Wyna entlang zurück ins Dorf nehmen. Unten auf der Wiese höre ich die Kinder Uri, Schwyz und Unterwalden spielen. So nahe wäre die Rettung, und doch so fern. Ich bleibe so lange in meiner Hocke, bis die Beine versagen. Dann knie ich auf die spitzen Kiessteine und ziehe den Kopf ein, schütze die Ohren mit den Händen. Doch die Würfe bleiben aus, der Anführer hat sich mit seinen Freunden längst davongestohlen.

Die Schwester macht ein strenges Gesicht: Wo hast du dich die ganze Zeit herumgetrieben? Nie käme es mir in den Sinn, Adrian zu verraten. Er ist der Stärkere. Bei der Verteilung des Bettmümpfelis werde ich ausgeschlossen. Eine Angestellte reibt mir mit dem seifigen Waschlappen die Augen aus, bis ich nichts mehr sehen kann, weil sie so mörderisch brennen. Im Zimmer, das auf einen luftigen Balkon hinausgeht, liege ich an der Wand, kralle die Finger ins Leintuch und fühle es warm aus mir herausrinnen. Schrecklich, daß mir auch das noch passieren muß. Bei einbrechender Dunkelheit, als die Burschen sich schon unter ihren Decken verkrochen haben, halte ich den Atem an und horche auf die Geräusche im Gang, auf der Treppe. Ein leichtes Knacken verrät Schritte. Jemand schleicht die Stufen hoch, hat es auf mich abgesehen. Mit klebrigen Beinen in meiner naßkalten Lache liegend, warte ich nur darauf, bis ich mit dem Kissen erstickt werde. Jonas und der Walfisch. Da, ein Girren, ein Seufzen, ein Brasten, ein Stöhnen, ein Tappen, ein Nörzen, ein Gripseln. Lautlos gleitet das Gespenst durch die verschlossene Tür und versteckt sich hinter der Kommode in der Ecke. Man belauert mich. Ich kann kein Glied regen und spüre, wie sich die Haare sträuben. Die Zähne beginnen zu klappern und verraten mich. Ist es der Klabautermann, der Glasscheibenhund oder die Roggenmuhme? Durch die Finsternis fixiert mich ein Basiliskenblick. Da, wieder das schleimige Schlarpen! Bedrippt versuche ich mich auf die andere Seite zu drehen, doch dann biete ich dem grausigen Albtier den Rücken dar. Also ist es besser, sich totzustellen. Denn was da kracht und spukt, kann ein

Binsenschnitter oder ein Wichtelmann sein, ein Nöck oder eine Uldra. Auch der Elbenträtsch oder ein Nixenkind, irgendeine unsägliche Mahrgestalt mit Saugnäpfen und Tentakeln, könnte sich nach Amden verirrt haben. Hermann Arbogast Brenner ist sich der Problematik bewußt, Begriffe zu verwenden, die dem Kind noch keine waren. Dies tut er aber nur, weil alle diese Hausdrachen und Ausgeburten der Unterwelt, diese Sylphen, Trolle und Drulen in unserer Seele vorgebildet sind. Er tut es, um das Entsetzen fernwirkend zu bannen, denn das Schreckliche, dem wir einen Namen geben, ist domestizierbar. Der Morgen beginnt damit, daß ich vergeblich meinen Teddybären suche. Überall fahnde ich, hinter dem Bett, am Fußende, unter der Decke und im Nachttischchen. Da kichert einer: Mach mal deinen Morgenbach, Wölfchen. Mein Schmusetier steckt kopfüber im Hafen, dunkelgelb geworden vom Urin. Nichtsdestotrotz presse ich es an meinen Körper, denn vielleicht erweist sich der Teddy aus Menzenmang als Maskottchen. Als ich huste, sagte Adrian: unser Bettnässer ist krank, wir müssen ihm eine Spritze geben. Zu viert stehen sie um den Schragen, ich gehorche dem Befehl, den Hintern herauszustrecken. Einer rollt das Nachthemd hoch, und der Rothaarige stößt langsam eine Nadel ins Fleisch. Na, ist dir nun besser? höhnt er. Die Tränen kommen mit dem Glockengeläute. Statt wie alle zur Kirche gehen zu dürfen, muß ich im Schlafzimmer bleiben. Hinterher erfahre ich, es handelt sich um ein katholisches Heim, ich bin der einzige Anderskonfessionelle, mit sicherem Instinkt hat die Bande herausgespürt, wer der Außenseiter ist. Die Bronzeflut überschwemmt mein gemartertes Herz, es *beelendet* mich, wenn ich an Menzenmang denke, an den großen Magnolienbaum neben dem Sandkasten, an den Brunnentrog in der Rebenkammer, an die Thujobien hinter dem Haus. Edwins schöne Mama in der hochgeschlossenen Bluse und mit der Einrollfrisur. Doch Vater und Mutter wären gar nicht erreichbar in der Fabrikantenvilla, sie weilen an einer Konferenz der Moralischen Aufrüstung in Caux. Sie haben sicher

Erkundigungen eingezogen, das heutige Agape-Zentrum im St. Galler Bergland wurde ihnen empfohlen. Sie konnten nicht wissen, daß ich, während sie in der »Stillen Zeit« auf die Anweisungen Gottes warteten, ein Stück Hölle, ein kindliches Lager-Martyrium erlebte.

Warum haben sie es gerade auf dich abgesehen, warum bist du anders als alle andern? Eines Tages, schwöre ich mir, werde ich dem Ruf der Glocken folgen, den Hügel hinunterrennen, durch den steilen Wald zum See hinuntersteigen, die sieben Berge überklettern, dann bin ich zu Hause bei meinem Anker-Steinbaukasten, meinen Farbstiften und dem verschollenen Bilderbuch. Das Seltsame ist, daß die Welt, in der Adrian herrscht, ohne weiteres Platz hat in der Heimordnung, in der es Essenszeiten, Liegestunden, Spielnachmittage, Badeausflüge und sogar Gutenachtgeschichten gibt. In diesem System ist der Brandfuchs der Musterknabe und wird uns von den Schwestern als gutes Beispiel vorgehalten. Er wäscht sich am gründlichsten, putzt die Schuhe am saubersten, findet die schönsten Blumen, hat bei Tisch die besten Manieren, hilft unten in der Küche beim Abtrocknen. Niemand würde mir glauben, was er hinter dem Haus an mir verbricht. Mitten im Ballspiel bemerke ich seinen Wink. Ein paar Burschen lösen sich aus dem Kreis und verschwinden mit ihrem Anführer im Wald. Ich folge ihnen in angemessenem Abstand, damit niemand merkt, daß ich zu diesen Gangstern gehöre. Der Kiesplatz ist schattig und verlassen, die Wettertannen, die das Ferienchalet zum Dracula-Schloß verfinstern, rauschen, vom Bach her riecht es nach Abfällen. Ich weiß, was ich zu tun habe, und hocke mich in die Schandecke, die Hände um die Knie verflochten. Allmählich habe ich eine gewisse Kondition im *huure* entwickelt, doch nie bin ich sicher, ob sich meine Häscher wirklich in den Büschen versteckt halten. Das gehört zu meiner Strafe. Sie kann eine Stunde dauern oder länger. Manchmal renne ich bereits nach wenigen Minuten davon, ohne daß die Steine fliegen, und treffe Adrian auf dem Spielplatz, wo er als Samariter wirkt und einem Mädchen die Schürfwunde verbindet. Adam Nautilus Rauch rügte in einem Gespräch am Hallwilersee, daß ich das Amdener Kinderheim als KZ bezeichnete, meinte, wer diesen Ausdruck gebrauche, wisse nicht, wovon er rede. Gewiß, was ich zwei Jahre nach den grausigen Entdeckungen in Auschwitz, Buchenwald und Bergen-Belsen erlitten habe, ist nicht vergleichbar mit der gigantischen Tötungs- und Inferno-Maschinerie der Nazis. Gewiß trifft zu, daß das Wort »Konzentrationslager« so randvoll von spezifischen Greueltaten ist, daß sich jede metaphorische Parallele verbietet. Wir aßen keine Suppe aus Kartoffelschalen, uns wurden nicht die Goldzähne herausgebrochen, nein, es war alles nur viel schlimmer. Amden ein Kinder-KZ zu nennen ist eine unzulässige Untertreibung. Wenn ich in eine Dusche geführt werde, weiß ich zwar auch nicht, was mir blüht, doch der Schreck ist nach dem Ausströmen des Gases vorbei. Diese Wochen des von der Moralischen Aufrüstung indirekt eingebrockten Willkür-Terrors über dem Walsensee dauerten endlos, und die perverse Grausamkeit des kindlichen Sadismus lag darin, daß er sich unter den Augen der Flügelschwestern abspielen konnte. Für die Häftlinge in Auschwitz gab es keine Instanz, an die sie sich hätten wenden können, das Fatum erfüllte sich ohne Gerichtsbarkeit. Das Morden hinter den Stacheldrahtzäunen war wenigstens eindeutig, unmißverständlich wie der Krebs im Vergleich zur Depression. Und da muß ich meinem Freund und Kritiker entgegenhalten, daß Hermann Arbogast Brenner kein Historiker ist, der in Relationen zu denken hat. Er gewinnt seine Überzeugungskraft durch die Verknüpfung dessen, was der Wissenschaftler in verschiedene Schubladen zu ordnen hat. Dabei weiß ich um das Recht auf Subjektivität. Es schränkt meine Aussage nicht ein, der persönliche Blickpunkt, meine ureigene Perspektive ist meine Waffe. Denn nicht wahr, Adam Nautilus, was damals mit Füßen getrampelt wurde, war das Rechtsempfinden eines Einzelkindes, das den verdingten Buben zur Kohlhaasnatur prädestinierte. Ich wurde legal gefoltert.

303

Aber ich habe auch einen Freund, einen bleichen, schmächtigen Burschen mit fettigem Haar namens Buser. Nur kann er mir nicht helfen, da sein linkes Bein gelähmt ist. Nachmittags auf der Veranda liegen wir nebeneinander auf den Pritschen und verständigen uns, da Sprechen während der Ruhezeit verboten ist, durch Zeichen. Die Sprache, die wir mit den Händen formen, können nicht einmal die Schwestern verstehen. O wie wir das genießen, wenn wir uns irgendeinen Blödsinn signalisieren und sich alle ringsum anstrengen, einer geheimen Verabredung auf die Spur zu kommen. Was wir in der Bruthitze unter den orangen Stores entdecken, ist die Sprengkraft des Kassibers. Buser geht an zwei kleinen Krücken. Wenn er den Kindern beim Stelzenlaufen zuschaut, stellt er sich manchmal auf sein gesundes Bein und hopst über das Gras. Er ist so blaß, daß die blauen Äderchen an den Schläfen durchschimmern. Buser ist schön. Ihm erzähle ich in der Taubstummensprache von meinen Qualen auf dem Kiesplatz. Er hört so gepannt zu, daß ihm der Schweiß auf die Stirn tritt. Dann sinkt er erschöpft auf die Liege zurück und schreibt mit der Krücke in die Luft: Ich bin dein Freund. Ich betrachte sein lahmes Bein, das nur aus Haut und Knochen besteht und leicht abgeknickt in der bandagierten Schiene liegt. Und ich sage mir, wenn ich ein solches Bein hätte, könnte mich keiner zum Kauern zwingen. Buser schüttelt den Kopf, er hat meine Gedanken gelesen. Nein, Wolfgang, du kannst zu Hause wieder frei herumrennen, ich nie mehr. Dem geneigten Leser ist sicher längst aufgegangen, daß in der Kinderheimerfahrung die Wurzel meiner magischen Faszination, die Keimzelle zu meiner Berufung als Amateurzauberer liegt. Und keiner hat mich im Laufe meines Lebens mehr beeindruckt als der größte Entfesselungskünstler aller Zeiten, Ehrich Weiß alias Harry Houdini. Denn der Handschellenkönig sprengte jedes Eisen. Wenn ich heute mühelos drei Seile ineinanderhänge, die von wildfremden Leuten fest verknotet wurden, fußt meine Leidenschaft, es immer und immer wieder vor aller Augen ohne Schutz und ohne Abdeckung zu tun, auf der Not des Fünfjährigen, dem kein Trick geläufig war, sich aus der Umklammerung Adrians zu lösen. Ich möchte aber betonen, daß nur derjenige zum Illusionismus Zuflucht nimmt, der an der Realität mit ihren physikalischen und juristischen Gesetzen restlos verzweifelt. Zuerst müssen wir durch die Hölle der Wehrlosigkeit, erst dann werden wir Meister unseres Fachs. Und einmal, an einem Föhnnachmittag auf der Veranda, zeigt Buser plötzlich mit der Krücke hinüber zum Berghang: Es brennt. Der Ruf fällt wie ein Sirenensignal in die gepreßte Stille, in der sogar die Vögel verstummen. Die Kinder schrecken von ihren Liegestühlen auf, Adrian allen voran. Die Schwester kommt mit aufgelösten Haaren aus dem Badezimmer gerannt, noch im Unterkleid. Schwarzer, dicker Rauch qualmt hinter den Tannen auf. Der Brenzelgeruch sticht in die Nase. Wir stehen im Kreis um das lichterloh lodernde Haus, das nur ein paar hundert Schritte vom Heim entfernt liegt, und schauen zu, wie verzweifelte Männer mit rußigen Gesichtern Wassereimer herbeischleppen. Die Flammen schießen mit solcher Wucht aus dem Gebälk, daß es wie grollender Donner tönt. Kissen und Stühle fliegen aus den umfinsterten Fensterhöhlen, das Vieh brüllt. Die Hitze sengt uns die Haare an. Balken krachen, Mauerbögen bersten, Latten splittern, Stürze poltern nieder, einem Funkenmantel gleich tanzt die Lohe um den First. Mit offenen Nüstern starren wir in die Katastrophe, nicht begreifend, wie es kommen kann, daß ein Steinhaus, der sicherste Schutz des Menschen, in einem Feuertornado aufgeht. Im Dorf läuten die Glocken. Als die ersten Feuerwehrleute schwitzend den Hang hochgekrabbelt kommen, ist bereits nichts mehr zu retten. Ich sehe unsere Schwester im offenen Mantel, den sie in aller Eile über die nackten Schultern geworfen hat. Göttinnenhaft steht sie im brunstroten Schein und atmet schwer, mit den Händen die auf- und abschwellenden Brüste massierend. Uns Zöglinge hat sie völlig vergessen. Irgendwie ahne ich, daß dieses Unglück, das eine Bergbauernfamilie obdachlos gemacht hat, etwas mit meinem Leben zu tun hat, zumal in diesem Lageraufenthalt, da der Schutz von Vater und Mutter eingebrochen ist, außer Kraft gesetzt, doch mir entgeht auch nicht eine gewisse Geborgenheit, in der größeren Verheerung werden meine Qualen erträglicher. Wie bei einer Sturmflut rücken alle eng zusammen, und Adrian hat zumindest in dieser Stunde des Chaos keine Macht über mich.

Im »Struwwelpeter«, den ich an den Regennachmittagen mit mir ins Bett nehme, finde ich ausgedrückt, was mich beschäftigt. Wie im verschollenen Bilderbuch aus dem Fundus von Otto Weber-Brenner sind die ungehorsamen Kinder zu grämlichen Erwachsenen stilisiert, sie agieren wie Puppen mit starren Holzbeinen und -armen, irgendwo hinter den Tafeln muß ein Teufel verborgen sein, der die Drähte zieht. Und wie im Kinderheim ist das Verhängnis unentrinnbar. Was ist das für ein trauriger Sonnengott, der mit seiner wirren Kornmähne und den langen Dornennägeln spreizbeinig auf dem Podest steht in rotem Wams und giftiggrünen Strümpfen, wogegen lehnt er sich auf? Und der Friederich, der Friederich, der gar so arge Wüterich, der die Taube totschlägt, sein Gretchen peitscht und den Hund am Brunnen überfällt, woher kommt die Bosheit in das Gesichtchen dieses halberwachsenen Bierfuhrmannes mit der blauen Schirmmütze? Ich befrage die Geschichten mit dem Zeigefinger, zähle die Kübelbäumchen, die am Fuß der geschweiften Treppe stehen, verstricke mich in die unorthodoxe Chronologie, denn unten auf dem Weg geschieht, was oben, wo das ferne Dorf über die Ebene grüßt, erst angekündigt wird. In Paulinchens Versuchung leben noch einmal die Schrecken der Feuersbrunst auf, so kreppapieren ist sein Biedermeierkleid, so verlockend die Streichholzdose, so beschwörend das Gejammer von Minz und Maunz, den Katzen, so gefährlich das *zäusle*, daß es gar nicht anders kommen kann, das Mädchen mit den roten Schleifen muß in Flammen aufgehen, denn es ist wie alle diese Marionettenfiguren, wie Jonas auf dem Walfischbild allein zu Haus. Kaum ein Hölzchen angestrichen, fliegt das schwer bestrafte, pausbäckige Gouvernantenkind schon mit dem

Drachenbesatz der Stichzungen durch den Raum, die Arme erhoben, als wolle es aus dem Fenster stürzen, und ich als Häftling, dessen Teddybär im Urin schwimmt, weine bitterlich mit den beiden Bussis, als nur noch die roten Schühlein vor dem Aschenhäufchen stehen. Ja, frage ich mit Doktor Heinrich Hoffmann, wo waren die armen Eltern, wo? Dasselbe Drama in der Geschichte vom Daumenlutscher. Konrad, spricht die Frau Mama, ich geh' aus und du bleibst da. Wie kann diese schreckliche Mutter in ihren puppenhaften Röcken, deren Gesicht uneinsehbar bleibt, nur so ruhig das Haus verlassen, wenn sie doch weiß, wie gefährlich der Schneider ist? Schon auf dem ersten Bild, das ihre boshafte Güte zeigt, bietet das hagere Bürschchen, dessen Lackgürtel tief unter die Hüften gerutscht ist, seine weggespreizten Daumen der Schere dar. Und da ist die sphinxhafte Maske im Arkadenbogen, ein Rudiment des attischen Chores, der das Geschehen kommentiert. Kaum allein gelassen, fährt die Hand zum Mund, die Knie angewinkelt, bietet sich der Sünder im Profil dar. Konrad lutscht, weil er nichts mit sich anzufangen weiß, keine Geschwister und kein Spielzeug hat, und das Verhängnis nimmt wie in der griechischen Tragödie seinen Lauf. Die Loggia, in der die Kastration stattfindet, erinnert mich an die orange Geranienveranda in Menzenmang. Bauz, da geht die Türe auf. Und wie schnittsicher er hereinfliegt, der lüsterne Schneidermeister, die waagrechte Mähne, die Frackzipfel und das gelbe Meßband deuten die Eile und Bereitschaft an, mit der er zur Stelle ist. Der Zylinder schwebt im rechten Arkadenbogen. Drei Tropfen Blut, eine Lache in Gestalt eines roten Nastuchs, Konrad wie ein Hampelmann mit ausgescherten Gliedern. Und die Maske grinst verschwiegen, als er mit gekappten Daumen dasteht, die schwarzen Stiefelchen einwärtsgewinkelt, ein Bild der geschändeten Kindheit. Es hätte mich weniger erschreckt, wenn der Scherenmann den ungehorsamen Lutscher zu sich in die Stube geholt hätte, die Perfidie liegt in der Architektur, die dem allein gelassenen Knaben keine Sicherheit gibt, es ist ein Haus mit versteckten Tapetentüren und Bodenfallen, von allen Seiten her haben die Dämonen Zugang, und meine stumme Frage im Kinderheimbett lautet: Wer bestraft den Schneider für seine geblähten Nüstern, wer nimmt sich die Kinder vor, die im Chor Hanns Guck-in-die-Luft schreien, wer verbietet den Eltern von Paulinchen, das Feuerzeug herumstehen zu lassen? So weit gehen die auf das Horrorhafte reduzierten Geschichten nicht, sie lassen mich mit meiner moralischen Entrüstung allein.

Manchmal, wenn mich die Tafeln ermüdet haben, streife ich mein Nachthemd bis unter den Hals und spüre meine Nacktheit unter der Decke als ein wohliges Prickeln. Dann verfolgt mich ein Traum, den ich bis in die letzten Züge auskoste. Ich sehe mich in einen unterirdischen Wurzelraum vordringen, in dem ein trübes Licht brennt und der einer Waschküche gleich erfüllt ist von heißen Dämpfen. Je tiefer ich steige, desto brennender wird die sicher verbotene Lust zwischen den Beinen, desto größer der Drang, das *schnäbi* einzuklemmen und durch strampelnde Bewegungen zu massieren. Zuunterst im brodemhaften Wurzelreich kommt mir aus einer Nische eine dicke Matrone entgegen, die ihre Hände zu einer Viola trichtert und mich mit lockenden Rufen anzieht. Es ist, daran besteht kein Zweifel, die »Näbi«, die sogenannte Nabelfrau. Trotz des grauen Dampfes sind die Formen ihres brötigen Leibes genau erkennbar, auf ihren schweißglänzenden Armen und wurstigen Schenkeln wimmelt es von Sommersprossen, sie ist splitternackt bis auf zwei Ellbogenschoner aus gelb verwaschenem Gummi. Diese Accessoires der Unterwelthetäre erregen mich ungemein. In einer Ecke steht ein Wickeltisch, wo sie mir mit ihren aufgerissenen Wäscherinnenhänden das Dreiecktuch zwischen den Beinen losbindet. Das Wegziehen der Windeln, das Überwinden meiner Scham, dies alles steigert die Wollust meines Traums bis zu dem Punkt, wo ich den Zwang verspüre, den Urin fahrenzulassen. Ich weiß zwar, daß ich in einem Sträflingsbett liege und es unter keinen Umständen tun dürfte. Doch die lokkende Stimme der »Näbi« ist viel mächtiger, sie verlangt diesen Akt von mir. Und wie sie mich auf den Schoß nimmt und unter ihren weichen Fleischmassen begräbt, kann ich der Versuchung nicht mehr widerstehen und lasse es warm aus mir herausrinnen über ihren Bauch, und in diesem Verströmen liegt eine tiefe Sättigung, weil sie mich an ihren schweren Brüsten saugen läßt. Wie präzise meine Phantasie war, läßt sich daraus ermitteln, daß ich später meiner Friedhofgroßmutter auf der Pfeffikoner Futter-Löitsch genau erklären kann, bei welchem Haus – es ist der Siebenmann-Hof auf der oberen Platte – der Eingang zu dieser Unterwelt liegt, eine vor die Tür gestellte Windfang- und Schlechtwetterkabine von ebendem verpißten Gelb, von dem die Gummischoner sind. Als mir dann der verdorbene Jeanpierre im Garten der Eicifa-Villa im Tannenversteck einen ausgelatschten Pariser zeigt, weiß ich zwar nicht, wozu man das Ding gebraucht, doch ist mir der Zusammenhang mit den Ärmlingen sofort klar. Und als ich als Kindergartenschüler auf dem Nachhauseweg zum ersten Mal das Wort *vogle* höre, kann ich mir ebenfalls nichts Konkretes darunter vorstellen außer dieser verbotenen Lust meines Waschküchentraums.

Und einmal, als ich mit hochgestülptem Nachthemd soeben der tierischen Lust meiner Nabelfrau entronnen bin, kommt die Schwester ins Zimmer, um den »Struwwelpeter« zu holen. Sie blickt mich lange unschlüssig an, dann schlägt sie blitzartig die Decke zurück und fragt mit gläserner Stimme: Was treibst du da? Ohnmächtig vor Scham liege ich, ihren Blicken ausgeliefert, in meiner Urinlache. Pfui, sagt das Flügelhaubenungetüm mit hochrotem Gesicht, pfui, pfui, pfui. Und sie nimmt ihr Kruzifix vom Hals und versohlt mir mit der scharfen Kette den Hintern. Marsch, hinaus auf den Abtritt mit dir, du Schweinekerl, dort hast du Zeit, dich zu schämen. Schlotternd und nackt sitze ich in der verschlossenen Kabine, die Streiche brennen auf der Haut, Adrian poltert an die Tür und höhnt: Bettnässer, Bettnässer. Später kommandiert mich die Schwester ins Badezimmer und seift meinen Unterleib gründlich ein, schrubbt mich sauber mit viel zu heißem Wasser. Sie hält mein Glied umklammert, als wollte sie es abzwicken, und sagt: Du bist der einzige, der bei uns noch ins Leintuch pißt, das kommt von deinen schmutzigen Gedanken. Wenn das so weitergeht, werden dich deine Eltern in eine Anstalt stecken müssen. Das Ding wird eines Tages dick geschwollen werden und voller Eiter stecken, dann muß man es abschneiden, weil es sonst den ganzen Körper vergiftet. Hast du verstanden? Natürlich glaube ich schuldbewußt, was die Heimerzieherin sagt, sie redet von der Todsünde des Fleisches, von der Unzucht' des Teufels, und was ist meine »Näbi«, die sich auf *schnäbi* reimt, anderes als eine Hedonistin, ein Sodom-und-Gomorrha-Weib, das mich in einer anderen Version des Traumes in meinem eigenen Kot wälzt. Nur steigert sich die Lust in dem Grade, wie sie verboten ist, und oft freue ich mich schon den ganzen Tag, bis es dunkel wird und ich ihr wieder den Mutterleib verbrunzen darf.

Unten in der Waldschlucht liegt ein Spielplatz, dort steht ein Holztisch mit zwei Bänken, dort werden manchmal Pfänder ausgelöst. Adrian hat die Idee, eine Blockhütte zu bauen, und für einen Nachmittag ist die Tyrannei vergessen, bin ich aufgenommen im Kreis der Großen. Ich darf Äste herbeischleppen, Pfähle zuspitzen, Moosteppiche ausbreiten, fast vergesse ich, daß ich einmal über die sieben Berge fliehen wollte. Als das Holzhaus fertig ist, beraten wir, wer darin wohnen solle. Einer sagt: Nachts schläft die Hexe hier, wenn wir bis zum Einnachten warten, hören wir sie durchs Gebüsch schleichen. Wer um acht Uhr, wenn das Tor oben geschlossen wird, nicht im Bett ist, wird von ihr geholt. Alle blicken einander ungläubig an. Wie heißt denn die Hexe, fragt der Rotschopf mit den Laubflecken. Der Junge antwortet ohne zu zögern: Jordibeth. Habt ihr noch nie von der Jordibeth gehört? Sie wohnt unten am Fluß, ihr Kopftuch ist rot wie eine Flamme. Sie ist eine Kindsmörderin. Nachts dürstet sie nach Blut. Sie stiehlt den Müttern die Säuglinge und beint sie aus. Weil sie die Gicht hat, knacken ihre Knochen. Man nennt sie auch die Feuerhexe. Von Zeit zu Zeit zündet sie ein Haus an, damit sie ihre Opfer gebraten verzehren kann. Glaubt ihr denn, der Hof da drüben sei letzte Woche von alleine abgebrannt? Man hat die Jordibeth nur nicht erkannt, weil sie sich als Kräuterweiblein verkleidete. Wir sitzen wie angewurzelt am Tisch. Einer fragt bleich: Ist das wahr? Und ob es wahr ist, erwidert der Helfer Adrians. Ich kann sie ja rufen. Er tritt neben die Blockhütte, formt die Hände zu einem Megaphon und ruft dreimal in den Wald hinaus: Jordibeth! Und tatsächlich, unten beim Bach knackst es. Der Anführer gibt das Kommando: Nun aber nichts wie los! Wir sammeln das herumliegende Werkzeug ein, werfen es in den Zweiradanhänger und stürmen den Weg hinauf zum Chalet. Das Gittertor ist verschlossen. Einer nach dem andern klettert hinüber. Ich bettle: Helft mir! Da entwischt uns der Karren und poltert unten auf dem Platz gegen die Hütte. Adrian befiehlt: Wolfgang soll ihn holen, er ist der Jüngste, wir öffnen unterdessen das Gatter. Mir bleibt nichts anderes übrig, denn die Hürde schaffe ich niemals. Langsam gehe ich bergabwärts, Schritt für Schritt, meinen Blick stier auf die schwarzen Löcher geheftet. Es raspelt und wispert und winselt und zischt zwischen den Bäumen. Ich höre deutlich ein fernes, hämisches Gelächter, eine Frauenstimme, die männlich rauh tönt. Jeden Augenblick muß ihr rotes Kopftuch hinter dem Hexenhaus auftauchen. Die Panik gibt mir Kraft. Ich reiße die Deichsel an mich, schleppe den schweren Anhänger wieder stotzan, angetrieben vom Gekicher in meinem Rücken. Zwei glühende Kohlen glaube ich in einem der Fenster auf mich gerichtet gesehen zu haben. Es ist wie in Angstträumen: zähe, schleimige Schritte, ohne daß man vorwärts kommt. Ich strauchle, schürfe das Knie auf, rieche Walderde, verbrenne mich an den Nesseln. Steine lösen sich unter mir, kollern in die Schlucht hinunter. Immer schwerer wird das Sisyphos-Gefährt. Doch mit der Anstrengung eines Kraftmenschen renne ich das letzte Stück sogar. Und wie ich oben beim immer noch verschlossenen Tor ankomme, wage ich einen Satz, den ich mir nie zugetraut hätte. Bäuchlings lande ich auf dem Sträflingskiesplatz, und dann wird es finster um mich, und ich scheine noch einmal ins mythologische Dunkel zurückzufallen, in den brackigen Sumpf, wo sich Ur und Ur paaren.

24. Amden Materialien
Dannemann Fresh Brasil Escuro

Eine wunderschöne Reise führt uns von Montreux via Furka-Oberalp-Chur nach Amden, wo wir Hermannli im Kinderheim abholen können, lautet Vaters Eintrag im Familienalbum. Da sitzen meine Eltern im Speisewagen des Glacier-Expresses bei einer Portion Kaffee, die Mutter trägt ein Netzhütchen, sie weiß noch nichts von ihrem Glück, denn vier Seiten später tritt abermals ein großes Ereignis ein, am 6. Mai 1948 um 20.00 Uhr wird mein Bruder Kari geboren, Gewicht 3,1 Kilogramm. Er wurde also trotz des Maßstabes der absoluten Reinheit in Caux während der Konferenz der Moralischen Aufrüstung gezeugt, was mich einigermaßen erstaunt, denn in den fünfziger Jahren, als Hermann Arbogast Brenner die Bewegung kennenlernte, war es den Ehepartnern streng verboten, miteinander zu schlafen, auch die Onanie wurde geahndet mit dem schlichten Satz: Selbstbefriedigung ist Kommunismus. Auf dem Gruppenbild mit den beiden Schwestern hinter dem Heim, also auf jenem Kiesplatz, den ich vier Wochen lang in der erniedrigenden Kauerstellung hassen lernte, ist dem flott herausgeputzten, sonnig strahlenden Buben nichts von den Folterstrapazen anzumerken, Kunststück, denn die Eltern sind ja da, ich werde befreit, die Tortur hat ein Ende. Beim Anblick dieser gestellten Harmonie-Szenen ziehe ich tief an meiner Dannemann Brasil, denn die Erleichterung, noch einmal davongekommen zu sein, treibt dem Meister der trockenen Trunkenheit die Tränen in die Augen, o ja, es beelendet und erschüttert mich noch einmal, wenn ich den Kirchturm von Amden über dem dunstigen Walensee vor der Kulisse der Glarner Berge sehe, über die hinwegzuklettern ich dann doch nicht versuchte. Als ich mich einmal in meiner Verzweiflung am Rande der Spielwiese unter den Tannen versteckte und hügelabwärts rollen ließ, wurde ich vom Briefträger aufgegriffen.

Es kann nicht anders als zynisch anmuten, daß die ideologische Schnellbleiche meiner Eltern im Dienste einer gut gemeinten Sache, nämlich die Völker nach dem Krieg über Rassen- und Religionsschranken hinweg miteinander zu versöhnen, und meine Kinder-KZ-Erfahrung zeitlich zusammenfallen, um so mehr wenn man bedenkt, daß es nicht so hätte kommen müssen, wenn die Fabrikantengattin in Niederlenz, die bereit war, mich in ihre Obhut zu nehmen, nicht in letzter Minute abgesagt hätte. Die Dannemann nimmt es durchaus auf mit einer echten Bahia-Exporten, dieselbe süßliche Mata-Fina-Würze, eine Aschenraupe von schneeigem Weiß. Auch an diesen Schauplatz des Verbrechens kehrte ich vor fünf Jahren zurück, als ich ins Bündnerland fuhr. Ich will den geneigten Leser nicht langweilen mit den Präliminarien eines vom Luftkurort zum Wanderzentrum und zur voralpinen Skistation avancierten behäbigen Dorfes, teile ihm nur mit, daß die Erinnerung einsetzte, als ich den Fußweg fand, der zu jenem Chalet hinaufführt, das mir die heimelige Zimmermannsbaukunst für alle Zeiten verdorben hat. Der Leiter des heutigen Agape-Zentrums hieß mich willkommen, es war nicht selbstverständlich, daß er mir die Räume zeigte mitten an einem Wochentag. Ich ließ mir willig die grünen Prospekte aushändigen, versprach sie zu studieren, wenngleich ich als Zögling nichts von der Gemeinschaft der Eucharistie erlebt hatte, deren sättigende Mahlzeit, mit der sie ursprünglich verbunden war, mit dem griechischen Wort bezeichnet wurde. Wie eng und harmlos wirkte der damals so unübersehbare Kiesplatz im Schatten der Wettertannen, wie gering war das Gefälle des Waldweges, auf dem mir der Handwagen entglitten war! Der Bach floß nicht durch eine Schlucht, nur durch ein kleines Tobel, unmittelbar am Spielplatz vorbei, der zu einer Karsumpelhalde für Blechbüchsen und Abfälle aller Art degeneriert war. Während ich den Hühnerhof in Soglio nie ausfindig machen konnte, war es mir als Besucher möglich, die Architektur der Angst mit festen Schritten zu begehen, leider war es nicht erlaubt, einen Stumpen zu rauchen. Ja, das

314

war die Veranda, wo ich meine Suppe verschüttete, links das Wohnzimmer, in dem mich die Schwester vom Bettmümpfelisegen ausschloß, dann das Treppenhaus, das Kabinett des Abtrittes, die primitiven Installationen des Bades, im ersten Stock die Schlafräume, übereck umfaßt von einem Balkon, den ich so nicht mehr in Erinnerung hatte, doch nun, da ich am Fenster stand, sah ich, wie mir ein Junge – war es der gelähmte Buser – ein rotes Lastwägelchen über den Sims zuschob. Keinerlei Spuren zeugten von den Untaten, überall hingen lebensfrohe Baumbilder und geschnitzte Sprüche. Im Kellergeschoß noch immer die Küche, in deren Brodem ich mich einst verlor, als ich auf ein Glas Ovomaltine wartete, Blick zum Hang, an dem der abgebrannte Hof stand, das Datum mußte im Gemeindearchiv zu eruieren sein, doch ich verzichtete auf nähere Nachforschungen. Da war der Bastelraum, in dem Kasperletheater gespielt wurde, und dann lichtete sich doch noch ein Anker, denn mir fiel, als ich die hell geselchten und nach Bauernart bemalten Schuhkästchen im Durchgang zum Garten sah, eine lange, im diesigen Ungefähr verschollene Szene wieder ein. Es gab ein Mädchen namens Ursula, das sich meiner annahm, mir beim Binden der Nesteln half, da saß ich auf einer dieser Truhen im Gestürm der randalierenden Gofen, hielt zwei Schlaufen in den Händen und brachte sie nicht zusammen, mein Gott, natürlich Ursula, die mir das Malbuch brachte und nicht falsch schrie, wenn ich das Kopftuch der Gärtnerin gelb statt blau ausfüllte. Genaugenommen kam mir bei diesem Augenschein lauter Entlastendes in den Sinn, so viele Kinder konnten es gar nicht gewesen sein, vielleicht ein Dutzend, und ich mußte mich zur Fahnenstange hinüberschreitend fragen, ob ich denn, wenn ich meinen Eltern diesen gravierenden Erziehungsfehler vorhielt, nicht zu dick auftrug.

Die Frage ist, so mutmaßt Hermann Arbogast Brenner in seinem Brunslebener Exil heute, wahrscheinlich falsch gestellt, was zählt, ist allemal unsere innere Wahrheit. Nicht ob Amden nach menschlichem Ermessen vertretbar war oder nicht, muß geklärt werden, wir haben uns mit den verheerenden Folgen auseinanderzusetzen. Es wird einem späteren Gabillenbündel vorbehalten sein, die Hexenträume zu analysieren, die mich, als ich aus dem Elternschlafzimmer in mein eigenes Kinderzimmer überwechselte, noch jahrelang darum flehen ließen, daß die Tapetentür offenblieb, damit ich den vertrauten Lichtspalt mit in meine infernalischen Nächte nehmen konnte. Vater und Mutter aber spreche ich frei von jeder Verantwortung für diese Amdener Nachwirkungen, in mir selber schlummerten die Dämonen, die im Kinderheim geweckt worden waren. Ich hatte den Kampf mit ihnen aufzunehmen, und ich machte meine Sache schlecht wie alle Wohlerzogenen. Es wäre, zumal wir um eine Stechlinsche Heiterkeit und Besonnenheit in den Diensten Jérôme von Castelmur-Bondos bemüht sind, völlig unsinnig, Klage zu führen über die mißglückte Sozialisation des Einzelkindes aus Menzenmang, des kleinen und bestimmt auch verwöhnten Stumpens, der zufällig der Jüngste, zufällig der Schwächste, zufällig der Anderskonfessionelle war. An einem bleibt diese Rolle immer hängen, und es steht in keinem Urbar geschrieben, der Mensch habe ein Anrecht auf Schonung.

Ich fuhr, nachdem ich mich vom Agape-Leiter höflich verabschiedet hatte, nach Näfels, um im bestbekannten Hotel Schwert zwei Forellen mit Salzkartoffeln und brauner Butter zu verspeisen und eine Hoyo de Monterrey aus meinem Reisevorrat zu rauchen. In der Mappe hatte ich den »Struwwelpeter«, sicher seit Jahrzehnten nicht mehr aufgeschlagen, und ich durchblätterte in einem gierigen Aha-Sog die acht Bildergeschichten. Immerhin hatte mir Amden auch dieses Buch gebracht, und ich war verblüfft über die Lehre, die das alleingelassene Kind damals im braun gebeizten Ferien-Chalet so profund schon begriffen hatte, daß es beim Zeichnen und Malen auf das Wie ankommt. Eine formale Reminiszenz nach der andern stellte sich ein. Wenn ich genauestens registrierte, wie der Künstler in der Tragödie des Hanns Guck-in-die-Luft die davonschwimmende Mappe behandelte, wenn ich mir merkte, daß es nicht nötig war, in jeder Szene den ganzen Fluß wiederzugeben, sondern die schmal schraffierte Wasserstraße die Distanz anzeigte, hatte ich ein wichtiges Prinzip der Ästhetik entdeckt, die Repräsentation des Allgemeinen durch das Besondere. Und diesen Details widmete ich meine ganze Aufmerksamkeit. Da waren die drei Fische. Sie schreckten aus dem kühlen Naß, als Hanns den Schritt über die Quaimauer tat, sie schwammen eilig davon, wie er ins Wasser plumpste, dicht bei dicht beobachteten sie das Herausfischen mit den langen Stangen, lachend blickten sie zum tropfnassen Pechvogel auf. Dies war eine Vorschule für meine zeichnerischen Erfolge bei den diversen Kleiderfirmen-, Warenhaus- und Automobilkonzern-Wettbewerben, an denen ich meine Entwürfe einreichte. Auch dies verdankte ich zum Teil Amden. Denn es war der Schmerz, der mich sehend machte. Hätte ich, bei Lichte besehen, denn eines jener Dutzendkinder sein wollen, die Adrian nicht ausgeliefert waren, die sich beim Zwiebellesen, bei Uri, Schwyz und Unterwalden vergnügten? Dem geneigten Leser ist vielleicht nicht mehr geläufig, von welcher Idiotie solche Ballspiele waren. Jeder Teilnehmer erhält den Namen eines Kantons zugelost. Der Leiter wirft die Gummikugel in die Luft und schreit »Uri«. Dieweil Uri sich bemüht, den Ball zu fangen, verstieben die Mitspieler in alle Himmelsrichtungen. Den Nächstpostierten versucht man zu treffen. Gelingt es, darf man selber einen Kanton ausrufen, und Schwyz hat ein Leben weniger. Da schien es mir doch würdiger zu sein, über die Frage nachzudenken, weshalb der fliegende Robert in einer Kirche wohne, denn den Turm des Häuschens auf der stürmischen Heide zierte ein Gockel, den First ein Kreuz. Warum, sagt sich der Gast in Näfels, bist du eigentlich nicht auf die Idee gekommen, das elterliche Anwesen liege außerhalb des Bildes? Robert wohnt gar nicht im Gotteshaus, er kommt auf seiner Regenwanderung daran vorbei. Nun, der Verdingbub von Amden hatte sehr wohl kapiert, was ein Rahmen zu leisten vermag. Innen vollzieht sich die Totalität des Gesche-

317

hens, außen ist Niemandsland. Weit interessanter als mit der holzklobigen Dampfwalze zu spielen, die auf dem Podest der Kellertreppe stand, war das endlose Werweißen, welcher der drei schwarzen Buben, die vom Nikolaus ins Tintenfaß getaucht wurden, das begehrenswerteste Attribut besaß, ob Ludwig mit der Fahne, Kaspar mit der Brezel oder Wilhelm mit dem Reif. Da ging es schlicht um philosophische Dimensionen, denn diese Symbole repräsentierten die Welt der Spielsachen, man mußte sich also sehr genau überlegen, ob man mit Heraldik, Backwerk oder Technik besser dran war.

Hermann Arbogast Brenner war lange Jahre krank genug, um sich von seinen Internisten, Urologen, Dermatologen und Herzspezialisten zu einer analytischen Therapie überreden zu lassen. Er brach sie an dem Tag ab, als er beschloß, seine Stumpenkindheit in Menzenmang zu Papier zu bringen. Doch muß hier einem Irrtum vorgebeugt werden. Die Auseinandersetzung mit den Erlebnissen, Ängsten und Träumen der ersten Jahre ist kein Verarbeiten im therapeutischen Sinn. Sie muß eher als eine spezifische Form des Genußrauchens bezeichnet werden. Wer sich auf eine Couch legt und Intimitäten preisgibt, hofft auf den Effekt der Entdämonisierung und Klärung. Der Psychiater hilft ihm, teils in kluger Zurückhaltung, teils tolldreist theoretisierend, zu verstehen, wer er ist. Wir verzichten bewußt auf Fachausdrücke, die sich anzulesen ein leichtes wäre, und stellen das Modell so primitiv wie möglich dar. Gesund, heißt es unter Koryphäen, werde man dann, wenn es gelinge, die seelischen Nöte der Kindheit noch einmal zu erleben im Schutz eines Erwachsenen, der uns nicht im Stich läßt wie die Mutter, als sie sich hinter den sieben Bergen versteckt hielt, oder der Vater im Moment, da er der Veranda mit dem bereits zum Sündenbock bestempelten Sohn den Rücken kehrte. Die psychische Erkrankung wäre dann, um in der Metapher zu bleiben, so etwas wie eine Verdauungsstörung. Und da beginnen Hermann Arbogast Brenners Zweifel an den verbalen Sandkastenspielen. Was ich damals in Amden auskotzte, macht man mir weder dadurch schmackhaft, daß ich es noch einmal hervorwürge, noch durch die posthume Verträglichkeit der vergifteten Speise. Ich will es auch nicht für teures Geld endlos betrauern. Ich will es durch die Verbindung mit der hohen Kultur des Rauchens genießen, Cigarre um Cigarre. Auch Bert May hatte eine schwere Kindheit, auch er schreibt sich den Erdbebenrissen entlang, doch mit dem unerhörten Anspruch, der Sinn des Leidens sei für den Künstler die Form. Was für ein Strafexerzieren, den Bauchaufzug, da er in der Turnhalle nicht gelang, am ästhetischen Reck vorturnen zu müssen! Dieses Streben ist mir fremd. Ich fülle meine Tabakblätter mit Nerven und Adern, um meiner Cigarrenvorräte Herr zu werden. Ich sage nicht, ich habe heute drei Seiten geschrieben und dabei eine Dannemann Brasil geraucht, umgekehrt wird ein Schuh draus.

Um noch einmal von den Psychotherapeuten zu reden: sie wollen immerzu wissen, was soll es bedeuten. Eine Marathonsitzung nach der andern könnte man erörtern, was mein Urbild der Näbifrau symbolisiert, weshalb sie in einem Wurzelreich und nicht auf einer Alp angesiedelt war, wie die Verbindung von Dampf, Kot und Urin zu verstehen ist, welches Zeichen meine Seele mit den Gummiärmelschonern setzte, welche Rolle die Laubflecken spielen, woher der Archetypus der Matrone kommt. In den Sitzungen bei Frau Doktor Jesenska Kiehl wurden solche Überlegungen angestellt. Doch egal, ob nun meine Mutter besonders reinlichkeitsliebend war und peinlich darauf achtete, daß ich zur rechten Zeit meinen Brunnen und mein Gagga machte, Tatsache bleibt, daß mein Inneres vom Nabel her eine urweltliche Gestalt kreierte, deren fäkalienbetonte Umarmung mir eine sättigende Lust bereitete. Und selbst dann, wenn ich als Erwachsener in keiner anderen Weise mit einer Frau verkehren könnte als nach dem Ritual dieser Urszene, wäre dies noch kein Grund, den Traum auszuwringen wie ein nasses Tuch. Die Analyse, und das ist das Schädliche an der Methode, beraubt uns unserer Mythen. Sie setzt einen Begriff der Gesundheit voraus, der mit den gesellschaftlichen Klischees der Normalität harmoniert. Angenommen, Hermann Arbogast Brenner wäre aufgrund seiner vorpubertären Halluzination Gummifetischist geworden, er kennte keine andere Sexualität als das Defäzieren mit schwerbrüstigen Dirnen in rot erleuchteten Bordellen. Ich meine, es wäre immer noch gescheiter, sein Geld zu Damen zu tragen, die über die entsprechende Ausrüstung verfügen, als in eine Therapie, wo man ihm seinen Tick weganalysiert, ohne ein adäquates Vergnügen zu bieten.

Wir müssen unsere Träume nicht loswerden, wir sollen sie wahrmachen. Niemand vermißt die edlen Gefühle einer liebenden Gattin, wenn er sie nicht kennt. Dies kann nun freilich nicht von der Cigarre behauptet werden. Die Nicotiana tabacum in ihrer reinsten Ausprägung nicht genossen zu haben kommt, und hier scheue ich vor dem Fachterminus nicht zurück, einem Primärdefizit gleich. Doch Hermann Arbogast Brenner will nicht wiederholen, was er bereits in seinem Großvater-Porträt ausführte. Es liegt ihm auch fern, als Pädagoge der Menschheit aufzutreten. Er kann nur nicht begreifen, weshalb etwas so Friedliches und Nebuloses zugleich wie der blaue Dunst die Weltpopulation in zwei Lager spaltet. Rauchen ist ein Privileg des Geistes und der Sinne. Wer freiwillig darauf verzichtet, mit den Göttern über die köstlichen Düfte der Havanna-, Sumatra-, Java-, Domingo- und Brasil-Blätter Zwiesprache zu halten, hat auf das falsche Pferd gesetzt, auf ein Dasein ohne Mythen, auf eine Gesundheitsreligion ohne Pneuma. Freilich kann nur, wer auch gelitten hat, deklarieren, die Gesundheit sei der Güter höchstes nicht. Er wird die medizinische Intaktheit deshalb nicht an oberste Stelle setzen, weil er frühzeitig erfahren hat, daß auf den Magen, auf die Nieren, auf die Lunge, auf das Herz, auf die Gelenke, auf die Transmittersubstanz im Fall des Depressiven kein Verlaß ist. Auch ein normales Leben, sagt Gottfried Benn, führt zu einem kranken Tod. Überhaupt hat der Tod mit Gesundheit und Krankheit nichts zu tun, er bedient sich ihrer zu seinem Zwecke. Dies sehen die meisten

Sterblichen nicht ein. Solange der Tod als Hauptkrankheit aus dem Leben nicht ausgeschaltet werden kann, bleibt es eine Illusion, auf ein rüstiges Alter zuzujoggen. Wir verlängern damit nur unsere Unwissenheit von den letzten Dingen. Der Cigarrenraucher scheidet gelassener von hinnen, weil er seine allmähliche Veraschung in Corona-Einheiten mitvollzogen hat. Meine Rente ist die Tabakrente, ich zähle nicht die Havannas, die mir noch bleiben, möchte weder der ersten noch der letzten nachtrauern müssen.

25. Abschied von Menzenmang
Punch

Wer die Wahl hat, hat die Qual, ob Londsdale oder Demi-Tasse, doble claro oder oscuro, Domingo oder Malavi, das war in dieser Docke von Gabille zu Gabille, von Stel zu Stel allemal eine fast weltanschauliche Frage. Als Fidel Castro auf Cuba die Macht ergriff, verstaatlichte er die beiden wichtigsten Exportartikel der Insel, den Zucker und die Cigarre, weil er die traditionellen Marken Partagas, Larranaga, Hoyo de Monterrey, Bock, Ramon Allones und Punch für ebenso veraltet hielt wie den in Medaillen-Brokat, Altrosa und Himmelblau schwelgenden Dekor der Kistchen, in denen sie sich verkauften. Anstelle der nahezu tausend Sorten sollte nur noch eine für jedermann erschwingliche Volkspuro in wenigen Fassons hergestellt werden, Symbol der revolutionären Überwindung des freien Unternehmertums. Zino Davidoff schildert in den »Memoiren eines Tabak-Zaren«, wie er von Genf aus, wo in seinem luxuriösen Geschäft, das von Fürsten, Industriekapitänen und Scheichs aufgesucht wird, Zehntausende von Havannas lagern, diese Ereignisse verfolgte. Schon nach wenigen Monaten seien zwei kleinlaute Emissäre bei ihm eingetroffen und hätten geklagt: Was sollen wir tun, niemand will unsere populäre Cigarre, die Verkaufsziffern sinken und sinken. In langen Unterredungen mit Vertretern der Cubatabaco machte Davidoff den Herren klar, daß Fidel Castro den Markt für immer ruiniere, wenn er verkenne, daß der Reichtum seines Landes in der Vielfalt liege. Enteignete Plantagenbesitzer revoltierten gegen die neue Ordnung, reichten Protest beim Internationalen Gerichtshof in Den Haag ein oder beschlossen, ihre Marke in Florida, auf den Philippinen oder im Orient herzustellen. Manche Besitzer, so ging das Gerücht, hätten ihre besten Pflanzen ausgerissen und im Exil unter einem anderen Himmel neu akklimatisiert. Die erfahrensten Cigarrenmacher seien ihnen gefolgt, hätten eine

Politik der verbrannten Erde betrieben und die Vegas für immer zerstört, so daß im geheiligten Viereck der Vuelta Abajo nie wieder das royale Deck gezogen werden könnte. Noch heute gibt es die Castrosche Siboney, doch außerhalb Cubas fragt kein Mensch nach ihr, die Kunden verlangen nach der Upmann, der Romeo y Julieta, der Montecristo, die unter staatlicher Leitung produziert werden.

Nun, da er vorübergehend Abschied nimmt von Menzenmang, da er dem geneigten Leser die gähnend leere Kiste mit der letzten Cigarre präsentiert, ist Hermann Arbogast Brenner weise genug, erzogen durch den Stechlinschen Geist von Brunsleben, daß er um die Verderblichkeit der sozialistischen Einheitsschilderung in epopoehaften Unternehmen dieser Art weiß, nichts wäre verfehlter, als dem Genießer und Connaisseur seiner Tabakblätter eine quasi romanstaatlich verwaltete Phantasie aufdrängen zu wollen. Dem Kunden müssen wir die Qual der Wahl überlassen, uns bleibt einzig zu hoffen, es habe ihm geschmeckt, er werde auf die Mischung, die in unserer Box heiratete, früher oder später zurückkommen. Ich muß mich hier und heute beim aufkommenden Morgengrauen dieses spätaugustlichen Sonntags nicht nur vom stumpenländischen Dorf im oberen Wynental, sondern auch vom geneigten Leser verabschieden und begegne dem Trennungsschmerz mit einer Punch aus der olivgrün umrandeten Schatulle. Noch einmal das längst vertraute Zeremoniell: Prüfen der Geschmeidigkeit durch leichten Druck mit Daumen und Zeigefinger, Abschneiden des Kopfes, sanftes Erwärmen der Coronastange, trockenes Goutieren des Puro, um festzustellen: Deckblatt aus Isabel Maria, Einlage aus der Semi-Vuelta. Entfachen des Streichholzes, sorgfältiges Anglühen des Brandendes, Jungfernzug, kapital. Wir, der geneigte Leser unbekannter Provenienz und der verhinderte Tabakkaufmann Hermann Arbogast Brenner, sind uns zufällig begegnet mit jener Frage, die uns noch heute in jeder Weltmetropole erlaubt, einen wildfremden Menschen anzusprechen: Haben Sie Feuer? Unsere gemeinsame Leidenschaft war die trockene

Trunkenheit, jener Rausch der Erregung und Besänftigung, der sich so erinnerungsschwer vom Abdriften in die Alkoholtaubheit und Heroinhalluzinationen unterscheidet. Er und ich, wir überließen uns beide den Solnazeen, den troststiftenden Pneumaspendern, und ich darf annehmen, es beruhe auf Gegenseitigkeit, wenn ich sage, wir hätten Gefallen an unserer Gesellschaft gefunden. Vielleicht erstaunt es ihn aber doch, von Hermann Arbogast Brenner, dem Gesellschafter Jérôme von Castelmur-Bondos und Nutznießer einer Stumpen-Rente auf Brunsleben zu hören, daß der Erzähler einer wie auch immer gearteten Geschichte mehr über den Leser weiß als er über den Packer dieser Tabakblätter, denn Sprache zieht Sprache an. Auch er, der sich scheinbar stumm über diese Seiten beugte, hat unentwegt zum Haupt- und Mittelgut gesprochen, und zwischen den Rippen blieben die Spreiten seines Lebens hängen. Keine Angst, ich werde nicht ausplaudern, was er mir anvertraut hat, intimere Dinge oft als hinter der gepolsterten Tür einer psychiatrischen Praxis. Cigarrenraucher sind äußerst diskrete Menschen, und Zauberer erst recht, sie wissen ein Geheimnis zu hüten.

Was verstehen wir aber unter der verstaatlichten Einheitsphantasie, die so kraftlos ist wie Fidel Castros Siboney? Dichter, wenn sie Romane schreiben, pflegen so zu tun, als säßen sie an den Schalthebeln der Macht, als wüßten sie über das Innen- und Außenleben ihrer Figuren mehr als die Götter, denen sie opfern wie die Maya-Priester mit ihren Cohiba-Rollen, über sie, die Erzähler. Und auch die in Mode gekommene Unart, das Geschilderte durch Variations- und Verunsicherungsformeln zu relativieren, dem Leser illusionistisch vorzugaukeln, es hätte auch ganz anders sein können, der kokette Einsatz mit »Nehmen wir mal an«, »Stellen wir uns vor«, »Gesetzt den Fall« ist nur eine ungezogene Abart der auktorialen Diktatur, Sozialismus der Einbildungskraft, der nirgendwo auf der Welt funktioniert. Hermann Arbogast Brenner, der nie etwas anderes sein wollte als ein passionierter Cigarier, ist vielleicht weniger versiert als seine Berufskollegen, die das Gegenwärtige im Plusquamperfekt, die spontane Gefühlsäußerung in indirekter Rede, das faktisch Unbestrittene im Konjunktiv und das logisch Zusammenhängende in zerstückelter Montage wiedergeben, dafür rechtschaffen wie sein Tabakgroßvater Hermann Brenner auf der Waldau. Der geneigte Leser gestatte mir einen kleinen Exkurs in die Magie. Die Volte ist ein famoser Kunstgriff, er erlaubt uns, eine irgendwo an der Stelle X in die Mitte des Paketes geschobene Karte blitzschnell nach oben oder unten zu bringen. Doch wie jeder artefaktische Kniff ist sie mit einem Risiko verbunden: auch wenn der Zuschauer dank unserer Fingerfertigkeit nicht durchschaut, was vor sich geht, könnte er merken, daß manipuliert wird. Und damit ist der Trick gestorben. Deshalb werde ich niemals eine Volte schlagen, obwohl ich sie achtzigmal pro Minute ausführen kann, wenn es eine einfachere Methode gibt, die aus dem Fächer gezogene Herz-Dame herauszufinden. Mein großer Lehrmeister in der Cartomagie, Wolff Baron von Keyserlingk, erklärte mir einmal, die sicherste Art, das Karo-As zu forcieren, ist ein Spiel aus lauter Karo-Assen. Um diese frechste aller Illusionen wagen zu können, muß ich zuerst mit gewöhnlichen Karten zaubern, wie sie in jedem Restaurant zu haben sind. Gelingt mir damit etwa das Forcing number 3, wird kein Publikum mehr darauf beharren, das Requisit der aufgelegten Asse zu untersuchen. Würde ich dann überflüssigerweise noch voltieren, filieren oder glissieren, wäre das etwa so, wie wenn Picasso seine Pinsel in der Galerie ausstellen würde. Und genau das langweilt mich an modernen Romanen, die Schriftsteller demonstrieren unentwegt ihre Fertigkeit, mit der Consecutio temporum jonglieren zu können. Sie tragen ihre Konjunktiv-Indikativ-Orgien an die Frankfurter Buchmesse, weil sie, schnöde Zigarettenraucher die meisten, ihres Stoffes nicht gewiß sind.

Diese Nöte kennt Hermann Arbogast Brenner nicht, denn das Reich der Cigarre ist von dieser Welt, das Fluidum des Tabaks trägt. Von nervösen Zweifeln zerrissen, ob er das ach so tief der Metakommunikation entfremdete und in der Willkürlichkeit zwischen signifiant und signifié androgyn schillernde Konjunktionswörtchen »und« explizit setzen oder subversiv unterziehen soll, präsentiert sich der hypersensible Sprachskeptiker unter leichenfledderischer Berufung auf Lord Chandos den Fernsehkameras der Literaturmagazine, beteuert, wie viele schlaflose Nächte es ihn gekostet hat, seinen Plot, der wahrscheinlich keinen Pappenstiel wert ist, in Segmente zu zerstückeln, auf daß durch die rissige Haut der Form das bare Entsetzen des Für-immer-schweigen-Müssens schimmert, in verschachtelter Syntax, ja, sobald die Scheinwerfer blenden, wagt er sich allzu gerne aufs hohe Seil – und im Vollbesitz des Dornseiffschen Wortfelderreichtums, ja, den kompletten Grimm im schwergeprüften Schädel, beklagt er den Verlust seiner Naivität als Romancier, und dies alles, um dem Unkenruf des Kindes im Märchen »Des Kaisers neue Kleider« zuvorzukommen. Mit einer verbalnichtig globalen Handbewegung zitiert er zwei Silben Celan, das Gedicht am Krater des Verstummens, doch heroisch, wie er ausharrt im Literaturbetrieb, hat er seiner Fabulierabstinenz 600 Seiten abgerungen, und die Kritiker reagieren dankbar mit ganzseitigen Rezensionen, denn er hat sich an die eiserne Spielregel gehalten, sie nicht mit etwas Neuem zu schrecken, mit einer Prosa gar, die man von der ersten bis zur letzten Zeile lesen muß, schon nach dem ersten Interruptus im Prolog weiß man Bescheid, er ist, was das fragil Fragmentarische betrifft, ganz der alte geblieben. Das kommt davon, sagt Hermann Arbogast Brenner, der Dilettant, wenn man das Schreiben zum Lebensinhalt macht, aus der anfänglich strömenden Potenz wird von Literaturpreis zu Literaturpreis mehr und mehr ein Eunuchengerinsel, sie wissen alle viel zu behend, wie man es machen müßte.

Abschied von Menzenmang, denn mein Lebensmut ist geknickt, seit Tagen rühren sich die Dämonen, denen ich Tribut zu zollen habe, das Grauen frißt an meiner Herzwand, ich werde hinabtauchen ins Namenlose, werde in der Friedmatt bei Professor Pollenleitner an den Infusionsschläuchen hängen, ein armer Gehirnknecht der vita minima, deshalb ein letztes Wort zu meiner furchtbaren Krankheit. Ein terminaler Krebspatient wird bestrahlt oder operiert, selbst wenn seine Rettung aussichtslos scheint. Doch was immer die Apparatemedizin mit ihm anstellt, nie wäre es einem Hinterbliebenen gestattet, anstelle des weggeschnittenen Karzinoms klammheimlich mit sanfter Gärtnerhand ein neues zu pflanzen. Dem zyklisch endogen Depressiven fügt man in den Zeiten, da er medikamentenfrei obenauf schwimmt, getrost jene Schläge zu, die sich zu den Metastasen des neuen Tiefs auswuchern. In den Ausführungen über das Amdener Kinderheim-KZ habe ich meine Kernwunde genannt: die Kränkung und Verletzung des kindlichen Rechtsempfindens. Die Depression als ein umfassendes Schirmeinziehen ist ein Totstellungsreflex ebenso wie eine Demonstration in äußerster Not, die Transmitter hören auf zu springen, weil der Kranke eine Metapher braucht, die nach außen schreit: Seht, so hundsmiserabel geht es mir! Und solange die Psychotherapie nicht das einzige zu vermitteln vermag, was helfen würde, erotische Zuwendung, kann sie diese Abstürze nie und nimmer verhindern. Sie pinselt Jod auf die Wunde, ohne sie auszubrennen. Und so ist es denn wieder einmal soweit, Hermann Arbogast Brenner, noch eben hochsommerlich entflammt und an beiden Enden der Kerze brennend, wird nicht mehr fertig mit der Summe des Unrechts, das ihm angetan wurde. Daß ihn seine Frau in der finstersten Zeit verlassen und ihm die über alles geliebten Söhne entzogen hat, daß sein Elternhaus in Menzenmang, kaum zu einem Schleuderpreis verkitscht, heute zwei Millionen abwerfen würde, obwohl er es auch für diesen Preis nicht hergeben würde, daß seine maroden Geschwister ihm die Unterschrift unter den Erbteilungsvertrag in der Kantine von Königsfelden abnötigten, dies alles lastet so schwer auf seiner Seele, daß sie eingeht wie eine verdurstende Pflanze. Hat denn kein Mensch auf diesem verkrüppelten Planeten ein Einsehen? Nein, nicht einmal die Sterbehilfegesellschaft Exit, die ihre Broschüre »Wie bringe ich mich am zweckmäßigsten um« an Geschädigte aller Spezies, nur nicht an Depressionisten verkauft.

Nein, niemand will diese Wüste mit mir teilen, ich bin alleine Herr des knirschenden Sandes, der alle meine Gefühle und Gedanken zustiebt. Deshalb muß ich mich sputen, mit diesen Aufzeichnungen zu einem Ende zu kommen. Ich werde sie nicht mitnehmen nach Basel, denn dies käme der völligen Austrocknung der Tabakblätter im Pavillon Paul gleich. Aber bevor ich schließe, werfe ich noch einen Blick auf den bräunlich fayencierten Teller mit dem stahlstichgrauen Berliner Dom, der in der Menzenmanger Fabrikantenvilla über der Schiebetür zum Wohnzimmer hing, es war der hohe Kuppeltambour mit dem vorgelagerten Giebelportikus im Lustgarten, flankiert von zwei schlanken Säulentrommeln, ein regnerischer Wolkenhimmel, und da muß es in meiner frühesten Zeit einen Traum gegeben haben, in dem ich eine weit geschweifte Serpentinen-Allee hinunterwandere an der Hand meiner Mutter in die fremde Großstadt, ich höre zum ersten Mal den brandenburgischen Zauberklang und bin, schon als kleiner Stumpen, mittenmang, tummle mich am Molkenmarkt, stehe unter spätherbstlichen Baumbesen vor der Nicolaikirche, begegne einem Bierfuhrwerk am Mühlendamm, höre die Elektrischen an der Leipziger Straße hinter dem Warenhaus Tietz durchklingeln, vor dem Hundriesers Kolossalfigur der Berolina steht, die Brünne über die Brust geknöpft, die linke Hand weit ausgestreckt, ja der Alexanderplatz, der Weltläufigkeit verheißende Globus auf dem Uhrensockel, und der Blick in die gründerzeitlich verblendete Friedrichstraße mit den zahllosen Reklameschildern, mit den Mercedes-Karossen, das streng von Pilasterlisenen gegliederte Kronprinzenpalais mit dem Präsentierbalkon über den vier korinthisch kannellierten Säulen, die unter der tiefen Haube dräuende St. Hedwigskirche, der Obelisk auf dem Potsdamer Platz, das Verkehrschaos am Oranienburger Tor, der Schiffbauerdamm mit den Schaluppen im Septembernebel, auf dem Teller in Menzenmang lag dieses leicht diesige Übergangslicht zwischen Sommer und Herbst, und ich halte, bevor ich in die psychiatrische Klinik ziehe, an diesem Erinnerungsstück fest, weil mir hier auf Schloß Brunsleben die Fontane-Lektüre bewußt machte, wie tief preußisch die Verschollenheit meiner Kindheit ist, eine deutsche Teilung läuft seit der Vergantung Menzenmangs durch mein Leben, eine Oder-Neiße-Linie, wann immer ich mit dem Wynentaler die Grenze in Reinach-Unterdorf überfahre, an den schattig aus dem noblen Baumbestand fensternden Hediger-Söhne-Villen vorbei, wird mir dies bewußt, der fürchterliche Erbkrieg hat dazu geführt, in dem die Siegermächte, Bruder und Schwester, Hermann Arbogast Brenner ihre demütigenden Bedingungen diktierten. Natürlich hat sie auch etwas wehmütig Schönes, diese märkische Abgeschiedenheit, ich denke an den Effi-Zauber der markisenbesonnten Terrasse, an die Rosenrabatten im September, die hoch und schwank schaukelnden Malven in ihrem gepuderten Graurosa, das wespenumsummte Lila der Astern.

22 Jahre ist es her, seit ich da saß im Korbstuhl in der Melancholie der messinggehämmerten Stunden und von einem Telefonat am späten Vormittag aufgeschreckt wurde, der Verlobte meiner späteren Frau teilte mir mit Grabesstimme mit, daß sich Flavia Soguel, die Juristin aus Davos mit dem undinenhellen Haar, in der Nacht über den Balkon gestürzt habe, es war dies im Grunde der Augenblick, da ich mit einem Schlag aus dem väterlichen Paradies fiel, denn ich wollte zu ihr stehen, egal ob sie als Krüppel an den Rollstuhl gebunden sein würde, was ich ihr bei meinem Besuch in der Zürcher Poliklinik auch versicherte. Die Liebe war stärker als die Angst vor Invalidität, und wie ich dies notiere an diesem 1. September 1988, da es unter Föhneinfluß ziemlich sonnig ist, am Alpenkamm bewölkt, aus Südwesten aufkommende Gewitter gegen Abend zu erwarten, Nullgradgrenze noch immer auf 3500 Metern, läuft die Frank-Sinatra-Platte mit ihrem Lieblings-Song »Strangers in the Night«, »Wond'ring

in the night, what were the chances we'd be sharing love, before the night was through. Something in your eyes was so inviting, something in your smile was so exciting, something in my heart told me I must have you.« Es war der Schlager, zu dem wir in den heißen Julinächten tanzten im Corso und im Terrasse. Zwei Jahrzente danach, als Hermann Arbogast Brenner der Fremde in der Umnachtung war, ließ die Bündner Juristin nicht gleiches Recht ergehen, sondern verließ wie eine Rattenfamilie das sinkende Schiff, und dieser Tort lastet so schwer auf mir, daß ich wieder absaufen muß, mein Feld zu bestellen und mich reisefertig zu machen habe für das Martyrium im Pavillon Paul in der Friedmatt. Der endogen Depressive ist der Ausgestoßene der Schöpfung, im stygischen Dunst siecht er dahin, und es fehlt ihm die Kraft, Hand an sich zu legen, irgendwie wäre es auch nicht logisch, denn für die Hinterbliebenen ist er bereits gestorben, hinter geschlossenen Jalousien hört er, wie sie über seinen Nachlaß verhandeln.

Vorher wollen wir noch zur Not etwas Ordnung machen in Brunsleben, um so mehr als wir ja nicht wissen, ob es je möglich sein wird, die Bearbeitung unserer Tabakblätter wiederaufzunehmen. Ich protze das Büchergestell unter dem Vordach des Pächterhauseingangs ab, schaffe die nachtfeucht gewordenen Stapel der Tabakzeitung und des Wynentaler Blattes weg, krame die unerledigte Post zusammen, kämpfe mich durch den salpetergrünen Gang, wo sich Tüten mit Stumpen-Literatur, Ferrari-Modelle und leere Cigarrenkisten türmen, kapituliere vor dem Tohuwabohu in der Schloßstube mit den tief ausgebuchteten Biedermeiernischen, denn da fleddert es mir humusschichtenartig entgegen, da beschweren Zauberrequisiten weitere Bündel von aufgelaufenen Rechnungen, Plantagenkarten, Heimatbüchern, WSB-Fahrplänen und Freßzetteln. Diese unsägliche Menkenke setzt sich fort bis in die Bibliothek und hinauf zu den Dachräumen, wo die drei Architektentische in der Kalten Kapelle oder im Kerchel mit der rhombisch schiefen Ständerkon-

truktion übersät sind mit Fotos, Rezepten, Kalenderauszü-
gen, Coin-Magic-Münzen, verjästen Socken, Nachschlage-
werken, Plattenhüllen, Notenblättern, Füllfederpatronen,
Recherche-Enveloppen, Karteikärtchen, Werbeprospekten,
Familienalben, Automobil-Revuen, Kupferstichen und Medi-
kamentenschachteln, und am Pfosten, vielmehr am Galgen
über dem Bett, hängen noch Flavias schwarze, hochhackige
Tanzsandaletten mit den weißen Rosen, sie erinnern Hermann
Arbogast nicht nur an die ausgelassenen Dancing-Nächte,
sondern auch an den ersten Besuch der Blondine in Menzenmang, damals noch in Begleitung ihres Verlobten, des Archi-
tekturstudenten aus Bern. Sie hatte eine dieser Stoffrosetten
auf der Kiesterrasse verloren, mein Vater überreichte sie mir
mit den Worten: Ich würde sie gut aufheben. Und da sehe ich
uns beide stehen wie 25 Jahre zuvor den Tabakgroßvater im
weißen Sommerkittel mit seinem Sohn im Bungert in der Waldau, ein Bild anläßlich der Verlobung, wo Hermann II. dem III.
zu sagen scheint: Du hast eine gute Wahl getroffen, lieber
Mandi, es müßte ja einer auf beiden Augen blind sein, wenn er
nicht merken würde, was diese Gertrud Emmy Pfendsack für
eine vorzügliche Frau ist, gewiß, eine Städterin, aber sie wird
sich akklimatisieren. Ja, dies wiederholte sich eine Generation
später, als mein Vater die Schuhrose Flavias fand, und ich
danke den Göttern, denen ich den blauen Dunst meiner Punch
opfere, daß er nicht mehr miterleben und mit anhören mußte,
wie meine Frau erklärte: Das Unternehmen Hermann Arbogast Brenner ist für mich definitiv gestorben. Es war am Silve-
sterabend bei ihren Eltern in Davos, mitten im Trubel, da
Papierschlangen durch die Lüfte fuhren, Konfetti niederreg-
nete und Luftballons platzten. Mitten in der Kehraus-Altjah-
res-Festivität das Todesurteil, so daß ich in mein Auto stieg
und in einer halsbrecherischen Fahrt durch das Prättigau und
dem Walensee entlang nach Brunsleben fuhr, um auf der obersten der drei italienischen Schloßterrassen um Mitternacht das
Branden der Glocken zu hören, auf Amden zurückgeworfen,
als das katholische Geläute mich beelendete. Ich saß da im

Pelzmantel, ein Glas Champagner in der Hand, und wußte jetzt bist du ganz allein, jetzt ist zerbrochen, was nie wieder ganz zu machen sein wird, der letzte Pfeiler deiner Existenz ist geborsten. Nach sieben qualvollen Jahren der Depression, unterbrochen von kurzen manischen Intervallen, hatte ich gehofft, wir würden es zusammen schaffen, noch hundert Meter, flehte ich Flavia an, krieche mit mir diese letzte Strecke über die Aschenbahn, wenn nicht meinet-, dann um der Kinder willen, aber es war aus für immer, finis, das Wort, das ich nun unter diese Aufzeichnungen setze, um wieder monatelang dafür zu büßen, daß es mir ein paar rasch verlohte Wochen gutging. Ich werde, wenn die Koffer schon gepackt im Hof stehen – ach, man braucht ja nicht viel, ein paar Schlafanzüge, etwas Unterwäsche, ein halbes Dutzend Hemden – noch einmal in den Ebnet hinaufsteigen, eine Cigarre anzünden und gen Süden blicken, nach Menzenmang hinter dem eisernen Vorhang. Zu Asche sollt ihr werden, denn nirgendwo steht verbrieft, der Mensch habe ein Anrecht auf ein Quentchen Glück.

Inhalt

1. Leonzburg-Combray, Elegantes maduro 7
2. Schuco-Malaga, Wuhrmann Habana 22
3. Sandtörtchen Madeleine, Sandblatt Vorstenlanden . 40
4. Pavillon Sonnenberg, Brenner San Luis Rey 56
5. Kleines Kolleg über den Schnupftabak, Leonzburger Nr. o 68
6. Erwachen in Soglio, Brenner Export 83
7. Der Zauber der Farben, Brenner Export gepreßt ... 95
8. Besuch aus Java, Vorstenlanden 109
9. Das Ur-Geräusch im Palazzo Castelmur, Huifcar Trabuco 121
10. Studien in Soglio, Brenner Braniff, der wilde Cigarillo 135
11. Menzenmang, Rio Grande Weber Söhne AG 148
12. Die Pflanze, Havanna Puro 161
13. Fahrt nach Gormund, Rio 6 für unterwegs 173
14. Menzenmang Innenarchitektur, Montecristo No. 2 Elefantenfuß 185
15. Der Höllenfürst Pochhammer, Musterkoffer des Cigariers 196
16. Frau Irlande, Parisiennes ohne 208
17. Das Circensische und die Geburt, Hoyo de Monterrey des Dieux 221
18. Das verschollene Bilderbuch, Tobajara Reales Brasil 232
19. Forellen-Diner in Gormund, Romeo y Julieta Churchill 246
20. Menzenmang Gartenarchitektur, Grus 257
21. Hermann der Tabakgroßvater, Ormond Brasil Jubilé 270
22. Lehrzeit beim Großvater, Habasuma 281
23. Kinderheim Amden, Krummer Hund 297
24. Amden Materialien, Dannemann Fresh Brasil Escuro 313
25. Abschied von Menzenmang, Punch 322